岁月如歌

周永战…………著

河北出版传媒集团
河北教育出版社

图书在版编目（CIP）数据

岁月如歌 / 周永战著. -- 石家庄：河北教育出版社，2023.8

ISBN 978-7-5545-7602-1

Ⅰ. ①岁… Ⅱ. ①周… Ⅲ. ①随笔－作品集－中国－当代 Ⅳ. ①I267.1

中国国家版本馆CIP数据核字(2023)第053148号

岁月如歌

作　　者	周永战
出 版 人	董素山
策　　划	河北庄与蝴蝶文化传媒有限公司
责任编辑	石　姮　赵　磊　张　怡
装帧设计	牛亚勋
出版发行	河北出版传媒集团
	河北教育出版社　http://www.hbep.com
	（石家庄市联盟路705号，050061）
印　　制	北京启航东方印刷有限公司
开　　本	787mm × 1092mm　1/16
印　　张	20
字　　数	261千字
版　　次	2023年8月第1版
印　　次	2023年8月第1次印刷
书　　号	ISBN 978-7-5545-7602-1
定　　价	89.00元

序

翻开中国当代文学史，河北文学是辉煌的，尤其是在中华人民共和国成立前后的十几年里，涌现出了一大批优秀作家和作品，比如孙犁的《荷花淀》《风云初记》《铁木前传》，梁斌的《红旗谱》《播火记》，徐光耀的《平原烈火》《小兵张嘎》，孔厥、袁静的《新儿女英雄传》，李克等人的《地道战》，邢野等人的《平原游击队》《狼牙山五壮士》，冯志的《敌后武工队》，刘流的《烈火金刚》，李英儒的《野火春风斗古城》，李晓明、韩安庆的《平原枪声》，臧伯平的《破晓风云》，张雷的《变天记》，柳杞的《长城烟尘》，雪克的《战斗的青春》，林晞的《古城春色》，李满天的《水向东流》等，列举起来，如数家珍。

在河北文坛，孙犁、梁斌、徐光耀，是三位标志性人物，孙犁和他的《荷花淀》引领了一个文学流派；梁斌的《红旗谱》被誉为中国农民革命斗争的史诗；徐光耀的《小兵张嘎》已经成为很难逾越的抗日文学和儿童文学的经典。

在依然健在的老一辈作家中，徐光耀无疑成为河北文学的一面旗帜，也是充满正能量的一张文化名片。

1938 年夏天，只有十三岁的徐光耀就参加了八路军，同年加入中国共产党，抗日战争中他经历了大大小小一百多场战斗，多次与死神擦肩而过，这也使得他从一名“红小鬼”成长为一名具有坚定党性的坚强的革命战士。从战争年代开始，徐光耀就对文学孜孜以求，从勤奋自学，到进入华北联合大学、中央文学研究所接受名师的指导和比较系统的教育，徐光耀又很快成长为一名优秀的军旅作家。

作为作家的徐光耀，一直秉承着现实主义的创作方法，写自己熟悉的生活，写自己热爱着的人民，因此他的作品大多是抗战题材，《平原烈火》开新中国抗战题材长篇小说之先河，《小兵张嘎》影响和教育了几代人，成为人们心中不可磨灭的红色记忆。铁凝评价说："徐光耀的名字，是抗战文学中醒目的存在。""奠定了作为作家的徐光耀的作品，则是一代代的孩子们耳熟能详的《小兵张嘎》。"人到暮年的徐光耀还一直笔耕不辍，书写了大量优秀的散文作品，其散文集《昨夜西风凋碧树》获得第二届鲁迅文学奖。

无论是作为一名战士，还是一名作家，徐光耀身上所展现出来的可贵品质都是值得研究和学习的，本书作者正好给我们提供了大量的这方面的材料。这些材料，从不同的侧面展示了徐光耀的人品和文品，让人们感受到他的人格魅力和他作品中流淌的红色基因的魅力。

2019年白洋淀人民为徐光耀建设文学馆，铁凝题词："碧树根深，文心磊落，苍生铸魂。"她用短短十二个字概括了徐光耀的人生经历和文学成就。

徐光耀是一位历经战火的忠诚的革命战士，也是一位杰出的作家，端起枪，为抒国难敢出生入死；拿起笔，直面苍生铸民族魂魄。战争的洗礼、曲折的经历，使徐光耀对生活的理解和感受更加深刻，获取了极为丰富的生活素材。他亲身经历了残酷的抗日战争，经历了"红小鬼"的成长，写出了如《平原烈火》《小兵张嘎》《少小灾星》等许多优秀的抗日作品。他文章的语言、他讲的故事、他刻画的人物，无不来源于他所经历的生活，因为他一直深植于生活之中，他的语言才鲜活、他的故事才生动、他的人物才感人。这些来自生活的被艺术化了的人物，是"民族的脊梁”，是民族的精神，是民族的灵魂，也正是徐光耀文学作品的价值所在。

后来，徐光耀走上了领导岗位，先在保定市文学艺术界联合会担任主任，后到河北省文学艺术界联合会担任党组书记、主席。在领导任上，徐光耀帮助、培养、提携了一大批年轻作家，从河北走出来的一大批年轻作家如贾大山、铁凝、莫言等都取得了很高的文学成就。

有人说徐光耀在军人中颇具作家气质，在作家中不失军人本色，我深以为然。作为一名战士，徐光耀是无比忠诚的；作为一位作家，他是光明磊落的。无论是在战火硝烟的年代，还是身处蒙冤的逆境，徐光耀为苍生铸魂的初衷不改。他“参加革命的自愿，革命道路上的自觉，成长过程中的自强，身处逆境时的自励，成名之后的自谦”，都堪称楷模，值得学习。

本书二十多篇文化随笔，再现了徐光耀和他各个时期的上级、战友、老师、同学、同事、朋友等的交往以及他们那些生动感人的“陈年旧事”，通过他们之间浓浓的战友情、殷殷的师生情、真挚的朋友情，展现他们战争年代义无反顾的献身精神、社会主义建设时期公而忘私的奉献精神和对文学艺术孜孜以求的执着精神，讴歌了他们的家国情怀、人文情怀和文学情怀，大力弘扬革命文化，传承红色基因，赓续红色血脉。

徐光耀人生经历曲折丰富，镌刻着鲜明的时代印记；文学作品生动感人，具有明显的时代特色。他和他的师友们，理想是相通的，追求是相同的，他们的奋斗轨迹在历史的长河中闪闪发光。他们的纯粹、他们的高尚，值得我们深入研究并发扬光大。

王振儒（中共河北省委宣传部副部长、河北省电影局局长）

2023 年 2 月 23 日

目录

丁玲赏识徐光耀

丁玲是徐光耀在中央文学研究所时的老师，那时丁玲是所长，徐光耀是第一期研究员（学员）。丁玲既是严师，又是前辈，对徐光耀这个学生，既有严格的要求，又有悉心的关爱，这让徐光耀一直铭刻于心。

丁玲画像，殷恩光绘，徐光耀题

初识丁玲

徐光耀初识丁玲还是1948年春天在华北联合大学时，但在此之前丁玲并不认识徐光耀，丁玲留给徐光耀的第一印象也并不美好。

4月7日这天，参加土地改革刚回来的徐光耀到获鹿县城（今河北石家庄鹿泉区）开会学习。第二天早晨，他到火车站去接厂民（严辰）等老师到大会报到。见到厂民时，厂民后面还跟着一位女同志。徐光耀小跑着上前和厂民握手，厂民拉着徐光耀赶紧去大会报到，路上他热情地向徐光耀介绍那位女同志：“光耀，这就是丁玲同志。”徐光耀赶紧微笑着点头，并表示认识她自己非常荣幸。

可丁玲好像没听见一样，连理睬都没理睬，场面有些尴尬。徐光耀不明白丁玲为什么如此冷淡。

徐光耀带着厂民、丁玲报了到，看了住处，想想刚才受冷落的场面，觉得再待下去也没什么意思，干脆回自己住处看书了。

徐光耀从到刚解放的石家庄体验生活，然后又下乡参加土地改革，好几个月没见到过厂民了，这一见面，感到特别亲切，很想和厂民好好聊一聊。晚上，徐光耀又踏着雨后的泥泞满怀热情地去找厂民，厂民不在，令人有点扫兴，可徐光耀又特别想见一见厂民，对老师他实在太想念了。他真想把在石家庄、在获鹿这段时间的经历和思想好好向厂民汇报汇报，就像当初拿着自己的习作找厂民请他点评、修改一样，也让厂民批评指导一下。徐光耀估计厂民应该在丁玲那里，本想去那里找厂民，可与丁玲不熟悉，何况白天丁玲连眼皮都懒得抬一抬的傲慢态度又让徐光耀有些生畏，怕去了也是自讨没趣。要往回走，走了两步，心里又实在太想念厂民、何洛（华北联大文学系老师）他们。徐光耀在丁玲住处门口来回踱步，踌躇了好长时间，这时，正好来了一位通讯员，一打听，厂民、何洛的确就在里面。思念之情最终战胜了自尊心，徐光耀仗着胆子敲门进去了，打招呼时，丁玲依然还是冷冰冰的。徐光耀坐在炕沿上听他们说话，偶尔插上一两句，也了无趣味。与丁玲的第一面，让徐光耀觉得着实有点尴尬。

那天的丁玲让徐光耀实在有些看不懂，和自己想象中的形象大有不同，一点也不像传说中的那个雷厉风行、快人快语的“武将军”，那个大作家丁玲不应该是这个样子呀。好多见过丁玲、听过丁玲演讲的同学说起过丁玲，说得绘声绘色，那个平易近人、热情风趣、知识渊博的大作家早就在徐光耀的脑海里留下了深刻印象。

1947 年冬天的时候，丁玲曾经受邀到华北联大文艺学院演讲，主要讲自己学习毛泽东《在延安文艺座谈会上的讲话》的心得体会，台下听演讲的都是从蒋管区来的青年学员们，目的是让他们正确理解讲话精神，引领他们树立正确的文艺观。听了丁玲演讲的同学都很激动和荣幸，对那次演讲津津乐道。

那天的会场在一位财主家的大院子里，主席台就是正房的高台阶，上面摆着一张高桌子、两条板凳，桌子上放着一只裹着棉套的水壶，一只釉面斑驳的搪瓷缸子，这就是文艺学院给一位大作家准备的演讲会场和主席台，可这在当时的文艺学院已经是很“体面”的了，也是对演讲人最高规格的待遇了。快到演讲开始时间了，文艺学院副院长艾青陪着丁玲一起来到会场，可进了会场，里面居然空无一人。两人正纳闷会场为何如此冷清时，从东西厢房里忽然涌出了两群人，大声喊着、唱着：“丁玲、艾青我们欢迎您，想请您坐‘飞机’，哎呀太遗憾，恐怕摔您一身泥!”丁玲、艾青先是一愣，很快就被这种精心安排的欢迎仪式感染了，一面跟同学们点头示意、鼓掌，一面被簇拥着上了讲台。丁玲对讲台的寒酸似乎毫不在意，那天她雍容大度、谦和、热诚，演讲娓娓道来，没有一点优越高傲和自命不凡的架子。在和同学们交流的环节，她很和蔼地和同学们讨论起了林黛玉漂亮不漂亮的问题。同学们说林黛玉不漂亮，因为她是个“大肺病”。丁玲分析道：“曹雪芹可说她漂亮啊。现在谁再追求林黛玉似的漂亮，那起码他灵魂深处仍然有一个小资产阶级的王国。但我们又不能苛求曹雪芹不那样描写她，那是资产阶级社会嘛，不这样认识，就等于无理责备小孩子穿开裆裤。”那天丁玲的演讲深入浅出，人也如春风般明丽。听别的同学面讲起来，徐光耀也感慨这大作家的平易近人，怎么今天居然判若两人了呢?

其实在华北联大徐光耀是听过丁玲的演讲的，那是 1948 年 6 月 6 日，在联大教师节庆祝会上，丁玲发了言。这个时候实际上丁玲已经是华北联大的一员了，丁玲参加了华北联大组织的土地改革工作队，以工作组组长的身份到获鹿县宋村参加并领导了那里的土地改革。当然这另一方面也是为她正在写作中的《太阳照在桑干河上》积累素材，1948 年 4 月底土地改革工作结束后，丁玲就回到华北联大所在地正定，继续专心创作《太阳照在桑干河上》，她出席华北联大教师节庆祝大会的 6 月份正是《太阳照在桑干河上》最终定稿的时候。而徐光耀正面临着调出华北联大、失去大好的学习机会而内心惴惴，不是滋味，那天“前途未卜”的徐光耀坐在后排的凳子上，正心烦呢，大概没有心情听台上讲什么，他希望有转机能够留下来多学习，但他明白这也只是希望而已，渺茫得很。果然，第二天院长沙可夫告诉他和徐孔，让他们去华北军区第二兵团六纵队。6 月 8 日他和徐孔就依依不舍地告别了联大，来到了六纵。丁玲当然更不会知道下面那么多学员中会有她日后的“得意弟子”徐光耀。

徐光耀真正见到自己心目中的那个丁玲，是在中央文研所筹备期间。徐光耀因为 1950 年 6 月出版了《平原烈火》，开新中国抗战题材长篇小说的先河而成为当时“炙手可热”的青年作家，因此先期进入中央文研所参与筹备工作。1950 年 11 月 9 日，新成立的中央文研所召开全体会议，所长丁玲宣布第一学期的学习计划，这是徐光耀第一次当面听丁玲长篇演讲。徐光耀在这一天的日记中记载，丁玲的讲话热情洋溢、激情澎湃、生动泼辣，尤其充满了对年轻人的火热情感，有一种鼓舞人的力量，听着让人感到非常亲切而有趣味。她讲了一个多小时，徐光耀听着一会儿都没有分神，一点儿也没感到疲劳，倒感觉心就像放到熨斗上一样，舒舒帖帖，一边听着，就像陶醉于勇敢雄壮的进行曲中，恨不得立即跳起来，前进，前进！徐光耀觉得这样的丁玲才是同学们传说中的样子，才是自己想象中的样子，那个冷冰冰的丁玲在徐光耀的脑海里开始淡漠起来。

丁玲初识徐光耀

丁玲真正认识徐光耀是从中央文研所才开始的。丁玲是大作家，崇拜她的文学青年很多，在华北联大时，作为一个新留校的普通研究员的徐光耀没能引起丁玲的注意，似乎也在情理之中。

中央文研所1951年1月8日开学，这时徐光耀已经是第一期一班的一名正式学员了。让所长丁玲认识每一位学员当然是不现实的，因此她真正认识徐光耀是在几乎半年之后了，这其中的“媒介”还是徐光耀华北联大时的老师萧殷。

这时徐光耀在华北联大时的两位老师陈企霞、萧殷正和丁玲一起主编《文艺报》，萧殷在《冀中导报》主持文艺版时，曾编发了徐光耀第一篇公开发表的纯文学作品、短篇小说《周玉章》，还加了按语予以推介。时间不长萧殷调到华北联大文学系，教授创作方法论，徐光耀有幸成为这门课的课代表。萧殷了解徐光耀的写作能力和潜力，因此向他的同事丁玲介绍了徐光耀，还特别介绍了徐光耀的小说《周玉章》。

丁玲的爱才是出了名的，很快她就亲自给徐光耀打了电话。

徐光耀在1951年6月13日的日记中写道：

正听课间，陈淼（徐光耀华北联大和中央文研所的同学）出去了一下，不一会儿回来对我说：‘丁玲同志叫你在办公室听电话。’我慌忙跑了去。电话里声音很大，很洪亮。先问我日本鬼子什么时候到我的家乡的，又什么时候把那一带占领的，八路军什么时候到的我们那一带，事变那一年我多大，上学了没有，我都回答了。于是又问我哪年参军，多大岁数，当什么，以后又当什么，以后还当什么，锄奸干事是个多大的官，哪级干部，一直问到联大，出来后到六纵，以至现在。——就是说，她稍稍了解了一下我的家庭受战争影响的情况及我的简单情况。问罢，她就挂了机子。

为什么呢？哈哈！一定是和陈淼所传的消息有关，她一定在活动什么或布置什么了。有门，有门！让我的幸福快来临吧！

征候已经出现了！

对了，她还问我以前还写过什么比较有名的东西。我说给她《周玉章》，她说听萧殷说过，有过一个印象。很显然，她怎么会没有一种意图呢？这意图又是明显对我的。

万岁，万岁！

得到一位大作家的关注，对任何一位青年作家来说都是一件非常荣幸、值得高兴的事，徐光耀的心情直到晚上写日记时还未能平复，欣喜若狂之态跃然纸上。

自此，丁玲开始特别关注起了徐光耀这个学生，爱才的丁玲对徐光耀的态度与第一次见面也有了天壤之别。这时候徐光耀的《平原烈火》刚刚出版，正不停地再版，徐光耀已成长为一位全国闻名的青年作家了。对《平原烈火》丁玲是极为肯定的，并大力推介，她甚至称赞这部小说比苏联西蒙诺夫的《日日夜夜》只差一点点，因为《平原烈火》的主要人物周铁汉就有点概念化，但比《新儿女英雄传》写得好，《新儿女英雄传》太注重讲故事了，以讲故事取胜，没怎么注重刻画人物。在文研所丁玲成了徐光耀特别敬重的老师，徐光耀也成了丁玲特别赏识的学生。那时人们有一种说法，说在中央文研所丁玲特别看重三名学生，来自部队的徐光耀、来自农村基层的陈登科、女学员李纳。对徐光耀的培养，丁玲的确花了许多心血。

要开阔眼界

连徐光耀自己都感觉到丁玲“偏爱”自己，就连她出国都让徐光耀帮她去买礼品。但对于徐光耀“讷于言”的性格，丁玲是不太满意的，因此她总是注重开阔徐光耀的眼界，有意让他接触中外文坛的名家。来了外国友人，丁玲总喜欢让徐光耀陪着。丁玲家在多福巷，她的家也是许多作家愿意去拜访和聚会的地方，有时徐光耀也会受到丁玲的特别邀请。据《徐光耀日记》记载，徐光耀几次受邀到丁玲多福巷的家里。

第一次是 1951 年 3 月 11 日，丁玲打电话让徐光耀和李纳到她家里去玩，到了她家里才知道是让他们一起陪《太阳照在桑干河上》的俄文译者刘芭夫妇吃饭，当时冯雪峰也在场。丁玲还特别把徐光耀介绍给了冯雪峰，她觉得《平原烈火》比《新儿女英雄传》写得好的话，就是这时说的。丁玲特别注重小说刻画人物，觉得写小说就是在写人物。无论是萧殷，还是陈企霞，还是丁玲，都强调写小说要写人物，尤其丁玲一再强调要狠狠写人物，这让徐光耀受益匪浅，后来他的《小兵张嘎》获得巨大成功，就是得益于此，小嘎子被写活了。丁玲也当面批评过徐光耀，这是因为徐光耀在《平原烈火》获得成功后，受邀写了一篇类似写作经验谈的文章《我怎样写〈平原烈火〉》，发表在《文艺报》上，这时丁玲是《文艺报》的主编。丁玲直接告诉徐光耀：“以后无论谁再叫你写这类的文章，都不要写了。你怎么写的那本书，脑子里朦朦胧胧还不大懂呢。我本来想给你抽掉的，又怕打击你的情绪，还是发了。”当着那么多人的面提出批评，徐光耀肯定有些尴尬，这让他想起了在华北联大时萧殷上课特意拿他的文章做反面的例子，他当然懂得“严是爱”的道理，自此以后徐光耀再也不写创作谈、经验谈之类的文章了。

1951年10月12日，苏联著名作家爱伦堡夫妇和智利著名诗人聂鲁达夫妇到丁玲家做客，丁玲邀请了十来个青年作家陪两对国际友人夫妇吃饭，被邀请的青年作家中自然少不了徐光耀。席间，丁玲特别向客人介绍徐光耀说：“这个青年出过一本小说，写得很有才能。”看来无论是对徐光耀，还是对他的《平原烈火》，丁玲都是认可的，上一次毫不客气地提出批评，是怕年纪轻轻就成名的徐光耀骄傲、翘尾巴，其用心可谓良苦。

第三次是1952年2月23日，徐光耀和同学孟冰一起找到丁玲家里，要求到朝鲜前线去体验生活，丁玲答应了他们。看到弟子要暂时放弃学业去朝鲜战场，丁玲是欣慰的，因此那天她谈兴甚浓，这是平时在一起所没有的。丁玲跟他们谈读书，谈古今中外的名著；谈生活，谈自己一接近生活就有创作的冲动；谈刻画人物，还举了她写《太阳照在桑干河上》刻画人物的例子。丁玲谈这么多，是因为她知道徐光耀他们去前线体验生活意味着什么，她希望他们在火热的战斗生活中能抓到好素材，写出好作品，因为好作品一定来源于生活，可能这也是丁玲答应他们暂时离校去体验生活的初衷。

即使谈了这么多，丁玲还是不放心，她似乎从3月份的文艺整风和徐光耀的来信中看到了他思想上的问题，怕他去了前线也一无所获或者所获不多，于是给徐光耀写了一封“循循善诱”的信：

今天读了你的信，忍不住要同你谈谈。

你走后，我才读到你的文艺整风思想检查的发言。从那个发言中，我才知道在你的思想中存在着颇大的问题，就是你关心你的写作问题比关心政治生活(即生活的政治意义)多。因此你心中是空空洞洞的,并没有使你非写不可的东西,所以你就怎么也写不出,写不好,而且觉得无什么可写。看到发言后觉得你去朝鲜是对的,但觉得没有好好同你谈谈,很可惜。我就怕你去朝鲜也收获不了什么。许多人去了也是这样的。不过现在同你谈也不迟,当然会因为是写信的关系就谈得简单些。

第一,我劝你忘记你是一个作家。你曾写过一本不坏的书,你是一个文艺工作者,你忘记了,你就轻松得多。因为这就会使你觉得与人不同。这意思不是指骄傲,而是指负担太重。因为你发表过一本书,你就有读者,你的读者和朋友就要求你跟着写第二本更好的书。自然,他们的意思是不坏的,可是你却苦了,你怎么也写不出来,你焦急也没有用。我可以告诉你,读者又在慢慢忘记你,朋友的心也在冷了,这并不可怕,这就是说你可以不着急了,你可以慢慢来,你也可以把你的读者朋友忘掉,把那些好心思忘记掉,你专心去生活吧。当你在冀中的时候,你一点也没有想到要写小说,但当你写小说的时候,你的人物全出来了。那就是因为在那一段生活中你对生活是老实的,你与生活是一致的,你是在生活里边,在斗争里边,你不是观察生活,你不是旁观者,斗争的生活使你需要发表意见。所以你现在完全可以忘记你去生活是为了要写作的,是为了你的读者朋友等等的想法。

第二,你不要着急任务。我们并没有加给你什么任务,你的任务是去生活,去好好改造自己,学习生活,学习做人,学习做一个好党员,一个有知识、有学问、有见解的好党员,一个有修养的党的文艺工作者。你曾经写过一本很好的书，这是非常可喜的事，但离一个作家，一个成熟的作家还很差，现在还是首先从做人做党员着手，写是第二。你不要忘记，暂时写不出不要紧，怕的是永久写不好。

第三，暂时可以不回。中国文学史这一季，你已经没有学了；没有学就留在以后学。下一季是苏联文学，你如在朝鲜无法生活下去，就回来学，如有法生活下去，就暂时不回来，苏联文学也留在以后学。不过，如果的确生活不能深入下去，我以为就要回，免得在那里虚度光阴，以后再下去也是一样。生活中的方式、运动、变化是很多的，但也不是非死捏着不放，死捏着也不一定就懂得了。你可以按情况机动，也要有决断，不要从小处顾虑！

多理解人吧，不是为写作和人做朋友，是尊敬人、帮助人，是向党负责的去爱人、帮助人。努力克服思想中的个人意识。应该有热情，有雄心（做一个最好党员的雄心），能艰苦，能坚持。我对你的希望是很大的，愿你从细小的地方做起。你可以和那边的部队的负责同志去商量，要设法取得他们对你有切实的帮助。

祝你坚强努力！

丁玲这封信写于 4 月 8 日，正是徐光耀赴朝前夕，很及时，一周后的 4 月 16 日徐光耀就来到了朝鲜。

徐光耀不负所望，在朝鲜战场，深入一线，和战士们共同生活，采访了许多英雄人物，回国后写出了朝鲜战地散记《辛文立》《刘敬礼》，稍后他多次采访抗美援朝老兵、特等残疾军人、“中国的保尔”廖贻训，写出了通讯《一部尚未写完的书》。

丁玲平反后，徐光耀（后排右一）和陈淼、康濯、田间、张志民、邢野、逯斐、熊焰、古立高、古鉴兹等看望丁玲（前排左四）

1952年2月26日第四次到丁玲家，是丁玲和曹禺要去莫斯科参加果戈理逝世百周年纪念。丁玲让徐光耀帮忙采购出国礼品，理由是前不久徐光耀参加中国作家访苏代表团时，出发前曾帮代表团采办过出国礼品，有经验，当然更多的还是丁玲对徐光耀的信任。那天丁玲也谈了许多，她拿出几本装帧考究的果戈理的书，鼓励徐光耀说："一个人写出书来，值得这样装订就好了。"丁玲更多的是讲了一些家长里短，问徐光耀家里还有什么人，有住北京的没有，跟继母叫不叫妈，在部队时杀过人没有，有没有烦恼，等等。跟一位学生聊家常，这在丁玲来说是不多见的，虽然徐光耀弄不清她的目的，但在他看来丁玲是那么具有人情味。

再一次去丁玲家是全国第二次文代会期间，这次文代会召开头一天正值中秋节，全国各地的代表都到北京了。丁玲邀请了一些作家中秋节那天到她家里吃饭，那天去多福巷用餐的作家有康濯、孙犁、魏巍、邵子南、方冰等，徐光耀也在被邀请之列，后来杨朔、曾克、黑丁、白朗等一大批作家也来了，大家相谈甚欢，欢乐而热闹。当然，丁玲这时候邀请徐光耀来家，肯定不只是让他吃一顿饭那么简单，可惜木讷的徐光耀依然木讷，这样热闹的场合他几乎插不上嘴，于是早早就告辞出来了。徐光耀因不善言辞而有些喜欢“离群索居”的性格，丁玲是不满意的，在丁玲看来，作为一名作家，这几乎是一种性格缺陷，因此以前不止一次提醒徐光耀，后来丁玲还为此专门批评过徐光耀，希望并鼓励他活跃起来。

丁玲对徐光耀的培养是悉心和用心的，一直关注着他的进步。

到生活中去

丁玲特别强调作家要深入生活，《太阳照在桑干河上》也是她深入贯彻毛泽东《在延安文艺座谈会上的讲话》，参加了轰轰烈烈的土地改革运动，才写出来的，才获得了巨大成功。他对徐光耀的教导也是要深入生活，到生活中搜集素材、汲取营养，他希望徐光耀走进生活，那样就会有创作的冲动。

徐光耀在朝鲜采访了八个月，1952 年 12 月 22 日回到国内，1953 年 2 月 13 日除夕这天，徐光耀和申芸结婚。

丁玲担心徐光耀沉溺于个人家庭的小感情圈子和北京安逸的生活，于是在给徐光耀的一份回信中，引导他：

> 先祝贺你的结婚之喜。
>
> ……
>
> 其次就是关于你的去留问题，我个人对你有这种看法：你有些好处，就是有些条件，可是也有些缺点，缺点是经历太

少，文学底子不够。按我的看法，你最好留在“所”内，我已把这意见告诉田间、马烽他们。原因我觉得再打几年底子，生活底子，知识底子，再回部队去。可是，可能他们要求你回去。我以为你是否可以提出来，因为你去年没有学习，最好留下来补学（我也把这个意见说了的），田间他们再把你的意见转到部队去，再学一期后回去。田间他们有你的意见也许好同部队商量些。但如果不能的话，我建议你回冀中部队去做工作，不做文艺工作，不属文化部门。你可以写两部作品，为这两部作品做准备，第一部，写冀中的抗日历史小说，收集这方面的材料，像肖洛霍夫写《静静的顿河》一样。如果你有这个计划，将来文研所还可以支持你、帮助你的。第二部，写回家的军人在地方工作上，在农村里，在工业的发展上，如何起作用。战争不是永远的，建设才是我们的目的。像《幸福》《金星英雄》《收获》《库页岛的早晨》，都是写退伍军人如何从事建设工作。你回到冀中可以找到这种材料的。你看怎样？你到朝鲜只一年，看的方面少，给自己一些印象，一些启发，准备在你将来的作品中用的，写短点的散文是可以的，想从一些零碎的感受中写出著作来，有血有肉的人物来，那是还不够的。你也不必为写不出着急。

总之，要努力！要夜以继日，贪心地去爱生活，爱人，爱文学，从各方面加强自己，提高自己的修养。做一个诚实的，像马特洛索夫式的青年！不管你在什么地方，如有需要我的时候，我会乐意地帮助你！

四月初我不能回来了！

敬礼！

1953年4月9日，徐光耀从中央文研所毕业。5月18日，徐光耀从田间那里知道了自己毕业后的去向，大概还是要回部队的。正好李纳也来了，告诉他丁玲预备跟他谈一谈，因她听人家说徐光耀有些毛病别人不好向他说，丁玲决定由她自己来说。至于说什么，李纳推说不知道，但无论说什么，只要是丁玲跟自己谈话，徐光耀心里便感到高兴。

事有凑巧，5月19日，丁玲到文研所找马烽，徐光耀看到后，赶紧把丁玲迎进屋里。丁玲果然有许多话要说，而且说得直截了当。她告诉徐光耀："我接到你由朝鲜回来给我的那封信，有一个感觉始终还没对你说，你好像气力不够，有些消沉的样子。没有以前的热情和朝气蓬勃了，好像泄了气了。搞文学的人，特别是你这样叫人羡慕的年龄，应该生龙活虎，生命力要能燃烧，燃烧得很旺才成。"

接着，丁玲为徐光耀做了深入的分析，她觉得徐光耀可能是出了一些书，印了几版，有了些钱，有了些名气，又新结了婚，日子过安定了，有些自满自足，只想马马虎虎混日子，用不着再努力、再刻苦奋斗了。

她告诫徐光耀，头一本书很厉害，不要因为不再努力，到头来做了空头文学家；钱多了也很害人，它会慢慢把人的趣味缩小，生活圈子也会缩小，结果看不见世界，脱离了群众，脱离了斗争。

她也觉得徐光耀性格太单纯了，鼓励他做一个"复杂"的人，这样生活知识才会丰富，看问题才会透彻尖锐。她要求徐光耀要自觉主动地去争取，要多管事情，多参与事情，不怕接触人，不要怕与人争论，谁说服谁，谁开导谁都是有好处的。做人一定要热情，要保持力量，要生龙活虎。

对于具体的工作，她要求徐光耀："你应想法搞创作，不要搞编辑。搞编辑不好，不好！心中要经常有个打算，有个写长东西的打算，不要乱抓，乱抓是很不好的。”丁玲明白，徐光耀一旦在北京当了编辑，脱离了生活，就会安逸起来，一个她寄予厚望的天才作家就会湮灭在芸芸众生之中。

丁玲对徐光耀的关怀和教导可谓细致入微了，这种赏识是发自内心的。

《树明和莺花》单行本，1957 年 1 月版

徐光耀听从了丁玲的建议，他回到部队后，就写了下乡体验生活的请示。1953 年 7 月 24 日至 1955 年 1 月 20 日，他以军职身份到老家雄县昝岗下乡搞初级农业合作社，任三区区委副书记，和乡亲们同吃同住同劳动。后又到石家庄饶阳、晋县（今晋州市）下乡。这期间他写出了反映农村合作化运动的短篇小说《树明和莺花》《老陶》《相亲》《传统》《傻牛》等，回到北京后，他又写出了反映家乡社会主义建设生活的长篇小说《奔流的大清河》，共十九万八千字，可惜在特殊年代这部作品手稿丢失了，未能出版，这也成了徐光耀的一大遗憾。后来在逆境中，徐光耀又写出了中篇小说《小兵张嘎》，写活了小嘎子，成为当代文学中不可多得的经典。徐光耀在用这种方式报答老师们的厚望。

永远的丁玲

1955 年至 1957 年，丁玲、陈企霞受到批判，最后被定为“反党集团”，作为“得意弟子”的徐光耀也受到了牵连。对老师丁玲，徐光耀一直心存感恩之心，敬重有加，他不相信对党的文学事业兢

1986 年 3 月 15 日，徐光耀（左一）和李涌在丁玲灵前凭吊

兢业业、呕心沥血、无比忠诚的丁玲会反党，即使在那样特殊的历史时期，丁玲被冠以反党罪名了，在徐光耀的内心对她还是有客观公正的评价的。在徐光耀说明丁玲的问题时，他本着对党忠诚、对老师负责的态度，做了实事求是、客观公正的说明，不人云亦云，更不落井下石以求自保，坚守了为人为弟子的底线和一名共产党员的操守。他后来被错划成“右派”，被“发配”到保定农场劳动改造。此后很长时间，师生之间音讯渺渺。

1978 年丁玲复出，不久后徐光耀也恢复了名誉，但世事沧桑，历经磨难，丁玲已然显得垂垂老矣，徐光耀也不再拘谨青涩。1979 年“落实政策”后的丁玲回到北京，徐光耀听说后，找到张凤珠（徐光耀中央文研所同学，曾任丁玲的秘书），相约去看望丁玲。一见面丁玲就对徐光耀说：“哎呀徐光耀，你是吃了我的挂落儿了，我连累了你。”徐光耀赶紧说：“不，不，没关系，是我自己把事情闹成这样子的。”丁玲话题一转，告诉徐光耀：“你们部队的一帮作家，将来文坛就靠你们了，你们应该是文学的脊梁。”历经磨难的丁玲见到徐光耀，依然在关心他的个人际遇，关心他的文学创作，对他充满期待。

之后的几年，徐光耀先在保定后又到石家庄工作，虽然距离远了，但徐光耀对恩师的感情一点也没有远。他多次拜望老师，每次见面，丁玲还依然“敲打”徐光耀，问他写作情况，让他多深入生活，多写些东西出来。这样的师生之情没有因人生的坎坷而冲淡，实在难能可贵。

1986 年 3 月 4 日，丁玲在北京逝世。徐光耀到丁玲灵前祭悼，表情凝重。我们无法揣测徐光耀当时想到了什么，但我们可以肯定他一定百感交集。斯人已逝，但在徐光耀的心里丁玲是不朽的。

丁玲、徐光耀，为师、为弟子都令人敬佩。

陈企霞力助《平原烈火》出版

使徐光耀立足文坛的作品不是《小兵张嘎》,而是比《小兵张嘎》早十几年的长篇小说《平原烈火》。1950年《平原烈火》出版时徐光耀只有二十五岁，还是一个刚刚步入文坛的年轻人，当时为这部小说的出版，他的老师陈企霞出力尤甚，可以说是倾力相助。这其中是有原因的。

1948年陈企霞（右）、萧殷在华北联大合影

徐光耀与陈企霞相识于华北联合大学。那时刚二十出头的徐光耀几经争取，终于在1947年1月10日得以进入华北联大文学系插班学习，而陈企霞正是文学系的主任。徐光耀能够进入华北联大文学系和陈企霞有着直接的关系。正是看中了徐光耀十几岁就参加革命的年轻的“老革命”身份

和他已在报刊上发表了许多通讯报道的"文学成绩"，爱才的陈企霞才爽快地答应接收徐光耀到华北联大文学系插班学习的。徐光耀"傲人"的革命经历和不错的"文学"功底，使得在联大的日子里陈企霞对徐光耀一直很看重，有时甚至是"另眼相看"，并寄予了厚望。在联大学习期间徐光耀不但刻苦认真、进步快，还表现出了很强的领悟能力和学习能力，发表了短篇小说《周玉章》等一些颇有影响的作品。这使得陈企霞对徐光耀的成长更加重视。

1947 年 8 月，徐光耀从华北联大毕业，并因立了功而留了校，在创作研究室任文学组的组长。这时陈企霞对徐光耀他们这些留校的同学总是以同事之礼相待，盼望着他们在文学方面有所成就，尤其对徐光耀，不但生活上关心，在文学创作方面更是不断地督促。在一次谈话中，陈企霞说得非常直截了当，他告诉徐光耀，"你应该多写些东西，即使目前无地方发表，将来打入大城市，我可以担保你有多少都可以的，愿意上报就上报，愿出单行本就出单行本。""你应该写自传式的东西，把你自己这多少年来的经历写下来，不足的可以想象补充。也可以把你所见所闻的人物集中在你身上，甚至可以虚构，来表现一个青年在八路军中的成长。把握一个主题，尽量表现一个主题，这是很好的……""苏联革命后有很多人都是写自传出名的，最好的如《钢铁是怎样炼成的》……"同时陈企霞还教给徐光耀为文的道理和写作的方法，这让徐光耀很受鼓舞和激励。于是徐光耀想到了自己的家庭、自己的姐姐，特别是"五一大扫荡"期间经历的很多故事，都可以写出来呀。徐光耀激动得在日记中都对自己大喊："光耀！动笔吧！太阳在前头等着你呦！"徐光耀明白，陈企霞对文学系出来的同学，有一种特别强烈的期望，他希望这些同学无论如何要坚守文学岗位，要写出东西来，要多写，要写得好。但事与愿违，同学们毕业后坚守在文学岗位上的并不多，大都分配到了与文学不大相关甚至毫不相干的岗位，陈企霞当然有些失落，但新中国成立前后，百废待兴，各行各业都太需要人才了，听从党和祖国的召唤是必然的。在兵团编报纸的徐光耀所从事的工作算是与文学密切相关的了，因此，徐光耀一直在下决心，也一直在努力，以不辜负老师的期望。

王先臣司令员画像，殷恩光绘

写“五一大扫荡”、写《平原烈火》的想法早已经在徐光耀心里萌芽了，有了陈企霞的鼓励和引导，徐光耀的写作欲望更加强烈，只是当时战火纷飞，没有时间和精力写一部长篇小说。1949 年全国解放已成定局，6 月徐光耀随部队驻防天津，这时终于有了相对宽松的时间可以完成老师的厚望和自己的心愿了。徐光耀制订了写作计划和目标，还专门请了假，准备写一部自己亲身经历的抗战题材的长篇小说《平原烈火》(当时还未定名叫《平原烈火》)。7 月 7 日，抗战全面爆发纪念日这天徐光耀正式动笔，集中精力写《平原烈火》。开始写作之后，他经常把自己一个人关在屋里，把牺牲的司令员王先臣的像挂在眼前，静下心来，认真创作，仅用了四十多天时间就完成了长篇小说《平原烈火》的初稿。小说的内容就是作者亲身经历的日寇灭绝人性的“五一大扫荡”，提起笔来，日寇的凶残、战斗的惨烈、战友的勇敢和牺牲者的音容笑貌都一一涌上心头，诉诸笔端，徐光耀只是把他们进行了一些艺术化处理。徐光耀后来回忆，这部小说的许多情节当时都是流着泪写出来的，其实有时不是自己在写，而是澎湃的感情推着情节往前走。

初稿完成后，徐光耀第一个想到的是请教自己华北联大的老师萧殷。《平原烈火》9 月完成初稿，正好 10 月徐光耀到北京采访华北军区秋季运动会，一共七天时间，他希望萧殷能紧着看完，提提意见，没想打扰身为领导的陈企霞。到北京后萧殷带着他去看望陈企霞，徐光耀索性拿出带来的稿子，问陈企霞有没有时间看一看，能不能一周内看完。没想到陈企霞一口答应有时间，并且说不用一周，三天就能看完。陈企霞也高兴他的弟子终于写出了大作品，这不正是自己所盼望的嘛。

三天后，在办公室里，陈企霞对徐光耀的《平原烈火》提了一大堆意见，但还是大大地鼓励了徐光耀，认为这部作品还是够出版的水平的，多说缺点只是为了更高一步的要求。陈企霞要徐光耀赶快把这部作品弄出来拿去出版。徐光耀打算用半年的时间把它仔细地修改几遍，但陈企霞坚决反对，要求徐光耀一个月之内改出来，把稿子交给他。为了徐光耀尽快把稿子改好，那天陈企霞跟他谈了很多关于这部小说的修改，细致、耐心。在修改小说和本职工作发生冲突之际，为了徐光耀有充足的时间修改，陈企霞甚至帮助徐光耀请了一个月的创作假。

11 月 23 日，《平原烈火》第一遍大改终于完成了，添了七十三条内容、两万多字、总共二十三页，三生和周海樑的人物性格也得到了加强。这些日子改稿改得晕头转向的徐光耀，几乎要狂欢起来了。第二天他赶紧给陈企霞写了封信，告诉他自己的难处和成绩，特别感谢了他的鼓励，正是陈企霞的鼓励才使这部小说的稿子得以这么快完成。还有一件重要的事是问一问陈企霞这本书应该叫什么名字。信中徐光耀写了几个备选，比如可以叫“从黑夜到天明”“平原上的激流”“冲破千层浪”“火炼成钢”“千锤百炼”等，让陈企霞可以从中选一个，也可以给另起一个。11 月 30 日，徐光耀收到了陈企霞的回信。信中陈企霞鼓励他："确实，你那部东西，也是写得不坏的，我觉得不修改也能发表，当然了修改了是会更好的。"所有老师总是对学生要求更严格更高，这也许是通病，陈企霞也不例外。陈企霞要求徐光耀把书稿抄好后寄给他，他想办法出版，至于书名，自己能定就定一个，不定也可。

稿子抄完寄走后，徐光耀几乎是神经质似的几乎每天都在想陈企霞收到他的稿件了吗，天天盼望收到陈企霞的回信。12 月 28 日，徐光耀终于收到了陈企霞的回信，得知稿子已收到，徐光耀一块石头落了地，无比高兴。

1950 年 1 月 15 日，徐光耀又收到了陈企霞来信。徐光耀形容这次收到陈企霞的来信是"遇着了大事情"。信中陈企霞告诉徐光耀，书稿他看了两遍，比修改前好多了，并告诉他已经把其中一部分介绍给《人民文学》发表，但文稿里有些徐光耀自造的字，需他亲自赴京改一下，以便付印。其实几个字的事，本不必作者亲自跑一趟，但陈企霞的意思，这部书稿就好像徐光耀的孩子，一定要让他亲眼看到其诞生的过程，意在鼓励徐光耀。

当天徐光耀就从天津赶往了北京，在当时的交通条件下，徐光耀几经辗转到中华全国文学工作者协会时已经差不多是夜里 11 点了。已经睡下的陈企霞赶紧又起来，给徐光耀找屋子、铺床铺、安排住处，期间还讲了徐光耀文章中的几个弱点和自造字，让他第二天加两节、改一改。

第二天早晨，陈企霞给徐光耀煮了一碗鸡蛋，用当时几乎是最好的招待让徐光耀吃得饱饱地到《人民文学》编辑部改稿子。《人民文学》编辑部的主任是诗人严辰（即厂民），严辰也是徐光耀在华北联大上学时的老师。为了发表的需要，书稿已被抽出了周铁汉从受伤到被捕入狱、审讯、越狱、到家、归队等一大段，近三万字，取名《周铁汉》，后来发表在了 1950 年《人民文学》第一卷第四期上。为这段书稿的发表，严辰也颇卖力，亲自给这部分发表的内容写了一篇评论和介绍文章。

晚饭前，徐光耀将稿子全部改完，又到陈企霞的办公室研究起书名来。陈企霞比徐光耀还着急得多，拿起笔来把大家说的名字都抄下来，还逼着徐光耀把过去想过的名字全写出来，情急之下，徐光耀竟将以前想到的名字全给忘了。晚饭后，陈企霞又拉来严辰、秦兆阳、唐因等，几个人一起讨论书名，讨论了大约有一个半小时，起了起码有三十个名字，但似乎都不中意。陈企霞便挤兑严辰：“你给起一个嘛，你这诗人！”严辰支吾着说：“我……起名字我哪行嘛！”。倒是秦兆阳挺热心，接连说了好几个，最后确定为《平原烈火》。陈企霞又说了《我们就是队伍》《铁汉》等几个，讨论了半天，大多又都感觉不好，最后还是确定就用秦兆阳起的《平原烈火》。

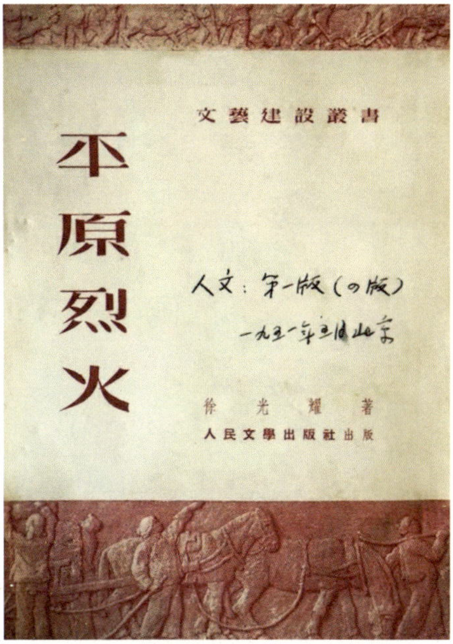

人民文学出版社成立后出的第一本书就是《平原烈火》，1951 年 5 月第四版

这个书名真是大费了周折，陈企霞也不惜大费周章。起好书名后大家的话题依然没离开写作，陈企霞对徐光耀提出了更高的要求，要徐光耀以《平原烈火》为基础，写成三部曲。他甚至都为徐光耀打算好了，《平原烈火》就是第二部，再写个第一部，写周铁汉从小到大的成长过程，第三部写他又怎样转入了生产，这人物就完整了。唐因说：“这么写就成了纪念碑。”陈企霞坚定地说：“对，就是要树立‘纪念碑’。”虽然徐光耀觉得这样有些“好高骛远”，但可见陈企霞对徐光耀这个学生不但关心，还充满了信任和期待。

徐光耀当然也理解老师和同学对他的帮助，于是回到天津不久他就给陈企霞写了一封信，告诉陈企霞书出版后，请老师“机留”稿费三十万元（旧币），一来这没有思想感情不纯的问题，二来自己生活还不错，钱多了太奢华就会腐化，不易接近艰苦的生活，稿费可以用来买他的书，送给在京的老师和同学萧殷、严辰、何洛、蔡其矫、熊焰、周延、陈淼、鲁煤、李兴华、唐因等。徐光耀有情有义。

2月5日，徐光耀终于看到了1950年《人民文学》第一卷第四期，上面刊有《平原烈火》节选《周铁汉》，同时刊有严辰以“安敏”的笔名写的一篇洋洋洒洒几千字的介绍文章《一部描写冀中抗日游击队的新作——介绍徐光耀的长篇〈平原烈火〉》，深入分析了周铁汉这一英雄形象，对徐光耀这部长篇小说颇为赞赏。《周铁汉》的发表引起了很大反响，不久就被介绍到了苏联，这在当时是非常荣光的。

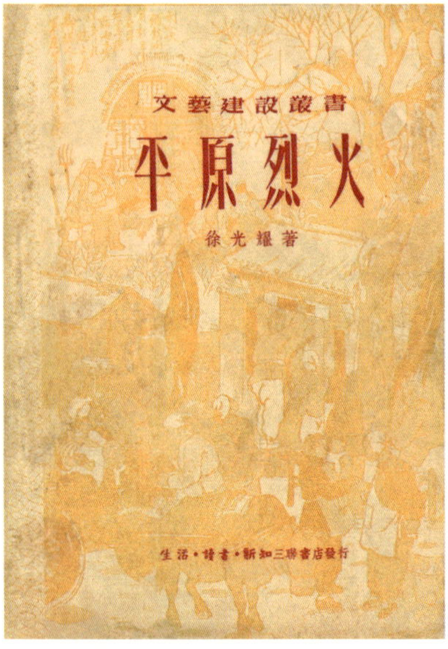

1950年6月，三联书店一版一印

在盼望和焦急等待中的徐光耀终于在7月14日收到了出版社送的七本《平原烈火》赠书，这时徐光耀真正看到了自己的“孩子”出生了。早在6月份《平原烈火》已由三联书店出版发行，这距离1949年7月7日徐光耀正式动笔写这本书仅仅一年时间，在那个时代这样的出版速度是相当快的，这当然和陈企霞的热心操持、倾力帮助是分不开的。

《平原烈火》是新中国成立后第一部反映艰苦卓绝的抗战生活的长篇小说，一出版就引起了巨大反响，也给作者带来了很高的声誉，徐光耀成为名副其实的“名人”，成了让许多人艳羡的著名青年作家，许多学校都请他去做报告、谈创作经验，后来他还因此顺利地进入了有新中国文学界的“黄埔军校”之称的中央文研所深造，参加了只有那些著名作家才有资格参加的仅仅十六人组成的中国作家访苏代表团。虽然生性有些木讷的徐光耀本身并不在意这些，但无疑这本书对他以后的人生道路、写作道路都产生了很大的、很直接的影响。

但对于徐光耀取得的这一成绩陈企霞并没有心满意足，他对徐光耀还有更高的期望。在为小说起名字时，他就透露过他所期望的徐光耀的远大目标，起码要把《平原烈火》写成三部曲。后来徐光耀一有机会就拜望老师，当面向他请教，陈企霞依然期盼着徐光耀取得超越《平原烈火》的更大的成绩。

从 1950 年 9 月徐光耀奉华北军区之命进京到他进入中央文研所学习这段时间，是自华北联大分开后徐光耀和陈企霞联系最频繁的时期，这当然和二人同在北京有直接关系。这个时期一有时间，徐光耀就去拜访老师，当面请教，每次陈企霞都对徐光耀的创作表现出急切的愿望。

1950 年 10 月 5 日，徐光耀拜访陈企霞，陈企霞又一次催促徐光耀接着写下一部长篇，不要隔得太久，他鼓励徐光耀要大胆些，不要顾虑太多，他甚至激动地对徐光耀说：“你的生活十几年，绝不止《平原烈火》这一本吧。”徐光耀说心里没东西，陈企霞鼓励他：“主要是劳动、是思索，把过去曾经最感动你的经常思索，发展它、积累它，慢慢结构出来个故事！主要是写出好的人物。只有经常性地思索和劳动，才能产生艺术，才能产生典型，才能富于概括性。只有富于概括性的东西，才能产生艺术，才能产生典型，才更富于概括性。只有概括性的东西才显得淳厚，耐人寻味。世界文学名著中所创造的典型都是这样的，没有说有一个很现成的故事，一下就

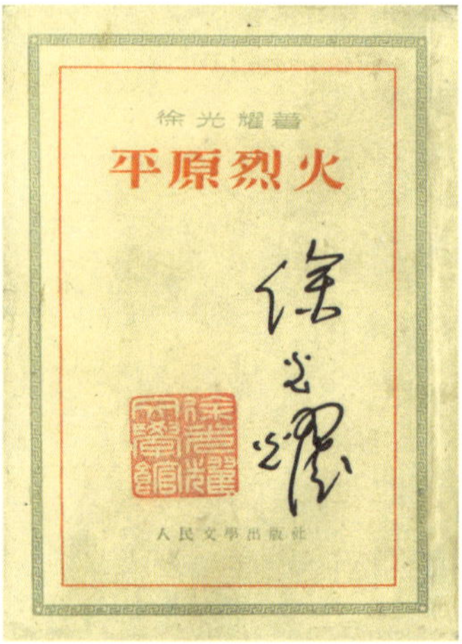

1953 年 8 月，人民文学出版社第六次印刷

1955 年 7 月，人民文学出版社第十次印刷

1980 年 1 月，人民文学出版社第十九次印刷

写成一部很好的东西的。”陈企霞这真是循循善诱了。我们从中能体会到，对于徐光耀取得文学创作上的更大成就，陈企霞似乎比徐光耀还更加急切。

1951 年 4 月 8 日，正在中央文研所学习的徐光耀去拜访陈企霞。一见面，陈企霞就问徐光耀学习得好不好，并鼓励徐光耀再写一部小说，主要是要写出一个人物来，并劝徐光耀也可以多写些短篇，再出个短篇集子。

1951 年 10 月 13 日，一大早陈企霞就给徐光耀打电话，说晚上华北联大文学系的老师、同学联欢吃饭，让徐光耀晚上 6 点钟到他那里。傍晚 5 点半陈企霞叫上徐光耀坐上柳青的汽车来到文联他的家里。一路上，陈企霞旧话重提，让徐光耀赶快再写一部小说，就写一个农村青年怎么成长为革命干部的，大部分用自己的材料，写成自传体小说，很有意义。陈企霞这样的嘱咐和盼望，徐光耀记得已说了不下四五回了。那天晚上，在蔡其矫家吃饭，萧殷、萧殷夫人陶萍、严辰、熊焰、逯斐等都来了，席间都为《平原烈火》的出版干杯，祝贺徐光耀。吃完饭从蔡其矫家里出来，已颇有醉意的陈企霞还是不忘再次叮嘱徐光耀："徐光耀，再写一部小说吧，好好想一想，再写一部出来，就以自己的出身为主体……"老师们的热情和期盼让徐光耀感动，独自走在回家的路上，徐光耀对着天空宣誓：一定要把这样一部小说写出来！

1953年9月11日，正在老家雄县下乡的徐光耀借回北京参加全国第二次文代会（会议延期到了9月23日）的机会，拜访了陈企霞。陈企霞告诉徐光耀，英文版的《中国文学》要他写一篇介绍《平原烈火》的文章，他把小说又看了一遍，觉得《平原烈火》是中国当时现有小说中最好的，它具有《毁灭》那样的意义，是会流传下去的。徐光耀觉得老师言过其实，简直把自己捧上了天。接下来陈企霞讲了很多，有批评，有建议，有道理，更有期盼，真是谆谆教导。他依然希望徐光耀一定还要写，写出第二本来，并热情地鼓励："你要加把劲啊！"并毫不客气地告诉徐光耀，他近一两年的作品，他都看过，尤其是近来写的一些东西，那不叫作品，不算文艺，它们造作、无力、不自然，生硬的地方太多。他告诉徐光耀之所以这样，是因为他近来生活不深入、不扎实，为什么《平原烈火》是成功的，因为那段生活、斗争和徐光耀自己是一致的，中间没距离，创作起来，作者和生活是合二而一的，多么高明的作家，也写不好生活和自己不一致的作品。陈企霞又一次跟徐光耀强调了人物典型，他说文学创作主要是观察人，可是现在中国作家最大的问题是不去研究人，不注重人。那天陈企霞谈兴很浓，又讲了许多关于工作、关于写作的道理。

陈企霞对徐光耀的殷殷之心令人感动。

可惜，不久陈企霞就交了厄运而自身难保，但当陈企霞生活遇到困难时，作为学生的徐光耀听说后，毫不犹豫拿出稿费慷慨相助。当老师落难时，徐光耀坚持了为人为学生的操守，无论是在批斗会上还是在揭发材料中都实事求是、秉笔直书，绝不为一己之私而落井下石。即使后来徐光耀受“丁玲、陈企霞反党集团”影响被打成了“右派”，他也不曾有一句对老师的怨言。有老师如此，有学生如此，无论是陈企霞还是徐光耀都是幸运的，其师生之谊也当为后学者范。

1980 年代初，陈企霞（前排左一）和原华北联大文学系师生严辰、逯斐、朱子奇、蔡其矫、熊焰、陈淼等合影。后排居中者是徐光耀

【陈企霞】

著名作家、文学家。1931 年开始发表作品，1933 年加入中国左翼作家联盟，同年加入中国共产党，主要从事革命活动。1940 年到延安，协助丁玲编辑《解放日报》副刊，参加延安文艺座谈会。1945 年

参加华北文艺工作团，工作团并入华北联大后，任华北联大文艺学院文学系主任，参与编辑《北方文化》《华北文艺》杂志。新中国成立后任全国文联副秘书长、文协秘书长，与丁玲、萧殷主编《文艺报》。1955年因“丁玲、陈企霞反党集团”案被错划为“右派”，1979年平反。后担任茅盾文学奖评委、《民族文学》杂志主编。1988年1月16日逝世。陈企霞一生主要从事文学编辑和文学教育工作，个人作品不多，主要有评论集《光荣的任务》，小说《狮嘴谷》《血的旗子》《星夜曲》，散文《狼叫》等。

师者萧殷

——三位大作家感恩萧殷点滴

萧殷画像，殷恩光绘，徐光耀题

萧殷在我国现、当代文学史上是一个特殊的存在，他作品不多，却默默耕耘，培养作家无数；别人的“作品”是作品，他的“作品”是作家。文坛上的萧殷更像是“伯乐”，与伯乐不同的是，他不但善于发现“千里马”，还用心培养“千里马”。萧殷一生编辑过多种报纸杂志，曾任华北版《新华日报》编委、《晋察冀日报》编委兼副刊主编、《冀中导报》副刊主编、《石家庄日报》副总编辑、《文艺报》主编、《人民文学》执行编辑、《作品》月刊主编等；做过延安的中央研究院文艺研究员、延安中央党校四部教员、华北联合大学教员、中国作家协会青年作家工作委员会副主任、文学讲习所副所长、暨南大学中文系主任等。

萧殷以报纸杂志和学校为阵地，把自己总结的文学理论和写作理论，以一种“实用”的方式传授出去，扶持和培养了一大批青年作家，如徐光耀、徐孔、唐因、黎白、鲍昌、白桦、王蒙、邵燕祥等。这些作家成名之后，无不对萧殷充满感恩之情。

萧殷这种善于发现人才的“伯乐”之功似乎很早就有，后来成了他身上的一种高贵品质，受人敬仰。

著名作家康濯和萧殷并无师生之谊，但康濯一直对萧殷心存感恩，就是因为他文学的起步也得益于萧殷的助力，为此 1989 年康濯专门写过一篇文章《萧殷——我的三同战友》，深情回忆他和萧殷之间的深厚友谊。文章里说他和萧殷有过“三同”：同是延安鲁艺第一期学员，同住一个窑洞，同一天入党。名曰“三同”，其实康濯着重写的却是萧殷和自己的不同。

1938 年，两位热血青年投奔光明，先后来到延安。当康濯艰苦跋涉，辗转来到鲁迅艺术学院时，萧殷早考入鲁迅艺术学院了。康濯清楚记得，来到鲁艺，第一个热情帮助他的人就是萧殷。萧殷帮他提行李，铺铺位，和他聊天，嘘寒问暖。于是萧殷成了康濯到鲁艺后第一个熟人。那年萧殷二十三岁，康濯十八岁。萧殷的资历也比康濯“老”得多，不但在广州《民国日报》发表过二三十篇小说、诗歌、散文，在香港《珠江日报》发表多篇杂文，还在范长江主持的中国青年记者协会当过干事，在“青记”会刊《新闻记者》发表过多篇抨击时弊的文章，这让康濯既感动又兴奋，康濯也莫名地对这位“老大哥”产生了信任和依赖。

当时康濯很担心自己学历浅，考不上鲁艺，萧殷很认真地问了康濯看过哪些古今中外文学名著和理论书籍，还问了一些文学常识，尤其了解近期看过哪些书籍，最后，萧殷才下结论：我看总有一定的把握。直到考试前，萧殷还一直鼓励、宽慰、启发康濯，最后，康濯果然考上了鲁艺文学系。晚年的康濯曾深情地回忆起了这段经历，他说："我这次考试的思想准备和情绪稳定，很大程度上是得力于萧殷同志的帮助。"

在鲁艺文学系，康濯和萧殷成了同学，因此康濯也得到了萧殷更多的鼓励和帮助。在周扬主讲的"写作实习"课上，周扬要求每位学员至少交一篇作品，由他读后讲评。康濯写了一篇散文《哨兵》，写的是他们一批进步青年到陕甘宁边区的时候，一位老汉既严格盘查又热情接待的故事。文章上交之前，康濯先请萧殷等人看过，别的学员不置可否，甚至有人公然酸溜溜地评价这篇作品。萧殷不仅表现出少有的气愤，还鼓励康濯：不错，不错，交吧。这篇作品果然得到了周扬老师的表扬。一位初学写作者能够得到周扬表扬，的确能极大增强其写作信心。

不久之后，康濯就可以在大型报刊上发表文章了。萧殷还因为康濯处女作的发表请康濯吃饭，在那样艰苦的条件下，萧殷居然炖了一只鸡请客，他比自己发表了作品都高兴。

萧殷对康濯一直是赏识的。后来萧殷到《人民文学》主持编务，纪念《在延安文艺座谈会上的讲话》发表十周年的时候，萧殷约康濯写稿，要求不要讲空话。康濯的稿子果然写得非常实在，于是在排版时，萧殷把一位资历、名望都颇高的作家的稿子排在后面。为此萧殷挨了批评，但萧殷坚持认为，那位作家的稿子太空，能够发表，已是照顾了。后来，康濯回到湖南，担任湖南省文联主席，并且成为著名作家。

1980 年，康濯再见到萧殷时，萧殷已患病，身体很虚弱。为师、为友，康濯都深刻理解萧殷，尊敬萧殷，他说："我感到自己懂得了什么叫呕心沥血。萧殷同志原来是把他全部的心血，哪怕只剩下一点一滴，也全部献给了我们的文学事业，献给了帮助别人特别是辅导和培养一代代的文学新人的事业。”

徐光耀能够成长为军旅作家、著名作家，萧殷功不可没，是萧殷发现了徐光耀的文学才能，并引导他走进文学殿堂。

1947 年 1 月 10 日，徐光耀到华北联大文学系插班学习，在这里他遇到了许多文坛名家，其中对他帮助最大的就是陈企霞、萧殷。

只上过四年小学的徐光耀十分珍惜这次学习机会，也充满了写作的热情，那时他小说、诗歌、杂文、通讯、文论等都写，涉及面很广，而小说《周玉章》应该是徐光耀文学生涯的转折点。这篇小说发表在《冀中导报》上，当时萧殷正在《冀中导报》任副刊主编，他不但编发了这篇小说，还给这篇小说加了按语，给了这位文学新人很高的评价。《周玉章》这篇小说的发表，给徐光耀带来了不小的荣誉，在联大走到哪，都是人们对他的称赞，还有的同学干脆拿着作品请他指导，这对徐光耀来说是极大的激励，使徐光耀的文学梦想闪现出了现实的火花。

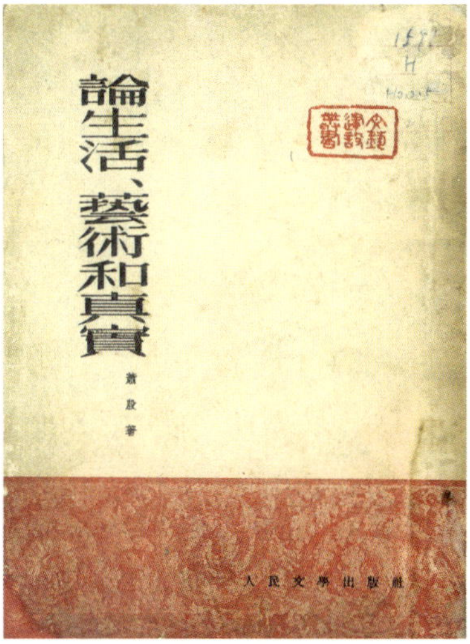

萧殷著，1952 年 6 月二版

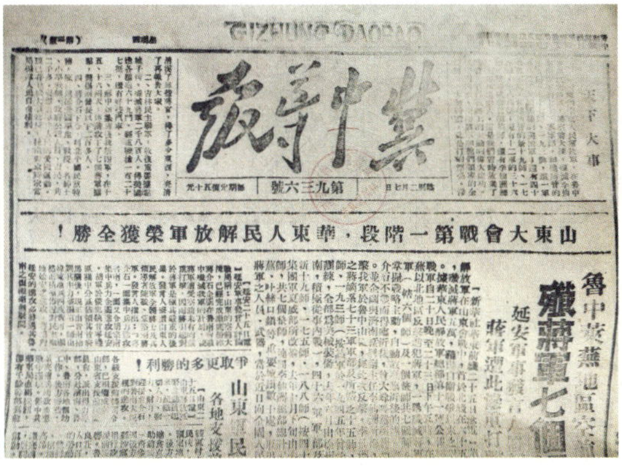
冀中導報
山東大會戰第一階段·華東人民解放軍榮獲全勝！

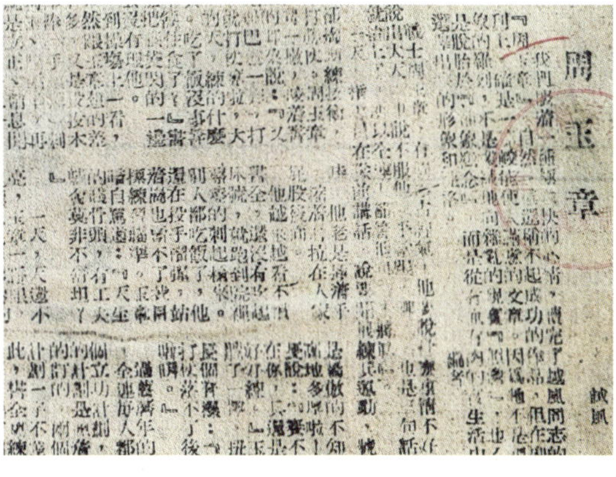
周玉章

《冀中导报》报头及刊载的《周玉章》全文

徐光耀更幸运的是第二个学期萧殷到华北联大任教了，这位“伯乐”成了徐光耀的文论老师。萧殷在华北联大教授《创作方法论》，徐光耀是这门课的课代表。因为接触多，徐光耀“近水楼台”，当然也就得到了萧殷的许多特别“照顾”，这在徐光耀的日记中有许多记述。

萧殷虽然是一位文学理论家，但他和别的文学理论家有很大不同。好多文学理论家在青年作者看来，往往高高在上，善于批评，而萧殷的理论是指导型的，实用性非常强。据徐光耀回忆，萧殷的文论课是他听得最完整、最明白的一门课。萧殷的每次指导几乎都能使徐光耀有所进步，当然这和徐光耀自己的勤奋和悟性也是分不开的，但更得益于萧殷对徐光耀在学业上的严格要求。比如上课讲学员的习作，萧殷就专门拿徐光耀的文章做反面教材，即使他已给了徐光耀肯定评价的作品，也毫不留情地指出其中的缺点，哪怕徐光耀感到萧殷的当众批评总会让自己有些“无地自容”。这种严格其实正是萧殷看到了徐光耀是一个可塑之才，是一块璞玉，值得好好雕琢。即使在课余时间，徐光耀也从萧殷那里受到过许多教益。1947 年 9 月 26 日，徐光耀日记记载：“晚饭后到萧殷那里聊了半天天儿，他又谈了许多创作上的问题，劝我应特别多看点书，还介绍了许多书和作家。最后，借部《红楼梦》来，我希望这是我一段重要学习的开始。”这部《红楼梦》后来成了徐光耀最喜欢的作品，也是对徐光耀写作影响最大的一部作品。

在华北联大这段时间，在萧殷的关心帮助指导下，徐光耀虚心求教，进步神速，写作水平出现了质的飞跃，由单纯地讲故事，提升到刻画人物、写景状物，实现了由写通讯报道到写文学作品的关键转变，徐光耀也由一个只会写通讯报道的文艺战士，成长为一名军旅作家。

在华北联大插班学习，虽然仅有八个月的时间，但对徐光耀的写作技巧来说是一次巨大的提高。尤其在萧殷任教的第二个学期，他的作品不断，而且以小说居多。在校学习期间徐光耀作品发表多、质量高，立了功，留了校。

其实就是留校一事，也有很多萧殷的因素在里面。他多次提醒徐光耀，按他这样的条件是完全可以申请留校的。这当然是萧殷的“私心”和“偏心”，在萧殷看来，留在联大这样的环境里才更适合徐光耀写出更多更好的作品。从个人生活到前途未来，萧殷对自己的“得意弟子”的关怀可谓是无微不至了。

在华北联大学习八个月，再加上留校的时间，徐光耀当面受教于萧殷有一年多之久，萧殷的耳提面命使他受益匪浅，这个阶段无疑是徐光耀文学生涯最重要的阶段之一，也是他的写作技巧由稚嫩走向基本成熟的重要过程。后来师生已经分开，萧殷很长一段时间不见从华北联大毕业后的徐光耀有更多更好作品出现，几次写信催促徐光耀要勤于创作，因为萧殷知道他能写出很好的作品来。徐光耀当然也会向老师汇报自己的情况，在 1949 年 3 月 5 日的日记中徐光耀写道：“早晨给真心拥护的老师萧殷同志写信，信提起他嘱咐我多写，我却没有做到，实为惭愧。见了鲁煤的《双红旗》甚受刺激，我确实感到落后了。不过尚未灰心，我尚在收集语汇、民歌，为将来做点打算。希望他的《创作论》赶快出版，大家都在盼望他给世上带来可贵的东西。”《创作论》是萧殷给徐光耀的信中提到的正在整理将要出版的一本文论集，对老师这部那么具有指导意义和实用价值的书，徐光耀早已迫不及待了。有一次，萧殷和华北联大时的学生陈淼谈论到凌晨 12 点半，说到不见徐光耀、徐孔等人有作品发表，萧殷睡意全无，连夜给徐光耀、徐孔他们写信，洋洋洒洒好几页，鼓励他们多写、多发表作品。这时萧殷在编《文艺报》，他盼望着在自己主持的“文艺阵地”看到弟子们的作品，其情切切。

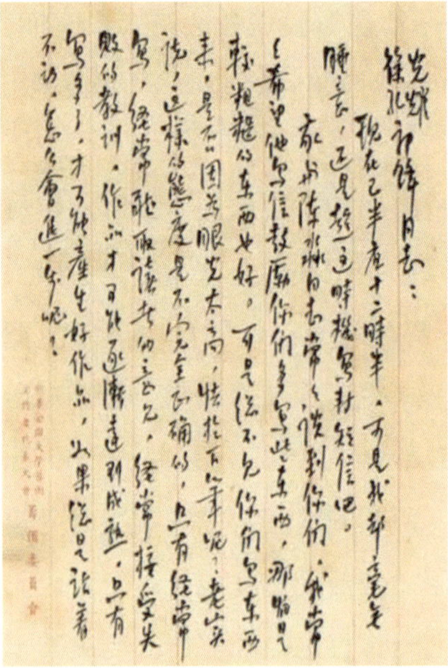

与陈淼谈后，萧殷致徐光耀、徐孔的信札（第1页）

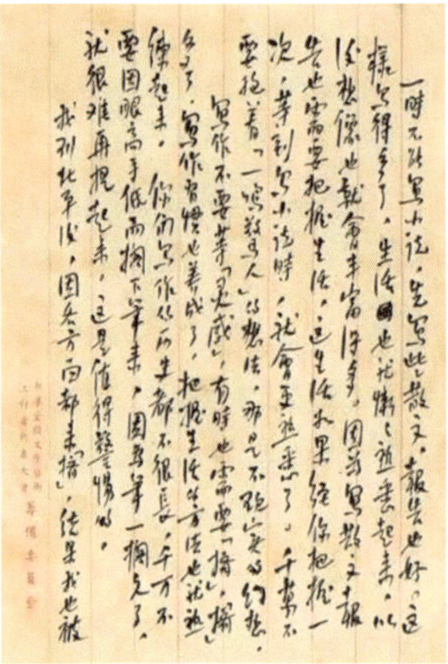

与陈淼谈后，萧殷致徐光耀、徐孔的信札（第2页）

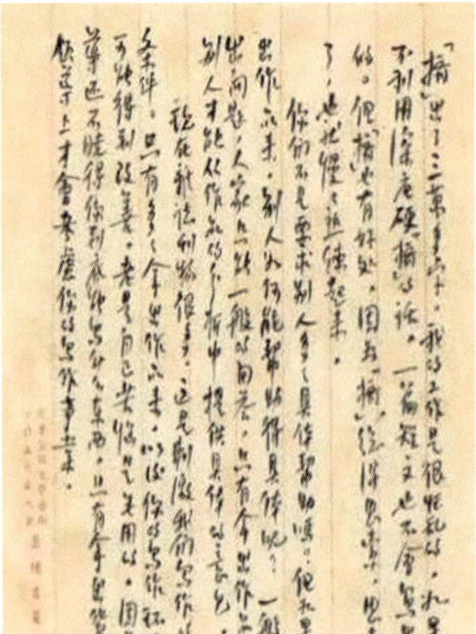

与陈淼谈后，萧殷致徐光耀、徐孔的信札（第3页）

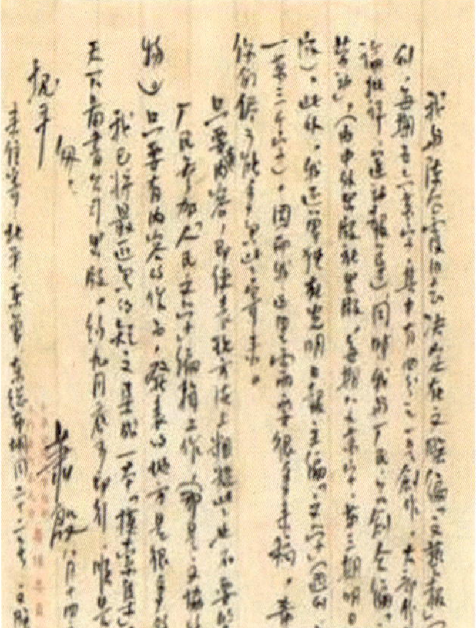

与陈淼谈后，萧殷致徐光耀、徐孔的信札（第4页）

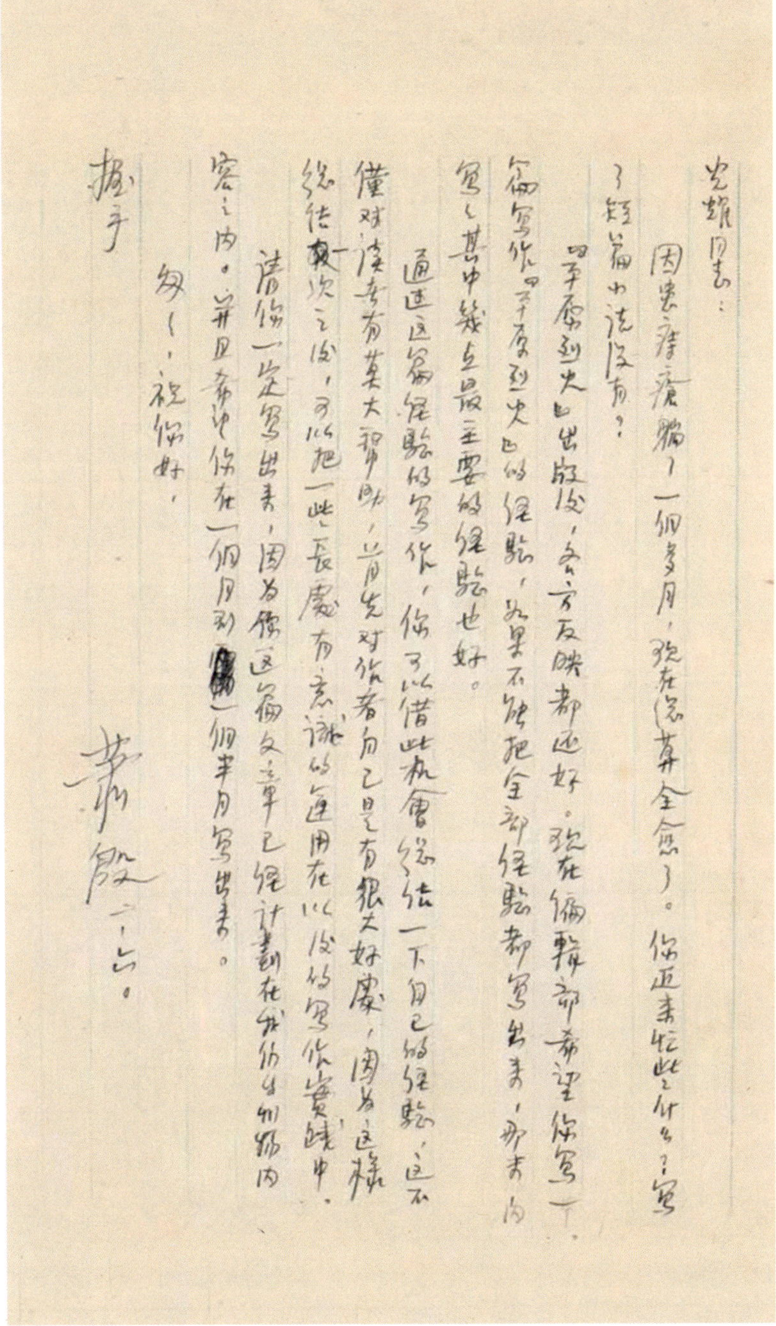
光耀同志：

因患痔疮躺了一个多月，现在总算全愈了。你近来忙些什么？写了短篇小说没有？

《平原烈火》出版后，各方反映都还好。现在编辑部希望你写一下篇写作《平原烈火》的经验，如果不能把全部经验都写出来，那末为写写其中几点最主要的经验也好。

通过这篇经验的写作，你可以借此机会总结一下自己的经验，这不仅对读者有莫大帮助，首先对作者自己是有很大好处，因为这样总结几次之后，可以把一些长处有意识的运用在以后的写作实践中。

请你一定写出来，因为你这篇文章已经计划在我们的刊物内容之内。并且希望你在一个月到一个半月写出来。

匆匆，祝你好，

握手

萧殷 一.六。

萧殷致徐光耀信札，言要徐光耀写《平原烈火》的创作经验一事，之一

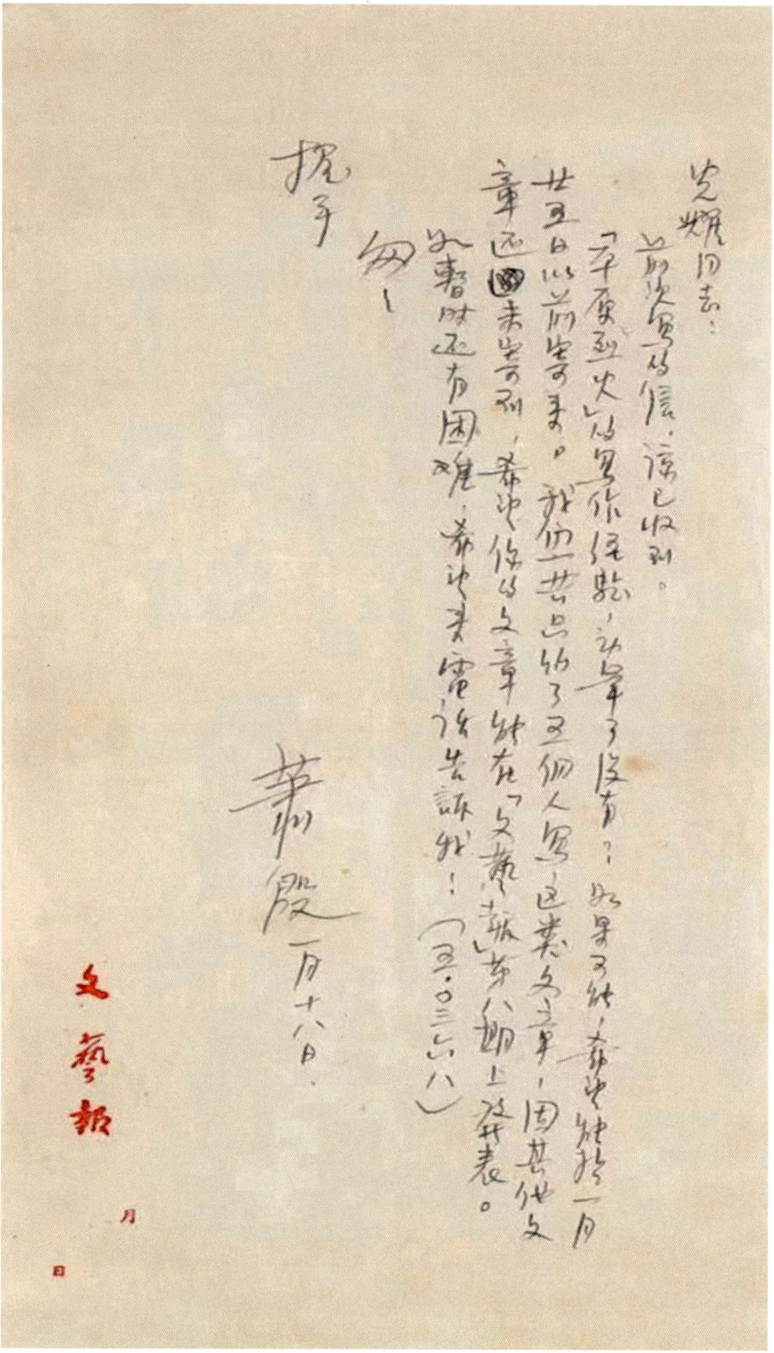

光耀同志：

前次寄的信，谅已收到。

「平原烈火」的写作经验，动笔了没有？如果已动，希望能于一月廿五日以前寄来。我们一共约了五個人写这类文章，因其他文章还未寄到，希望你的文章能在「文艺报」第八期上发表。如暂时还有困难，希望来电话告诉我！（五·〇三六八）

匆匆

握手

萧殷 一月十六日

文藝報

月 日

萧殷致徐光耀信札，言要徐光耀写《平原烈火》的创作经验一事，之二

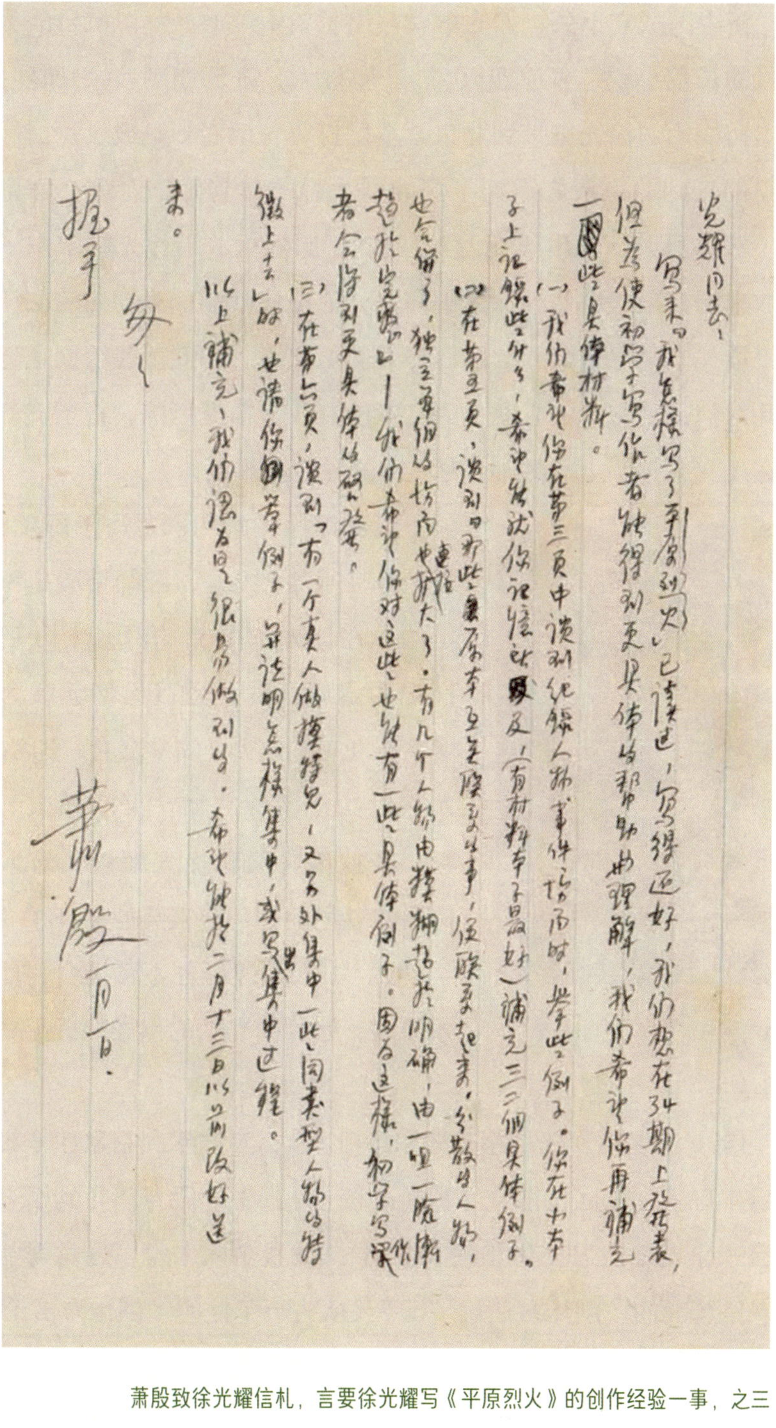
光耀同志：

写来的《我怎样写了〈平原烈火〉》已读过，写得还好，我们想在34期上发表，但为使初学写作者能得到更具体的帮助和理解，我们希望你再补充一些具体材料。

(一)我们希望你在第三页中谈到纪录人物事件特征时，举些例子。你在小本子上记录些什么，希望能就你记忆所及，(有材料本子最好)补充二三个具体例子。

(二)在第五页，谈到"那些原来互无联系的事，便联系起来，分散的人物，也会合了，独立单个的特征也就扩大了。有几个人物由模糊趋于明确，由一鳞一爪连结起来趋于完整"——我们希望你对这些也能有一些具体例子。因为这样，初学写作者会得到更具体的启发。

(三)在第六页，谈到"有一个真人做模特儿，又另外集中一些同类型人物的特征上去"的，也请你举例子，并说明怎样集中，或写出集中过程。

以上补充，我们认为是很易做到的。希望能于二月十三日以前改好送来。

握手

匆匆

萧殷 一月五日。

萧殷致徐光耀信札，言要徐光耀写《平原烈火》的创作经验一事，之三新中国成立不久，徐光耀就写出了新中国第一部以抗日战争为题材的长篇小说《平原烈火》，一鸣惊人，好评如潮。《平原烈火》写出初稿后，徐光耀带到北京原本是打算先请老师萧殷过目提修改意见的，到北京后先遇到了华北联大另一位老师陈企霞，陈企霞对《平原烈火》的出版卖力尤甚。《平原烈火》给徐光耀带来了很高的声誉，萧殷自然为徐光耀高兴，他很快就向徐光耀约稿，让他写一篇关于《平原烈火》的写作经验的文章，为此萧殷给徐光耀写了几封信，从文章的立意，到文章的修改，事无巨细，直至文章发表在《文艺报》上。为师、为友，萧殷用情殷殷。

1948年5月1日，萧殷、陶萍在华北联大结婚时留影

萧殷对徐光耀的确是寄予厚望的，仅一部《平原烈火》，老师萧殷是不满足的。在徐光耀1951年10月13日的日记中记载，陈企霞召集华北联大文学系在北京的老师、同学聚会，宴席间，人们纷纷祝贺徐光耀《平原烈火》出版，唯独萧殷又和徐光耀谈了一大堆作品的立场问题，有人笑他又开了“文学系”，夫人陶萍怪他不顾场合，他这才作罢。他对徐光耀的引导的确是“无孔不入”“不顾场合”。

1990年5月9日，徐光耀和黎白、白石二同学到石家庄辛集访旧后，写了一篇回忆散文《神游故校》，其中一段专门写到了老师萧殷。徐光耀认为在华北联大期间，“就我个人来说，最觉得益的算来是萧殷的‘创作方法论’”，“我从头听了他的‘创作方法论’，后来还做了他的课代表，每堂课下来，我都赶忙收集同学们的各种反映，然后连同自己的笔记，一同拿给他看。他总是专注地听意见，记下要点，再仔细改正我记录上的舛误。实在说，我对文学创作能有个基本的概括的理解，确是从他开始的。”萧殷教导徐光耀要注重写人物，徐光耀也的确重视写人物，多年后徐光耀的名作《小兵张嘎》正是因为对人物的出色描写，才使作品大获成功，成为经典。对于萧殷，徐光耀觉得“此人性情温和慈爱，天生一副奖掖后进心肠，他生前的几部著作及主要功业，都突出地表现着他对初学写作者的尽心培育和热情辅导”，“这份奖掖后进的热衷，是一直保持始终的。奉他为文学园地上的杰出园丁，当不是过誉之词吧”。（摘自《神游故校》）

徐光耀和萧殷始自华北联大的师生之谊保持了半个多世纪之久。2019 年，萧殷的家乡建设萧殷纪念馆，已九十三岁高龄的徐光耀知道后，用小楷工工整整抄写了十二页自己记录的 1947 年他受教于萧殷的日记，捐献给了萧殷纪念馆。徐光耀的这个举动，让我们切切实实地感受了这对“亦师亦友”的师生之间的深情厚谊。

更可贵的是，徐光耀在萧殷的身上学到了为人为师的宽厚、磊落、惜才、爱才，完全没有大作家的架子，竭力提携文坛晚辈。徐光耀主持刊物《莲池》和《长城》以及任职河北文联时，河北籍的文学青年尤其那些充满才气的青年作者，有不少都得到过他的提携、推荐或点拨，留下了不少正如他和萧殷一样的文坛佳话，这些作家后来都成就斐然。

学生继承老师的不只是学业，更有精神，徐光耀在萧殷身上学到的东西是全方位的，自己受用一生。这样的师生情才是纯粹的，值得称道的。

王蒙，曾任中华人民共和国文化部部长，并被授予“人民艺术家”国家最高荣誉 称号。多年来，他一直视萧殷为自己的第一恩师。

1953 年初冬到 1954 年，王蒙利用业余时间创作出了长篇小说

《青春万岁》，并交给中国作家协会文学讲习所的潘之汀，潘之汀将此稿推荐给中国青年出版社。1955年春，中国青年出版社的文艺室负责人萧也牧带着王蒙拜访萧殷。萧殷拖着病体用一个月的时间仔细看完初稿。再见到王蒙时，萧殷充分肯定书稿，在给予鼓励的同时，指出修改的重要意见，萧殷还以中国作家协会青年工作委员会的名义为王蒙向单位请了半年创作假。从那以后，王蒙每逢休息日，都到萧殷家里请教萧殷，并且一鼓作气完成了《青春万岁》。

萧殷还将自己新出版的《给文艺爱好者与习作者》送给王蒙。萧殷把高高在上的理论整理成了教材，把文学理论变成了文学创作“指南”。王蒙第一次读到这样的文艺理论书，感到帮助极大。王蒙说：“萧殷以指导青年写作为己任，而且管用。这样的老师我一生只遇到一位。”正是萧殷的鼓励和帮助，令年轻的王蒙鼓起风帆，在文学之路勇往直前。

1950年代初，《文艺报》编辑部主编、部分编辑合影。中间女同志是丁玲，后排左二萧殷、前坐者是陈企霞。前蹲者为侯泽民，后排左一为杨犁，后排右一唐达成，右二唐因

1956年，王蒙因为发表短篇小说《组织部新来的年轻人》遭到批判，萧殷不畏政治风浪，公开发文为王蒙辩护，这更让王蒙感激难忘。不久，王蒙被打成“右派”并且去了新疆，《青春万岁》出版一事搁浅，萧殷痛心不已，并把出版清样妥善保存，经历“文革”风暴后，萧殷的藏书大多数

已经失去，但是《青春万岁》的清样依然摆在书柜里。每有同事出差新疆，萧殷都会请他们寻找王蒙，但是总没结果，令萧殷沮丧不已。

1978年，王蒙回到北京后，立刻给萧殷写信。萧殷抑制不住兴奋，逢人就说："王蒙来信了！"。王蒙复出后的第一篇小说《最宝贵的》就发表在了萧殷主编的《作品》杂志上。

王蒙进入文坛初期迈出的重要的每一步，几乎都和萧殷有关，从萧殷对王蒙的发现、肯定到保护、赏识、扶持，都令王蒙难忘和感激。因此王蒙曾说："如果以中国过去的观点说，我的第一个恩师是萧殷，是萧殷发现了我。"他在《不成样子的怀念》一文中回忆了和恩师萧殷的第一次会面："在那里，文学的殿堂向我打开了它的第一道门，文学的神物化为一个和颜悦色的小老头，他慈祥地向我笑，向我伸出了温暖的手。"王蒙情真意切。

1983年，萧殷病重期间，王蒙专程前往广州探望。1987年7月5日，萧殷的家乡龙川县举办"萧殷公园"落成典礼，王蒙因公务繁忙未能出席，他专门给萧殷夫人陶萍女士写了一封信，表达了对萧殷永世难忘之情，并且亲自为"萧殷公园"题字。第二年，王蒙专程携夫人前往龙川县城，拜谒恩师塑像。2018年12月7日，"萧殷文学馆"在广东河源市图书馆开馆，王蒙专程出席仪式并发表了演讲。

王蒙说："萧殷一般很少严厉批评别人，他是一位非常讲品质的人，是一位非常自律、非常崇高的人。"像萧殷那样系统地、整理成教材来指导青年作家的，在王蒙一生经历中萧殷是仅有的一位。萧殷不愧为师者的典范。

今天，我特别把20世纪30年代、40年代、50年代，萧殷在早期培养帮助过的三位大作家的事迹放在一起，联想到从20世纪50年代至80年代，多位作家深情回忆萧殷呕心沥血培养自己的事迹以及深深的感恩之情，希望大家不要忽略了萧殷的“伯乐”精神由来已久。

最后，我还想提一下萧殷痛失“千里马”的一段往事。那是1946年，萧殷在张家口担任《晋察冀日报》副刊主编时，收到一位作者来稿，因字迹潦草，稿件辨认起来很困难，但萧殷求贤若渴，于是耐着性子，用了一周晚上的业余时间，总算把稿子读完了，居然发现这是一篇非常出色的小说。萧殷欣喜之余，请秘书赶紧把它誊写出来。但是十几天后因为战事吃紧，编辑部不得不从张家口撤离，慌乱中秘书把稿子弄丢了！萧殷为此痛心疾首，直到晚年，依然对此事念念不忘，心痛不减。我相信，以萧殷的慧眼，他肯定从这篇小说中确认了作者极具潜力，并且深信通过自己悉心栽培，尚且稚嫩的作者一定会迅速成长。可惜，战乱中，他与“千里马”失之交臂，这位年轻人从此被埋没。我是否可以推断，中国文坛从那时起，可能又失去一位大作家呢。

王蒙坚定地认为“萧殷不死，文学不死”，这是对萧殷蜡炬成灰的“园丁精神”和甘为人梯的“伯乐精神”的高度赞誉。文学繁荣需要“萧殷精神”，今日文坛更需要“萧殷精神”。

【萧殷】

1915年生，原名郑文生。1932年开始写作，与鲁迅有通信往来。曾担任中国青年新闻记者学会理事，编辑《新闻记者》。1938年进入延安鲁艺文学系学习，同年加入中国共产党，曾受中央组织部委派担任李公朴的私人秘书。先后担任《新中华报》《新华日报》《晋察冀日报》编委、《冀中导报》副刊编辑、《石家庄日报》副总编。1947年任华北联大文学系教员。新中国成立后历任《文艺报》主编、《人民文学》执行编辑、《作品》杂志主编。萧殷一生主要从事文学报刊编辑和文学教育教学工作，培养了大批文学青年。主要作品有文学评论集《论生活、艺术和真实》《论文艺的真实性》《谈写作》《习艺录》《鳞爪集》《给文艺爱好者》《给文学青年》、小说散文集《月夜》等。

贺敬之的激励

徐光耀和贺敬之相识于华北联大，初识因《白毛女》。

1945 年 7 月，徐光耀由战斗部队调到十一分区司令部任军事报道参谋，1946 年 3 月，徐光耀又调到政治部宣传科任摄影记者，实际是前线剧社创作组副组长，徐光耀离自己的文学梦越来越近，这也是他和贺敬之结缘的契机。贺敬之在华北联大文工团，也到文学系讲过课，徐光耀听过他的课，后来又插班成了文学系一班的学生，毕业后留了校，因此后来二人一直保持了亦师亦友的关系。但当时贺敬之的出现，的确给在通往文学之路上努力追求的徐光耀带来了动力，有一段时间，徐光耀一直把贺敬之看作一个标杆来激励自己。

徐光耀第一次见到贺敬之是 1946 年的冬天，那时华北联大刚刚从张家口转移到束鹿（今辛集市）。晚上华北联大文工团在十一分区司政两部大院操场里搭台演出，第二天演的是歌剧《白毛女》。虽然徐光耀所在的前线剧社也经常去前线或下乡演出《白毛女》，《白毛女》的唱段自己也都学过，都会唱，还登台出演过一些角色，但毕竟华北联大文工团是大团，里面演喜儿的王昆、孟于、郭兰英都让他特别期待，因此晚上徐光耀早早就来到操场，等着看文工团的大戏《白毛女》。

徐光耀和贺敬之、柯岩夫妇合影

正当操场上的战士和群众交头接耳、叽叽喳喳、议论纷纷的时候，从尚未拉开的大幕中缝处钻出一个帅气的年轻人，以报幕员的身份说了几句客气话，说文工团初来乍到，第一次给大家演出，演得不好的地方请大家原谅，多提宝贵意见。说完报幕员鞠躬，退到幕后。这报幕员年轻潇洒，器宇轩昂，口齿伶俐，嗓音洪亮，还透着文质彬彬。台下有人认得，小声议论，这就是《白毛女》的作者贺敬之，这下子把徐光耀给惊到了。好家伙，作者亲自报幕呀，看来人家联大文工团演《白毛女》还真是真正的“源头”，比他们前线剧社还有村剧团演得应该正宗多了，不知强多少倍，一定精彩，这回真有好戏看了。初识贺敬之，不但大大提高了徐光耀对当晚演出的期待，也给徐光耀留下了深刻的印象。

过了两天，前线剧社练歌时，唱的就是贺敬之创作的《歌唱解放区》，徐光耀觉得这歌特别有味道。这时候徐光耀才知道贺敬之是一位才只有二十三岁的青年人，仅仅比自己大一岁，这倒刺激了徐光耀发奋进步的欲望，也使徐光耀萌发了一个大胆的想法。

他觉得贺敬之这么年轻就已经写出了那么多好作品，这当然主要是他天资聪明、刻苦努力，再有就是环境也造就了他，延安鲁艺、华北联大，他待的尽是高级学校，进步当然更快。所以，一个人的成长的确需要一个有利于自己成长的环境。这时徐光耀忽然有了一个想法，华北联大来了，这是多么好的学习和成长的环境呀，干脆，放弃自己的营级职务去当一名普普通通的学员吧，从头做起。徐光耀暗下决心，如果有联大文工团这样的环境，自己再刻苦发奋，三年内努力赶上他们。

联大的课堂是敞开的，厅堂、庭院、场院、礼堂、祠堂、街边、空地都可以做课堂，经常是这里在上课，旁边就有老乡在看着，甚至还有孩子们在玩耍，这也给徐光耀他们提供了“蹭课”的方便条件。没有到华北联大文学系插班学习之前，徐光耀和前线剧社的战友们经常到联大听课。一次正赶上文学系邀请贺敬之来讲“民歌研究”。

贺敬之本不是联大的教员，他是属于联大文工团的，联大文艺学院请他来讲课应该算是破例了，也可见那时联大的民主的学风和办学的灵活性。贺敬之那时和学员们年龄差不多，甚至比有些学员的年龄还要小，但他对陕北、山西及河北太行山一带的民歌很有研究，又是新歌剧《白毛女》的执笔人，让他讲民歌研究的确是选对了人了。那次贺敬之的民歌研究讲了两天。贺敬之的课，内容条分缕析，辟了许多条目，每条都能举出很多贴切的例子，绝大部分例子采自“信天游”，由于生活积累丰厚，这些例子他信手拈来，语言诙谐幽默，连讲带演，轻松自如，妙趣横生，全场的人一会儿鸦雀无声，一会儿又哄堂大笑，共同沉浸在了又活跃又深邃的学术氛围中。那天听课的不只是学员，连各学院的教职工都吸引来听课了，有的教员和学生的笔记本就没离开过膝头，一直在认真听、认真记，生怕落下哪一条内容。副院长艾青给了贺敬之这堂课很高的评价，特别肯定了贺敬之在深入生活方面的确是下过大功夫、真功夫。可惜，这两天的课徐光耀并没有听全，这稍微有些遗憾，但贺敬之的课让徐光耀越听越有意思，越听越有收获，感觉“贺敬之真算得个人物”。

徐光耀收获更大的是一天晚上开《白毛女》的座谈会，王昆（喜儿扮演者）、陈强（黄世仁扮演者）、牧虹（杨白劳扮演者）都发了言，贺敬之谈《白毛女》的创作经过，这给了徐光耀很大的启示：创作来源于生活。他决定要向贺敬之学习，向人民群众学习，收集民歌，学习民间语言，努力汲取民间的营养。在之后的日子里，徐光耀在走近人民群众，收集民歌，学习民间文化、民间语言方面下了不少功夫，他向战友、同学收集，向当地群众收集，向伙房的师傅收集，把他们说的讲的认真记下来，晚上或闲暇时再仔细整理。

功夫不负有心人，在收集民歌、学习民间文化方面徐光耀也很快取得了不错的成绩。有一次文学系举办晚会，徐光耀讲了一段自己搜集整理的民间故事《县官和他的仆人们》，算是自己向群众学习的一个汇报，没想到大受欢迎，又被推荐到学院晚会上去讲，依然大受欢迎。会后艾青特意找到徐光耀，对他说：“听了你的故事，很感动，能不能把稿子抄一份给我?”能得到副院长艾青的肯定与欣赏，的确是值得骄傲的一件事。徐光耀还根据自己收集的资料写了一篇《介绍战士的“顺口流”》，发表在《平原文艺》1947 年第五期上。徐光耀写这些东西是深受贺敬之民歌报告的影响的，这种深入群众、深入生活的作风也使徐光耀在日后的文学创作中受益匪浅。

徐光耀在前线剧社时，剧社的《白毛女》也是一个重点剧目，几乎每个月都给战士和群众演出不下十几场。1946 年 11 月 15 日，《冀中导报》刊发了徐光耀撰写的一则简讯《十一分区（即六分区）前线剧社下乡访爆炸英雄李混子并赴各连队开展部队文娱工作》里记载："分区前线剧社，在前方十三次演出《白毛女》后，为贯彻为兵服务的方针及开展乡村文艺运动，特于 10 月 27 日分散深入连队和乡村……"可见《白毛女》演出场次之频繁及《白毛女》之受欢迎。

对《白毛女》徐光耀可能比对任何一出别的戏剧更熟悉，因为《白毛女》他登台演过。徐光耀刚调到前线剧社不久，剧社要在"八一五"胜利日演出《白毛女》，为此，剧社要求大家每天早起三小时，学习《白毛女》里的歌曲，徐光耀起早贪黑学会了《白毛女》所有歌曲。徐光耀也参加了《白毛女》的排练和演出，虽然只是扮演了一个"农民乙"，但这可是徐光耀不可多得的舞台形象，让他一直难忘。《白毛女》也锻炼了徐光耀，由一上场就面红耳赤、紧张得唱错词，到演得挥洒自如，他成长为了一名成熟的"群众演员"，大过"戏瘾"，也学到了许多东西。但再熟悉也比不过眼前这几位年轻的艺术家和作家更懂得《白毛女》，因此，徐光耀才更觉得贺敬之了不起。这个时候徐光耀对贺敬之是敬佩的，因为他佩服也羡慕仅比自己年长一岁的贺敬之这么年轻就取得了这么高的成就，在一段时间里，徐光耀一直把贺敬之看作是自己努力的榜样。

榜样的激励作用是显而易见的，但真的和贺敬之一比，徐光耀自己又感觉差距明显了。贺敬之的出现是对徐光耀的一个刺激也是一种激励，是他脱离前线剧社去到华北联大的一剂催化剂。

1947 年 1 月 10 日，徐光耀几经努力终于进入华北联大文学系插班学习。但来了联大文学系几天了，光忙于做准备工作了，还没有来得及上课，这让徐光耀心里有些起急，正巧这时听说贺敬之去前线剧社讲课了，便赶紧跑回前线剧社听课。徐光耀一心要回前线剧社去听贺敬之的课，是有原因的，当然最主要的还是佩服贺敬之。其实那时不只徐光耀，联大好多老师、同学都挺敬佩他，年纪轻轻就对民歌研究得那么透，还能唱、能写、能讲，简直就是同学们心目中的“民歌王子”。

在徐光耀眼里，贺敬之真是一个全才，写、演、讲，样样在行。有一次文艺学院开联欢会，贺敬之正坐在台阶上看得带劲呢，突然有人带头欢迎贺敬之唱支歌，有人大声喊，有人跟着起哄。贺敬之知道是脱不过去的，于是在袖筒里抄着手慢慢站起来，这神态倒有几分与冀中地区的老乡们相似，先赢得了大家的一阵笑声，徐光耀也不由感慨这贺敬之吸收民间营养真是吸收到骨子里面去了。再看贺敬之，腼腆中带着那么一点儿顽皮，似乎卖个关子，大家更分外地卖力气逗他，拍着手，齐声喊：“唱一个，唱一个……”贺敬之温和地笑了笑，扯开嗓子唱了几句陕北“信天游”，唱得实在太好了，一时间掌声雷动，欢声四起。那时在联大文艺学院，郭兰英的山西梆子、王昆的眉户戏都是热门节目，一开晚会准少不了，但徐光耀觉得贺敬之的“信天游”比她们一点都不逊色，那声音先细后粗，凤头豹尾式的拖腔，雄浑醇厚、犷远悠长，这韵味真是到了家了。多年后回忆起来，徐光耀还记忆犹新，感觉这么多年再也没有听到过那么地道、那么“土味”十足的信天游了。

对徐光耀贺敬之也是很欣赏的。1947 年 11 月 12 日石家庄解放，14 日，华北联大文艺学院组成了前方工作队，工作队由院部创作组和文工团创作组合二为一组成，并成立队部，由崔嵬、熊焰、贺敬之负责，徐光耀任队部秘书。15 日一早，匆匆吃过早饭，联大文艺学院前方工作队一行三十人，在兴奋中一路向西直奔石家庄。刚一出发，贺敬之就提议：“徐光耀是从野战部队来的，有战斗经验，就由他担任我们工作队的行军总指挥吧。”崔嵬、熊焰都赞成，徐光耀也乐于领命。徐光耀这总指挥还真是负责任，可这文艺队伍行起军来和野战军真不一样，有点松松垮垮，这队伍不大好带呀。一支基本没有战斗经验的队伍，一群知识分子，进入刚刚解放的地区，情况又不熟悉，头顶上还有敌人的飞机不停地盘旋，危险随时可能降临。徐光耀先指挥大家躲避敌人的飞机，他告诉大家行军时要拉开距离，还要前后照应，不要扎堆，也不能走直线，注意隐蔽，最好不要让敌机发现，即使发现了，也不能给它袭击的机会。徐光耀跑前跑后，提醒这个指导那个，挺冷的天却累得满头大汗。这支文艺队伍在徐光耀的“率领”下，很快到了石家庄，参加了石家庄的接管工作。队伍零伤亡，安全快速到达，相信贺敬之对他推荐的这位总指挥应该是非常满意的。

新中国成立后不久，中央文研所成立，徐光耀又到中央文研所当研究员（学员）学习深造，继续追逐他的文学梦。这时徐光耀已出版了长篇小说《平原烈火》，在文研所也深得所长丁玲的赏识。1951年10月2日，徐光耀被丁玲邀请去陪同来中国访问的苏联作家爱伦堡夫妇和秘鲁诗人聂鲁达夫妇。那天一起陪同的还有贺敬之、李季、菡子等。晚宴过后，有人提议贺敬之唱一段，于是贺敬之又朗诵又唱歌，带动着客人也唱起来，大家情绪都很高涨，颇有诗意地联欢了好大一阵子。贺敬之依然还是那么开朗洒脱，富有诗人气质。诗人毕竟是诗人，贺敬之的这种开朗洒脱，徐光耀是做不来的，这让徐光耀依然是既羡慕又敬佩。

在联大徐光耀对贺敬之一直以师相待，努力向他学习，后来二人一直保持了一种亦师亦友的亲密关系，徐光耀对贺敬之是非常敬重的，贺敬之在公开场合也多次表达过对徐光耀的敬重。

2000年，贺敬之到石家庄陆军指挥学校参观、考察，徐光耀全

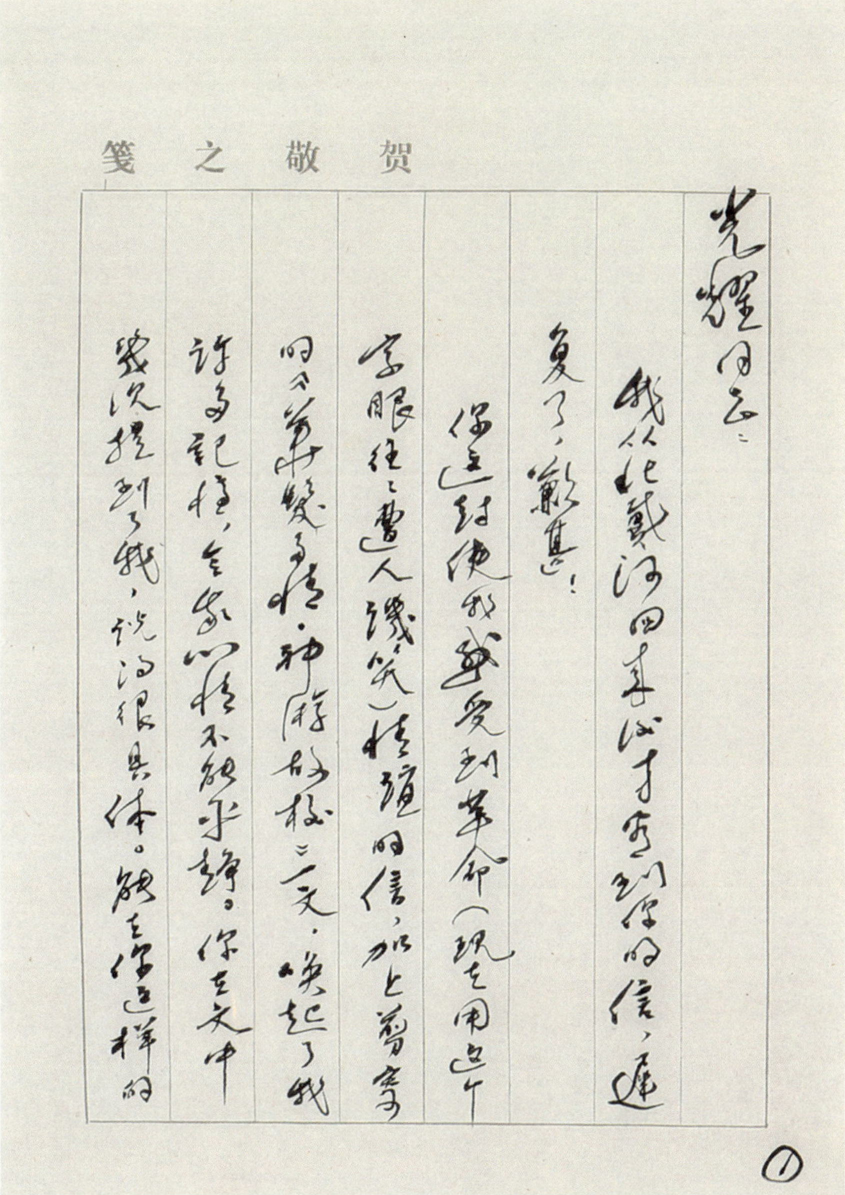
贺敬之笺

光耀同志：

我从北戴河回来以后才看到你的信，迟复了，歉甚！

你这封信使我感受到革命（现在用这个字眼往往遭人讥笑）情谊的信，加上前寄的《华北联大情·神游故校》一文，唤起了我许多记忆，至今心情不能平静。你在文中几次提到了我，说得很具体。能在你这样的

①

贺敬之致徐光耀信札一通 5 页，提及徐光耀所写回忆华北联大的《神游故校》一文，并提及孙犁先生，其情殷殷

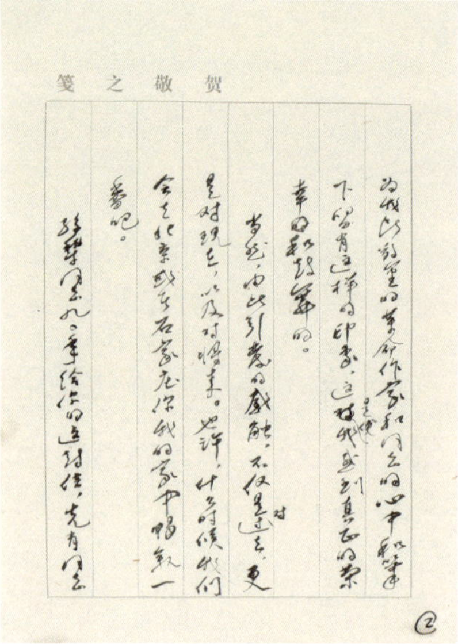
贺敬之笺

②

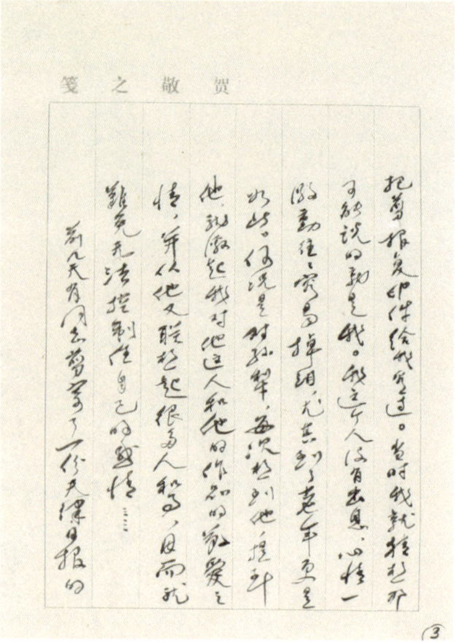
贺敬之笺

③

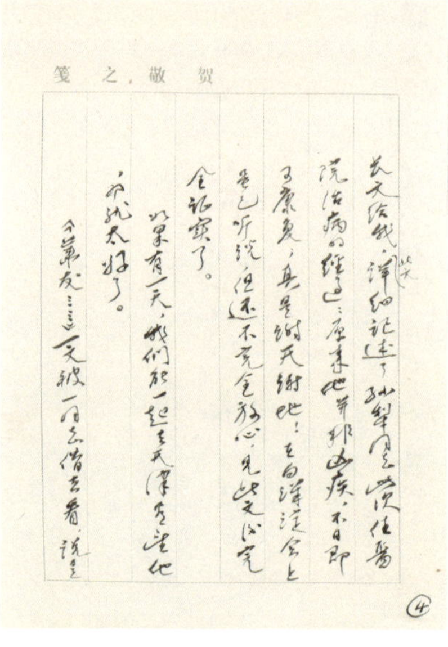
贺敬之笺

④

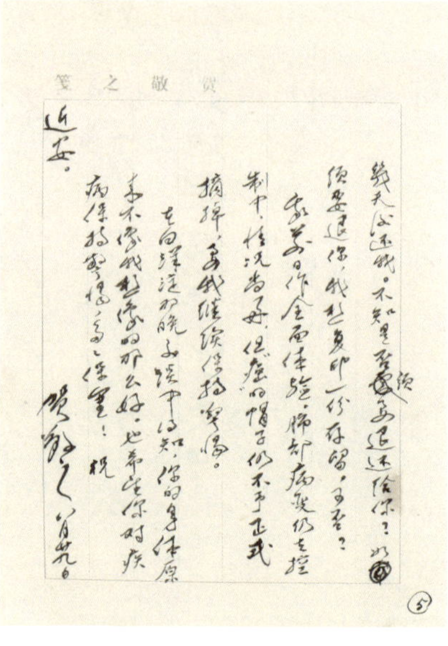
贺敬之笺

⑤

贺敬之致徐光耀信札一通5页，提及徐光耀所写回忆华北联大的《神游故校》一文，并提及孙犁先生，其情殷殷程陪同。贺敬之公务在身，徐光耀尽地主之谊。这也是贺敬之和徐光耀离开华北联大后“亲密接触”时间最长的一次，这时和联大时期已隔了半个多世纪，二人已都是七十几岁的老人了。

贺敬之对徐光耀的文学成就一直是十分赞赏的。2003 年 7 月 1 日，贺敬之在给徐光耀的一封信中说：

光耀同志：

寄来的《小兵张嘎》《忘不死的河》《冷暖灾星》三本大著收到，谢谢，我当重读并珍藏。

前年我曾两次去白洋淀，参观新建的白洋淀历史陈列馆后，触发了多年来心中所感，突然涌出了一副楹联。去年孙犁同志逝世后，我改动了其中的一个字（“忆”改成“怀”）、用毛笔大字写成条幅以应管理部门要我题留。但以后未见回音，不知他们如何处理。

现抄去请你指正：

“百里芦苇塘常思小兵张嘎，

千顷荷花淀永怀巨笔孙犁。”

我本不善此道，此联自知水平不高，但多少表达了一点白洋淀对我来说特别珍贵之处，寄托了我的“常思”和“永怀”……

在贺敬之眼里，白洋淀不只有悠久的历史和优美的自然景观，对他来说更珍贵的还有孙犁、徐光耀他们写白洋淀的文学作品。贺敬之内心自然涌出的一副对联高度概括了写白洋淀的两位著名作家和作品，精辟而贴切。

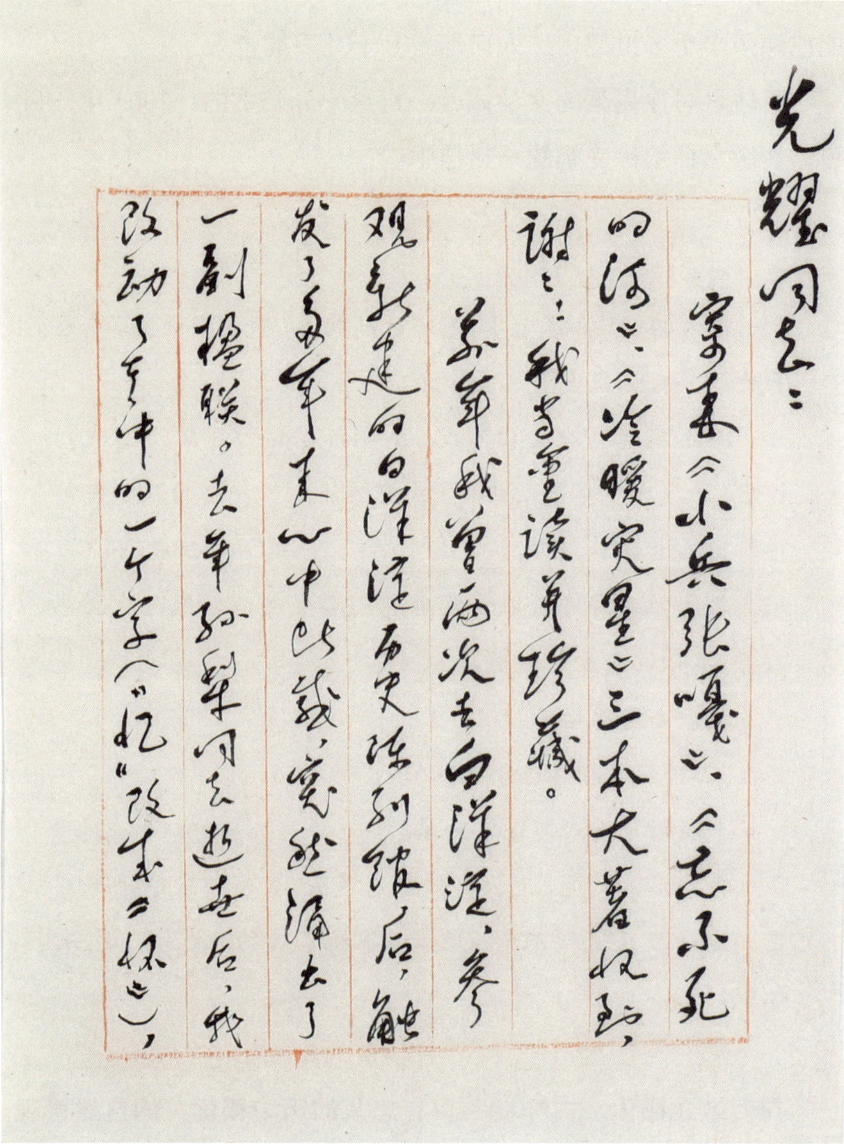

光耀同志：

寄来《小兵张嘎》、《忘不死的河》、《冷暖灾星》三本大著收到，谢谢。我当重读并珍藏。

前年我曾两次去白洋淀，参观了新建的白洋淀历史陈列馆后，触发了多少年来心中的感触，写了一副楹联。去年孙犁同志逝世后，我改动了其中的一个字（"忆"改成"怀"），

贺敬之致徐光耀信札一通 3 页，内有贺敬之为孙犁、徐光耀所撰楹联

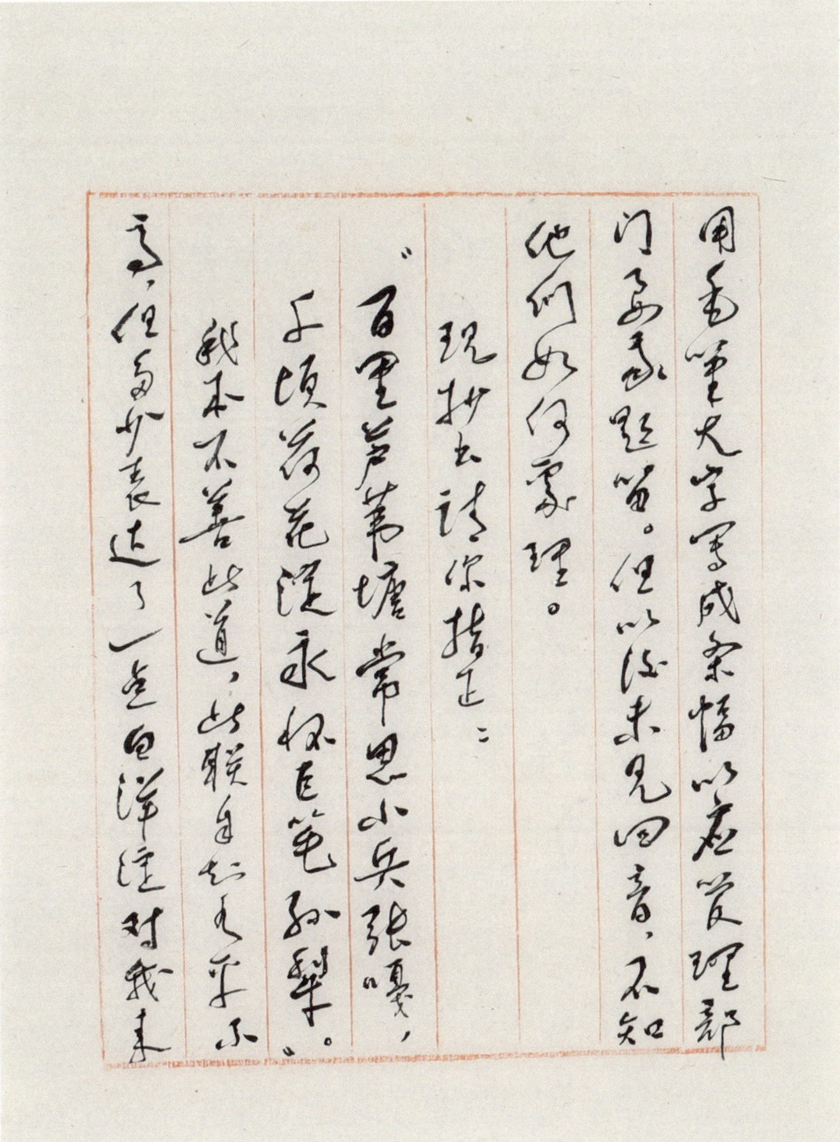

贺敬之致徐光耀信札一通3页，内有贺敬之为孙犁、徐光耀所撰楹联

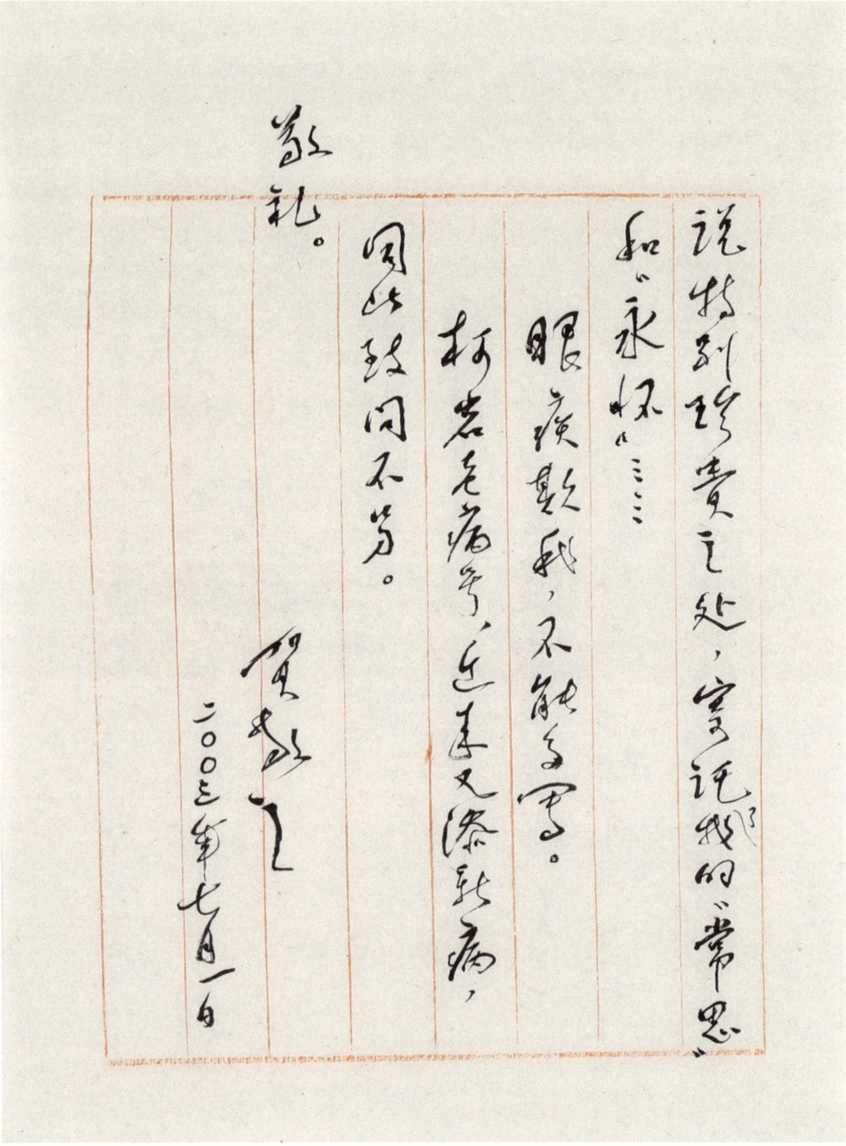
说特别珍贵之处，实证我的"常思"
和"永怀"……
眼疾欺我，不能多写。
柯岩老病号，近来又添新病，
同此致问不另。
敬礼。
贺敬之
二〇〇三年七月一日

贺敬之致徐光耀信札一通 3 页，内有贺敬之为孙犁、徐光耀所撰楹联

2015 年，河北出版传媒集团释读、整理、出版了煌煌十巨册的《徐光耀日记》，贺敬之担任了该书的顾问，这应该是最恰当不过的了。

2019 年白洋淀文化苑筹建徐光耀文学馆，著名作家、诗人贺敬之虽已九十五岁高龄，依然欣然命笔，为徐光耀文学馆题写了馆名。文学馆还把贺敬之信中的楹联拓下来镌刻在了徐光耀文学馆的大门口，与馆名交相辉映。

现在，贺敬之和徐光耀都已是耄耋老人了，再次相见恐成奢望，但我想他们为党、为人民、为革命、为文学的心一定是相通的。

厂民的帮助

徐光耀对文学的追求非常执着，也取得了令人瞩目的成就，单是一部《小兵张嘎》，从发表到现在行世六十多年了，还一直为大家所喜欢，就足见他在中国当代文学史上的地位。

对于徐光耀取得的文学成就，大多数论者认为这和他的几位老师陈企霞、萧殷、丁玲的谆谆教导、大力栽培是分不开的，这是事实，也是徐光耀承认并一直感恩的。但除了上述三位老师，还有许多老师在徐光耀的成长道路上，起到了非常重要的作用，比如厂民（即严辰）。厂民是徐光耀进入华北联大文艺学院文学系插班学习时，接触较早、请益较多、关系较密切的老师。

正是厂民，最早发现了徐光耀的文学才华，并给予了他许多帮助和鼓励，可以说是厂民把徐光耀领进了文学之门。

到联大之初，徐光耀总是喜欢把写好的文章拿给厂民看，请厂民指导。厂民是来自延安的作家，在延安时曾任延安文艺界抗敌协会、鲁艺、中央党校的创作员和教员，这些来自延安的老师不但有丰厚的知识、丰富的生活阅历，许多人还都有一些传奇经历，这更让徐光耀对他充满敬意。

徐光耀 1947 年 1 月 10 日正式进入华北联大文艺学院文学系插班学习，不久就到了农历春节，学院组织春节实习，徐光耀被分到了下连队参加战斗的这一组，带队的是厂民，成员还有文学系的马琦、任大心、黄山、吕唐，美术系的彦涵、戚单、伍必端，戏剧系的于夫。厂民、彦涵、戚单是教员，其他几人是学员。厂民没有什么战斗经验，更没有什么夜间行军的经验，虽然他是队长，但那次真正带领大家行军的是徐光耀这个年轻的“老革命”，徐光耀来自野战部队，对行军打仗可不生疏。这组人都没什么战斗经验，徐光耀这一路上免不了提心吊胆、小心翼翼，生怕出什么差错。一路崎岖，天还下着雪，走了几天，徐光耀把这支“文艺小分队”安全带到了军分区司令部，这让厂民有些刮目相看了。

下连队参加战斗时，一次在战斗中，为了躲避敌人的飞机扫射，没有什么战斗经验的马琦、黄山躲进了一个门洞里，部队吹了撤退的军号，他俩根本听不懂，被落在了阵地上，处境十分危险。知道情况后，徐光耀又返身跑回阵地，冒着生命危险把他俩营救了出来。还有一次，徐光耀和厂民、彦涵等人到房顶查看远处的战斗情况，不一会听到敌机飞来的声音，徐光耀赶紧催促大家下了房隐蔽起来，敌机对着房子嗒嗒嗒扫射了一阵子，大家因隐蔽得及时都毫发无损。这让厂民觉得这个新插班的年轻的“老革命”还真有两下子。

这样的战斗，对于从抗战的残酷战斗中走过来的徐光耀来说，真的算不上多激烈，因此他在战斗的间隙还有比较充裕的时间写了不少作品，其中有一篇杂感《三条标语》、一篇通讯《顽军日记抄》、一篇小说《周玉章》、一首歌词《张大成立功》。实习结束回到联大不久，徐光耀就把下连队实习时写的小说《周玉章》和歌词《张大成立功》抄好，送到厂民手上，请他指导。过了两天，又把新写好的通讯《英雄和烈士》、歌词《爱护百姓理应当》整理好，把那篇杂文《三条标语》也修改好，都交给了厂民。厂民实实在在感受到了新入学的徐光耀的创作热情和创作能力。厂民没想到这个作战经验丰富的年轻“老革命”，搞创作也有两下子，这样既有丰富的生活经历又能创作的学员并不多。

有一天，徐光耀看到了《平原文艺》杂志的征稿启事，勾起了他想要投稿的愿望。投稿的作品得拿得出手，徐光耀想了半天，想到了他在部队时写的那篇《从斗争中成长壮大》。这篇习作徐光耀是下了功夫的，搜集资料全，写的时间长，修改的遍数多，徐光耀对这篇习作比较满意，写好后一直带在身边，他决定将这篇作品拿给厂民指导指导，看看可不可以投稿。他拉着任大心去找厂民，把稿子拿给厂民看，问他可不可以投给《平原文艺》，一边问，徐光耀心里面还有些不好意思，他怕厂民笑话自己“写了东西就急于发表”，太重名利。没想到厂民不但不笑话，还大加鼓励，但厂民更看好的是《周玉章》，让徐光耀抄一份《周玉章》寄给《平原文艺》。

《平原文艺》1947年第五期，刊有徐光耀的《介绍战士的“顺口流”》

下连队实习那段时间徐光耀收集了十几段战士们的顺口溜，他把它们梳理好，写了一篇《介绍顺口溜》，一开始想在形式上仿照厂民的《介绍信天游》，觉得模仿不好，就按自己的方式写了。对《介绍顺口溜》这种来自最基层的东西厂民很感兴趣，徐光耀请他指导时，他告诉徐光耀也抄一份给他，还要修改好寄给晋冀鲁豫的报刊，把《周玉章》也一起寄去。

回来后徐光耀又借鉴贺敬之讲的“民歌报告”，把《介绍顺口溜》修改了一遍，改完后又拿给厂民看，厂民不厌其烦，哪里需要修改，哪里需要增添内容，哪里需要删减内容，意见提得非常具体。但厂民还是看好《周玉章》,系里的墙报要稿子,厂民也主张交《周玉章》。

至此，在厂民的建议下，徐光耀的《周玉章》已投给了三家报刊一处墙报，这令徐光耀非常高兴，但他没想到一篇《周玉章》居然能顶这么多用处，看来厂民的确是非常看好《周玉章》的。这篇标志着徐光耀写作技巧质变的小说，厂民是第一个伯乐。

1947 年 2 月 27 日的《冀中导报》刊登了徐光耀的小说《周玉章》，署的笔名“越风”，文艺版的主编萧殷还为这篇小说加了编者按。萧殷对这篇小说的评价是很高的，按语中明确指出了它的许多优点和值得学习的地方，编辑老师给如此高的评价，这是徐光耀写这篇小说时万万没有想到的。他更没有想到这篇小说给他带来了许多荣耀，在华北联大他一下子成了“名人”。先是这篇小说在文学系出了名，有的同学直言“这一下越风（徐光耀笔名越风）可出了名了”，有的同学让徐光耀就这篇小说说说感想谈谈经验，有的同学甚至建议把这篇文章当教材来用，文学系老师何洛等人对这篇小说评价也都很高。后来这篇小说传遍了文艺学院，到大灶去吃饭时都有人对徐光耀交口称赞，有的女生还特意多看他两眼，并窃窃私语:“这就是越风，文学系一班的徐光耀，写《周玉章》的那个。”弄得徐光耀怪不好意思的。还有的同学特意拿着写好的文章来找徐光耀，请他指导，把徐光耀弄得进退不是、哭笑不得。就连厂民都觉得徐光耀的写作热情和成绩都是非常突出的，于是交给徐光耀一个任务，让他在学员中做一个典型报告。

战斗中结下的“革命友谊”和平时在写作上频繁地请教，都使得厂民成了徐光耀来联大文学系后熟悉得最早的老师之一，以致熟悉得有时进门都忘了喊报告，推门就进。有一次，徐光耀写了一首诗《一夜》，抄好后，想让厂民看看这算不算是一首诗，急匆匆推门进去，厂民的夫人逯斐（时任华北联大戏剧系教员）正伏在桌上写东西，冷不丁进来个人，吓得埋怨一声："你吓我一跳！"徐光耀一下子脸红起来，赶紧为自己的莽撞、不礼貌表示了歉意。由这个小插曲也可以看到，当时在联大，学习环境是那么民主，师生之间的交往是那么轻松、随意。

徐光耀频繁找厂民改稿子当然是有原因的，最主要的就是厂民热心、谦逊、细致、认真，每篇稿子在他那里修改时，他总是先删去徐光耀写作态度不老实的地方，很和蔼地提出一大堆意见，然后再对其他地方进行细心、审慎的修改。他修改过的稿子圈圈画画，花费很大力气，改得恰如其分，这对一个初学写作的人是非常有好处的。徐光耀当然很高兴，觉得这样的修改很有意义，是他求之不得的，他心里明白只有这样才有利于自己的进步和提高。

徐光耀很努力，再加上名师指导，写作水平突飞猛进，写的东西同学们看了也都说好。徐光耀意识到现在大家都夸自己，处处都容易引起自己的骄傲，要严加警惕，戒骄戒躁。在那一段时间的日记里，徐光耀经常反省并告诫自己。小小的虚荣心每一个年轻人都会有的，徐光耀也不例外，只是由于他的随时反省，能够及时遏制虚荣心的爆发。

不过，不久当着厂民的面徐光耀受到了艾青的一次"当头棒喝"。徐光耀尝试着写了一首诗歌《不到胜利不见爹娘面》，自我感觉还不错，于是连同《一夜》（后改为《夜袭》）一起拿着，傍晚时拉着任大心兴冲冲地找厂民指导，挑帘进去，发现艾青（时任华北联大文艺学院副院长）正坐在屋里，心里立刻紧张起来，想退出来已不可能了，只好硬着头皮把诗稿递给了厂民。更让徐光耀紧张的是，厂民把诗稿递给了艾青。艾青先看了看《一夜》，告诉徐光耀哪一句需要删去一个"的"字，又告诉徐光耀"滚"字的正确写法，大诗人的细心、亲切让徐光耀放松了许多。读完全诗，艾青抬起头，接着说：“知识分子味太浓了些，应该写通俗些，容易看懂，还容易听懂。”艾青又看《不到胜利不见爹娘面》，看了会儿，把诗稿伸到徐光耀面前：“你看第一句‘日头出来落西山’，日头一出就落吗？”徐光耀不好意思地一笑，并没有回答，艾青就接着说，“‘过了新年是旧年’也没必要，容易令人误会。”说完，艾青把诗稿轻轻往桌子上一掷，几页纸飘落在桌子上，艾青提高了一点语调，“整首诗写得不错。要写通俗，又不要落到滥调里，这是不容易的。一个句子，第一个人写是新鲜的，第二个人再写就有些乏味了，老是‘打走老蒋享太平’，就太无聊了。”艾青侃侃而谈，入情入理，徐光耀听得有些入迷了。任大心偷偷往外推徐光耀，示意他该走了，徐光耀这才醒悟过来，不应该过多耽搁老师们的时间，刚要告辞往外走，艾青又鼓励说：“要多写，多多地写，我们以前学写诗，一天写两三首呢，写诗歌就要造成一种狂热，非多写不可。”告辞出来后，徐光耀还有些后悔，后悔没有多听艾青评论一会，没有多聆听大诗人的教诲，太可惜了。艾青的一番话，让徐光耀有了更清醒的认识，他告诫自己不能迷失在别人的赞扬声中，自己的作品距离成熟还有很大一段距离呢。

艾青画像，殷恩光绘，徐光耀题

两篇诗稿放在了厂民那里，后来厂民又给修改了不少，改得很仔细，看来费了不少功夫，对《一夜》给了不少肯定。徐光耀知道这是厂民的鼓励，厂民总是这样，对谁都笑脸相迎，一片热心。

徐光耀看到厂民在诗稿上还批了一行字：“这首诗虽然知识分子味浓一些，还感着浓烈的生活味道，较另篇以歌谣形式，内容好多了。”“另篇”指的是《不到胜利不见爹娘面》，这一篇徐光耀给好多人看过，也有不少人说不错，听厂民一分析，自己也觉得空洞、喊口号，不及《一夜》来自连队生活那么充实。这让徐光耀感觉到诗也是要来自生活，以生活为主。但徐光耀又觉得《不到胜利不见爹娘面》这样的诗虽空洞些，但也许更适合战士们的口味，更能引起战士们的共鸣。

徐光耀把两篇诗稿都投给了联大的校刊《联大生活》，果然都被登到了显著位置。

5 月 20 日，刚从安平修河堤回到学校，厂民就又给了徐光耀一个很大的惊喜，他拿给徐光耀杂志社赠送的冀鲁豫文艺刊物《平原文艺》第四、第五期各一本。厂民告诉徐光耀：“这两期杂志我先看了，真为你高兴，这两期一期登着你的《周玉章》，一期登着你的《介绍战士的“顺口流”》，这太难得了。”《平原文艺》可是个大刊物，由冀鲁豫边区文联主办，著名诗人王亚平主编，文章能得到大刊物的认可，怎不让人高兴，何况连续两期都刊登了自己的文章，真是太让人高兴了。那时不单徐光耀他们这些学员，凡是这几个根据地写文章的谁不想在《平原文艺》上发一篇呢。厂民接着告诉徐光耀，还有更大的惊喜：“《时代青年》也准备转载你的《周玉章》呢，光耀，要向大报刊冲击呀。”这真是一个大喜讯，以致徐光耀都不由得感慨：还是写高质量的文章好！厂民的鼓励又让徐光耀增添

《平原文艺》1947 年第四期，刊有徐光耀的《周玉章》。冀鲁豫文联主办

了不少信心，同时徐光耀对厂民也充满了感激，这些成绩的取得是有厂民很大功劳的。

即使徐光耀已经走出了华北联大的大门，厂民对这位弟子依然充满期待并热情帮助。1949 年，徐光耀写成了《平原烈火》，陈企霞为《平原烈火》的出版卖力奔波，这时厂民任《人民文学》编辑部主任。陈企霞把《平原烈火》介绍给了厂民，并建议抽出精彩的部分先在《人民文学》发表，对学生取得了如此成就，厂民高兴还来不及呢，当然慨然应允。

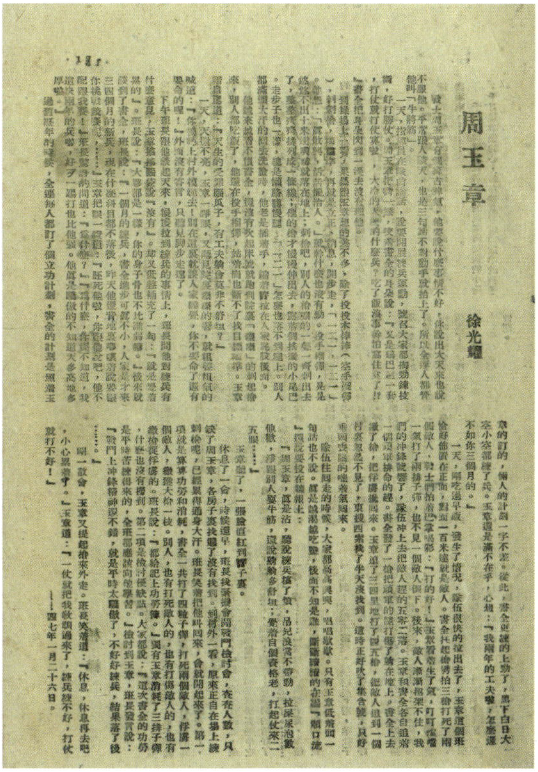
周玉章

徐光耀

刊有《周玉章》的《平原文艺》内页

陈企霞很快给徐光耀写了一封信，说是“遇着了大事情”，其实就是告诉他已经把小说的其中一部分介绍给《人民文学》发表，还有几个他生造的字，需他亲自赴京改一下，以便付印。其实几个字的事，本不必作者亲自跑一趟，但陈企霞的意思，这部书稿就好像徐光耀的孩子，一定要让他亲眼看到其诞生的过程，意在鼓励徐光耀。

厂民为了发表的需要，已从书稿中抽出了周铁汉从受伤到被捕入狱、审讯、越狱、到家、归队等一大段，近三万字，取名《周铁汉》，准备发表。徐光耀匆匆赶到北京，第二天到《人民文学》编辑部和厂民改好了稿子。吃过晚饭，陈企霞就又拉来厂民、秦兆阳、唐因等人，几个人一起讨论书名，讨论了大约有一个半小时，起了有三十几个名字，似乎都不太满意。陈企霞便挤兑厂民：“你给起一个嘛，你这诗人!”厂民正苦思冥想呢，见陈企霞一个劲儿地追，赶紧支吾着说起名字他哪里行。秦兆阳接连说了好几个，最后确定为秦兆阳说的《平原烈火》。几个人就像又完成了一件大事似的。

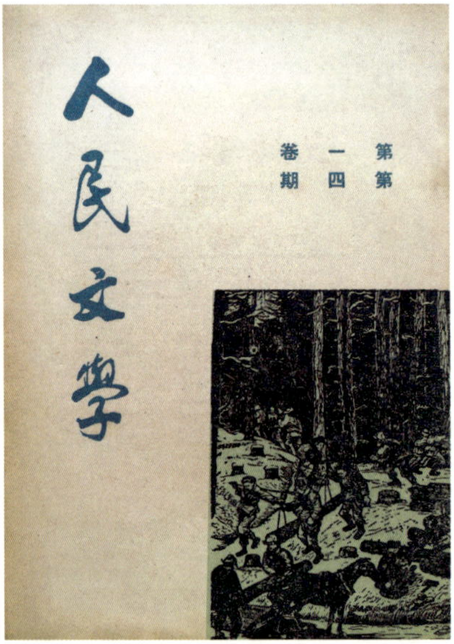

发表《周铁汉》的《人民文学》第一卷第四期

为学生这段书稿的发表，厂民当然也十分卖力，不但尽快发表了，还亲自给这部分发表的内容写了一篇评论和介绍的文章。2月5日，徐光耀终于看到了1950年《人民文学》第一卷第四期，上面刊有《平原烈火》节选《周铁汉》，同时刊有厂民以“安敏”的笔名写的一篇洋洋洒洒几千字的介绍文章《一部描写冀中抗日游击队的新作——介绍徐光耀的长篇〈平原烈火〉》，深入分析了周铁汉这一英雄形象，对徐光耀这部长篇小说大为赞赏。厂民先为徐光耀的《平原烈火》进行了宣传、推介和“预热”，这与当年萧殷编发《周玉章》似有异曲同工之处。

1951年10月13日晚上，华北联大文学系的老师、同学聚会联欢，陈企霞，萧殷、陶萍夫妇，厂民、逯斐夫妇，蔡其矫，熊焰等人都参加了，席间老师们都为《平原烈火》的出版干杯，祝贺徐光耀。喝到高兴处，厂民竟又举起了杯，提议再次为徐光耀的《平原烈火》干杯。其实早在饭前陈企霞就告诉徐光耀，头一天他和厂民、何洛、蔡其矫已经一起吃了一顿饭，吃饭时大家就为徐光耀的《平原烈火》干过杯。

学生的成绩就是老师的骄傲，这时厂民是应该为他为学生的付出感到欣慰的。

【厂民】

1914年生，原名严汉民，笔名严辰，著名诗人，中共党员。历任延安文艺界抗敌协会、鲁迅艺术学院文学院研究室和中央党校四部创作员、教师，华北联合大学、华北大学文学系教师，中国作协专业作家，《人民文学》副主编、《新观察》主编、《诗刊》主编兼顾问。1934年开始发表作品，主要作品有散文集《在城郊前哨》，诗集《战斗的旗》《小沈庄》《唱给延河》《繁星集》《红岸》《晨星集》《红霞集》《同一片云彩下》《朝鲜在战斗》《迎新曲》《春满天涯》等二十余部。1949年加入中华全国文学工作者协会（1953年更名为中国作家协会）。

崔嵬和白洋淀

崔嵬画像，殷恩光绘，徐光耀题

崔嵬和白洋淀结缘，是在烽火连天的抗战时期。

1939年9月，崔嵬由延安来到晋察冀，先在华北联大文艺学院戏剧系任系主任，1942年11月调到冀中军区火线剧社任社长，带领剧社奔波在冀中前线为战士和群众演出。白洋淀在冀中地理位置和自然环境特殊，是隐蔽、穿插、休整的好地方，更是雁翎队神出鬼没消灭敌人的好地方，是冀中抗战的一个中心。崔嵬带领火线剧社没少来白洋淀，但那样的环境下，崔嵬不是匆匆而过就是忙于排练、演出，根本无暇欣赏白洋淀的美景。那时他肯定没有想到，他跟白洋淀还有更深的缘分，若干年后他能在白洋淀住下来拍一部描写白洋淀抗日斗争的电影，把白洋淀淳朴勇敢的人民和白洋淀的美景呈现给全国人民乃至世界人民。

崔嵬在白洋淀拍电影的缘分还得从他和徐光耀的缘分说起。

相识相知在联大

1947年8月，徐光耀在华北联大毕业并留校，不久就到老家雄县参加了大清河北战役，回来时已是秋天，学校里成立了创作研究室，这时崔嵬又调回了华北联大，任创作研究室主任。研究室下设两个组，一个剧作组、一个文学组，桑夫任剧作组组长，徐光耀任文学组组长。

徐光耀是因为学习好、写得好立了功而留的校，任文学组组长倒也实至名归，因此崔嵬对他这个组长也比较器重，但器重归器重，那时二人在创作理念上还是有不小的分歧的。

创作组成立后开的第一个“碰头会”上，崔嵬极力主张要学习曹禺的《雷雨》等剧作，所谈的问题大都是关于戏剧的，几乎没谈文学问题，这可能和崔嵬一直搞戏剧有关，但徐光耀感觉到了二人在创作观念上有不小的距离。

其实究其原因还是崔嵬、徐光耀二人创作的文学样式不同，才造成了创作理念上的分歧，因此在创作研究室共事的那段岁月，二人既惺惺相惜又磕磕绊绊，惺惺相惜是因为敬重对方的才情和人品，磕磕绊绊就是因为创作理念存在的分歧。

在创作研究室徐光耀最早研究的同事们的剧作，就有崔嵬的剧本《对症下药》。徐光耀感觉崔嵬的《对症下药》写得“挺糟糕”，达不到上演的水平。徐光耀的这种判断恰恰证明了他们二人在创作理念上的不同。崔嵬常说“戏剧效果”就是噱头的代名词，戏剧得有“噱头”，得能吸引观众，徐光耀觉得这其实是一种表面化的曲解，戏剧效果不等于噱头，“喜剧效果”也绝不能理解为只是使观众哈哈大笑，真正的戏剧效果应该是使观众受到真正的感动，把剧中的中心思想切实打入观众的心灵。他们二人的观点到底谁更有道理呢？

那时徐光耀对戏剧创作还没什么实际经验，当然理解也就不够深入，他更多的是用文学的眼光去看待戏剧；崔嵬在舞台上摸爬滚打了许多年，写过、导过、演过不少经典剧目，自然有他对戏剧的独特理解，但对文学作品似乎并不十分内行，有时也难免用戏剧眼光看待文学作品。二人没有行走在同一个“轨道”上，在艺术上的“误解”当然也就在所难免了。编、导、演俱佳的崔嵬写剧本的功力一开始给徐光耀留下的印象并不好，他有时甚至“质疑”崔嵬能否领导好研究室的文学创作工作了。其实这时徐光耀对戏剧创作的理解还是不全面、不充分的，没有深入理解戏剧和小说的差别、舞台艺术和文学作品差别，直到十年后他同时创作《小兵张嘎》小说和剧本时才有了深刻的体会。

在创作研究室徐光耀不仅担任文学组的组长，还要负责以《创作》为名出墙报，每月一期。崔嵬对《创作》墙报也很重视，因为这是成立创作研究室之后崔嵬想要做出的一点看得见摸得着的成绩。这时徐光耀还负责着文艺学院的墙报，因此曾提议将《创作》与全院的墙报合办，但崔嵬觉得创作研究室一定得有自己的文学阵地，崔嵬说的不无道理。这天晚上徐光耀找崔嵬商量墙报问题时，崔嵬说：“有机会咱们好好谈谈，我来了这些日子也没一块儿聊聊，这很不好。”崔嵬如此谦逊，还检讨自己，这让徐光耀有些敬佩起来。徐光耀决心把墙报办成创作研究室的文学阵地，一定要超越以前他在文学系一班时所办墙报的水平。

《创作》墙报在徐光耀等人的努力下终于编辑好也誊抄好了，得到了崔嵬的首肯，挂在了学校大会场，师生们反应不错，副院长艾青表扬了不止一次。

创作研究室有个传统，每个人写了作品都拿到组里讨论，让大家提意见，用集体的智慧和力量打造好作品，效果挺好。但时间长了，讨论问题的火药味越来越差，建设性意见越来越少，浮于表面的多，这些都让徐光耀有些失望，有时也难免“迁怒”于崔嵬这个主任。

在徐光耀眼里崔嵬一天到外面“瞎跑”，无论是剧本还是歌词，写出来他就不管了，真是有点“不负责任”。可是一个搞戏剧的，不“瞎跑”哪里来的生活呢。其实对崔嵬导和演的能力徐光耀是十分赞赏的，对崔嵬的性格、为人也十分赞赏。崔嵬的真诚、正直和徐光耀如出一辙，这也是他们日后“落难”的原因之一。崔嵬的豪爽大气、高门大嗓，徐光耀的木讷害羞、性格内向，这一动一静，形成了鲜明的对比。高兴时崔嵬快人快语、声音洪亮，和他那大个子很配，生气时脖子一拧，嘴巴噘起老长，毫不掩饰。有一次在报纸上看到雄县解放的消息，崔嵬都替徐光耀高兴，抑制不住心中的喜悦，拿着报纸找到徐光耀屋里，举着报纸大声喊着：“光耀，快看，雄县解放了！”这就是崔嵬。

对崔嵬领导的火线剧社徐光耀是了解的，也是佩服的，那是冀中最大剧社，他们在烽火中冒着生命危险，为战士和群众演出了许多鼓舞人心的节目，给大家带去了难得的艺术享受。20 世纪 80 年代末，徐光耀创作了一部被誉为《小兵张嘎》姊妹篇的中篇小说《少小灾星》，里面三个主人公之一的小演员苗秀就是“来自”火线剧社。对崔嵬这样的性格徐光耀也是羡慕的，巴不得自己也能这样。崔嵬对徐光耀的写作才能也是欣赏的。二人在创作理念上有所谓的分歧，实际上他们二人的创作理念在本质上并不冲突，都秉持着现实主义的创作方法，都强调艺术来源于生活，艺术是对现实生活的升华而不是臆造。徐光耀一直认为自己就是一个生活型的作家，写自己熟悉的生活、自己热爱的人民；崔嵬说“没有生活，拍什么都是扯淡”，更直截了当。

土地改革前的整风运动，崔嵬的表现使徐光耀对崔嵬更加敬佩了。检查时，崔嵬自我反省了一大段，把“历史包袱”“自负”“技术观点”都谈了出来，徐光耀觉得以崔嵬这样地位、声望、资历、才学都如此之高的文艺工作者，再加上参加革命时间之长，能在他们这些“小部下”面前做如此深刻之检讨，绝非易事。后来大家提的意见更尖刻，说他“俨然旅团大干部”，甚至说他是“崔百万”，对这些崔嵬仍然很热心地表示：“大家的意见很对，帮我挖掘了许多问题。”看出来崔嵬心情很沉重，但也有决心改造自己。这让徐光耀很感动，他在那天的日记里动情地写道：“今后，我应当以爱护革命的心情爱护他，一心一意服从他的领导，发现毛病只有帮助纠正、解决的义务，绝无拆台的责任。”“是的，老崔很可爱，其性格为我所特别喜欢。那么，他的思想提高了，不就是一个很理想的领导者吗？”

徐光耀和崔嵬其实是“貌离神合”，一直亦师亦友。崔嵬是好演员，也是好导演，徐光耀佩服他的才情，相处久了，更佩服他的直率、坦荡。崔嵬对徐光耀是很看重的，尤其看重他的写作能力，徐光耀要被调到野战军离开华北联大时，崔嵬曾提议把徐光耀留下。其实从成立创作组开始崔嵬就想着和徐光耀好好谈谈，可那时候崔嵬不但在联大有许多工作，还担任着冀中文协的副主任，一直在外面忙，竟一直没有机会坐下来和徐光耀单独谈谈，这也导致崔嵬对徐光耀的认识并不全面，创作理念上的分歧也一直没有弥合，也因此十几年后差一点让崔嵬错过一部经典电影的诞生。

险失《小兵张嘎》

1957 年，作为丁玲、陈企霞的得意弟子的徐光耀因受到“丁、陈反党集团”案的牵连，在很长一段时间内被勒令反省、检查、交代问题，这让他的精神几近崩溃。

徐光耀十三岁就参加了革命，并于同年加入了中国共产党，“反党”的罪名让他怎么也想不通，情绪十分低落。为了不至陷入精神崩溃，也为了证明自己，徐光耀在反省期间，把精力集中到了写作上来。这方法很奏效，在小说《平原烈火》里没有来得及展开写的小英雄“瞪眼虎”，还有那些英雄的八路军战士，一个个又重新在他面前鲜活了起来，随之，一部新的小说在他脑海里形成了，这就是《小兵张嘎》。于是，他用了两个多月时间就完成了《小兵张嘎》小说和剧本的写作。

1958年9月25日，徐光耀被定为“右派”，开除党籍、军籍，剥夺军衔，下放到了保定农场劳动改造。他也把《小兵张嘎》的手稿带到了保定。一年后，徐光耀摘掉了“右派”帽子，分配到保定市文联工作。

1961年秋天，《河北文学》编辑张庆田来保定组稿，在保定文联遇到了徐光耀，问徐光耀能否给《河北文学》写点作品，徐光耀问道：“我有稿子您敢发吗？”张庆田说：“我敢向你约稿，就敢发！”于是徐光耀把《小兵张嘎》的小说交给了张庆田。张庆田看后，大喜过望，很快就发表在了《河北文学》1961年11—12月（第6—7期）合刊上。《小兵张嘎》发表后，在社会上引起了很好的反响。

写作之初，徐光耀并没有想到，自己原本是要借“小嘎子”摆脱精神压力的，但这一“神来之笔”，却让这个人物鲜活了起来，而且活得异常生动。小嘎子写活了，徐光耀的心也活了，特殊时期他们的确互相成全了彼此。

《小兵张嘎》小说发表后，徐光耀也想把它搬上银幕，这时他想到了亦师亦友的崔嵬，很快就把同时创作完成的《小兵张嘎》剧本寄给了崔嵬。崔嵬对徐光耀的认识显然还停留在十几年前的认知上，他知道徐光耀小说写得非常好，但对他写剧本的能力还是有些怀疑，觉得徐光耀准是“瞎闹”，于是看也没看就放在了一边，忙别的去了。这时的崔嵬导演过《青春之歌》，主演过《红旗谱》里的朱老忠等人，并因饰朱老忠一角获首届电影百花奖最佳男主角奖，在导和演上都取得了很高的成绩。这时的崔嵬的确很忙，时间一长竟把这事忘了个一干二净。北京电影制片厂另一位导演欧阳红樱读到《小兵张嘎》小说后，被深深地感染了，她觉得如果把这部小说拍成电影，一定会不同凡响，于是赶紧来到保定找到徐光耀，谈了想把《小兵张嘎》改编成电影的想法。徐光耀告诉她，剧本早有了，已交给老崔了。欧阳红樱又向北影厂厂长汪洋推荐了《小兵张嘎》。

在此之前，苏联拍摄了一部儿童片《伊万的童年》，描写的是战争给儿童带来的创伤，在国际上很有影响。那时中苏之间的意识形态矛盾日趋尖锐，在此背景下，中国也要拍一部战争题材的儿童片与昔日的“老大哥”一决高下。当时，北影厂收集了不少儿童剧本和小说，但比来比去，最终还是把目光聚焦在了《小兵张嘎》上。《小兵张嘎》故事好、人物突出、主题鲜明，最重要的是，这是一个描写战争年代儿童在党的教育下的茁壮成长的题材，正好可以与《伊万的童年》相“抗衡”。

当时汪洋厂长也有要为中国儿童拍一部好电影的急切愿望。尽管那时的中国刚刚度过了三年最困难的日子，厂里的经济尚未恢复元气，但汪洋还是对欧阳红樱的发现倍感欣喜，同意将《小兵张嘎》搬上银幕。但他又担心欧阳红樱对冀中抗日战争的生活不熟悉，把握不准，于是便找来了对冀中抗战生活十分熟悉的崔嵬，决定由崔嵬和欧阳红樱联合执导《小兵张嘎》。当崔嵬得知了这个决定之后，赶忙翻找徐光耀寄给自己的剧本，但却怎么也找不到了。原来剧本辗转落到了著名演员于蓝（电影《烈火中永生》中江姐的扮演者）

那里，幸好，于蓝妥善保管了起来。

拿到剧本一读，崔嵬立刻被吸引了，意识到了它的银幕价值，觉得《小兵张嘎》不但要拍，还一定能拍好。看来徐光耀已是“士别三日”，得“刮目相看”了。小说精彩，剧本也不错，但崔嵬还是觉得要将其搬上银幕，在矛盾冲突和人物塑造上还要加强。十几年了，徐光耀写的剧本在崔嵬看来依然“噱头”不足。于是崔嵬向厂长汪洋提议，把徐光耀邀到北京来当面研究，再对剧本进行一些修改。

跟《小兵张嘎》险些失之交臂，崔嵬终归失而复得，但对徐光耀来说，自己的剧本差一点“石沉大海”。多年之后，回忆起这段历史，徐光耀一再说，电影《小兵张嘎》能够大获成功，当然得益于崔嵬的导演才华和艺术经验，但同样不能忘记的还有欧阳红樱，是她第一个发现了《小兵张嘎》的银幕价值，才使得汪洋和崔嵬也认识到了《小兵张嘎》的价值，如果没有欧阳红樱的发现也许就没有了银幕上的《小兵张嘎》了。

崔嵬力邀徐光耀

在北影厂，《小兵张嘎》显然是一部重点影片，汪洋厂长不但赞同崔嵬的建议，把徐光耀请到了北影，还邀请了许多写战争题材的“高手”召开了剧本研讨会。研讨会上大家都对《小兵张嘎》给予了很高评价，也对剧本修改提出了中肯的建议。汪洋厂长组织的这次剧本研讨会对徐光耀、对《小兵张嘎》都非常有益，它不仅开阔了徐光耀的思路，也让徐光耀感受到了创作好这部电影的责任。

参加剧本研讨的“高手”中有《铁道游击队》的作者知侠。徐光耀和知侠在北影期间不止一次私下交流，知侠对徐光耀的《小兵张嘎》大加赞赏，对剧本的修改完善也提出了一些建议。那个时候知侠的少儿抗战题材小说《“铁道游击队”的小队员们》刚刚出版不久，和《小兵张嘎》还真是有不少相似之处，地点一个是在山东的微山湖，一个是在河北的白洋淀，写的也都是古灵精怪的抗日小英雄，作品里都蕴含着自己的亲身经历。因此，知侠的建议深得徐光耀重视。知侠透露，他的《“铁道游击队”的小队员们》也曾入了北影的“法眼”，但最终却被《小兵张嘎》“淘汰出局”，一比较，《小兵张嘎》还真是更胜一筹，更适合搬上银幕。徐光耀很感谢知侠的谦逊、坦诚，还有他提出的中肯建议。

崔嵬提出的修改意见要直截了当得多。抗战时期，崔嵬在冀中生活和战斗了好几年，对冀中一带的抗战生活非常熟悉，他亲手动笔，加了一些情节，比如加了胖翻译这个人物，还把小说《平原烈火》的结尾移植到了《小兵张嘎》的剧本里等，使情节更加丰富，更符

1963 年 3 月，徐光耀和欧阳红樱、秦威（后）、袁月华、曹彦君到白洋淀采外景地时，在赵庄子大队部门前合影

合电影的需要了。厂长汪洋和导演组人员也都给剧本的修改提出了许多合理化建议。尤其是厂长汪洋，对剧本的修改格外关注，几次到徐光耀住的招待所看望他，就修改工作交换意见。厂长汪洋和导演崔嵬的重视让第一次“触电”的徐光耀很受感动。

在修改剧本期间的 1963 年 3 月，徐光耀还陪同导演欧阳红樱、美术师秦威（欧阳红樱的丈夫）、副导演袁月华等人两赴白洋淀考察外景地，最后把拍摄地点定在了现在的雄县七间房乡梁沟村，这是白洋淀边一个风景优美的村子。

老崔又回白洋淀

总是好事多磨，《小兵张嘎》的拍摄并不顺利。

先是选演张嘎子的演员遇到了难题。摄制组选扮演张嘎子的演员时受《小兵张嘎》单行本封面的影响，奔着封面形象百里挑一选来了八十多个孩子，个个虎头虎脑。崔嵬一看，都嫌长得“俊”，认为嘎子是应该虎头虎脑的，有个“虎”劲儿，但更得突出他的“嘎”。崔嵬太“挑剔”，找演员的人就拿出几个孩子的照片和书的封面对比着给崔嵬看，崔嵬明白了，原来找演员的人在“按图索骥”。封面上的孩子可爱有余，嘎气不足，再者封面画作者显然没有冀中生活经验，冀中的孩子头上箍羊肚毛巾，是在脑后面打结，没有在额前打结的，前面打结是陕北的箍法，这一点是瞒不过有丰富冀中生活经验的崔嵬的。他告诉大家，找来的小演员丑点都不要紧，哪怕是蒜头鼻子都无所谓，但一定得浑身冒嘎气。

这可让选演员的为了难，这样的孩子哪里去找呢？还是著名演员于蓝帮助解决了这个难题。于蓝听说崔嵬正为选“小嘎子”为难，于是向他推荐了一个孩子，拿给崔嵬一张安吉斯的照片。照片上的孩子超浓的眉毛、一脸嘎相，崔嵬一眼就相中了，事情就是这么巧合，真是踏破铁鞋无觅处。崔嵬当即拍板：就是他了！

1963 年 6 月，崔嵬带着《小兵张嘎》剧组来到了白洋淀，准备开拍。

可摆在面前的又是一个难题，无论是安吉斯，还是扮演胖墩儿的吴克勤、扮演英子的李小燕，都是“生葫芦头”，毫无表演功底。一次试戏，让吴克勤表演一段台词，他连剧本上“哈哈”的笑声他都用文字念了出来，就像小学生数白文，笑得大家前仰后合。对此崔嵬采取了引导的方法让小演员自然地表现，力求没有表演的痕迹。

拍摄前，剧组给小演员说戏排戏，崔嵬看到后立马制止：“谁让你们给小孩子们说戏的，从明天开始，让这些男孩子全穿上小裤衩，脱光屁股也不要紧，跟白洋淀的孩子一样，跟他们去玩，去游泳。”小演员们乐坏了，光着脚，光着膀子，跟村子里的孩子划船、游泳、爬树，野玩一气。十几天后要正式开机了，几个小演员个个晒得像黑泥鳅，连李小燕都晒得黑不溜秋了，跟白洋淀的孩子几乎没什么区别，哪还有一点城里孩子的影子，这才达到了崔嵬的要求。

化妆师担心晒得太黑了不好化妆，崔嵬说：“不要紧，你可不能给他们化得太俊了，咱要的就是这个黑劲儿。”这十几天里崔嵬不但不给小演员们说戏排练，还跟孩子们一起游泳，组织他们和村里的孩子们摔跤，有人担心这样孩子野了，戏更不好演了，崔嵬说：“没事，要的就是这个野劲儿，真野了，嘎子就演好了。”在崔嵬心里有个标准：“不演戏，演出来才是好戏。”结果在崔嵬的引导下，毫无表演功底的安吉斯还真演活了那个古灵精怪的小嘎子，几个小演员都发挥出色。

“大帅”崔嵬运筹帷幄，一切都好像在他的意料之中。在拍摄中，他常常在不知不觉中把小演员引导到剧中的规定情景里，激发出他

《小兵张嘎》拍摄时，部分演职人员合影。前排中间穿背心者是崔嵬，右一是副导演袁月华

们最真挚的情感。有好些时候，拍摄完全是在一种很巧妙的布置下在很自然的状态下进行的。许多人在看过《小兵张嘎》之后，都说小演员的表演真挚、生动，充满了农村的泥土气息。这与崔嵬善于给小演员们创造最真实的环境有着密切的关系。

崔嵬给小演员“说戏”

本来拍得顺风顺水，没想到那年白洋淀遭遇了百年不遇的水灾，白洋淀及周边地区一片泽国。摄制组被大水围困在了白洋淀里，摄制组里还有九个孩子，这可把厂长汪洋急坏了，他一再要求剧组，一定要保护好孩子，孩子们一个也不能出危险。同时，汪洋还给天津有关部门打电话，请求他们支援，派船去接孩子们。放下电话后，汪洋又给河北省政府打了电话，请求他们支援。在各方的营救下，摄制组终于脱离了危险。但摄制组的很多人都被白洋淀这滔天的洪水吓坏了，不想再拍了。汪洋赶紧把摄制组召集起来，把人员组织好，鼓励大家拍下去，即使搭景也要把片子拍完。由于厂长汪洋的力挽狂澜、指挥得法，摄制组才没有散摊子，躲过险情之后，又投入到紧张的拍摄之中。因为水情，此后摄制组不得不几易外景地，最远的地方到了几十公里之外的霸州胜芳镇。经过了一番惊心动魄和紧锣密鼓的拍摄，同年年底，影片终于在全国公映，好评如潮。电影对《小兵张嘎》的再创作，又把这部作品提升到了一个新的高度，使更多人认识了“小嘎子”。《小兵张嘎》影响和教育了几代人，直到今天，该片依然是中国电影史上的艺术经典。崔嵬果然不负所望。也因为《小兵张嘎》，徐光耀和崔嵬都获得了很高的荣誉。1980 年，徐光耀因小说《小兵张嘎》获 1954—

雁翎隊紀念館
主要演員
嘎子——安吉斯
胖墩——吴克勤
玉英——李小燕
老鍾——张平
罗金保——张莹
奶奶——李健
区队长——于紹康
职員
編劇——徐光耀
导演——崔嵬 欧阳紅櫻
摄影——聶晶
美术——秦威 程荣远
作曲——刘庄
小兵张嘎
北京电影制片厂出品
中国电影发行放映公司发行

《小兵张嘎》电影海报

1979年全国少年儿童文艺创作一等奖的时候，崔嵬也因导演电影《小兵张嘎》获得1954—1979年全国少年儿童文艺创作一等奖。这真是“缘分”，是因华北联大、因《小兵张嘎》才有的“缘分”。

关于崔嵬

作为一名艺术家，崔嵬始终处于主流文化的潮头之上。他的导演风格流畅洒脱、充满激情、气贯长虹，他饰演的角色激情昂扬、旷达雄浑、铁骨铮铮、光彩夺目。作为导演艺术家，崔嵬曾执导过《青春之歌》《杨门女将》《北大荒人》《野猪林》《小兵张嘎》《平原作战》《红雨》《山花》等电影。作为表演艺术家，崔嵬主演过《宋景诗》中的宋景诗、《黄花岭》中的李洪奎、《红旗谱》中的朱老忠（并饰演朱老巩），还在《海魂》中饰演了窦二鹏、《北大荒人》中饰演了黄老清、《老兵新传》中饰演了战长河等角色。

崔嵬称得上是中国第一代“影帝”，他于1962年因在《红旗谱》中饰演朱老忠而获得第一届电影“百花奖”最佳男演员奖。1995年，在纪念世界电影100周年诞辰、中国电影90周年诞辰活动中，崔嵬获得中国电影世纪奖男演员奖。崔嵬是中华人民共和国文化部授予的二十二大明星之一，也是至今唯一被称为无产阶级艺术家的导演和演员。可惜，崔嵬英年早逝，不然，新中国银幕上肯定还会出现更多的艺术经典。

崔嵬让许多电影和角色成为经典，经典也让崔嵬永恒。他因饰演《宋景诗》里的宋景诗而获雅号“大帅崔嵬”，这倒也名副其实，崔嵬确实有大帅之风，他是山东大汉，身材魁梧、性格粗犷，天生有一种豪迈之气。黄宗江说得好：这汉子从肉体到精神都是浑身的硝烟。

【欧阳红樱】

1920年出生，女，演员、导演。新中国成立前欧阳红樱主要从事演员工作，出演电影《自由天地》《八千里路云和月》《舐犊情深》《春城花落》《火葬》《风雪太行山》《春残梦断》《天罗地网》《野火春风》等，新中国成立后转做导演，参与导演的影片有《小兵张嘎》《革命家庭》《风筝》《杜十娘》《山里的人》《母亲》等。

徐光耀和彦涵、伍必端

彦涵画像，殷恩光绘，徐光耀题

彦涵是美术教育家、美术家、版画家，中国版画家协会副主席，曾担任人民英雄纪念碑美术组副组长，并创作了《胜利渡长江》浮雕设计图，历任延安鲁迅艺术学院美术系、华北联大美术系、中央美术学院等院校教员、教授，创办中国第一个版画系。伍必端是美术家、版画家，毕业于华北联大美术系，又到苏联列宁格勒列宾美术学院进修，曾任中央美术学院教授，版画系主任。

徐光耀和彦涵、伍必端的师生之情、同学之谊，是到华北联大之后徐光耀在文学系之外最早熟悉起来的老师和同学，他们的友谊是在战斗中建立起来的。

1947 年 1 月 10 日，徐光耀入学不久，正逢春节，学校组织春节下乡实习。下乡的师生分了几拨，一拨人下到前线部队参加战斗，一拨人到乡村进行乡艺活动，帮助村剧团进行春节演出，还组织了两个秧歌队分别到前方和后方演出。徐光耀和彦涵、伍必端一起被分到了下连队的这一组，带队的是厂民（严辰），成员还有文学系的马琦、任大心、黄山、吕唐，美术系的戚单，戏剧系的于夫。厂民、彦涵、戚单是教员，其他人都是学生。

下连队实习的首要任务是在战争中锻炼同学们的刻苦精神和牺牲精神，加强对战争的认识与体验，培养为工农兵服务的品质；二是深入连队，参加战斗，丰富生活，把业务学习和实践结合起来；三是帮助战士们丰富春节期间的文化娱乐活动。带着这三大任务，下连队小组出发了。

“老革命”彦涵

队长厂民没有什么战斗经验，更没有什么夜间行军的经验，虽然他是队长，但真正带领大家行军的是徐光耀这个来自野战部队、年龄不大的“老革命”。这些人没什么战斗经验，徐光耀这一路上提心吊胆、小心翼翼，生怕出什么差错。能够应对战争环境的还有彦涵，彦涵也是“老革命”，虽然参加的具体战斗并不多。

一路上两个“老革命”自然亲近起来。知道了徐光耀的老家就在白洋淀不远的地方，彦涵告诉徐光耀，他在延安时就读过穆青的《雁翎队》和孙犁的《荷花淀》等，白洋淀景色优美，素有“北国江南”之称，抗战时是根据地，有神出鬼没、让敌人闻风丧胆的雁翎队，这让他对白洋淀这片神奇的土地充满向往，对那里勇敢的人民充满敬意。他画过英雄的太行山，也要画一画英雄的白洋淀，于是便有了他孤身一人的一次白洋淀之行。

抗战胜利后，延安鲁艺组成了两个文艺工作团，分赴华北、东北两个解放区。江丰（后任华北联大文艺学院美术系主任）是华北文工团的政委，点名把彦涵要了来。华北文工团的目的地是张家口。1945 年冬天华北文工团到达张家口，11 月并入华北联大，彦涵在联大文艺学院美术系任教员。

彦涵一家被分配住在一幢日式小洋房里，房子里外两间宽敞明亮，里面有洗澡间、厨房、储物柜、电灯，地上是榻榻米。这对山沟里来的彦涵一家来说简直太新奇了。刚一住进去，彦涵也是看看这摸摸那，非常兴奋："哎呀，我可从来没有住过这么好的房子，可有地方画画了。"按常理，彦涵该在这样的条件下享受一番了，可没多久，他只刻了一幅《控诉》就烦了，觉得这样的福自己享受不了，待在这里难受，什么也画不出来，要下去体验生活。彦涵还是觉得一个画家应该到前线去、到生活中去、到战士们中去、到群众中去，这样才能创作出好作品，于是他跟领导要求到几百里外的白洋淀体验生活，领导同意了他的请求。

1946 年春天，彦涵独自一人，步行几百里，翻越五台山，穿越敌人的平汉铁路封锁线，才辗转到了白洋淀。彦涵到达白洋淀后，就住在王家寨、大张庄等白洋淀里的村子里，协助区干部工作，参加淀内村庄政权整顿，后来又到白洋淀北面的村子发动群众挖地道备战。彦涵在白洋淀生活和战斗了四个月，白洋淀的美景和淳朴、勇敢的人民给他留下了深刻印象，他也利用这段时间，画了大量速写，积累了大量绘画素材。

夏天的时候，他带着一大包速写和记录得密密麻麻的笔记本回到了张家口。这时内战已经全面爆发，张家口面临失守，小洋楼里的妻子和孩子已经撤离。彦涵可管不了这些，那么好的素材，那么多素描材料，巨大的创作欲望激励着他，一回来他就摊开速写和笔记本，要趁热打铁，集中精力创作一批作品。他先刻了一幅反映白洋淀妇女在芦苇丛中照顾伤员的作品《慰问》，正当要刻第二幅作

彦涵版画《慰问》

彦涵版画《法网难逃》

品《难逃法网》时，傅作义的部队向张家口攻过来，彦涵只好带着一大包素描及绘画材料，和艾青、古元等最后一批撤出。

局势紧张，匆匆撤离，但彦涵还是念念不忘白洋淀。撤离途中刚在山西广灵县西加斗村住下，他就又拿出那包速写材料，接着完成了那幅反映清算汉奸的版画《难逃法网》。彦涵画兴正浓，想要一幅一幅刻下去，画成一个白洋淀的系列，记录这段历史。怎奈环境和时间都不允许。在过平汉铁路时，队伍要轻装，彦涵只好把白洋淀速写和笔记交给了一位同志掩藏了起来，不料后来被国民党军队发现，被烧毁了，实在可惜。白洋淀系列才刚开头就夭折了，这让彦涵追悔莫及，但白洋淀已刻在了彦涵的心里。

彦涵的艺术追求和徐光耀不谋而合。但让徐光耀更敬佩的是他不怕牺牲、敢于为艺术献身的精神。

彦涵毕竟是从延安走过来的“老革命”，随着部队战斗，游刃有余，冒着枪林弹雨向敌人喊话，押送俘虏任务完成得很出色，尤其是在那样危险和艰苦的环境中他还能发挥自己的特长，拿画笔鼓舞士气。

在攻打藁城西马村据点时，战士们在距离敌人据点仅仅几十米的房间里挖坑道，敌人的手榴弹、迫击炮弹碎片不时落在院子里、屋顶上。彦涵就站在门口，借着月光和微弱的灯光，一边看战士们挖坑道，一边挥动着画笔画着，天气寒冷，炮火纷飞，但彦涵全然不顾，不断移动位置，从不同角度观察这一战争场面。战士们看见有人画他们，干得更起劲了。战斗结束后，彦涵把当时画的素描画都送给了战士们。第二天，二十多幅彩色的挖坑道、射击、喊话等内容的写生画在战士中流传起来，战士们高兴地在画里找自己的影子，找到时，脸上都笑开了花，这可爱的战士们似乎早忘了战争的危险。这些画很好地发挥了其艺术感染力，既调节了战场气氛，又鼓舞了战士们的士气。这次体验生活，彦涵画了许多表现战斗生活的素描画，回联大后和厂民一起编辑成了画报。对这段战斗经历，彦涵的感受是深刻的，十几年后的1962年他又以这次战斗生活为素材创作了版画《攻心制胜歼敌人》《敌堡残壁展画图》。

彦涵与白洋淀的缘分还远没结束。1949年孔厥、袁静创作完成了反映白洋淀抗战生活的长篇小说《新儿女英雄传》，开红色文学之先河。1949年5月25日至7月12日《新儿女英雄传》在《人民日报》连载，其中的素描插图就是彦涵所画。当时之所以找彦涵做插图，是因为彦涵有在白洋淀深入体验生活的经历，这和小说作者深入体验生活后才写出这样成功的作品是一个道理。他们知道彦涵能画好，彦涵也乐于为其做插图，一是他有生活的底气，再者也了了他“刻”白洋淀系列的心愿。彦涵的插图线条简洁，人物灵动，可惜因版面有限，插图尺幅太小，大概只有一个火柴盒大小，没能充分展示出彦涵的素描技巧。1949年9月，海燕书店出版了《新儿女英雄传》的单行本，用的依然是彦涵的素描插图。1956年，《新儿女英雄传》改由人民文学出版社出版，这次彦涵专门为此书做了油画插图。彦涵对白洋淀是充满了感情，新中国成立后，彦涵所画的第一幅大型油画就是白洋淀题材的《水祸》，这被认为是彦涵油画艺术的真正开端。

一起生活和战斗的经历让徐光耀和彦涵建立了深厚的友谊，新中国成立后徐光耀出版了抗日题材的长篇小说《平原烈火》，很快日译本出版，所用的插图就是彦涵所作的版画《当敌人搜山的时候》。

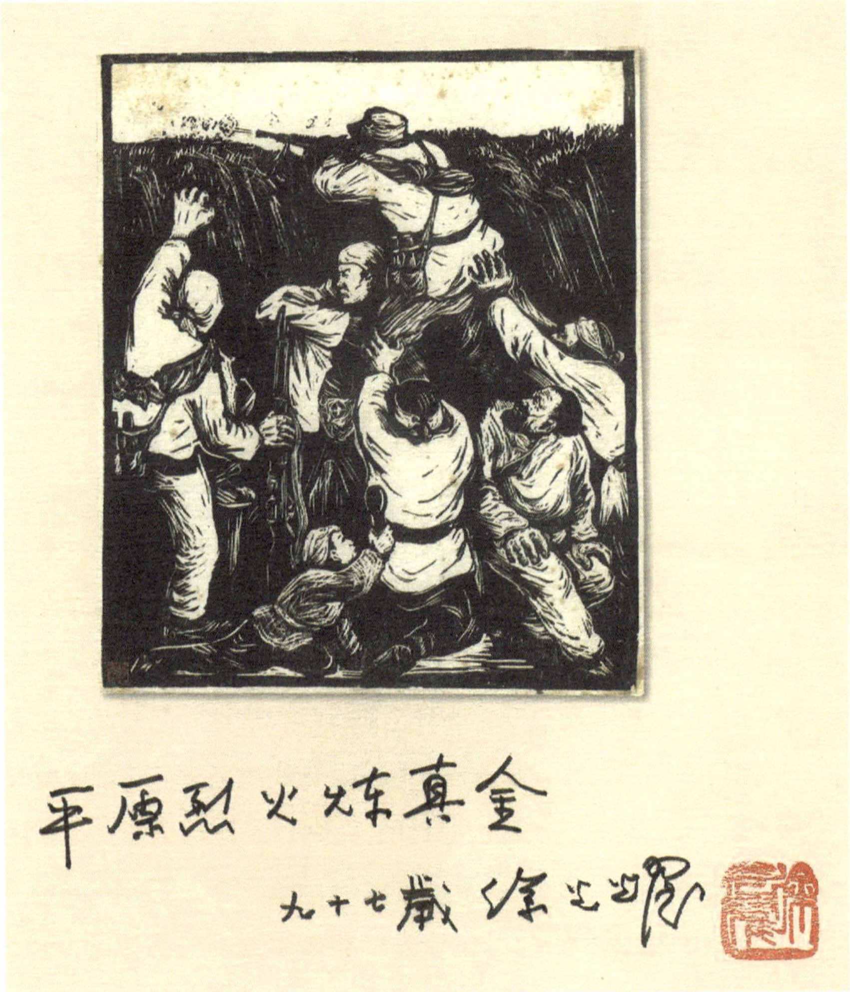

木刻《当敌人搜山的时候》，彦涵创作于 1943 年

“新战士”伍必端

徐光耀和伍必端熟络起来，是因为他们二人为丰富连队文艺生活而进行图文合作。

徐光耀他们一组人到达军分区司令部那天正是除夕，第二天大年初一他们就跟随部队参加了战斗。这些人中大多数是第一次下连队参加战斗，所有的磨难都被新奇和希望掩盖了。困难也好，磨难也好，都难不倒联大师生，他们总是充满了革命的乐观主义精神。

到了连队，连队干部战士也一样乐观，对革命充满了必胜的信念，因此在连队里最受欢迎的是于夫和伍必端，于夫有表演天赋，伍必端画画得好，两人都很活跃。

每次出发前，战士们总喜欢让于夫表演个节目，于夫也每叫必到，到前面表演一番，逗大家哈哈一笑，这也成了连队出发前的新节目，战士们都喜欢联大来的这个“活宝”。其实战士们本身就是那么质朴、乐观、可爱。有一次出发前还没等于夫表演节目呢，黑大个炊事员挑着担子、唱着小调、扭着秧歌就过来了，那幅一扭三晃的画面实在让人忍俊不禁，战士们早笑得捂住肚子弯下腰了。连队的气氛和革命乐观主义精神也感染着联大每一位来实习的同志，有些人刚到连队的那种紧张、生疏感早就一扫而光了，他们有的只是渴望，渴望战斗。

可能是上级有意既锻炼又保护这些知识分子，徐光耀他们实习的部队不是主力部队，仗不太多，大都是一些配合主力部队的任务，因此在战斗间隙，他们就在部队发挥他们的特长。连指导员爱画画，和伍必端一拍即合，办了一份在全连传阅的宣传画，宣传连里的先进人物和事迹，因为徐光耀在部队时既熟悉部队，有多年的战斗经验，又是剧社创作组的副组长，文字功底也好，就由他负责文字部分。

宣传画办得有声有色，图文并茂，很受战士们欢迎。随部队到前方后，徐光耀和伍必端又和部队宣传队约好出墙报，伍必端画墙报，徐光耀编顺口溜，一天工夫伍必端画了五幅画，徐光耀编了四五段快板，这样的成绩，连他俩自己都感到震惊，在前线的环境中真能激励着人多出作品，出好作品。最让徐光耀和伍必端感到欣慰的是，他们的画和顺口溜极大地激励了战士，鼓舞了士气。连队每打完一仗，都会涌现出一批英雄模范，徐光耀和伍必端就赶快把他们画成画，编上顺口溜，有时让战士们自己编顺口溜，徐光耀、伍必端指导、修改。很快宣传画就到了战士们手上，大家纷纷传看，上了宣传画的英雄模范当然光荣、自豪，没上宣传画的战士也都表决心："下一仗一定好好打，上上宣传画，咱也光荣光荣。"

伍必端告诉徐光耀，希望他也学学绘画，一个人能文能画，那以后办墙报，就没人能敌了。第二天伍必端还真给徐光耀上了一节绘画课，还给徐光耀画了一幅画像，伍必端成了徐光耀"一节课之师"。其实徐光耀比伍必端还年长一岁，一直称他为"小伍"，他们的深厚友谊就是建立在这战火纷飞的环境中的。伍必端给徐光耀画的像，徐光耀后来寄给了姐姐。那个年代照张相实在不容易，这画像自然就更加珍贵，因此徐光耀就把它寄给了他一直当作母亲一般的姐姐。

"小伍"这绘画课可不白讲，后来徐光耀的小说《周玉章》获得成功后，"小伍"也非常喜欢，直接找上门来，要徐光耀教他语汇，徐光耀还就不厌其烦地一条一条教了起来。"小伍"写过一篇《二丑的遭遇》，让徐光耀帮他修改，那时徐光耀的《周玉章》正使他在文学系"名声大振"，自己也正有些得意，于是对"小伍"的文章毫不客气地进行了大胆的删改，这可能是到那时为止徐光耀删改得最多、最彻底，也是删改得最用心的一篇文章，谁让它是"小伍"

写的呢。

但让徐光耀更佩服的是伍必端的勇敢，虽然莽撞和冒险了一些。那次是大家要离开部队返回学院的最后一仗，也是去端敌军一个炮楼。敌军的炮楼很坚固，四周都修有地堡，敌人就龟缩在炮楼里，负隅顽抗。徐光耀和伍必端他们所在的部队当时只有两挺轻机枪，每挺只有不到一百发子弹，不敢扫射，只能瞄准目标点射，根本发挥不出机枪攻击时的巨大优势和威力。投弹、炸药爆破都不成功，找来敌军家属动员自家亲人放下武器，也没奏效，这样僵持了两天三夜，最后想了一个虽然看似笨拙但却最有效的办法，挖地道，在炮楼底下放置炸药，把炮楼端上天。

这样部队一面地下作业，一面在地上发动政治攻势。所谓政治攻势就是向敌人喊话，也是一种心理攻势，让敌人这座孤零零的炮楼四面楚歌，以涣散和瓦解军心。我军阵地和敌军炮楼就隔着一条街，宣传员拿着一只铁皮做的喇叭，躲在女儿墙后面，只把喇叭伸出去，喊着让敌人投降，告诉他们解放军优待俘虏。宣传员喊完了，敌军的头目就带着一帮人起哄、嚎叫。伍必端一看这么简单内容的喊话根本不可能瓦解敌人的心理，于是自告奋勇喊一喊。伍必端把喇叭放在墙头上，喊道："将军弟兄们别吵了，有什么问题提出来，我给你们解答。"敌军当官的一看，换了喊话内容，想给伍必端出个难题，就不再让当兵的起哄，问道："你们妇救会是干什么的？"伍必端告诉他："我们的妇救会保护妇女，不打骂妇女，组织妇女生产，学习文化，争取男女平等、妇女解放。"伍必端的回答让敌军无言以对，那军官又问道，那你们为什么屠杀青年，伍必端告诉他，说我们屠杀青年那是造谣，解放区的青年过的都是自由民主的生活，并告诉敌军，自己就是从重庆到解放区的，来了之后自己还有上学的机会，现在正上大学呢。敌人一看对话落了下风，又开始起哄。伍必端赶紧改变策略，告诉敌人，这样吧，我给你们唱个歌吧，敌人不知这是什么招式，战场上给对方唱歌，还真没见过，于是答应了。伍必端张口就唱："蒋介石呀嘛呼嘿，老混蛋呀嘛呼嘿……"刚唱两句，敌军一看骂他们的"最高统帅"，气急败坏的一通回骂，子弹雨点似的打在女儿墙上，伍必端赶紧缩起身子，蹲在墙下。好险！

徐光耀在抗战时期多次用喇叭对鬼子和伪军喊过话，怕出危险，本想嘱咐小伍两句，没想到这"小伍"不但画画得好，这口才也好，还这么机智勇敢，从心里对他又多了一份敬佩。

也许是"缘分"吧，几年后伍必端也到了徐光耀的家乡白洋淀，体验生活，画连环画。连环画在民国时期就已经很流行了，出过不少好作品，但大都还是一些神鬼武侠或封建糟粕的题材，在解放区也有彦涵等（刻）画的《狼牙山五壮士》等革命题材的作品，虽为数不多，但开了个好头。大众图画出版社（后为人民美术出版社）约稿，想要占领连环画这块文化阵地，这就要选一些如《狼牙山五壮士》一样全新的题材去替代那些旧的不合时宜的东西。这时候正好有一本反映白洋淀抗战生活的长篇小说很受欢迎，那就是孔厥、袁静所写的《新儿女英雄传》。为了能尽快出版这套连环画，刚成立不久的中央美术学院就把一批刚从原华北联大美术系调来的青年教师组织起来，集体创作。

这些青年教师有伍必端、林岗、李琦、冯真、顾群、邓澍。学院把这些青年教师组织起来，一边读小说，一边到河北安新县白洋淀体验生活。他们来到安新县端村，村支书和村主任非常支持，说《新儿女英雄传》的故事就发生在他们这一带，当年的民兵好多都健在，给伍必端他们提供了极大的方便。

伍必端他们采访了许多当年的游击队员。民兵队长特别热情，他把民兵们集合起来，在当年打鬼子的地方，操练给他们看，在房上、地道里、壕沟里神出鬼没，还在堤坝上、木船上实地操演怎么打鬼子，再现了在芦苇荡里伏击鬼子的情景。伍必端他们看着民兵们的操演画了很多素描，还实地看了地主老财的院子，画了许多街景、院子、房子、门窗、家具，有人还带了一台 120 相机，拍了许多照片。

白洋淀的老乡淳朴，几位年轻画家吃派饭，到了谁家，老乡都拿他们像自家人一样。他们要画哪里，老乡就把他们带到哪里，想画小说中的人物，老乡们就找来人当样子（模特）。县里、乡里、村里都特别支持，好像他们画这套连环画，就是他们县里、乡里、村里自己的事。伍必端他们收集了许多资料、素材。

回到学校后，他们先集体讨论，然后他们每人分配了三四十张画面，画出初稿后再互相观摩，以达到风格一致。经过几个月的紧张创作，1950 年 12 月《新儿女英雄传》连环画第二册率先出版，绘者是冯真、李琦、林岗、伍必端。这也出现了一个有趣的现象，《新儿女英雄传》连环画先出了第二册，才陆续出版了第一册和第三、四册，从 1950 年底一直到 1953 年 3 月。这套四册的连环画，动用画家多，准备充足，打磨时间长，画得质量非常高，出版后特别受欢迎，成为连环画的经典之作。

伍必端画像，殷恩光绘，徐光耀题

徐光耀和金学铁

1951 年在文研所学习期间，徐光耀和金学铁（前中）、陈淼（左）、孙振侠（后）、金海洋（金学铁之子）游颐和园时合影

2021 年春夏之交，我和殷杰编写《光辉岁月——图说徐光耀》一书时，一组照片引起了我们的注意，为了弄清楚背后的故事，我们马上求证徐老。徐老告诉我们，这是 20 世纪 50 年代初他在中央文学研究所当研究员时和同学金学铁、金学铁家人、老同学陈淼及翻译孙振侠在颐和园拍摄的。照片中那个有些瘦削的男人是金学铁，他在抗日战争中失去了一条腿，是一名铁骨铮铮的战士，也是一位很有成就的作家，被誉为“朝鲜族的鲁迅”。徐老回忆了一些往事，引起了我们很大的兴趣。于是我们又一头扎进《徐光耀日记》，还原出许多当年的生活细节。幸运的是，通过石家庄市政协常委、《石家庄日报》社红色文化专家王律和元氏县胡家庄文化站宣讲员胡爱朝，殷杰联系上了金学铁之子金海洋。当金海洋听说父亲的老同学徐光耀老人已九十六岁高龄而依然健康矍铄时，喜出望外，当

即表示要尽快赴石家庄拜访徐叔叔，其兴奋之情隔着电话都能让人感受到。几张老照片承载了一段感人的历史，续写了一段佳话。

2021 年 10 月 17 日，石家庄正值金秋时节，在河北省第八人民医院，九十六岁的徐光耀和七十多岁的金海洋紧紧拥抱在了一起。这是一个跨越了七十年的拥抱，看着眼前这个年过古稀的“孩子”，徐光耀感慨岁月匆匆，七十年前那个在自己膝头照相的小男孩，现在也已经是一位老人了。

七十年，恍若隔世，但缘分总能让人获得意外惊喜。金海洋一直在研究其父亲金学铁的革命历史，对徐叔叔自己长大后就只闻其名，未见其面，这次专程从延吉赶到石家庄，拜望父亲这位老同学——徐光耀叔叔。

虽然见面之前两个人觉得有很多话要说，但相逢后激动得又一时语塞。徐光耀一只手搂着金海洋，另一只手不停地拍打着他的后背，金海洋看着徐光耀也两眼湿润。落了座，翻看着照片，照相时金海洋还小，记忆模糊，但当时的情景徐光耀历历在目。他告诉金海洋：“咱俩真是有缘分呐，照相时你也就四五岁吧，那天一直缠着我，这倒也遂了我的心意，你简直是救了我的‘驾’，还得感谢你呢！”徐光耀的一声感谢让金海洋如坠云雾，这“感谢”从何说起呢？

相识文研所

这几张照片拍摄于 1952 年 3 月 11 日。那时徐光耀和金海洋的父亲金学铁都在中央文研所做研究员，是第一届学员。中央文学研究所（鲁迅文学院的前身）成立于 1951 年 1 月 8 日，由丁玲任所长，副所长是张天翼。这是新中国成立后建立的第一个专门培养文

徐光耀在金学铁之子金海洋所赠图书封面题跋

学人才的机构，是新中国第一代作家的摇篮，培养出了一大批著名作家，被誉为新中国文学界的“黄埔军校”。中央文研所正式开学之前，因出版过《平原烈火》，已是全国知名青年作家的徐光耀于 1950 年 10 月先期入所，参与文研所的筹建，后来深得丁玲的器重和赏识。文研所成立后不久，金学铁也应丁玲之邀到文研所做研究员，这时的金学铁在文学上已颇有建树。都说丁玲爱才，由此可见一斑。

徐光耀和金学铁初识也在文研所。那时华北联大的同学陈淼正给丁玲当秘书，对全所的情况都很熟悉。1951 年 4 月 28 日，他拉着徐光耀去学校会议室，说是要认识朝鲜作家金学铁。当这位一条腿的作家拄着拐杖进入会议室时，就让人油然而生一种敬意。座谈中得知，金学铁研读过许多中国古典名著，如《三国演义》《红楼梦》《水浒传》及《论语》《孟子》等，他还阅读了大量世界名著，其中《静静的顿河》居然读了四十遍之多，令人钦佩。

虽然徐光耀 1938 年就参加了八路军，历经七年抗战，参加大大小小一百多次战斗，但了解了金学铁的身世和经历，还是对眼前这位和日寇浴血奋战、因被俘后绝不屈服而失去一条腿的铮铮铁汉充满了敬意。

浴血太行山

金学铁 1916 年出生于朝鲜元山，1935 年到上海参加地下抗日组织，1938 年毕业于黄埔军校，毕业后就参与了朝鲜义勇队的创建。1938 年 10 月 10 日，一百多名黄埔军校毕业的朝鲜年轻军官在汉口成立朝鲜义勇队，周恩来、郭沫若等前往祝贺。周恩来致辞，号召大家“为东方各民族的解放而斗争”。义勇队骨干都是中国共产党党员，金学铁早在进入黄埔军校前就加入了中国共产党。

朝鲜义勇队成立不久武汉陷落。当年郭沫若在撤离武汉前坐吉普车绕城告别即将沦陷的武汉，却意外发现有一支部队冒着生命危险用日文在墙上、马路上刷写巨幅抗战标语。他停车询问才知道是朝鲜义勇队。在武汉即将被日军攻陷的危急时刻，坚持最后留下抵抗的正是金学铁等朝鲜义勇队战士们。这使郭沫若感慨万分，并如实写入著名抗战史诗《洪波曲》，流传至今。

朝鲜义勇队开始在华东、华中一带抗日最前线参加战斗，由于他们大部分人精通日语，常以分队的形式分散到各战区做宣传工作。他们的抗日宣传大都是和敌人近距离“接触”，在敌我对峙的战壕，深更半夜投掷手榴弹震醒敌人，然后用喇叭向日军喊话，鼓动日军士兵反战起义。女队员则唱起日本歌曲和民谣，引发日军乡愁，激发其厌战反战情绪，促使他们醒悟。在敌人眼皮底下瓦解敌军，随时都要冒着牺牲的危险。

1941 年 6 月，为了扩大队伍，吸引华北的朝鲜战士加入进来，义勇队北上与八路军会师。到了河北太行山抗日前线，义勇队受到了八路军指战员的热烈欢迎。八路军副总司令彭德怀在致辞中称八路军的武器库向义勇队敞开，任挑任选，给予了义勇队大力支持。朝鲜义勇队开始转战太行山。

1941 年 10 月，朝鲜义勇队挑选出三十人进入太行山东部的元氏县，配合八路军一个大队打击这里的日寇。这支特殊的队伍，有八路军不具备的优势，他们除炊事员外，全部精通日语，更有利于在战斗中发挥特殊作用。金学铁就是这支队伍中的一员。

到元氏县不久，金学铁他们就和日军展开了殊死的战斗，胜果不断，被日军视为眼中钉。

中共元氏县委准备12月12日召开“双十二”纪念大会，纪念国共合作、全面抗日，金学铁他们的朝鲜义勇队二十九名战士负责大会保卫工作，不幸的是，召开纪念大会的情况被敌人获悉。

1941年12月12日凌晨，天还没亮，义勇队的战士们还在睡梦中，敌人就纠集了日伪军共五百多人，携迫击炮、重机枪包围了义勇队驻扎的小山村——胡家庄，敌我在人数和武器装备上都相差悬殊。

枪声响起，义勇队战士赶紧拿起武器突围。好在那天浓雾弥漫，再加上夜色朦胧，几乎伸手不见五指。义勇队趁着夜色和雾霭，再加上一口流利的日语和敌人周旋。后来敌人明白过来受骗后，义勇队就留下一个小队吸引并拖住敌人，掩护多数人突围。这时邻村的八路军听到枪声也赶过来增援，在外围打击日军。

朝鲜义勇队为保卫元氏县抗日政府和县委的同志与日寇展开了殊死搏斗，队长金世光身负重伤，指导员等人打光子弹后，和敌人肉搏，因寡不敌众，有四位战士英勇牺牲，一位受伤被俘。金学铁正是那位受伤被俘的队员。

金学铁在掩护战友撤退与敌人激战时，被日军的子弹打伤大腿骨，从高坡上滚了下去，一头撞上岩石昏了过去。等他醒来时，已躺在了敌人的担架上，被送往元氏县城。敌人给他做了简单的止血包扎后，随即押送到石家庄日本宪兵司令部关押审讯。当时关押金学铁的石家庄日本宪兵司令部旧址（坐落在石家庄民生路），现在是河北省重点保护文物，原貌保存完好。

前来增援的八路军将士为救援朝鲜义勇队的战友们，在胡家庄村外的开阔地带和敌人展开了激烈战斗。在这场敌众我寡的艰苦战斗中，八路军牺牲了十二名年轻的战士，中朝两国战友的鲜血共同凝结并染红了胡家庄这片深情的土地！

不屈的战士

因为当时朝鲜被日本占领，朝鲜战俘是被日本人作为政治犯来对待的。其中有侦探特务嫌疑的在被俘地枪决，纯属战俘的要送回日本本土监狱服刑。几经审讯，日本人确定金学铁只是战俘，于是他们决定要将金学铁押送日本审判服刑。不过对受伤的腿，他们提出必须写“悔改书”，才给予治疗。

金学铁的伤腿只经过了捆绑止血，由于拒绝写“悔改书”不给消炎治疗。在石家庄日本宪兵司令部和日本领事馆看守所审讯的这段日子里，他伤口发炎，疼痛难忍。但金学铁坚守住了一名中共党员的信念，经受住了考验。反抗侵略，争取自由，争取民主，是正义之举，何悔之有，何改之有！审讯他的敌人对他毫无办法，最后判了他十年徒刑，押送日本长崎监狱服刑。

被两名日本宪兵押送，坐上北平开往朝鲜釜山的火车（当时都是日战区，有直达列车），金学铁心生感慨。当年自己中学毕业，正是坐上釜山开往北平的火车，取道北平前往上海，走上了革命道路。而这次取道釜山要去的竟是长崎监狱。日寇不除，事业未竟，自己怎么甘心。

在长崎监狱，监狱当局仍然强迫他写“悔改书”，表示效忠天皇，这是治疗腿伤的条件。金学铁仍断然拒绝写“悔改书”。时间一长，伤口恶化，化脓及骨，疼痛钻心。一到夏天，伤口化脓处，都生了蛆虫，监室里没有医疗器具，金学铁只好用筷子剔除，其钻心之痛往往让他彻夜难眠。但再大的肉体痛苦也动摇不了金学铁争取被压迫民族独立解放的决心和无比坚定的共产主义信仰。

“悔改书”不写，腿伤一天比一天严重，再拖下去会危及生命。收监两年多后，趁监狱长更换之际，金学铁写了一份请愿书给新任狱长，不求治疗，但求截肢。所幸新监狱长答应了他的要求，下令做了截肢手术。被截的一条腿被埋在监狱后院的“无缘故墓地”，是专埋无主死囚的监狱墓地。自此，两条腿的金学铁成了一条腿的金学铁，拄上了双拐，金学铁幽默地称自己是三条腿的战士。金学铁为了中国人民抗日战争的胜利，为了世界人民反法西斯战争的胜利，为了自己心中坚定而伟大的理想信念，献出了自己的一条腿，但他依然积极乐观，充满战斗的激情。

金学铁也“因祸得福”。城内的长崎监狱人满为患，有些囚犯要被转移到条件不知道还要艰苦多少倍的郊外监狱，“冥顽不化”的金学铁自然在转移之列。谁知正是这次转移，使金学铁躲过了美国原子弹对长崎的轰炸，幸免于难。

日本无条件投降了，金学铁这名不屈的战士成为伟大的胜利者。敌人妄图在肉体上征服金学铁，但他们万万没想到，在他们面前的是一位意志比钢铁还坚硬的革命战士。

“朝鲜族的鲁迅”

在太行山抗战时期，金学铁担任朝鲜独立同盟宣传部宣传干事，他先后创作出抗日独幕剧《曙光》《胜利》《灯塔》等剧作，在武汉、太行山等地演出，大受欢迎。他和作曲家柳新合作的《朝鲜义勇军追悼歌》《故乡路》等革命歌曲也广为传唱。金学铁端得了枪，拿得起笔，枪和笔在他手里都是杀敌的利器。

出狱后的金学铁回到汉城（今韩国首尔），陆续发表了短篇小说《蜈蚣》《烟叶汤》等十多部作品。这时“三条腿”的金学铁，手里的笔杆子替代了原来的枪杆子，创作了一批反映朝鲜义勇队战友们抗战生活的小说。同时他还担任朝鲜独立同盟（朝鲜共产党）汉城委员会的委员，从事社会主义左翼运动。他不辱使命，观点鲜明，很富批判性和战斗性。后来受到美军管辖下汉城政府的迫害，组织上安排金学铁北上。

1946 年底，金学铁与组织安排的护士和妹妹一起，九死一生，来到平壤。先是在《劳动新闻》当记者，后到《人民军报》任主编，并发表小说《政治犯 99》《选举万岁》《敌占区》《公社之子》《泛滥》等，还同作曲家郑律成（《中国人民解放军进行曲》作者）合作创作了大型交响曲《东海渔夫》《游击队战歌》等。金学铁因发表一篇批评官僚作风的文章《是谁在破坏社会主义建设》而被辞退主编，临时发配到金刚山地区任地方官。

金学铁一生奉鲁迅为文学的楷模，他的很多文章也一如鲁迅的风格，被誉为“朝鲜族的鲁迅”。

朝鲜战争爆发后，1950 年 10 月金学铁从平壤回到久别的北京。进入中央文学研究所后，金学铁依然笔耕不辍，先后在《人民文学》《光明日报》《中国青年报》的报纸杂志发表了《在严峻的日子里》《战友》《故乡》等多篇小说，还出版了中篇小说《泛滥》、短篇小说集《军功章》。这两部书在当时的北京再版了七次，很受读者欢迎。

相知相敬

从革命战士到作家，正是二人高度相似的经历，使金学铁和徐光耀都对对方充满了吸引力。

金学铁的非凡经历，让徐光耀由衷敬佩。年长徐光耀九岁的金学铁显得更加成熟稳重，脸上镌刻着岁月的沧桑，眼神深邃而坚定，这是一位成熟的革命者。虽然为革命献出了一条腿，但金学铁还依然精力充沛地继续着革命事业，勤奋写作，当时在徐光耀眼里金学铁简直就是朝鲜的保尔·柯察金。徐光耀既佩服他作为一名战士的英勇顽强、作为一名共产党员的坚贞不屈，又佩服他作为一位作家的才华和成就。

金学铁也了解徐光耀和自己有相同的革命理想和相似的革命经历，还著有颇具影响的长篇小说《平原烈火》，于是要求徐光耀也送他一本，还笑着说看完后要“狠狠地批评”呢。不过“批评”没有，金学铁倒是透露给徐光耀一个好消息，说电影局要把《平原烈火》改编成电影。徐光耀当然高兴，但又不大敢相信。金学铁告诉他这个消息是他直接听电影局的人说的，后来陈淼也证实了这消息。

金学铁对徐光耀充满欣赏。一次聊天时，孙振侠告诉徐光耀，金学铁很“爱”他，徐光耀告诉孙振侠他也很“爱”金学铁，他们的“爱”是纯粹的，是人类之爱中的崇高之爱。

孙振侠是金学铁的翻译，随金学铁一起到中央文研所。孙振侠是朝鲜革命烈士的遗孤，她父亲牺牲于东江纵队。她是从保育院和儿童团被选入陶行知先生创办的育才中学的，那时她还是一个十三岁的小姑娘呢。她先在古圣寺育才中学社会组学习，后来转入了戏剧组。在老师和同学们眼里，她聪明、活泼、悟性高，知识胜人一筹。回朝鲜后他在大学教授中文并从事中、俄、朝鲜文的翻译工作，翻译了大量文学作品，当时金学铁的许多朝鲜文著作都是由孙振侠翻译成中文的。

金学铁和徐光耀的崇高之爱源自他们相似的革命经历、相同的兴趣爱好和共同的信仰追求，因此二人惺惺相惜。

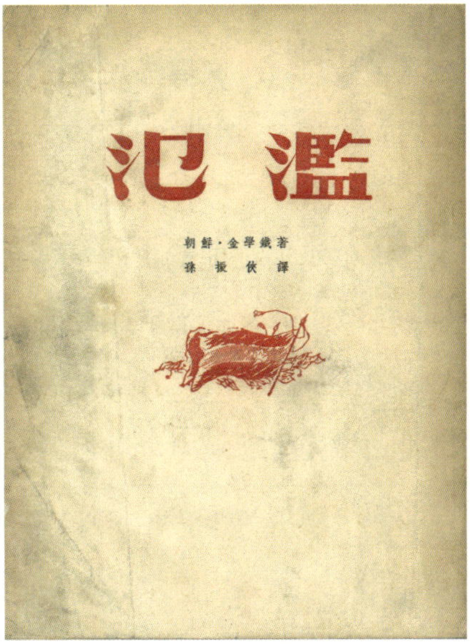

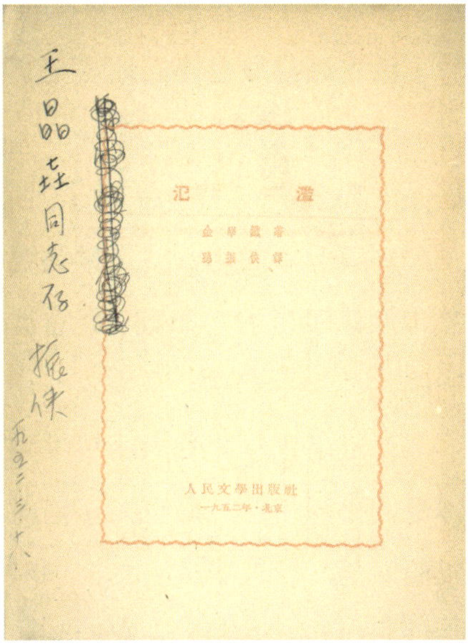

孙振侠签赠本。1952 年 3 月初版，金学铁韩文原著，孙振侠翻译

因为徐光耀，铮铮硬汉金学铁也表现出了铁汉柔情的一面。徐光耀送给金学铁《平原烈火》时，金学铁问里面写没写“恋爱”故事，徐光耀说没有，他很高兴，因为他有些反感在小说中充斥恋爱故事。但对徐光耀则不同了，有时竟有些“八卦”起来。知道徐光耀恋爱了，金学铁让徐光耀把对象申芸介绍给大家认识。徐光耀告诉他申芸在天津，金学铁这才作罢。一次徐光耀和金学铁共处多半天，金学铁开玩笑，问徐光耀这半天如果去天津会如何，问得徐光耀脸上有些羞涩。金学铁又拉着徐光耀去看康濯，路上发现徐光耀没刮胡子，就又跟徐光耀开起了玩笑，问他：“你不刮胡子吗？”徐光耀说不刮，金学铁又笑着追问，“那去天津刮不刮？”徐光耀红着脸回答：“当然刮了。”金学铁哈哈大笑。

真人见不到，金学铁和孙振侠就让徐光耀拿申芸的照片来，让大家参谋参谋。几次催促，直到徐光耀拿了申芸的照片，大家边看边“参谋”了一番。

徐光耀是发自内心地对金学铁充满了敬意，一次周扬到文研所讲毛泽东《在延安文艺座谈会上的讲话》的意义，课讲得非常精彩，居然一口气讲到了中午 12 点半。下课了，徐光耀悉心陪着金学铁一起到康濯家的门口。金学铁要去康濯那里见周扬他们，徐光耀也被康濯让了进去，周扬、周立波、陈登科都在，大家谈了许多创作问题。

无论是在华北联大还是中央文研所，徐光耀总是十分珍惜得之不易的学习机会，简直到了惜时如金的地步，但对于金学铁，他可以陪着他“玩”半天。1951 年 7 月 29 日，徐光耀和陈淼骑车到金学铁的住地万寿山，一起游颐和园，这是金学铁和孙振侠多次邀请过的。有朋自城里来，金学铁自然高兴，带着大家去颐和园里唯一的招待所“听鹂馆”（现在依旧在颐和园湖畔）吃了饭，又在颐和园尽情划船。吃饭时大家还说了许多笑话，连一向不善言谈的徐光耀也讲了两个，大家交流着，欢笑着，就像多年的老朋友一样其乐融融。虽然消磨了一整天，但徐光耀觉得跟金学铁在一起始终是尽兴的。

这年的秋冬时节，徐光耀被选入中国作家代表团访问了苏联，回来时徐光耀不远万里给金学铁和孙振侠、陈淼都带回了礼物。给金学铁和陈淼各一块有高尔基像的盘子，并让金学铁给孙振侠捎去一块有斯大林浮雕像的盘子。这样的礼物让金学铁、陈淼高兴得不得了。但这时也让徐光耀有些伤感，自己出国前孙振侠就说要回朝鲜了，又听说金学铁也要去东北的辽吉地区搞文联工作，真是时光匆匆，聚散无常。

文研所的生活丰富多彩，文研所的课堂充满了文学趣味，上课的老师，都是当时的著名作家、诗人、文学家、理论家。在文研所，这两位放下枪拿起笔的作家都极大地丰富了自己的精神世界，提升了自己的文学素养。文研所的日子让人留恋。

1952 年 3 月 11 日，春寒料峭，徐光耀准备好相机和胶卷跟陈淼直奔颐和园，想留下永恒的纪念和美好的瞬间。徐光耀热心似火，但实在木讷、不善言谈，在金学铁家里，金学铁、陈淼、孙振侠谈得津津有味，徐光耀却插不上嘴，这多少有些尴尬。此时幸亏有小海洋一直缠着徐光耀陪自己玩，徐光耀也乐得以此缓解一些尴尬，这一情景竟然把金学铁不善汉语的妻子都逗乐了。为了哄小海洋，徐光耀用秫秸给他插了一个眼镜，带着秫秸眼镜的小海洋把全屋子人逗得哄堂大笑。这正是七十年后徐光耀说金海洋“救驾”的原因。

拍照徐光耀是“内行”，那天大家整整拍了一轴胶卷。对这次照相徐光耀格外留心，回到城内连夜拿着就去冲洗了，心里还迫切期待每一张都照得成功。天遂人愿，照片照得很成功，徐光耀赶紧

在中央文研所同学时，徐光耀、金学铁、陈淼、金学铁及金学铁的妻子、儿子（金海洋）在游颐和园时合影

该冲洗的冲洗，该放大的放大。

金学铁看到照片也高兴得不得了，连连说好，出乎意料地好。同时金学铁也告诉徐光耀，5 月份他就要离开北京了，这让徐光耀很是不舍。他又告诉徐光耀他还要继续翻译工作，把中国优秀的新文学作品介绍到朝鲜去，这又让徐光耀充满期待。金学铁果然做到了，他不但把他崇拜的鲁迅的许多作品第一个翻译成了朝鲜文，还把他的老师丁玲的《太阳照在桑干河上》、周立波的《暴风骤雨》《山乡巨变》等翻译成了朝鲜文，为中朝文化交流做出了巨大贡献。

人民不会忘记

铁凝和金海洋在“金学铁抗日文学碑”前合影，照片上有徐光耀题词

徐光耀没有忘记金学铁这位老同学，晋察冀人民也没有忘记这位抗日英雄。

2005 年 8 月 5 日，在元氏县胡家庄中韩两国作家联袂为“金学铁抗日文学碑”和“金史良抗日文学碑”揭幕，时任河北省作家协会主席铁凝参加了揭幕仪式并致辞。

2021 年夏天，徐光耀才听说元氏县胡家庄有老同学金学铁的抗日文学碑，非常兴奋，很想去看看。怎奈年事已高，身体不允长途跋涉，于是就委托殷杰和王律到元氏县拜谒“金学铁抗日文学碑”，圆自己的一个梦。正是这次元氏之行，让徐光耀和金学铁的革命情缘得以延续。讲解之余，胡爱朝告诉殷杰和王律，自从“金学铁抗日文学碑”建立以来，金学铁的儿子金海洋几乎每年都来。这个信息让殷杰、王律眼睛一亮，激动不已。他们赶快通过胡爱朝和金海洋取得了联系，并把消息告诉了徐光耀。

这个消息让徐光耀非常激动，他特意把那些照片复制好，并把新出版的《光辉岁月——图说徐光耀》及《徐光耀日记》等书籍邮寄给金海洋，还为他写下了“大味必淡”的题词。金海洋很快回信并赠送金学铁所著《抗战别曲》等书籍。

和徐老见面后，金海洋告诉徐老，那些照片他家里也曾保存着，父亲看着照片总回忆起那段时光，提起徐叔叔、陈叔叔和孙阿姨，这时候父亲眼里总是充满了柔情。可是后来由于接连的政治风波，互相之间联系不上，父亲好多老照片在特殊年代也都失落了。这次收到徐叔叔赠送的照片特别激动，感到非常亲切。时隔七十年还能跟徐叔叔见面，既感慨又幸运。

听说正在筹建“金学铁纪念馆”，徐光耀更是抑制不住内心的激动，欣然命笔题写了“金学铁纪念馆”几个古朴庄重的大字，并捐赠了有关金学铁的图书。

2021 年 10 月 18 日，金学铁纪念馆在元氏县胡家庄揭牌。

徐光耀不顾已九十六岁高龄，亲笔写了贺信，委托殷杰在揭幕仪式上宣读。徐光耀深情地写道：

“非常荣幸能为‘金学铁纪念馆’题写馆名，非常高兴今天金学铁纪念馆揭幕。如此盛事，本应前往祝贺，怎奈自己年事已高，身体也不允许，十分遗憾。”

在贺信中，徐光耀深情回忆了他和金学铁在中央文研所建立的深厚友谊，简要回顾了金学铁作为一名战士和一位作家的光辉业绩。贺信最后，徐光耀写道：

“金学铁年长我九岁，是我十分敬重的学长。金学铁纪念馆开馆，学长的英灵有了寄托，我十分欣慰。继承英雄精神，传承红色基因，赓续红色血脉，元氏县的领导和同志们做了一件功在千秋的大好事，值得庆贺，更值得感谢。

最后再次感谢大家为金学铁纪念馆所作的努力和付出！衷心祝贺金学铁纪念馆揭幕开馆！”

作为同学、战友，徐光耀对金学铁的评价是客观公允的，也是充满情怀的。

我们得知徐光耀和金学铁的友谊是因为那一组照片，我们深入了解他们二人七十年前交往的细节是源自《徐光耀日记》。在《徐光耀日记》中我们看到了两位有血有肉的战士和作家，他们的友谊生动起来，不再仅仅是纸面上单薄的“友谊”两个字。因此金海洋特意给《徐光耀日记》的两位重要整理编辑者——著名作家闻章先生，著名书法家、出版家潘海波先生写了感谢信，感谢他们为《徐光耀日记》的出版付出的辛勤劳动和贡献。

还有一些艺术家以不同的艺术形式赞美徐光耀和金学铁的革命精神和诚挚友情。著名画家徐纯中、罗希贤、殷恩光、杨金祥都以此为素材进行了创作。杨金祥根据《徐光耀日记》和其他相关资料创作的“金学铁、徐光耀系列”画，刊登在了朝文版的《吉林日报》上。画家靳志强创作了以元氏县胡家庄保卫战为背景的大型画作，河北内画名家张禾创作了金学铁题材的内画鼻烟壶。

徐光耀、金学铁的革命精神和真诚友谊是一个时代的典范，历史应当铭记。

血洒太行山的英雄，晋察冀人民不会忘记，中国人民不会忘记。

北京大耳胡同的文学梦

年轻时，徐光耀一直梦想自己能成为一名专业作家，为此他付出了巨大努力，无论是战争年代艰苦地自学、和平年代争分夺秒地自学，还是争取进入华北联大、中央文研所这样的专业院所深造，都是为了自己心中那个文学梦。

徐光耀埋下文学的种子，是在他童年的时候，他的第一位文学“启蒙老师”应该是他并不识字的父亲。小的时候在老家，为了度过冬天漫长的夜晚，老父亲喜欢给几个孩子讲故事，没多少个晚上父亲的故事讲完了，就由识字不多的徐光耀就着昏暗的油灯给大家读那些讲帝王将相、侠义公案的老书，比如《精忠岳传》《三侠五义》等，也许就是这时在徐光耀的心底埋下了一颗文学的种子。抗战时期，战争那么残酷，行军那么艰苦，可在战争间隙每行军到一个地方，只有十几岁的徐光耀总是想方设法找书来看，这样他陆续接触到了鲁迅、郭沫若、茅盾、叶圣陶、冰心、丁玲等一大批新文学作家，开阔了眼界。到抗战胜利时，徐光耀已发表了不少通讯报道之类的小文章，还积攒了二十来本自己的“藏书”。这些“藏书”是徐光耀的宝贝，即使年小体弱，在残酷的战斗中和在艰难的行军中他都没舍得丢弃。

1945 年 7 月，抗战胜利前夕徐光耀被调到十一分区司令部任军事报道参谋，这是徐光耀的工作第一次和“文学”有了些交集。解放战争时期，徐光耀开始用笔来战斗了，他被调到了分区政治部宣传科任摄影记者，实际是到前线剧社当创作组副组长，这样徐光耀离他的文学梦又近了一步。也正是这一步，使他“有幸”接触到了华北联合大学，从而进入华北联大学习。

那时十一分区司政两部都驻扎在束鹿（今辛集市），徐光耀所在的前线剧社也在束鹿。国民党挑起内战，在张家口的华北联大被迫转移，来到束鹿继续办学，徐光耀几经争取进入了华北联大学习。

在华北联大徐光耀遇到了许多名师，接受了较为科学和系统的写作训练，写作水平大幅提高，写作技巧日臻成熟。华北联大校长是成仿吾，文艺学院的院长是沙可夫，副院长艾青，文学系主任是陈企霞，老师有萧殷、于力（董鲁安）、厂民（严辰）、欧阳凡海、蔡其矫、何洛等。其中厂民、陈企霞、萧殷堪称徐光耀的伯乐，他们发现了徐光耀的写作才能，并重点加以培养，在这里徐光耀完成了从写新闻报道到创作文学作品的质的飞跃。正是这一质的飞跃，才使徐光耀有可能在 1949 年创作出长篇小说《平原烈火》，从而成为一名令人羡慕的青年作家。也正是因此，1950 年 10 月，徐光耀很顺利地又进入了有新中国文学界“黄埔军校”之称的中央文研所做研究员，再次系统学习深造。

中央文研所的所长是丁玲，副所长张天翼、秘书长田间、副秘书长康濯、党支部书记马烽，时常来讲课的老师有周扬、冯雪峰、胡风、赵树理、周立波、刘白羽、曹靖华、蔡仪、黄药眠、何干之、吴组缃、李何林、李广田、张庚，以及徐光耀联大时的老师陈企霞、艾青、萧殷、蔡其矫等人，在这些名师的教导和熏陶下，徐光耀的文学素养、写作技巧不断进步。所长丁玲爱才，她对革命经历丰富、文学小有成就的徐光耀极为赏识，在写作上悉心指导，重点培养。

她常常告诫徐光耀，文学就是写人，要狠狠地写人，要写好人，就得深入生活。徐光耀在文研所期间远赴朝鲜战场采访八个月，毕业后到家乡雄县长期下乡，都是因为丁玲的同意和鼓励，这样徐光耀的创作才总有源头活水。

1955 年 6 月，徐光耀调到了解放军原总政治部文化部从事专业创作。1956 年 1 月 6 日，总政文化部成立创作室，专门从事创作的有魏巍、胡可、杜烽、徐光耀、蔺柳杞、丁毅、陆柱国、西虹等人。这让徐光耀创作热情空前高涨，这个时候他给自己先定了一个写作规划，要写一部 12—15 万字的长篇小说，可能觉得还不够宏大，又改成了 15—18 万字；还要写一部中篇小说或电影小说，后改成了儿童小说，因为他正憋着劲写“瞪眼虎”（小兵张嘎形象的萌芽）呢。徐光耀、胡可、杜烽三家分配到了北京前门外大耳胡同 15 号，9 月三人搬进了新家。他们三人都来自华北军区，胡可和杜烽是老战友了，胡可曾在杜烽创作的著名话剧《李国瑞》中饰演过指导员王竞生。徐光耀成了专业作家，结束了在北京居无定所的生活，有了一个安定的住所，也有了充足的创作时间，可以更踏实地进行创作了。这个时期徐光耀也确实编织了一个宏大的文学梦，要一展其更大的文学抱负。其实，如此好的写作条件使得胡可、杜烽也一样激情澎湃，都在编织自己更宏伟的文学梦，胡可正围绕着他的多幕剧《戎冠秀》进行新的酝酿和构思，杜烽则忙着写他的剧本《英雄万岁》。

同住大耳胡同 15 号时期的徐光耀与胡可（左）、杜烽

在老家雄县下乡搞初级合作化时，徐光耀与乡亲们同吃同住同劳动，积累了大量的第一手资料，虽然已发表了几篇反映这一时期

1954 年、在雄县昝岗区公所开干部会时合影。右一为徐光耀

生活的短篇小说，如《树明和莺花》《老陶》等，但显然他觉得还不够分量，于是在大耳胡同 15 号，徐光耀潜心创作，从 1956 年 7 月至 1957 年 7 月，历时一年他写出了反映家乡初级合作化的长篇小说《奔流的大清河》初稿，共十九万八千字。同时也准备了大量素材并已动笔写另外两部长篇小说，一部是以开国中将旷伏兆将军为原型的《将军向我们走来》，另一部是以雄县米家务为中心开展的具有传奇色彩的地道战为素材的《地道战》。

在大耳胡同 15 号，徐光耀的确过了一段短暂的专业作家的“惬意”生活，他和胡可、杜烽同住一院，三个人一起上街、一起买书、

根据《树明和莺花》改编的连环画《并社》，1956年11月一版一印

一起聊天、一起听戏看电影，共同学习，互相帮助，互相讨论，既是战友，又是邻居，同在一个屋檐下，结下了深厚的友谊。

这个时期，徐光耀的写作是努力的，他和胡可、杜烽都有自己很宏伟的目标，因此一直互相激励，互相"攀比"。当然在首都生活，条件有些优越了，有时难免"懈怠"，好在徐光耀非常自律，善于自省。三人中杜烽年龄最大，胡可也比徐光耀大几岁，但胡可更像一个大哥哥，在生活和工作上都会督促徐光耀，因此徐光耀一直把他像大哥哥一样敬重。有段时间胡可出差了，徐光耀和杜烽看电影、听戏和社交时间多了一些，几天下来，徐光耀晚上写着日记反思，非常后悔，觉得自己虚度了光阴，感慨要是胡可在就好了，胡可会"管一管"自己的。

正在三位军旅作家在大耳胡同15号"大展宏图"时，谁知社会风云变幻，1957年，徐光耀因丁玲、陈企霞的牵连，受到了不公正待遇，梦想戛然而止。大耳胡同15号，对这个地方徐光耀的感情是复杂的，福耶，祸耶？在这里他编织了宏大的文学梦，眼看就要放飞理想时，在这里他又突然跌入了人生的谷底。

1957年，他的两位老师丁玲、陈企霞被打成了"反党集团"，他这"得意门生"当然也不能幸免。徐光耀开始了噩梦般的生活，他的精神几近崩溃。徐光耀不相信丁玲、陈企霞会反党，他更不明白自己十三岁参加革命，十三岁入党，已经快二十年党龄了，怎么会成为"反党分子"。徐光耀不愿对命运屈服，他的内心在抗争，一方面要证明自己，另一反面也是为了自我挽救。他想起了前两年读过的一本苏联的《普通心理学》，书里面提到，当人面临超负荷的压力、快要精神分裂的时候，要控制自己，集中精力，转移方向。于是他以顽强的毅力把所有的精神都集中到了写作上来。“我马上搜寻记忆，翻拣生活的箱底。于是，碰见一个孩子，就是《平原烈火》中没有能够写足的那个‘瞪眼虎’。瞪眼虎不是独自出现的，他还带着我童少年时代的伙伴和战友。他们歌唱着，战斗着，嬉笑着，活泼热烈而纷纷扰扰。他们，不管是持枪跃进而额缠绷带的，也不管是面黄肌瘦在血泊中匍匐爬行的，带着对生活的坚定信念，把我从疯狂苦闷中一拔而起，拖回到了当年的战场。‘杀头不要紧，只要主义真’，信念坚定，勇气倍增，杂念排除，心神一新，《小兵张嘎》于是乎草成。”多年的酝酿终于在这个时间点爆发了。据徐光耀回忆，写作的那段时间，军歌嘹亮、战火纷飞、人欢马叫、枪炮轰鸣的战斗景象，不但占据了他的整个生活，甚至挤进了他的梦境，他时刻被那段生活感动着、激励着。他太爱那群可爱的战士了，为了给他们一个优美轻快的环境，又特地把故事背景选在了家乡风光旖旎的白洋淀。《小兵张嘎》的写作是为了证明自己、挽救自己，因此写得非常保密，甚至连同院的两个亲密战友胡可、杜烽都不知道。

1958年1月23日，徐光耀在北京大耳胡同15号正式动笔写《小兵张嘎》，到3月28日仅用两个多月的时间便完成了《小兵张嘎》小说和剧本的草稿，6月9日抄改完毕，最后定稿。一开始小说的名字还叫《张故得儿》，后来又改成了《小侦察员》，徐光耀还是感觉不太好，总觉得差那么一点点劲儿，太笼统，不够响亮，也不够贴切，最后才定名《小兵张嘎》，事实证明这个名字才是最恰如其分的。小嘎子被徐光耀写活了，徐光耀的心也活了，特殊时期他们的确互相成全了彼此。也许当时徐光耀也没想到，正是自己最落寞的时候，完成了自己写作生涯上的一个高峰，而且是一个很难逾越的高峰。徐光耀以极大的精神和毅力，以一部《小兵张嘎》完成了在极度困厄中的自我挽救。

等徐光耀把《小兵张嘎》的小说和剧本誊写清楚、装订成册后，已到了 1958 年五六月份。回到现实中的徐光耀感觉“挂起来”的时间够长了，于是向胡可打探有关自己前途的消息，胡可劝他别急，要有耐心。既然如此，徐光耀还想保持写《小兵张嘎》的激情与势头，完成自己另一个心愿，也是徐光耀自己认为的他“此生最大的野心”，写《将军向我们走来》。可是还没怎么写呢，自己就被报纸点了名，该来的还是来了。

1958 年 9 月 25 日，支部书记杜烽和支部委员周洁夫来到了徐光耀的屋里，向他宣布结果。同吃同住同学习同工作的老战友，公布结果时，想要一脸严肃，又严肃不起来，想轻松，也轻松不起来，在比较尴尬的气氛中宣布徐光耀为“右派分子”，开除党籍，开除军籍，剥夺军衔。虽然徐光耀已有思想准备，但这样的结果还是犹如晴天霹雳。

徐光耀筑梦大耳胡同，也梦断大耳胡同，两天后他就被迫离开了这个他曾经想要放飞梦想的地方。

二十二年后的 1979 年，徐光耀错划的“右派”得到改正，他的军旅梦又在内心复活了，他太热爱部队了，他依然想回到军营，还写他熟悉的军旅生活。在徐光耀想要回归部队这件事上，卖力尤甚的有两个人，一个是他的老上级，开国中将，时任铁道兵第二政委的旷伏兆；另一个就是他的老战友，时任解放军总政治部文化部副部长的胡可。

胡可为徐光耀没少在各部门之间奔波。1979 年 3 月，徐光耀要去云南前线采访，先到北京集中，胡可告诉他，自己得到消息，说是被错划“右派”下放到地方的，部队“一律不回收”。这对徐光耀来说可不是一个好消息，胡可也非常失望。1979 年 5 月 30 日，徐光耀接到作家杨润身一封信，胡可让他转告徐光耀：回部队工作，不成问题。看来胡可对徐光耀回部队的事一直没有放弃。胡可了解徐光耀和旷伏兆的关系，因此给旷伏兆写信，让他要徐光耀去参军，文化部也推荐徐光耀回部队，这样“双管齐下”。

胡可和旷伏兆都在为徐光耀的事努力，总有眉目，但一直未能落实。1979 年夏天，徐光耀领到了转业证，这让徐光耀五味杂陈。他特意穿了一次转业时发给的一身留作纪念的军装，这是徐光耀被迫离开部队二十多年后又一次穿上军装，孩子们看到后很兴奋，在街上也引人注目，遇到熟人，这熟人居然一连说了六个“真好看”，还说：“不能看了，再看要流泪了。”徐光耀对部队的感情可见一斑。徐光耀太热爱这身军装了，也许徐光耀是在用这种形式昭示自己重返部队的决心。这个时候徐光耀的主要档案已经寄到了铁道兵那边，部队的大门已近在咫尺了。

转折出现在 10 月 7 日，徐光耀趁去北京参加侯金镜追悼会之机，给旷伏兆夫人许更生打电话问候，这时正好旷伏兆在家，他赶紧接过电话，亲口告诉徐光耀，说军委坚持不让徐光耀回部队，怕引起连锁反应，影响不好。为此许更生还劝了徐光耀一阵子。徐光耀在他的日记里对自己这时的心情用了简简单单的四个字概括：此望遂断。徐光耀是豁达的，是顾全大局的，但这还是依然阻挡不了他对军旅生活的热爱与渴望。

11 月中旬再次进京时，徐光耀听说不经总政治部批准，铁道兵仍可把自己招去，虽然估计可能性很小，还是准备给胡可、许更生打电话，找旷伏兆争取一下。后来给许更生打了电话，听许更生的意思，完全没有解决当兵问题的任何希望。

其实对回部队的事，徐光耀一直没放弃过努力，他心中最热切盼望的就是要回部队。到了 1980 年的 6 月份，胡可还在说仍可设法让徐光耀回部队，只是让他得“耐心等待”。到9月底胡可仍在让铁道兵文化部打报告要徐光耀，只是又赶上部队整编，还得等。珍视战友之情、颇具爱才之心的胡可也是不遗余力了。

虽经老战友胡可多方努力，可军营之门最终也没有第二次向徐光耀这位赤子敞开。

最后也没能重返军营的徐光耀也许留下了一个大大的遗憾，但对读者来说也未必不是一件好事，这倒让我们又见识到了一个不一样的徐光耀。后来没有回到部队的徐光耀写作类型发生了重大变化，写作重点由小说创作转移到了散文创作，开始了深邃的思考。事实证明，徐光耀的这一转型是十分成功的，2001年他的散文集《昨夜西风凋碧树》获得了第二届鲁迅文学奖。担任市、省文联领导期间，帮助、推介、提携、培养了一大批青年作家，他们其中不少人都取得了很高的文学成就。相信这也是胡可愿意看到的。

胡可不遗余力帮助徐光耀回京回归部队，其中有一个重要原因，就是他不愿意徐光耀的文学才华被埋没。在总政文化部创作组、在大耳胡同15号的日子难以忘记，他太了解徐光耀了，他知道失去的二十多年对徐光耀来说意味着什么，他希望还能看到那个创作精力十足的徐光耀。

在大耳胡同15号，年轻的他们一起憧憬着美好的未来，一起编织着宏大的文学的梦想，可贵的是他们的友谊一直延续着。2019年徐光耀文学馆建成开馆，已九十八岁高龄的胡可为文学馆写来贺信：

热烈祝贺徐光耀文学馆成立！

光耀同志曾记述了我冀中人民抗击敌寇的光辉历程。曾深入人民群众斗争生活，展现中国作家忠于人民的革命情怀。

文学馆将吸引广大文学青年投入今日祖国建设的伟大斗争，将成为培育新一代年轻作家的摇篮。

胡可是非常了解徐光耀的，也了解徐光耀的文学梦和他们共同的文学梦！革命友谊长青！

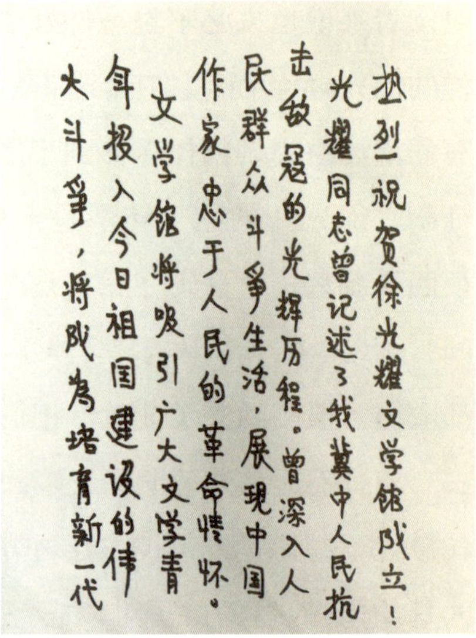
热烈祝贺徐光耀文学馆成立！
光耀同志曾记述了我冀中人民抗
击敌寇的光辉历程。曾深入人
民群众斗争生活，展现中国
作家忠于人民的革命情怀。
文学馆将吸引广大文学青
年投入今日祖国建设的伟
大斗争，将成为培育新一代

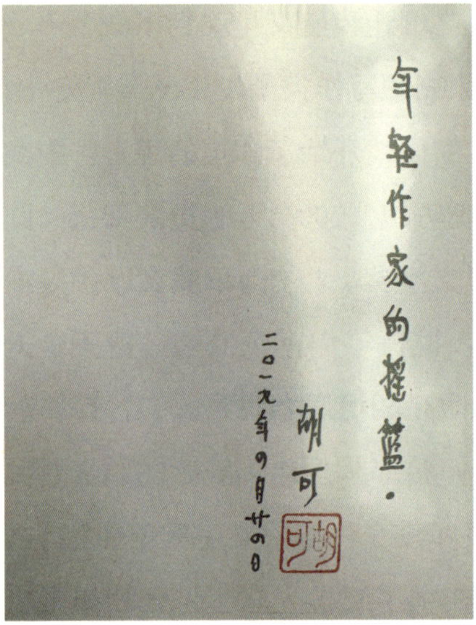
年轻作家的摇篮。
胡可
二〇一九年〇月廿〇日

胡可给徐光耀文学馆的贺信

【胡可】

1921年生，著名剧作家。1937年入伍，1939年加入中国共产党，长期从事文艺宣传工作，曾任解放军原总政治部文化部副部长、解放军艺术学院院长，中国戏剧家协会副主席。主要作品有儿童剧《清明节》、话剧《戎冠秀》《枪》《喜相逢》《战斗里成长》《英雄的阵地》《战线南移》《槐树庄》等。

【杜烽】

1920年生，1942年开始发表作品，一直在人民军队从事文艺工作，主要作品有话剧剧本《李国瑞》《党的孩子》《英雄万岁》，电影小说《清风店》等，其中《李国瑞》获晋察冀边区行政委员会文艺甲等奖，《英雄万岁》获华北军区优秀文艺奖。

孙犁和白洋淀

月亮升起来，院子里凉爽得很，干净得很，白天破好的苇眉子潮润润的，正好编席。女人坐在小院当中，手指上缠绞着柔滑修长的苇眉子。苇眉子又薄又细，在她怀里跳跃着。

这女人编着席。不久在她的身子下面，就编成了一大片。她像坐在一片洁白的雪地上，也像坐在一片洁白的云彩上。她有时望望淀里，淀里也是一片银白世界。水面笼起一层薄薄透明的雾，风吹过来，带着新鲜的荷叶荷花香。

民国版

这是小说《荷花淀》里对白洋淀的描写，在作者笔下白洋淀的风景如诗如画，白洋淀的人民勤劳淳朴，白洋淀风光好、英雄多，可歌可泣。

一缕荷香扑面来

1945 年 5 月 15 日，延安《解放日报》刊发了一篇小说《荷花淀——白洋淀纪事之一》，小说一发表即在解放区引起了轰动。小说篇幅不长，但典雅、质朴、蕴藉、凝练，

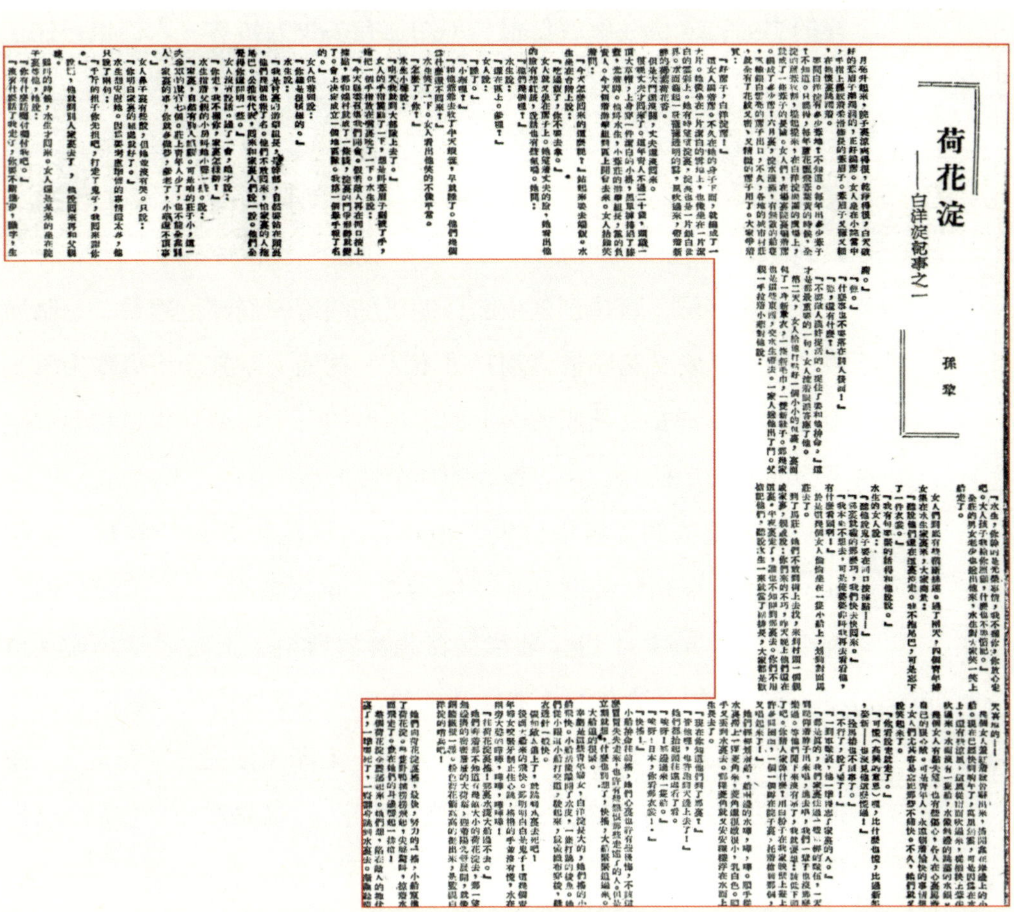

荷花淀－解放日报 1945 年 05 月 15 第 4 版

宛如一幅中国画小卷，意味深长。白洋淀的风光太优美了，白洋淀的人民太淳朴了，白洋淀游击队的杀敌方式太神奇了，冀中人民的抗战生活太激励人了。诗一般的语言、流水般的行文，读着都是一种享受。陕甘宁边区的军民整日奔波在秃山土岭、黄沙漫漫的环境中，读着这滋润人心的佳作，品味着水乡这秀美明丽的景色，大家都眼睛一亮，对文章爱不释手。多年后，有延安老战士回忆，那时人们都找那份《解放日报》看，都想分享一下不一样的风景、不一样的生活，一份《解放日报》不知道有多少人传看。人们也记住了一个名字——孙犁，《荷花淀》的作者。

短短几千字的一篇小说的轰动效应，是《解放日报》副刊编辑刊发这篇小说时，就已经预想到的。时任副刊编辑、作家方纪回忆，读到《荷花淀》的原稿时，自己差一点跳起来，题材新鲜、语言新鲜、表现方法新鲜，真是别开生面！编辑部的编辑们都抢着看，一睹为快。当时延安文艺座谈会刚开过不久，这篇文章完全可以作为落实毛泽东《在延安文艺座谈会上的讲话》的一个典型，也是将要产生好作品的一个信号，是写新人的一个转折点。

不久重庆的《新华日报》和各解放区的报纸纷纷转载《荷花淀》，好多报刊转载时都加了编者按，推崇备至，《荷花淀》的影响更大了。8 月 31 日，孙犁又在《解放日报》上发表了小说《芦花荡》，一如《荷花淀》那样清新优美。孙犁如荷花一般清新独特的艺术风格也引起了文坛的广泛关注。毛泽东读完《荷花淀》，在报纸边缘写道："这是一个有风格的作家。"这是对一部作品、一位作家的高度肯定。

孙犁能把白洋淀题材的小说写得如此清新脱俗、如诗如画，是和他有一段时间曾经在白洋淀生活密切相关的。

白洋淀上的教书先生

孙犁 1913 年 5 月出生于河北省安平县孙遥城村，1924 年到当时安国县城上高小，接触到"五四"新文学和进步思想。1926 年他考入保定育德中学并开始发表作品。1933 年高中毕业后去北京谋职，一年多后赋闲在家，1936 年经同学介绍到安新县同口小学教书。

同口镇在白洋淀西畔，是一个历史名镇。进入白洋淀地界，来同口的一路上，满眼都是苇塘荷花，村里村外水道纵横，进村后苇垛连片，房屋逼仄而错落有致，走过大平原，来到水乡，真是有不一样的趣味。孙犁就住在学校二楼的一个小房间里，临窗望远，旖旎风光尽收眼底，很少写诗的孙犁也忍不住诗兴大发：荷花淀的荷花 / 看不到边 / 驾一只小船驶到中间 / 便像入了桃源。白洋淀的美很快就触动了孙犁的内心，他开始陶醉于这“桃花源”了。

在课堂上，孙犁并没有按部就班地讲课本上那几节语文课，而是给学生们讲革命文学作品，这种启蒙，让世界观正在形成的孩子们受益匪浅，多少年后他的学生还记得他讲的那些新鲜且震撼人心的知识。每当讲这些革命文学时，平时沉默寡言的孙犁就像换了个人似的，精神饱满，兴致勃勃，滔滔不绝。下了课，他就像一个大孩子一样跟孩子们一起嬉笑打闹，水里、船上、岸边、苇塘，扎猛、摸鱼、掐花、折苇，夏天游泳，冬季溜冰，淀边的孩子自有淀边孩子的乐趣，孙犁看到了一种不一样的生活，别有情趣。不仅如此，他还给学生们写剧本排话剧，有一次为了纪念“五四”，赶排话剧，一直排到深夜，饿了，就吃凉馒头就着炖小鱼，香得很。演出时，看惯了咿咿呀呀的旧戏的乡亲们，都感到很新奇，掌声不断。

村里的人们也都喜欢和敬重这个穿着长衫、高挑瘦削、英俊儒雅的年轻先生。闲暇时，他会到女人们织席的地方，看她们织席，在孙犁看来，这真是一个新奇的工种。自己老家的女人做女红，白洋淀的女人会织席，真是一方水土养一方人。坐在旁边的孙犁会讲一些这里的女人从来没有听说过的奇闻趣事、幽默故事，逗得女人们咯咯大笑，但笑归笑，手里的苇眉子跳跃着，驯服得很，她们都欢迎这位温厚风趣的小先生。孙犁也跟着老乡的船到大淀深处，看老乡们打鱼收苇，最新奇的是在老乡的指导下采菱角和鸡头米，这

战争年代的孙犁

是他以前从来没体验过的。水乡生活给了孙犁不一样的感受，这里的人民留给了孙犁美好的印象。

孙犁在同口只待了一年的时间，他是 1936 年暑假后来的，1937 年“七七”事变爆发，这个暑假过后，孙犁没有再回同口，第二年他在家乡安平县参加了抗日队伍，投身到抗日洪流中了。在同口虽然时间不长，但白洋淀在孙犁的心里留下了深刻的印象，为他日后写白洋淀积累了最真实、最鲜活、最宝贵的生活素材。

心中的歌

参加抗日队伍后，孙犁先是在冀中工作，编辑过抗日宣传的小册子，在《晋察冀日报》做过编辑，参与编辑《冀中一日》，在冀中抗战学院、华北联大做过教员。这一时期孙犁主要写一些文艺理论文章，出版有《区村连队文学写作课本》（后改名《写作入门》《文艺学习》）。1942 年孙犁开始了真正意义上的文学创作，发表了小说《第一个洞》《丈夫》等，其中《丈夫》获得了晋察冀边区的“鲁迅文艺奖”。

1944 年孙犁来到延安，在鲁迅文艺学院工作和学习，这时白洋淀那段如诗如画美好的生活一定时时浮现在他的脑海里，那美好的风景、那淳朴的人民竟遭到了日寇的践踏，生灵涂炭。在冀中时，他了解白洋淀军民英勇的斗争事迹，那可爱的人民竟如此有勇有谋，值得歌颂，于是在心底流淌出了如诗一般的作品。《荷花淀》《芦花荡》引起了强烈反响，孙犁也一发不可收拾，“荷花淀”风格日益深入人心。

1950 年一版一印

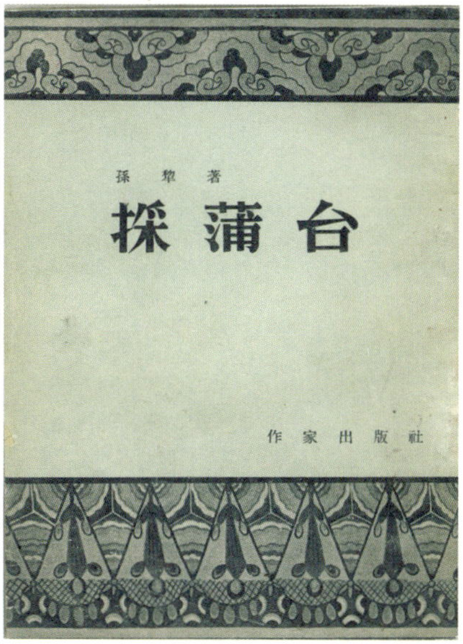

1954 年 4 月重一版一印

1964 年一版五印

1964 年 4 月一版一印

其实孙犁写白洋淀并不是从写小说开始的，离开同口后，孙犁对白洋淀的美景和人民念念不忘，1939 年写出长叙事诗《白洋淀之曲》，发表在晋察冀通讯社编印的《文艺通讯》上，1964 年又收录在他的诗歌、剧作集《白洋淀之曲》中。新中国成立后，孙犁到天津工作，这时他对白洋淀依然念念不忘，写下了《采蒲台》等作品，连同写冀中生活的其他作品，于 1950 年 12 月结集出版，书名《采蒲台》。

1958 年孙犁在病中时，他的好友康濯为他编辑了一个集子《白洋淀纪事》，里面虽不全是写白洋淀的作品，但也是以描写白洋淀的作品为主，可以看作孙犁写白洋淀作品之集大成者。这样的集子一册在手，即可略窥孙犁白洋淀题材创作的概貌。

1972 年孙犁还写过京剧剧本《莲花淀》。这是一个特例，那时孙犁已很少写文章了，但写白洋淀，可以。为写好剧本，孙犁随剧团专门来到白洋淀体验生活。当时，因没排演，也没发表，这个剧本并不广为人知。后来此剧发表在徐光耀主编的保定市文联内刊《莲池》1979 年第二期上，又收录在 1982 年出版的《琴和箫》中。

1974 年 12 月 29 日，孙犁又回忆起了在同口镇的岁月，他在《海上述林》书衣上写道："回忆在同口教书时，小镇危楼，夜晚，校内寂无一人……余据一破桌，摊书苦读，每至深夜，精神奋发，若有可为。"困了累了，淀边漫步，"长堤垂柳，颇舒心目"。

白洋淀一直在孙犁的心中，如诗如歌。

再回白洋淀

1945 年抗战胜利后的秋天，孙犁随艾青领导的华北文艺工作队从延安回到了晋察冀。在张家口，文艺界的朋友在征得孙犁同意后又把《荷花淀》《芦花荡》《麦收》三篇小说在《晋察冀日报》重新发表，还在晋察冀电台全文播送。不久孙犁回到了冀中家乡，他到蠡县找到了梁斌，梁斌时任中共蠡县宣传部部长，他为孙犁提供了很好的写作环境。孙犁在给康濯的信中说：“因为梁斌同志的照顾，我的写作环境很好，自己过起近于一个富农生活的日子，近于一个村长的工作，近于一个理想的写作环境。”孙犁和梁斌认识时是1938年，那年春天他到蠡县组织人民武装自卫会，那时梁斌正领导着一个剧社，到冀中各抗日前线演出。后来孙犁在冀中编辑《冀中一日》，和梁斌熟了起来。

孙犁对白洋淀有特殊的感情，总是念念不忘，在蠡县刘村待了三个月，春天来了，他本想乘小船去白洋淀，在王林的挽留下，留在河间，加入了“冀中八年抗战写作委员会”，并主编《平原杂志》，还在河间第八中学教了一个班的国文。孙犁到河间时，《冀中导报》特意发了一个消息，报道这位著名作家的到来，这着实让孙犁有些惴惴、惶恐，他在给康濯的信中说：“所苦恼者，咱在冀中也成了‘名流’……”这个时期孙犁热情高涨，工作欲望非常强烈，他既要编辑《平原杂志》，还要编辑《冀中导报》副刊，要审稿，还要下去采访，同时写了许多富有战斗性的杂文。

白洋淀近在咫尺，孙犁无论如何也放不下他心心念念的白洋淀，他渴望看一看十年后，历经战火的白洋淀如今是一副什么样的光景，还如当初那样美丽吗？

1947年春天，孙犁终于如愿来到了白洋淀。到白洋淀后他不停地采访，不停地写作，效率非常高，隔一两天就拿出一篇作品，写出了小说和散文《渔民的生活》《采蒲台的苇》《织席记》《安新看卖席记》《新安游记》等。这次白洋淀之行给孙犁留下印象最深刻的还是重游同口镇。街道、房子、装饰，还有苇垛、泥泞、呱呱叫的鸭子，表面看来变化不大，其实已物是人非，人民已当家做了主人，人们的思想观念发生了巨大变化，这给了孙犁许多启示，自己也有诸多感慨，于是写下了散文《一别十年同口镇》。

这个时期是孙犁写白洋淀题材写得最多的时期，还写了《荷花淀》的姊妹篇《嘱咐》以及《纪念》《光荣》《浇园》等，1949 年 8 月以《嘱咐》为名结集出版。

从《荷花淀》到《一别十年同口镇》，应该说从《白洋淀之曲》到《一别十年同口镇》，这些作品孙犁浅吟低唱、疏墨淡彩、清新自然。木舟、绿苇、粉荷，淳朴而英勇的人们，在孙犁笔下景美人也美。

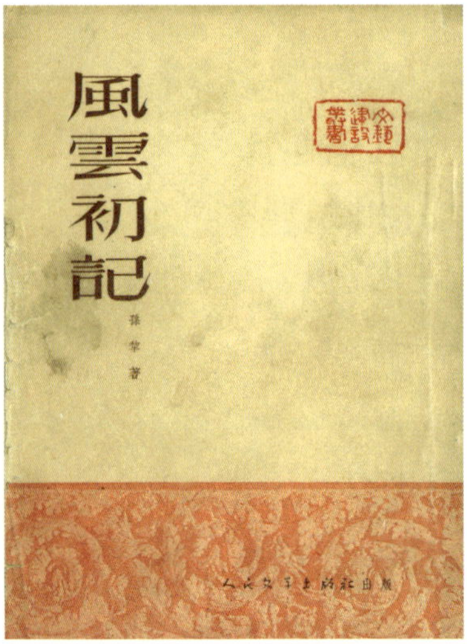

1951 年 10 月北京初版

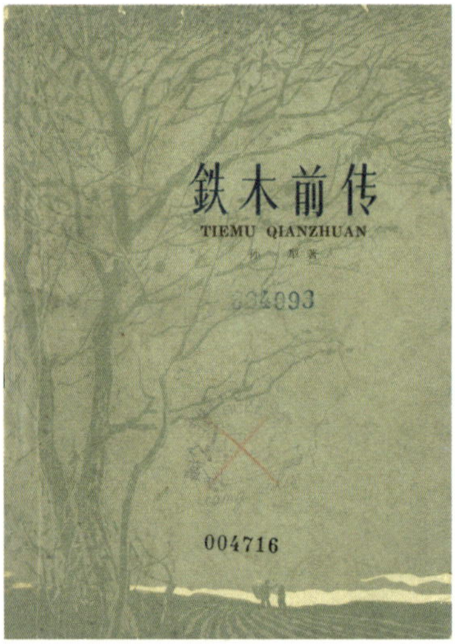

1959 年 7 月一版一印

新中国成立前后，伟大的时代变革和社会主义建设热潮时刻激荡着孙犁的内心，他开始拿起笔讴歌新时代，回忆那些激情燃烧的岁月，他写了反映土地改革运动的中篇小说《村歌》和反映农村合作化运动的中篇小说《铁木前传》，并写了反映冀中滹沱河畔抗日斗争的长篇小说《风云初记》。《村歌》是孙犁写的第一部中篇小说；《风云初记》是孙犁唯一的一部长篇小说，后来改编成了电影；《铁木前传》是孙犁写的又一部中篇小说，写得用心用力，写完后，孙犁累到了，以致搁笔

遮幅式彩色故事片
根据孙犁同名小说改编
编剧：任彦芳 袁乃晨
导演：罗太
摄影：陈长安
美术：王崇 郭延生
作曲：吕远 唐柯
主要演员：
春儿……吴丹
芒种……常戎
田大瞎子……孙树林
田耀武……陈申生
高疤……李泽泉
俗儿……隋永清
李佩钟……蒋宝英
风云初记
长春电影制片厂摄制
中国电影发行放映公司发行

电影海报

了很长时间。《村歌》《风云初记》《铁木前传》，内容虽和白洋淀无关，但笔法和《荷花淀》是一脉相承的，依旧极为诗化，笔调明丽流畅、清新自然。著名作家汪曾祺曾评价说，河北作家当得起“清新”二字的，我看只有两个人，一个是孙犁，一个是铁凝。

荷花盛开香自远

1949 年孙犁开始编辑《天津日报·文艺周刊》，其作品和办刊风格逐步吸引并聚集了一大批青年作者，他们深受孙犁美学风格的影响。

孙犁所写的关于白洋淀的小说和散文大都是战争题材，但他很少着笔血与火的残酷战争，也不事情节的曲折和铺陈，而是着眼人心灵深处的美，挖掘出来，展示给读者，引发读者的共鸣；他笔下的白洋淀简直就是一幅雅致的水墨画，云高雾淡，清新疏朗，诗情浓郁，秀色怡人；他在残酷的战争背景下，展现人性之纯美、家园

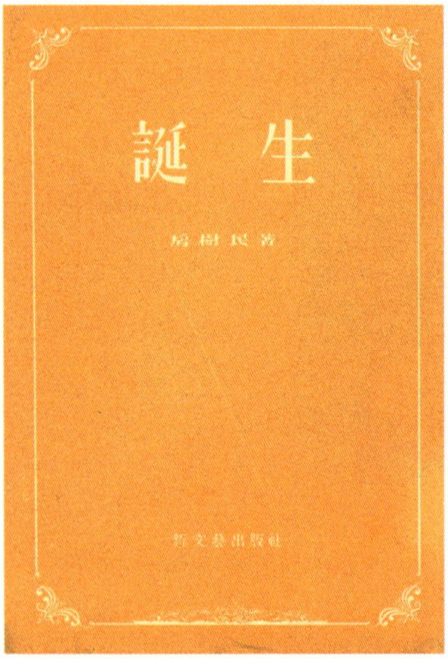

1955 年 2 月一版一印

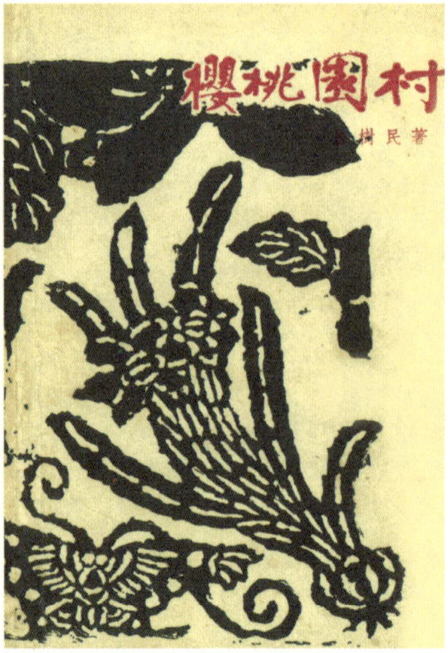

1958 年 12 月一版一印

1963 年 7 月一版一印

之秀美，进而鞭挞摧残美好事物的侵略者的凶残与卑劣。孙犁这些诗意小说和散文，行文含蓄蕴藉，风格清新自然，带有浓烈的白洋淀的乡土气息，在文坛自成一格，又因《荷花淀》是其代表作，因而被称为“荷花淀派”。由孙犁开创并领军的这一文学流派，培养了一大批优秀作家，其中如刘绍棠、从维熙、韩映山、房树民、冉淮舟等，他们在孙犁影响下，紧承其衣钵，创作了一大批极富地方特色的乡土作品，推动荷花淀派文学走向了一个高峰，“场面”蔚为壮观。

韩映山不仅紧承孙犁风格的“衣钵”，也是写白洋淀题材最彻底的作家。他出生于高阳，在白洋淀边长大，上中学时接触到了许多解放区知名作家的作品，其中对他影响最深刻的就是孙犁。他试着模仿孙犁写作，并在孙犁主持的《天津日报·文艺周刊》上发表了第一篇作品《鸭子》。这篇小说散发着水乡的泥土芬芳，透着一股清新、朴素、柔美、明丽之气，引起了文坛的注意，当然也得到了孙犁的垂青、指导和鼓励。韩映山也一发不可收，相继发表了几篇颇有白洋淀地方风情的短篇小说，这就有了他的第一部短篇小说集《水乡散记》，接着出版了小说、散文集《作画》《一天云锦》。20世纪70年代末期开始又陆续出版了小说集《紫苇集》《绿荷集》、中篇小说《绿苇丛中》《满淀荷

1955年10月一版一印

1963年2月一版一印

花香》及中篇小说集《串枝红》。韩映山终其一生都在写家乡白洋淀，成就斐然，是保定乃至河北“荷花淀派”的领军人物。

刘绍棠被誉为“神童作家”，十三岁开始发表作品，初中还没毕业就被借到《河北文艺》编辑部做见习编辑，后毕业于北京大学中文系。他出生于现在的北京通州区，那时通州区还是通州县，隶属河北省，是大运河的起点，在运河文化浸润下长大的刘绍棠，对孙犁的荷花淀风格“情有独钟”。1951 年他在《天津日报・文艺周刊》上发表了小说《完秋》，受到孙犁的赏识，并得到孙犁的指导。时间不长刘绍棠又在“文艺周刊”上连续发表了二十多篇小说，刘绍棠的小说是唯一一个不用修改就可以在“文艺周刊”直接发表的。刘绍棠是一位高产的作家，几年的时间里他陆续出版了短篇小说集《青枝绿叶》《山楂村的歌声》《运河的桨声》《中秋节》《私访记》及中篇小说《夏天》。刘绍棠的作品具有典型的“荷花淀派”风格，但在诗意的笔法、清新明丽的行文中又有着浓烈的大运河的乡土气息。他写大运河，讴歌大运河，开创了大运河乡土文学一派，他的作品被誉为“新中国田园牧歌”，他被人们称为“大运河之子”。

1953 年 6 月一版一印

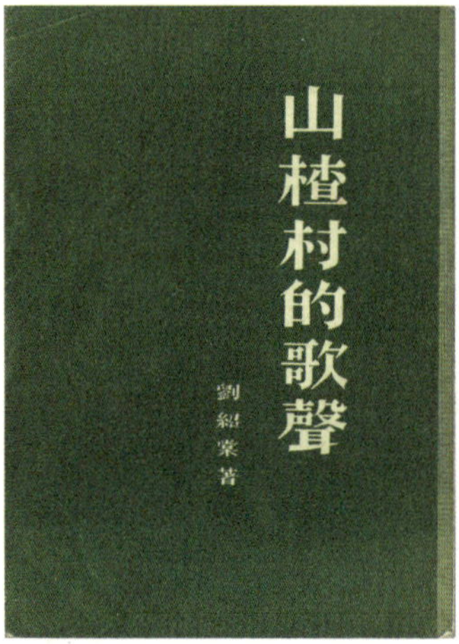

1955 年 3 月一版一印

1955 年 10 月一版一印

在天津郊外的田野上，一个年轻人飞快地骑着自行车直奔市区，不为别的，就为了自己心中的文学梦，他的脸上流着汗，眼里满是憧憬。这个年轻人叫从维熙，醉心写作的他崇拜孙犁，学习孙犁，骑自行车跑了三十公里，就是为了到孙犁家，向孙犁请教，但在孙犁家门前徘徊了半天，他也没有胆量敲开大作家的门，最后只好依依不舍地离开了。1953 年开始从维熙在《天津日报·文艺周刊》陆续发表了一些作品，用“实力”敲开了孙犁的“心门”，孙犁“相马有术”，从维熙受益匪浅。1954 年从维熙调到《北京日报》任编辑，之后佳作迭出，出版了小说散文集《七月雨》、短篇小说集《曙光升起的早晨》、长篇小说《南河春晓》等。从维熙是作家里面有名的硬汉，他学孙犁，不仅学他作品的风格，还学他做人的风格。从维熙晚年曾这样评价孙犁：“孙犁很纯粹，不是受风风雨雨影响，东摇西晃跳摇摆舞的作家。”只有那么纯粹的作家才能写出那么纯粹的作品，这也许正是从维熙师法孙犁风格的真正原因。1979 年从维熙发表了反映劳改营生活的中篇小说《大墙下的红玉兰》，题材敏感，领风气之先，这也可以看作是从维熙文学创作的分水岭，之后他的创作更注重于对社会的深度思考，即便如此他的作品还是打上了浓浓的“荷花淀派”的印记。

1955 年 5 月一版一印

1956 年 7 月一版一印

因为都是孙犁的学生，从维熙和刘绍棠多有来往，通信频频，切磋学习，惺惺相惜，成为莫逆之交，成就一段文坛佳话。

孙犁以他独有的作品风格魅力和自身的人格魅力吸引了一大批如韩映山、刘绍棠、从维熙一样的青年作家，在“十七年”中国文学繁荣的大花园里，盛开出了独特的风景，散发出了耀眼的光芒。

魂牵梦绕白洋淀

1964年，大病初愈的孙犁来保定疗养，徐光耀被组织安排陪大作家孙犁。一见面孙犁就直呼“光耀”，亲切如旧友，态度温和，并对徐光耀说：“光耀，你的《小兵张嘎》我读过了，写得很不错。”同游满城抱阳山时，二人照相留念，留下了美好瞬间。这几天的交往是两位写白洋淀的大家真正交往的开始。这时候两位文学大家肯定谁也没有意识到，他们两个人会因为同一个原因，那就是对白洋淀的出色描写，而被白洋淀人民，乃至全国人民永远铭记。

过后徐光耀把二人的照片寄给了孙犁，孙犁很快回了一封信，在信中和徐光耀有了同游白洋淀之约：“明年春季我们去白洋淀转转吧。”白洋淀依然牵动着孙犁的心，他渴望再一次故地重游，体验那如诗如画的境界。可惜，白洋淀之约未能成行，如若成行，两位写白洋淀的大家同游白洋淀，那该是怎样一幅画面怎样一种盛况呢，又会演绎一段什么样的文坛佳话呢？

1986年到1995年，孙犁和徐光耀开始了长达十年的书信来往，达四十七封之多。这个时期正是徐光耀主政河北文坛时期，对后辈的关心呵护即成为他俩最重要的话题之一。那个时期保定乃至河北的许多作家，都有意无意的在学习孙犁、效法孙犁，“荷花淀派”依然星光熠熠，这也是孙犁一直关注河北文坛的原因之一。

20世纪八九十年代，正是孙犁和徐光耀联手把“荷花淀派”文学乃至整个河北的文学推向了又一个高潮，涌现出了以贾大山、铁凝为代表的一大批优秀作家。

从《荷花淀》到《小兵张嘎》，孙犁和徐光耀已把白洋淀的红色文学提到了一个前所未有的高度，也是后人难以企及的高度。

孙犁在写作

徐光耀在写作

孙犁在写书法

徐光耀在写书法

魂兮归来

因健康原因，1995 年五六月份之后，孙犁突然切断了与外界的联系，2002 年 7 月 11 日，孙犁与世长辞。特殊年代后复出的孙犁已经很少涉及白洋淀题材了，也很少写小说，他把更多的精力用在了散文和杂文的写作上，先后出版了《晚华集》《秀露集》《澹定集》《尺泽集》《远道集》《老荒集》《陋巷集》《无为集》《如云集》《曲终集》，总称“耕堂劫后十种”，小说仅有《云斋小说》一种。《曲终集》最终成为孙犁的文坛绝唱，之后孙犁告别文坛，“归隐”得无影无踪。

“大道低回，大味必淡。”这是孙犁的艺术主张，也是他一生的

1993 年 7 月，“孙犁文学活动 60 周年学术研讨会”在安新县白洋淀举办，徐光耀（前排左四）、贺敬之（前排左六）、魏巍（前排左七）、柯岩（二排右四）参加

艺术实践。

徐光耀在纪念孙犁时说:“孙犁逝去了。但一颗明亮的文学之星，将永久地亮在天上。他使我们善良、自尊而骄傲。他是真正的文学家。他不会死的。”

白洋淀人民也从来没有忘记孙犁，在白洋淀建起了孙犁纪念馆、孙犁致徐光耀手书陈列室，并树立起了孙犁手书的“荷花淀”碑，对孙犁永志纪念。

荷香清远，孙犁不朽。

孙犁之子孙晓达及夫人刘延华与徐光耀之子徐丹及夫人刘晓蓉在“荷花淀”碑前合影

孙犁和徐光耀的书信缘

有两部小说是白洋淀人民永远也不会忘怀的，一部是孙犁先生的《荷花淀》，一部是徐光耀先生的《小兵张嘎》，《荷花淀》和《小兵张嘎》是迄今尚无人能够超越的白洋淀红色文学的经典，正是两位文学大家的如椽巨笔使白洋淀驰名全国、蜚声海外。也是白洋淀这方沃土把两个人从思想高度和文学高度上紧紧联系在了一起，两颗巨星相遇碰撞出了火花，谱写了一曲文人相惜、相知、相敬的佳话。徐光耀对孙犁是特别敬重的，孙犁对徐光耀是十分看重的。

志趣相投

徐光耀对孙犁的敬重直言不讳，他在怀念孙犁的散文《最纯粹的作家》中公开表示，“我非常崇拜孙犁”，在文学上“言必称孙犁”。孙犁在《寄光耀》一文中也公开评价徐光耀：“我一直认为他是个好人，对他很信任，他对我好像也不见外。”能让一个追求完美的人称为“好人”，很难得，从孙犁的话中也能品味出二人的心灵是相通的。他们的相惜、相知、相敬，其实是缘于他们二人志趣相投。虽然在文学创作上他们表现出来的文学手法和审美趣味并不相同，比如《荷花淀》，是用诗意的手法在写小说，把白洋淀写得那么恬淡而富有诗情画意，让人不由感慨这秀美如画的家乡怎容铁蹄践踏；《小兵张嘎》则有一股浓烈的硝烟的味道，但在作者的笔下这残酷的战争生活里又有那么多童真和意趣，当然这都源于白洋淀军民对抗战胜利的坚定信念。这种不同，正反映了两人生活背景和审美情趣的差异。但二人都秉持了革命现实主义，用现实主义的如椽巨笔描写白洋淀的抗日斗争生活，歌颂抗日军民的牺牲精神和革命乐观主义精神，两部作品里的人物其实是相同的一群，他们对家乡无比热爱，对侵略者无比憎恨，对胜利充满希望。

孙犁和徐光耀都是现实主义文学的大家，都感情真挚地歌颂普普通通的人民，孙犁歌颂的是他觉得可爱的人，徐光耀歌颂的是他觉得可敬的人，而这些人物都是给读者带来深切感动的人。他们二人都坚守了为文者的良心，“文革”劫后余生，他们不约而同地致力于散文创作，开始对那段历史冷静、深刻地进行反思，孙犁出版了《耕堂劫后十种》（十本散文集），徐光耀出版了《昨夜西风凋碧树》。

另一个原因是性格使然，二人都喜欢生活清净，做人干净，不事张扬，为人低调。开始交往时徐光耀因小孙犁十几岁，自认晚辈，但孙犁并不“好为人师”，坚持以同辈交往。他们二人的交往正是文人交往的最高境界，不在朝朝暮暮，而在心灵相通，这也和孙犁所主张的“文人宜散不宜聚”是相一致的。其实在现实生活中，他们也仅仅见过四次面而已。

四面之缘

徐光耀和孙犁的第一次见面是1951年共同参加中国作家代表团访苏，那时的孙犁已是著名作家，徐光耀因喜其文，而念其人，对孙犁早心向往之。但第一次见面，孙犁这个“大作家”给徐光耀的感觉平平淡淡、毫不张扬，孙犁评价徐光耀也只说了一句话，“徐光耀这个小伙子呀，咳”。这“咳”是什么意思，让徐光耀一时觉得“印象似乎并不怎么好”。其实这次与其说是一次见面倒不如说是一次“擦肩”，二人几乎没有交集。1953 年孙犁和徐光耀又有一次“偶遇”，9 月 22 日中秋节这天，也就是全国第二次文代会预备会前一天，徐光耀受邀晚上到丁玲家吃饭，那天孙犁也去了，那顿饭给两个人都留下了深刻印象，也都参加了之后的文代会，但未见他们有交往的记录，看来这次二人似乎依然没有产生交集。这是和他们二人相似的性格有直接关系的，都低调，不出风头，不爱说话，不善交际，更不可能主动“搭讪”，这也许是他们以后能够不断有书信往来的性格基础。不过十几年后，就凭这一次“擦肩”和一次“偶遇”，徐光耀竟成了孙犁的“熟人”。

1964 年，大病初愈的孙犁来保定疗养，徐光耀因与孙犁有过“两面之缘”，被组织安排陪大作家孙犁。徐光耀自以为是摘帽“右派”，低人一等，又因为上次见面那一“咳”的缘故，有些惶恐，但一见面孙犁就直呼“光耀”，亲切如旧友，态度温和，同游抱阳山时，孙犁还主动提出照相，看来，十几年前的那个“咳”毫无贬义。这几天交往是两位写白洋淀的大家真正交往的开始，一旦相识，即成相知，皆因志趣相投。这时候两位文学大家肯定谁也没有意识到，他们两个人会因为同一个原因，那就是对白洋淀的出色描写，而被白洋淀人民，乃至全国人民永远铭记。

这次的交往是愉快的，过后徐光耀把二人的照片寄给了孙犁，孙犁很快回了一封信。也许抱阳山之游让孙犁很满意，也许更主要的是徐光耀这个朋友让不善与人交往的孙犁觉得很投机，居然在信中和徐光耀有了同游白洋淀之约。可惜，白洋淀之约未能成行，实在可惜。

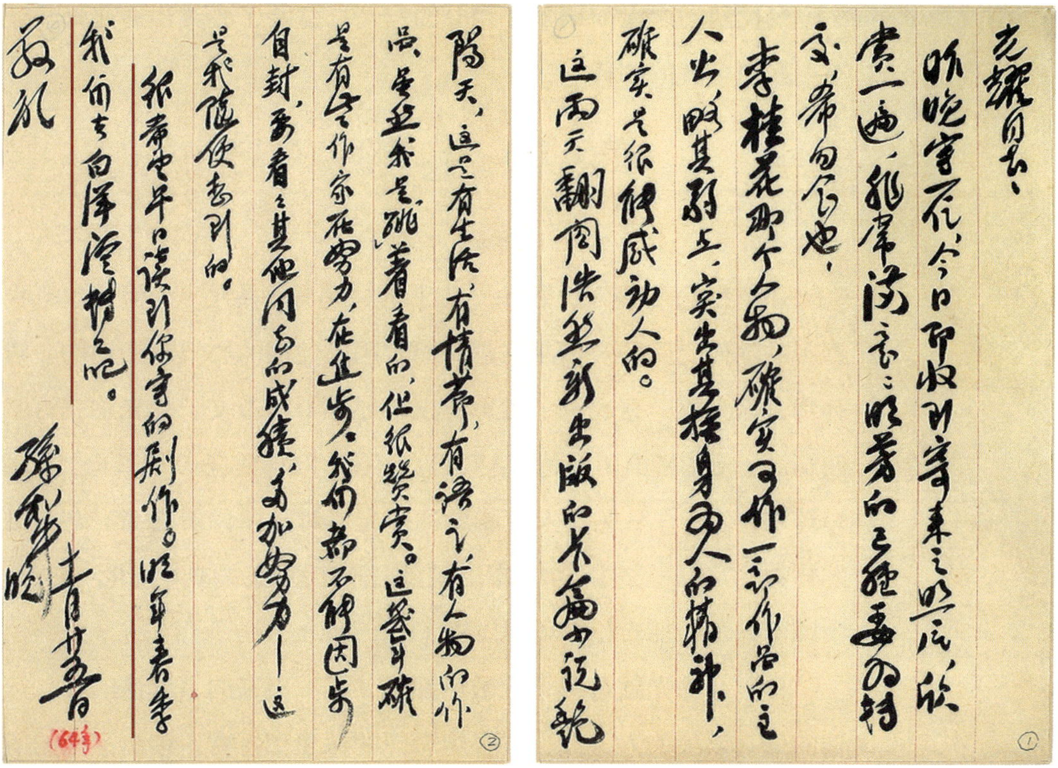

同游抱阳山后，收到徐光耀寄去的照片，孙犁给徐光耀的回信

1979 年，文坛已春风习习，第四次文代会在北京召开，徐光耀和孙犁都是代表。因而徐光耀参加文代会有一个和别人不一样的想法，就是可以见见孙犁，谁知在“文革”中几经磨难、九死一生的孙犁没来，这使徐光耀大失所望。几十年后的 2019 年 7 月 21 日，徐光耀回忆起这次“寻同道者不遇”的经历，还耿耿于怀，他写道：“然而又觉得他不来是有道理的，他的主意‘文人宜散不宜聚’，我基本上是赞成的。这种心理上的相通，加深了我们的友谊。”

第四次见面已是 1994 年。徐光耀借到天津给梁斌庆寿之机，和韩映山等一起去看望了孙犁，虽然孙犁早就放出话来，谁也不见，但还是和徐光耀等坐了半小时，还照了相留念。

仅仅四面之缘而结下了深厚的友情，这除了心灵相通之外，还有更好更合理的解释吗？

鸿雁传情

孙犁和徐光耀聚少散多，几乎全靠鸿雁“传情”。但这丝毫也不影响他们之间的友情越来越深厚，因为他们的心灵是相通的。对孙犁，徐光耀一直充满了敬重。仅记述孙犁的散文，徐光耀就写了四篇：《这是在抱阳山》《大道低回》《不读孙犁，你怎么能长进？》《最纯粹的作家》，从题目上就能看到徐光耀对孙犁评价之高。在《最纯粹的作家》一文中，徐光耀更是直言不讳地说：“如果河北没孙犁，中国没孙犁，那真是不可思议！”

其实，徐光耀对孙犁的敬重都是“读”出来的，读他的文，读他的信，读他的人，读出了孙犁思想的深邃和睿智，读出了他的博学多才，读出了他的审美情趣，读出了他的纯粹干净，悟出了孙犁之高：不愿当头，不赶浪头，不凑热闹，踏踏实实写文章。

从1964年抱阳山同游并通了一次信之后，徐光耀再得到孙犁的消息，已经是1986年前后了。读到孙犁的新出版的文集，得知他曾两次自杀，徐光耀大感震惊，赶紧写了一封信，信中徐光耀表达了无比的敬重和担心：“人们喜欢您，是离不开您的。您也是我不可缺少的人，是我的精神支柱之一。我请求您一定把自己救拔出来，好好生活下去，写作下去……”信中徐光耀对孙犁以老师相称。孙犁回了信，说自己与徐光耀是同辈人，是朋友，无论如何不能称自己老师，自己也不是徐光耀的精神支柱，但会尽量按徐光耀说的去做。这之后的一段时间，孙犁和徐光耀之间的通信开始多了起来，共有四十七封之多，这在不善与人交往的孙犁来说，是不多见的，孙犁对徐光耀真的是十分看重。

徐光耀对孙犁的信超乎寻常地重视，以至连有一段时间迷恋上收藏的他，都不忘孙犁在信中的两条劝诫：一不要上瘾，二不要花大价钱，既防玩物丧志，又防亏损过大。孙犁对徐光耀的关心是细致的。这时的孙犁早把徐光耀当成老友故交了，因此孙犁在信中说“每有人从河北来，我总要问起你”，对徐光耀的文章既肯定“写得都很好”，也直接指出不足，“个别使用古典词句的地方，有时还欠准确”。这完完全全是一个知无不言的老朋友。

可惜因健康原因，1995 年五六月份之后，孙犁突然切断了与外界的联系，徐光耀连孙犁的信也不得见了，对徐光耀来说这当然是非常遗憾的，也是充满疑惑的。2002 年 7 月 11 日，孙犁与世长辞，得知噩耗的徐光耀，“因有精神准备，说不上很悲伤，但心里真疼啊”。生老病死是自然规律，但痛失良师益友怎不让人心痛。当时正在病榻上的徐光耀立刻写下了一封唁电：“孙犁逝去了。但一颗明亮的文学之星，将永久地亮在天上。她使我们善良、自尊而且骄傲。他是真正的文学家。他不会死的。”之后他又接受杂志社记者专访，整理成一篇悼念文章。康复后的徐光耀将悼文补充添改成《最纯粹的作家》一文，“聊补深心中的歉疚”。

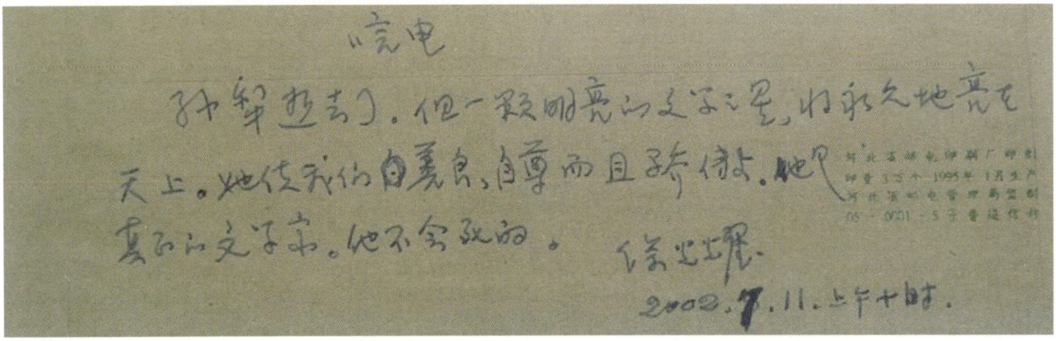
唁电

孙犁逝去了。但一颗明亮的文学之星，将永久地亮在天上。她使我们善良、自尊而且骄傲。他是真正的文学家。他不会死的。

徐光耀
2002.7.11.上午十时.

惊闻孙犁逝世，病榻上的徐光耀写下的唁电

纵观20世纪90年代孙犁致徐光耀的这四十七封信，从文学，到书法，到收藏，到佛事，无所不谈；说病情、谈健康，讲家长里短，倾诉心声，这是只有交心的老朋友之间才可以有的无拘无束，才可以有的内心倾诉，没有一点吹捧，没有一丝矫情，明如镜，淡如水，甘如醇。但也有一些例外，孙犁先生倒是对当时河北文坛的两个后生晚辈赞誉有加。

提携后辈

在孙犁致徐光耀的这些信中，多次提到了当时河北文坛的两位后起之秀，一个是贾大山，一个是铁凝。

在1992年10月22日致徐光耀的信中，孙犁对贾大山和铁凝都做了评价，对贾大山的评价用了四句顺口溜："小说爱看贾大山，平淡之中有奇观。可惜作品发表少，一年只见五六篇。"孙犁竟将这四句顺口溜写成了一幅小字，在1994年5月30日致徐光耀的信

1986年7月徐光耀和贾大山在塞罕坝

中，托徐光耀转赠贾大山。1995 年 2 月 25 日在孙犁致徐光耀的另一封信中说，读贾大山的小说，就像吃没受污染的棒子面一样，是难得的机会。他的作品是一方净土，是未受污染的生活的反映，也是向他的善男信女施洒甘霖，并对贾大山写出更好的小说充满期待。孙犁的评价是中肯的，贾大山的小说少而精，几乎篇篇是精品。贾大山也的确是当时河北文坛的佼佼者，1978 年他就凭借小说《取经》获得了全国优秀短篇小说奖。

徐光耀在 1987 年就专门写过一篇《幽默贾大山》，倡议大家认认真真讨论一下贾大山，讨论他的作品，他的特色，他的幽默，以及他的为人，认为一定能从讨论中学到很多东西。对一位后辈文人，专门著文推介，在徐光耀是不多见的，可见他对贾大山的欣赏。贾大山去世后，徐光耀又写过一篇《冷下心来说大山》，认为贾大山写文章，是为劝人，是为人人都有个好心眼儿，把写小说当作“布道”，给人心以憬悟，以劝导，精心精意地写，精心精意到自己满意为止。这些评价和孙犁出奇的一致。以致后来徐光耀写过一篇《“杂合面”情思》，对孙犁评价贾大山的观点深以为然，索性就引用了孙犁的原话。贾大山健在时两位文坛大家的评价，对他应该是一种巨大的鼓励和鞭策吧。

也是在 1992 年 10 月 22 日致徐光耀的同一封信中，孙犁说，正在读铁凝的《他嫂》，认为“铁凝的文章，才真正是行云流水。我的‘行云流水’远不如她”。孙犁绝非溢美之词，早在 20 世纪 80 年代，孙犁就已经开始关注铁凝的作品了，那时对铁凝就赞誉有加了。

而铁凝能够走上文学的道路，把她领上路的是徐光耀，当铁凝的父亲领着铁凝让徐光耀指导写作的时候，徐光耀看过她的习作之后，毫不掩饰自己的欣喜之情，充分肯定了铁凝的文学天赋，并指

1998 年 7 月，在全国青年作家创作座谈会间隙，徐光耀和铁凝认真讨论

给了她一条到农村去、到生活中去的真正的作家之路。铁凝也不负所望，不久之后佳作频出。对这样一位充满天赋的青年作家，徐光耀是爱惜的。

《哦，香雪》是铁凝的代表作，也给文坛带来了一股清新之风。小说在《青年文学》1982 年第五期发表后，铁凝寄给了孙犁一本，并写了一封热情洋溢的信。孙犁不但回了信，还把信发表在了《青年文学》1983 年第二期上，给予了《哦，香雪》极高的评价。孙犁在信中说："今晚安静，在灯下一口气读完你的小说《哦，香雪》，心里有说不出的愉快。这篇小说，从头到尾都是诗，它是一泻千里的，始终一致的。这是一首纯净的诗，即是清泉。它所经过的地方，也都是纯净的境界。""我想，过去读过什么作品以后，有这种纯净的感觉呢？我第一个想到的，竟然是苏东坡的《赤壁赋》！""是的，我也写过一些女孩子，我哪里有你写得好。"一位著名作家给一位青年作家如此高的评价，的确不多见，以孙犁的性格看，铁凝的这篇小说应该是的的确确深深地触动了他，所以才不吝赞美，但信件通篇都能感受到孙犁的谦逊。

在谦逊上，徐光耀和孙犁如出一辙。对铁凝的文学启蒙，徐光耀从来不以老师自居，在他内心深处一直认为，铁凝的成功是缘于自己的天赋和勤奋。

倒是对铁凝未来的文学之路，孙犁和徐光耀二人所见略同，孙犁在信的最后，告诫铁凝："如果你居住在一个中小城市，每年有几次机会，到偏远的农村去跑跑，对你的创作，将是很有利的。"

徐光耀和孙犁是铁凝文学之路上的"贵人"，徐光耀指给了铁凝一条文学之道，而孙犁则让铁凝看到了文学的浩瀚天空。《哦，香雪》好评如潮，并荣获了 1982 年全国优秀短篇小说奖。

如果把孙犁和徐光耀比喻成伯乐，那么他们二人相千里马的相术是相当高的，作为文学前辈对后来者的关心、爱惜、扶持、提携是自觉和不遗余力的，这是中国文学繁荣之幸。

结束语

"大道低回，大味必淡。"这是孙犁的艺术主张，也是他的艺术实践；徐光耀只写自己熟悉的生活、熟悉的人，每一篇文章都注入自己的全部感情。从《荷花淀》到《小兵张嘎》，孙犁和徐光耀已把白洋淀的红色文学提高到了一个前所未有的高度，也是一个后人难以企及的高度。

著名诗人、剧作家贺敬之在致徐光耀先生的一封信中，拟了一副对联："百里芦苇塘常思小兵张嘎，千顷荷花淀永怀巨笔孙犁。"精辟！

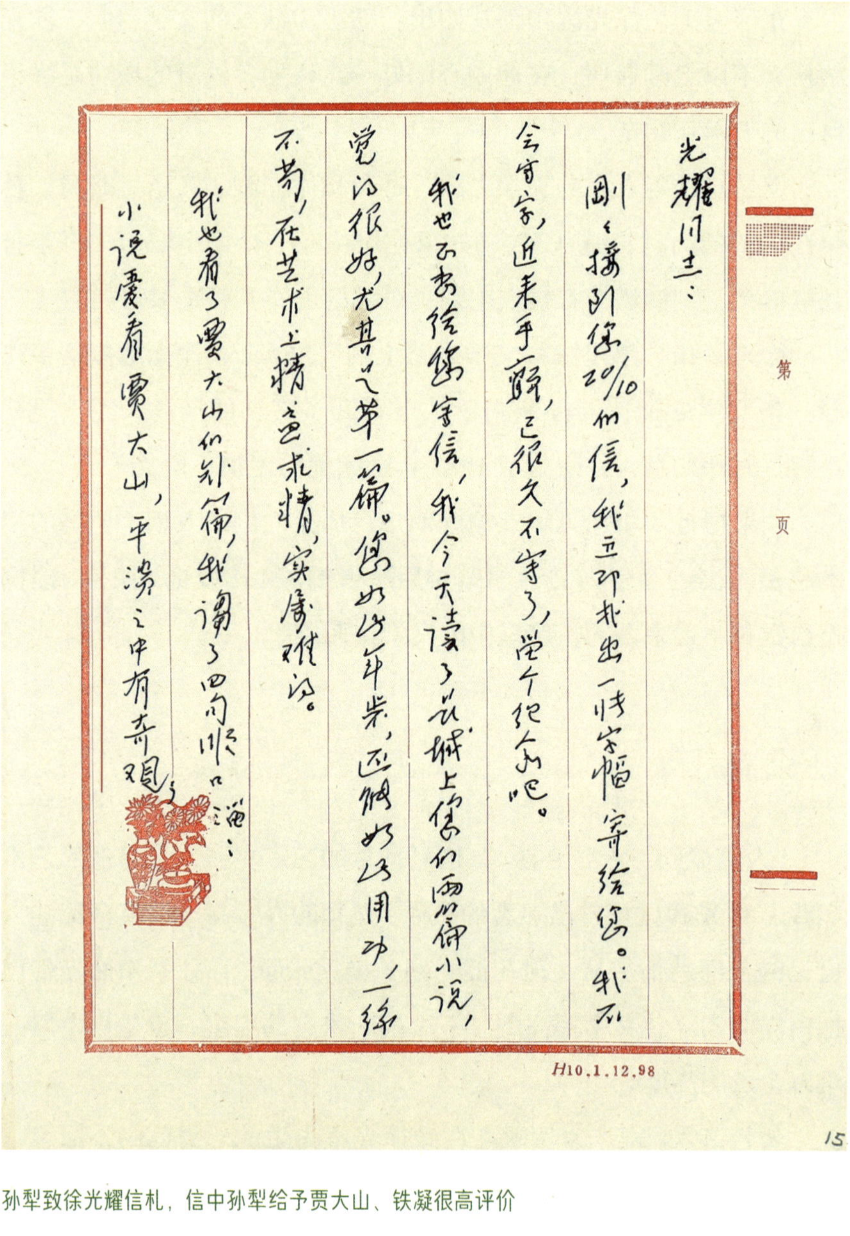

光耀同志：

刚刚接到您20/10的信，我立即找出一张字幅寄给您。我不会写字，近来手颤，已很久不写了，留个纪念吧。

我也不断给铁凝写信，我今天读了花城上您们两篇小说，觉得很好，尤其是第一篇。您们的年岁，还能如此用功，一丝不苟，在艺术上精益求精，实属难得。

我也看了贾大山的新作，我读了四句顺口溜：

小说爱看贾大山，平淡之中有奇观，

第 页

H10.1.12.98

15

孙犁致徐光耀信札，信中孙犁给予贾大山、铁凝很高评价

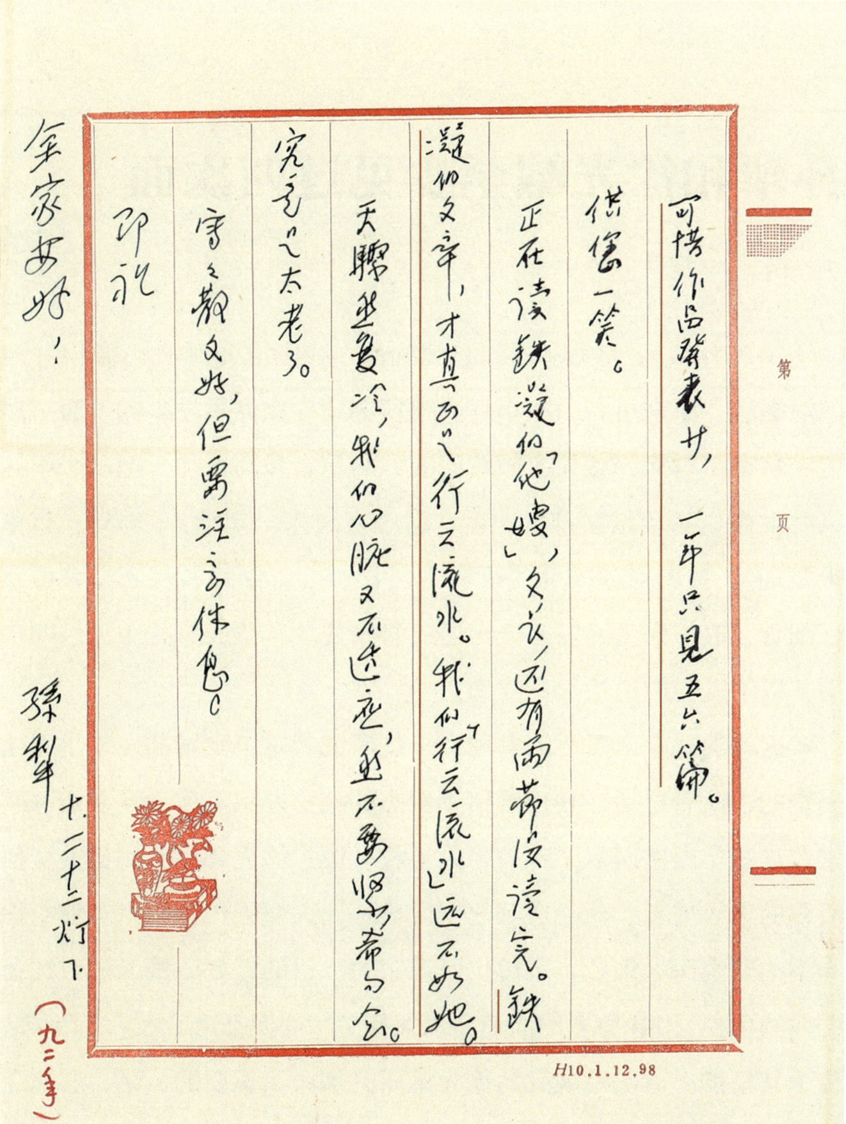
可惜作品发表少，一年只见五六篇。

供您一笑。

正在读铁凝的《他嫂》，文长，还有两节没读完。铁凝的文章，才真正的"行云流水"。我们的"行云流水"还不如她。

天骤然变冷，我们心脏又不适应，还不要紧，希勿念。

究竟是太老了。

贾之散文好，但要注意休息。

印祝

全家安好！

孙犁

十二月十二灯下

（九二年）

第 页

H10.1.12.98

16

孙犁致徐光耀信札，信中孙犁给予贾大山、铁凝很高评价

孙犁和徐光耀至少见过四次面

2019年8月23日晚上11点左右，我刚准备睡觉，微信铃声忽然提醒，原来是石家庄小兵张嘎博物馆殷杰先生发来的。殷杰是资深藏家，对徐光耀先生颇有研究，与笔者多有来往，但从来不这么晚发微信。我赶紧打开一看，殷杰发过来一句话："周兄，有重大发现。"接着就是一张《徐光耀日记》书影图片，我还没来得及仔细看，殷杰先生又发来一句话：孙犁先生和徐光耀先生见过四次面，以前人们的说法都不准确。

这的确是一个重要的发现，一位研究者对一个新的发现是无比兴奋的，隔着电话，我也能猜到殷杰的欣喜之状。作为省会资深藏家，这些年殷杰网罗了不少名人手札，更是徐光耀作品和相关资料收藏的集大成者，藏品之全之精之珍罕，大概无出其右者。他对徐光耀的研究深入细致，宣传也不遗余力，目的是要助推人们对红色经典的重视，引导更多的同道者深入研究"小兵张嘎之父"徐光耀，传承其精神。这次发现又为徐光耀研究增添了重要的一笔，殷杰之欣喜可谓常情，不惜深夜"打扰"朋友，也"情有可原"。独乐乐不如与人乐乐，其实我还得感谢殷杰把欣喜第一时间传递给了我呢，我也像他一样兴奋，竟一下子睡意全无，赶紧按图索骥，拿出《徐光耀日记》第六卷翻看，果如殷杰所言。徐光耀在1953年9月22

日（中秋节）这天的日记中写道：“晚上 6 点，到了丁玲那里……过不久，方冰、邵子南、孙犁、魏巍也到。”白纸黑字，真真切切，如果没有殷杰的细心、严谨，这次见面不知在史海烟波中还要淹没多久呢。

就连徐光耀自己也只记得与孙犁仅仅见过三次面，他在那篇著名的纪念孙犁先生的文章《最纯粹的作家》一文中明确写道：“我跟孙犁相交五十年，总共只见过三次面。”言之凿凿，并深情记述了三次见面的经过，无怪乎后来的写作者都无一例外地引用了这一观点。

史以实为重，最淡的墨水胜过最强的记忆，果真如此。这次殷杰在“墨水”中的新发现，正是一个研究者应有的认真细致的态度。这样在史海中就有了孙犁和徐光耀的四次见面。

他们第一次见面是 1951 年共同参加中国作家代表团访苏，那时的孙犁已是著名作家，徐光耀因喜其文，而念其人，对孙犁是一心向往的。这次相遇二人的交流委实不多，去苏联的路上大家聊天时，不怎么爱凑热闹的孙犁也参与了聊天，并说苏联的姑娘都很漂亮，徐光耀没想到自己心目中一向崇敬有加不苟言笑的孙犁也有“八卦”的时候，这倒平添了几分可爱。到了苏联看到苏联的服务员姑娘，的确有一种与中国姑娘不一样的美，徐光耀感叹：孙犁所言不虚。再有就是上街逛百货商店时徐光耀捎带着给孙犁买过几节电池。如此而已。其实这次与其说是一次见面倒不如说是一次“擦肩”，二人几乎没有多少交集。不过这次访苏，代表团照了许多照片，可惜孙犁和徐光耀的合影照都是人数众多的大合影照，没见到一张清晰的两个人近距离在一起的。回国后，访苏的作家们都写了关于在苏联的观感的文章，结集为《我们访问了苏联》。徐光耀当时还是一个二十几岁的年轻人，是文坛新秀，所以仅有一篇文章选入了

1951 年秋冬时节，中国作家代表团访苏时在斯大林格勒一战场旧址。自左至右依次是胡可、柳青、马加、瞿独伊、魏巍、孙犁、陈登科、徐光耀、冯雪峰、康濯、陈企霞、严森（翻译）陈荒煤、李季、王希坚

这本集子，而孙犁已是有名的大作家了，有七篇文章入选，但是他们二人又“凑”在一起了。

第二次就是新发现的 1953 年中秋节的这次见面了。这天正是全国第二次文代会前夕，第二天就召开了文代会的预备会，孙犁和徐光耀都是文代会代表，看来一向远离人群、不好交往的孙犁这次是来京开会的，并获邀到丁玲住处用餐叙旧。孙犁和徐光耀同桌用了餐。饭后重新坐下不久，人越来越多，8 点多一点，和孙犁一样低调、不出风头、不爱说话、不善交际的徐光耀就告辞出来了。席间孙犁和徐光耀有无交流目前我们还无从得知，但席上的水果倒是给两位文学大家留下了同样深刻的印象，二人不约而同地赞叹。徐光耀在日记中说“饭吃得很好，有五六个精致的果”，孙犁后来回忆，除了丰盛的饭菜，还吃到了香甜的哈密瓜，这还是孙犁第一次吃到由遥远的边疆运到北京的瓜果，印象自然深刻。这次文代会从 9 月

25 日一直开到了 10 月 6 日，孙犁和徐光耀也都参加了文代会，但未见他们有交往的记录，看来这次二人似乎依然没有产生什么交集。依二人的性格，他们不大可能主动“搭讪”，那么这次见面充其量也只是一次“偶遇”了。可惜的是这次见面过于匆匆，也没有一张照片留下，一次聚餐而已，也没有什么特别之处，很快就被时光带走并淹没了，即使在那个“头朝下脚朝上”的时代，“反右”反到了徐光耀头上，他被批斗，被勒令交代和自己“反党”老师丁玲的来往。徐光耀搜肠刮肚、苦思冥想、拼命回忆，也只回想到了他曾四次到过丁玲家，一次是帮丁玲买出国礼品；一次是丁玲宴请《太阳照在桑干河上》俄译者刘芭夫妇，自己被邀作陪；一次是丁玲邀请聂鲁达、爱伦堡两对夫妇，自己又一次被邀作陪；一次是找丁玲要求去朝鲜战场体验生活。唯独这次聚餐，在那样的重压之下都没能想起来，看来连徐光耀自己都把这次见面忘得一干二净了，也难怪别人谁都没有发现。多亏殷杰先生在徐光耀日记的只言片语中有了这个发现，丰富了徐光耀先生文学活动的轨迹和内容，也丰富了两位描写白洋淀的大家的接触和交往的内容，应当很有价值。

第三次见面是十多年之后的 1964 年深秋了。大病初愈的孙犁来保定疗养，就因为徐光耀与孙犁有过一次“擦肩”和一次“偶遇”，竟成了孙犁的“熟人”，被组织安排陪大作家孙犁。孙梨当面肯定了《小兵张嘎》写得很不错，二人还同游了抱阳山，照了合影。

1964 年 11 月 14 日，徐光耀和孙犁在满城抱阳山

接下来的一些年，二人“运交华盖”，都碰得头破血流，自身难保，命运多舛，正常交往已成奢望。

1994 年 4 月，徐光耀借到天津为梁斌祝寿之机，到孙犁家中拜访孙犁并合影。前中为孙犁、右为徐光耀、左为韩映山、后站者为段华

第四次见面是又过了十多年之后的 1994 年。那一年天津文艺界为梁斌庆祝八十大寿，梁斌是徐光耀前任的河北文联主席，因此徐光耀也参加了祝寿活动。他借机和保定籍“荷花淀派”著名作家韩映山等一起去看望了孙犁，虽然孙犁早就放出话来，谁也不见，但还是和徐光耀等谈了半个多小时，末了还照了相留念。

孙犁和徐光耀之间的交往是文人相惜的典范。徐光耀在文学上一直言必称孙犁，光写孙犁的散文就有四篇：《这是在抱阳山》《大道低回》《不读孙犁，你怎么能长进？》《最纯粹的作家》。四篇文章专门写一个人，这在徐光耀的文学生涯中是绝无仅有的。孙犁对徐光耀也是赞赏有加，还专门写了一篇《寄光耀》的文章发表在了《光明日报》。他们二人的友谊在孙犁的女儿孙晓玲的《布衣：我的父亲孙犁》一书中也多有记述。不过孙犁、徐光耀二人见面次数的确不多，见面时间更不长，孙犁主张“文人宜散不宜聚”，他是这么说的，也是这么做的。真心相悦，岂在朝朝暮暮。20 世纪 90 年代前期，是孙犁和徐光耀交往的“蜜月期”，但这种亲密交往也都是鸿雁传书，几年间往来信件达四十七封，内容涵盖文学、书法、收藏、佛事等等，关心文坛晚辈，关注河北文坛，生老病死、家长里短，几乎无所不谈，达到了君子之交的至高境界，省却了许多繁文缛节，尺素之间，情投意合，不见面并没有影响二人相知、相敬。这次发现二人还有一次见面，其意义更多地在于探究他们二人的高尚人格，他们只顾埋头写作，不愿经营自己，因为在他俩看来作家还是要用作品说话。

对殷杰的新发现，我急于率先成文并公之于众，想必已夺人之美，如此，得请殷杰先生海涵了。

2015 年夏天，90 岁高龄的徐光耀参观孙犁故居

千年难忘白洋淀

——梁斌和白洋淀的缘分

梁斌在作画中

梁斌不仅是一位享誉中外的著名作家，还是一位独具艺术魅力的画家，抗日战争时期，他曾五下白洋淀，对白洋淀充满了感情，因此在他的作品里、在他的画笔下，白洋淀人民是那么淳朴、善良、正直、勇敢，白洋淀是那样秀美迷人。

转战白洋淀

深秋的大清河河水清澈湛蓝，一路向东流去，哗哗有声。两岸的河堤蜿蜒曲折，草色斑驳，柳树金黄，柳叶在萧萧的风中簌簌飘落，一群麻雀、水鸟忽然飞起，远处一队人马自东向西而来。

这是冀中军区党委领导下的新世纪剧社，走在前面的是社长梁斌，这是个二十多岁的小伙子，身上背着枪、插着手榴弹，一脸英气，健步如飞，身后队伍中有人挑着两个汽灯，还有两匹骡子驮着幕布和道具，他们要到大清河北为前线的战士和群众演出。

在新镇县的苏桥，梁斌他们挂起幕布准备晚上演出。苏桥离胜芳不远，这里依稀能够听到日寇攻打胜芳的枪炮声。晚上点起两盏汽灯，舞台霎时亮如白昼，工夫不大就吸引来好多观众，有码头工人、有农民，还有战士，看来这里的人们对打仗已习以为常了，枪炮声不影响他们看戏的兴致。那天晚上演的剧目是《血洒卢沟桥》《爸爸做错了》《放下你的鞭子》。前两个剧目是梁斌写的，在新世纪剧社，梁斌是唯一的党员，也是业务“全才”、多面手，能写能导能演，一手持枪、一手拿笔，创作不断，演出不停。演出反响强烈，舞台上有一个情节是几个日寇追赶两个中国姑娘，演到这里时，观众席里群情激昂，发出一阵阵怒吼：“打倒日本帝国主义！”有的观众气得跳起脚来顿足捶胸。演到卖艺女孩唱到“我的家在东北松花江上”时，人们屏气凝神，当看到日寇占领东北，父女二人不得不以流浪卖艺为生时，人们被剧中情节所感动，泪流满面，有的人竟向舞台上扔起了铜板和银圆。

在这里演了三天，因为日寇对这里进攻，梁斌不得不带着剧社沿大清河大堤来到雄县，又从雄县到了霸县（今霸州市），因为霸县的敌情也很紧张，就在部队护送下来到了安新。到了安新感觉到了些“敌后”的味道，安新县城的城门上贴着欢迎新世纪剧社的标语，还有几队小学生打着小旗、喊着口号欢迎，到了地委机关，地委书记罗玉川热情接待了他们。

午后，梁斌找罗玉川谈工作，罗玉川正拿着电话听筒指挥战斗，似乎战斗很激烈，日寇汽艇的攻势很猛，前线已把堤上的大树放倒在了河里，又打上了几排大桩，不让日寇的汽艇进白洋淀。放下电话，罗玉川长出一口气：日寇的五路围攻开始了。不一会，电话响了，罗玉川又拿起电话：“怎么？把打野鸭子的大抬杆组织起来？五只船一组，藏在苇塘里？用大量铁砂？阻止敌人进白洋淀？好主意，好主意。”打完电话，罗玉川扭过头来：“你们演你们的戏。”表情很淡定。后来梁斌发现，自己那几天听到、看到的，原来就是名扬天下、让敌人闻风丧胆的雁翎队的开始！

战事太近，晚上看戏的观众稀稀落落，梁斌只好派人敲着锣鼓沿街发动，走了几条街才聚来了不多的人，台下依然冷清，枪声越来越近。

戏刚演完，罗玉川就派人送信来了，催剧社赶紧转移。第二天天还没亮，剧社就坐船来到了同口镇。前两年，孙犁曾在这个镇子里做过小学教员。村公所早给准备了干粮，几柳条笸箩大饼、一锅开水，一位老者抄着手在旁边站着，笑眯眯地让大家：“自己拿吧，想吃多少拿多少！”又告诉大家，外边有卖小鱼的。梁斌拿了一张大饼，买了些酥鱼，裹了个喇叭卷儿，大口大口地吃起来，第一次吃白洋淀的大饼裹酥鱼，真香！还有一个同志，拿了一张大饼，在中间咬了个窟窿，套在脖子上，一边耍一边咬着吃，像极了冀中一带“懒汉吃饼”的笑话，逗得大家哈哈大笑。虽然大家每天都穿行在各个战场之间，危险异常，但每个人都充满了革命乐观主义精神。

这是1938年深秋季节，剧社围着白洋淀转了一大圈，因为战事频繁，戎马倥偬，行色匆匆，梁斌都没来得及欣赏白洋淀的“庐山真面目”。

梁斌再来白洋淀，已是1942年“五一大扫荡”之后了，还是那个英武的青年，但这时胸前却飘着半尺长髯，日寇发动的惨无人道的大扫荡太残酷了，梁斌带着他们的剧社一直在和敌人“捉迷藏”，都没机会好好拾掇拾掇胡子。他们所在的深北县是敌人扫荡最残酷的地区之一，邻县深南县大队都被日寇打散了，是在警备旅政委旷伏兆的授意下，徐光耀和何作涛冒着生命危险，利用一个月的时间恢复建制的。连骁勇善战的骑兵团也被敌人打散了，团长杨经国牺牲了。新世纪剧社有六七十名战士，都是文职人员，好多女演员、小演员，没什么战斗力，怎么打仗？团长梁斌只有想方设法保护他们的安全，保存文艺力量。他们一路冒着枪林弹雨，迤逦向北，过肃北，到高阳、蠡县，再回肃北，准备到白洋淀。这时已是7月初，剧社接到上级通知，说敌人的扫荡是长期的，要求剧社到肃北集中，然后去白洋淀。

去白洋淀的时候，为了躲避敌人，在交通员的带领下，他们和“火线剧社”的同志分批穿过一块块高粱地、玉米地、谷子地，终于到达了白洋淀岸边的大树刘庄，大家终于可以歇歇脚了。这时交通员告诉大家，这里还没到白洋淀的安全地带，前几天就有“新世纪”和“火线”的同志，夜间在这里和敌人遭遇，有两名同志牺牲了。

7月的白洋淀，正是一年中最美的季节，荷花飘香、绿苇荡漾。到了大淀深处一看，梁斌才发现，白洋淀果然是个好去处，环境清静，相对安全。岸边上，挎盒子的、背大枪的、掖手榴弹的，人来人往，原来附近县份的大队、机关、干部都隐蔽在这里了，这里俨然成了大后方。梁斌正着急给剧社的同志们找一处地道，敌人来了好隐蔽，冀中公安局副局长告诉他：“水边没地道，也不用地道。敌人来了，就往苇塘深处一钻就万事大吉了，敌人再好的机枪都打不透五十步开外的苇子，安全得很。”

在苇塘里，把苇席铺在草上，露天而眠，安全是安全，但躲得过敌人，可躲不过白洋淀的蚊子。白洋淀的蚊子又大又猛，叮人不撒嘴，第二天天亮一看，同志们都被叮出了不少大红包，尤其是脸上一块块的红肿，像变了个人似的，大家相视之下，不禁掩面而笑。

淀上风光虽美，但梁斌他们却无暇仔细欣赏，眼前就有盛开的荷花、拳头大小的鸡头米，开着白花的菱角排子，还有在水里游动的大鱼，可只能闻香却吃不到口，饿了就吃几口干粮，渴了就捧起

梁斌的《两走白洋淀》发表在《收获》上

《笔耕余录》收入《两走白洋淀》，1984年2月一版一印

白洋淀里的水来喝，甜甜的，爽口。住了三两天，剧社接到命令，集中转移，上太行山。

下午，他们坐船出发，船队很长，穿过几条河道，划过一个大淀。经过一个小岛时，岛上有很多大树和苇垛，船队一过惊起一群群飞鸟，有长颈鹭鸶、野鸭、翠鸟、五彩水雉，以及好多不知名的小鸟轰然而起，煞是壮观。

上了岸，梁斌才知道，这次路过白洋淀转移的有三百多名干部，有三个连队护送。太阳平西时，大家排成一路纵队出发，前有部队开路，后有部队殿后，依然是趁着夜色穿行在青纱帐里。翻壕沟，过封锁线，有时敌人的岗楼就在眼前，这样一夜之间跑了一百七十里，还爬了八里地的山，终于从水乡白洋淀转移到了易县北水峪。

抗战时期，梁斌“三上太行山，五下白洋淀”，对白洋淀和白洋淀人民有了深厚的感情，也为他的艺术创作提供了丰厚而生动的素材。

写白洋淀

梁斌是享誉中外的小说家，当代文学巨匠。他出生于1914年，逝世于1996年，原名梁维周，河北蠡县人，毕业于保定第二师范学校，曾任河北省文联主席。梁斌1925年参加革命，1934年开始发表作品，1958年出版长篇巨著《红旗谱》，受到广泛好评。他的长篇小说三部曲《红旗谱》《播火记》《烽烟图》被誉为中国农

《红旗谱》电影海报

民革命斗争的史诗。

梁斌有一个习惯，一直随身带着个小本子，随时把看到的、听到的百姓的故事记下来，后来好多都写进了他的作品里。梁斌五下白洋淀，对白洋淀充满了感情，肯定也记了不少白洋淀的故事，这些也都反映在了他的作品里。

1958 年 1 月一版一印，精装本，中国青年出版社

1964 年 4 月第 16 次印刷，黄胄作封面画，中国青年出版社

1942 年梁斌在《冀中文化》上发表了短篇小说《三个布尔什维克的爸爸》，后来梁斌又把这篇小说改编成了剧本《千里堤》，小说和剧本就是根据白洋淀修千里堤时敌我斗争的素材写成的。写《红旗谱》时，梁斌又把其中的一些情节移植到了这部长篇巨著里面。《红旗谱》所描写的“高蠡暴动”，故事发生地之一高阳县就在白洋淀南岸。

在《播火记》里，有大段对白洋淀的描写，其中有一段故事是贾湘农让张嘉庆前往白洋淀争取绿林英雄李霜泗，这一情节梁斌写得曲折生动、荡气回肠。本以为绿林好汉应该是高大威猛，可站在张嘉庆面前的李霜泗穿着雪白裤褂，戴着洋草帽，中等身材，瘦削脸，看着像个文弱书生。李霜泗小时候母亲被土豪勾结土匪抢到了关东，长大后李霜泗杀了土豪，给母亲报了仇，也打出了名号，但他只杀富济贫，在白洋淀得到了百姓的拥护。李霜泗同情革命，倾向共产党，这时冯贵堂、张福奎也在用高官厚禄利诱他，李霜泗有些摇摆，张嘉庆给他讲了许多革命道理，指给了他一条明路。最终李霜泗和一身侠义的女儿李芝进城，李芝女扮男装在戏园子里枪杀张福奎，父女俩一起投奔了革命。1979 年版的《播火记》封面，画的就是在白洋淀一个小岛上李芝、张嘉庆、李霜泗比试骑马的场面。

1963 年 11 月一版一印，百花文艺出版社

在讲故事的同时，梁斌也没有忘记向读者介绍在他眼里白洋淀的美，我们就看一看在梁斌笔下白洋淀到底有多美：“（张嘉庆）他们走了一会，进入一片洼地，洼地上长着尖叶的、长叶的、圆叶的各种各样的草，密密匝匝、高高低低，开着大大小小各色的花朵，一眼望不到边际。洼地上有一片片的港汊湖淀，淀边上尽是青青芦苇。苇丛上空，流荡着乳白色的水雾。随风吹过鱼腥味，青草的气味，还有甜甜的苇管的气味，沁人鼻子。蝼蛄在森森的草堂里不住地叫着，苇丛里有各色各样的鸟儿在鸣啭。转过一片苇塘，走上一条弯弯曲曲的长堤。这条堤不高，也不宽，堤上长着垂柳，柳条垂到水面上，划出细致的波纹，树上有夜莺在喧唱。堤里是一眼望不到边的绿油油的淀水。清晨的白光，射到水面上，照得水波银亮。一群群水鸟在涟波上游着，人一走过，噗楞楞飞上天去，嘹亮地叫着，划破了清晨的寂静，飞上蓝色天空。”“小船顶着水溜儿，经过一片水淀，划进苇塘。苇塘很大，看起来一片青葱，无边无际。苇塘里有纵横的渠壕，船在渠壕里走过，两旁岸上苇子有一房高，长得亭亭直立。苇梢青青，根上叶子却苍黄了。水面上浮萍很厚，荷叶长得很旺，荷花开过，结下青色的莲蓬。菱角开着白色小花，鸡头早有拳头大。渠边岸上长着很多杂草和野花：三菱草、蔓子草、地梨、野蒜，还有红蓼花和白蓼花。长得密密麻麻，插脚不下。”如果不是对白洋淀观察细致，充满情感，恐怕很难把白洋淀写得这么美，这么富有趣味，

这么层次分明。与白洋淀多次“亲密接触”，梁斌知白洋淀、懂白洋淀，念念不忘白洋淀。

画白洋淀

梁斌自幼就喜欢书法绘画，十二三岁在县立高小上学时他的绘画作品就榜上有名，参加革命后环境不允许，他只好搁置了这一爱好。

20 世纪五六十年代，梁斌创作了《红旗谱》和《播火记》。创作时他总是全身心地投入，自己经常很自然地就融入到了故事情节之中，整个创作过程都是在不断地和主人公对话，当创作到达了这种自然的境界时，梁斌就找到了一种感觉，于是文思泉涌，如平原走马、一泻千里，写作时废寝忘食成了常态。因为长期没日没夜地写作，梁斌积劳成疾，他每次完成一个阶段的创作，都像得了一场大病，他听了医生的建议，在养病期间重拾儿时的爱好，开始画画。这之后，梁斌一直坚持。但他画画可不是简单的消遣，经常在晚上 8 点开始画画，一直画到半夜三四点钟。他临摹了许多古今名人大家，深入研习书法和国画，形成了自己的特点，风格卓然，独树一帜。

1979 年刚刚改革开放，周扬率领中国第一个作家代表团出访日本，代表团中有周扬、姚雪垠、梁斌、杨沫、欧阳山等著名作家。访问中，代表团会见了日本画圣东山魁夷，周扬特意跟东山魁夷介绍了梁斌，告诉他梁斌也是一位有情怀、有独特风格的画家。在日本讲谈社，日本书法家表演了中国书法的悬肘、悬腕功夫，到中国作家表演时，只见梁斌将纸卷起来托在手上，不但悬肘、悬腕书写，还悬纸书写，而且挥洒自如，一气呵成。梁斌技高一筹，在场的日本友人大为赞叹。

梁斌的画作大多为文人画，他画的文人画，师法传统，师法自然，师法心源，绘画的内容多是他的人生经历和艺术思考。绘画是他另一种创作形式和创作语言，他用绘画去表达自己在文化上的理念，许多在文学创作中没有表现出来的感觉以及没有宣泄出来的激情又在书画中得到了淋漓尽致的表现。

梁斌画白洋淀

梁斌的画作多取材于他的战斗经历和战斗过的地方，太行山的山川、白洋淀的荷花在他笔下无不充满激情、希望与生机，给人以激情和向上的力量,因此他的画被人们称之为“红色文人画”或“革命文人画”。他把自己对白洋淀的深情都倾注在了笔墨点染之间，意兴盎然。他的画作《千年难忘的白洋淀》被收藏并悬挂在人民大会堂，他也成为一百位被人民大会堂悬挂作品的画家之一，梁斌用他的画笔让他热爱的白洋淀登上了国家最高殿堂。梁斌画了大量白洋淀题材的画作，那正是因为他曾冒着硝烟五次进出白洋淀，与战友结下生死与共的深厚感情，从而时时魂牵梦绕，所以连连挥毫留下永恒的纪念。

白洋淀人民也没有忘记曾经在这里生活和战斗过、对白洋淀充满深情厚谊的作家梁斌。

2020 年 10 月 18 日，白洋淀文化苑“孙犁致徐光耀手书陈列室”开馆，活动期间，人们怀念起了在战争年代曾五次出入白洋淀，后来又写白洋淀、画白洋淀的梁斌先生，觉得应该为梁斌先生做点什么以资纪念。小兵张嘎博物馆馆长、徐光耀研究专家、嘎子村名誉村长殷杰提议，梁斌和徐光耀是前后任河北文联主席，也是中央文研所的同学，二人跟孙犁先生又关系甚笃，让三位写过白洋淀的文学大家“聚首”白洋淀岂不是一件美事，既然梁斌是书法家、画家，何不将先生书法或画作勒于石上，立碑以念。

听说孙犁先生之子孙晓达先生与梁斌先生之子散襄军先生相熟，便委托孙晓达牵线，好征求散襄军的意见。取得联系后，散襄军欣然同意立梁斌先生书法碑刻的想法，提出了自己的建议，并表达了对白洋淀人民的感谢。白洋淀文化苑董事长袁大炳、总经理周双全乐于着手实施。一年时间，殷杰奔走联络，散襄军从碑刻内容到文字布局等都给予了精心细致的指导。2021 年 10 月 26 日，

《红旗谱》俄文版，1960 年出版

《红旗谱》英文版，1961 年 7 月第一版

一块刻有梁斌书法“千年难忘白洋淀”的巨大碑刻终于矗立在了白洋淀文化苑，这是白洋淀人民对梁斌的永恒纪念。

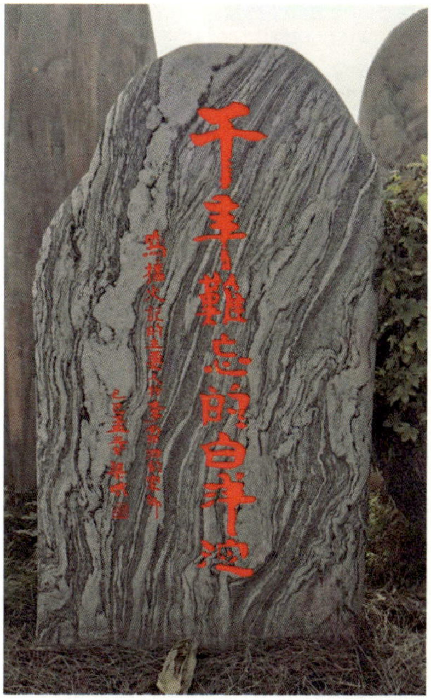

矗立在白洋淀文化苑的梁斌手迹碑刻

至此“嘎子村”“荷花淀”“千年难忘白洋淀”三位大家的手迹，齐聚白洋淀，成了白洋淀的一道靓丽的人文风景。

旷伏兆与徐光耀的创作遗憾

旷伏兆将军画像，殷恩光绘，徐光耀题

纵观徐光耀的文学创作生涯，历经磨难，出现了三个创作高峰，一是新中国成立前后创作出版的长篇小说《平原烈火》，开创了新中国描写抗战生活长篇小说的先河；二是 1958 年创作、1961 年发表的中篇小说《小兵张嘎》，成为抗战文学、儿童文学很难逾越的经典；三是 2001 年其散文集《昨夜西风凋碧树》获第二届鲁迅文学奖。但由于历史的原因，正值创作旺盛年龄的徐光耀被迫中断创作，出现了几乎长达二十年的创作“空白期”，好多宏伟的创作计划只能“搁浅”，造成了徐光耀文学创作的“三大遗憾”。这三大遗憾其中的两个都和旷伏兆有关，其一是以旷伏兆为原型的长篇小说《将军向我们走来》，其二是以旷伏兆以雄县米家务为中心在冀中十分区开展的具有传奇色彩的地道战为背景的长篇小说《地道战》。还有一部是以他到老家雄县下乡参加农村合作化为背景的长篇小说《奔流的大清河》，这三部作品中《奔流的大清河》已完成了将近二十万字的初稿，可惜在特殊年代遗失了，《将军向我们走来》《地道战》已准备了大量材料，甚至动笔写了一部分，但最终也被迫搁笔，“胎死腹中”。

徐光耀计划中的三个长篇小说，之所以有两篇都是以旷伏兆为原型，是有原因的。1938 年 7 月，十三岁的徐光耀参加八路军，1939 年秋天就来到了旷伏兆任政委的警备旅，正是在旷伏兆的关心和锻炼下，徐光耀才很快从一个“红小鬼”成长为了一位坚定的革命战士。旷伏兆一直让徐光耀充满了敬意，甚至还在跟随旷伏兆抗战时期，徐光耀就萌发了写一写旷伏兆的念头，所以他也一直注意搜集这方面的素材。当然，旷伏兆对他手下的这个“小鬼”也一直是很欣赏的。

旷伏兆的“爱将”徐光耀

徐光耀和旷伏兆的友情是在战争年代建立起来的。旷伏兆是参加过长征的干部，资历老。徐光耀还是一个“红小鬼”的时候，旷伏兆已经是旅政委了，那时候徐光耀只有十几岁，老资历的旷伏兆也不过二十几岁的年龄。

徐光耀曾在警备旅锄奸科当文书，锄奸科在掏汉奸时缴获了一副麻将，他们又把麻将改成了军棋，闲下来时下棋消遣。那时，锄奸科科长段辉良，也是江西人，长征干部，因此旷伏兆也经常来锄奸科和段辉良杀两盘，这成了徐光耀和旷伏兆熟络起来的机缘。在以后的交往中，旷伏兆对这个能文能武的“小鬼”愈加了解，不但喜欢，简直信任有加，用部队里的话说就是“爱将”，敢往他身上压重担。

这担子有多重？一次，在极度危险的战争环境中，旷伏兆竟然让一个“小鬼”担当大任就足以说明问题了。如果不是非常了解和信任，谁敢如此临危“授”命。

那是1942年日寇对冀中抗日根据地进行最残酷的灭绝人性的“五一大扫荡”时期，在敌人拉网式扫荡的层层包围圈中钻来钻去的徐光耀，偶遇当时因痔疮严重发作只好躺在担架上的旷伏兆。旷伏兆一见徐光耀，马上问道：“徐光耀，你在哪里？”徐光耀告诉他自己在束冀七区小队检查工作，旷伏兆二话没说，命令道：“走，跟在我们后面。”区小队也有样学样地跟在了大部队后面。不久，徐光耀就奉旷伏兆之命回归警备旅了。

一天傍晚，十七岁的徐光耀和二十三岁的宣传科干事何作涛被叫到旷伏兆面前。原来深南县大队在残酷的反扫荡战斗中被打散了，大部分战士都回了家，还有一挺机关枪被战士们偷偷埋了起来。旷伏兆交给了两个年轻人一项十分艰巨的任务：把人找回来，把机枪找出来，恢复深南县大队的建制。在大部分根据地已沦为敌占区，在敌人的眼皮底下找人找枪，重新拉起抗日武装，其难度、其危险程度，可想而知。做出这个决定，旷伏兆肯定是经过深思熟虑的，可见他对徐光耀和何作涛两位年轻人的了解与信任。徐、何二人不负旷政委所望，仅一个月的时间，他们二人就在敌伪遍地、血火交织的极端危险的环境中，找回了十二名战士，挖出了机枪，重新恢复了深南县大队的建制。看来战争年代旷伏兆对徐光耀的信任是有原因的，年纪轻轻的徐光耀有勇有谋，任务完成得十分出色。

在警备旅任政委时的旷伏兆

在旷伏兆心中一直是装着徐光耀这个“小鬼”的。1948年6月初，徐光耀从华北联大调到了华北军区第三兵团六纵队政治部宣传部，刚到部队就听说旷伏兆也要来六纵，是来当副政委的。旷伏兆知道徐光耀也调来六纵后，竟亲自找到了徐光耀。一次开部务会，旷伏兆来了，旷政委还是那么直率，一进门就问徐光耀在哪儿，徐光耀这才赶紧上前跟他握手。时隔几年再见到徐光耀，旷伏兆有些惊异，直说：“都长这么高了，跟原来一点也不像了。”过了几天开宣教会，休息时，旷伏兆又找到徐光耀身边，关心地问他的字写得如何了，还跟徐光耀说了许多雄县家乡的情况，连徐光耀他们村段岗的情况都介绍得那么细致清楚。看来徐光耀在旷伏兆心目中的位置是很重要的，他很看重这个“小部下”。

到了和平时期，旷伏兆对徐光耀的信任和看重依然如故，这才发生了解放初期徐光耀被老政委临时“抓差”的趣事。能够临时“抓差”的人，肯定是自己信任的、了解的，互相之间可以无拘无束的，否则，旷伏兆就绝不会临时抓徐光耀的差了。其实这次临时“抓差”，还有一个原因，旷伏兆知道这个昔日的“小鬼”不但能武，还能文。这个时候的徐光耀刚刚出版了著名抗战题材长篇小说《平原烈火》，正在新华社兵团分社当记者呢。

1950年5月，徐光耀到旷伏兆任政委的六十七军计划采访三个星期。采访时和毫无官架子的老上级旷伏兆吃饭、聊天时，旷伏兆说5月15日召开军里的生产会，总结经验，汇报情况，说会后去晒盐场和捕鱼场看看，并说要带着徐光耀一起去。

在开平开完会后，徐光耀坐上旷伏兆的吉普车一路跟随来到唐山。旷伏兆嘱咐徐光耀在唐山安心玩一两天，就说是自己让他来唐山玩的，这样回单位后好交代。在唐山，旷伏兆开始是让别人传话要徐光耀写稿，徐光耀写了一篇报道。看完盐场后，旷伏兆主动开口交代给徐光耀写稿任务，徐光耀应下了。为了写稿子，完成老上级交给的任务，徐光耀没少跑盐场、去捕鱼队采访了解情况。跟着旷政委这一路，徐光耀没少写稿子，写关于生产总结会、关于盐场、关于捕鱼队、关于“优抗”的报道，甚至还写了给《河北日报》反映地方干部问题的一封信。看来旷政委要徐光耀在唐山玩一两天，是临时抓了徐光耀的差，唐山之行徐光耀俨然成了六十七军的随军记者。这一切都忙完了，5 月 31 日徐光耀才返回驻地天津。

对徐光耀的报道文章，旷伏兆是满意的，因为他深知他这位老部下的能力，旷政委可不是随便就“抓差”的。抓徐光耀的差，让他在唐山玩一两天，打着旷政委的幌子，回单位后也好交代，可徐光耀“玩”的都是正事呀。再说这一两天可就长了，一来唐山就十几天，徐光耀堂堂一个新华分社记者竟然被旷政委抓了“壮丁”。结果这前来采访六十七军的，倒帮六十七军做了采访，谁让六十七军的政委是旷伏兆呢，可见旷伏兆对徐光耀的信任和对他能力的认可。

这次跟随老领导的唐山之行，徐光耀还有两个意外的收获。徐光耀想写一部反映战争中成长起来的将军的长篇小说，他最熟悉、最了解、最佩服的就是眼前的将军旷伏兆了。于是一路上，徐光耀提出看一看旷伏兆战争年代的日记，旷伏兆答应了，后来还真交给了徐光耀做参考，徐光耀认真读了，仔细研究了。一开始小说的名字就叫《旷伏兆》，后来又改为《将军向我们走来》，徐光耀列好了提纲，也写了一部分，后来由于受丁玲、陈企霞“反党集团”案的牵连，徐光耀也命运多舛起来，有段时间被剥夺了自由写作的权利，这部计划好的长篇小说最终没能写成，留下了一个大大的遗憾。

唐山之行的另一个收获，就是徐光耀第一次听旷伏兆跟他讲自己在雄县米家务发明地道战，并和日寇展开地道战的事迹，这让徐光耀感到新奇而兴奋。徐光耀后来也收集了许多资料，打算写一部《地道战》，也动了笔，但命运和《将军向我们走来》一样。时代弄人，两部与老政委有关的小说都没能最终成书，实在遗憾。

特殊年代结束后，徐光耀获落实政策，改正了错划的“右派”。重新获得写作权利的徐光耀写作的激情被重新激发起来，一心想回部队，继续写他熟悉的军旅生活，可是，已离开军营二十多年了，再回部队谈何容易。这时徐光耀想到了他的老首长旷伏兆。对徐光耀重回部队，旷伏兆当然支持，而且卖力尤甚，因为旷伏兆太了解他这位老部下了，他知道徐光耀武能用枪、文能运笔，实在是个干将。虽然特殊年代期间二人都自顾不暇，几乎没有来往，但重获新生的旷伏兆对重获新生的徐光耀这个老部下，依然是心有戚戚焉，所以旷伏兆想了好多办法要把徐光耀调到自己任第二政委并主持日常工作的铁道兵部队。

因为徐光耀被错打成“右派”，是从部队被“发配”到地方的，因此一改正错划的“右派”，徐光耀就渴望重返部队，为此做了许多努力。即使地方让他做省文联副主席、市文联一把手，“封官许愿”，他也不为所动，坚持重返部队，因为他对部队的感情太深了。

1979 年 3 月，在去云南前线体验生活前到北京集中时，徐光耀从老战友剧作家胡可处得到消息，说是被错划“右派”下放到地方的，部队“一律不回收”。回部队心切的徐光耀当天晚上就找到了旷伏兆，旷伏兆答应得十分干脆：我们要。不久，铁道兵对徐光耀的商调信就到了保定市委组织部了，老领导旷伏兆是真的要帮徐光耀达成心愿。后来河北省和保定市都以需要人才为名想方设法挽留徐光耀。徐光耀有些担心这种情况下自己未必离得开地方。一天，徐光耀去北京 301 医院去看旷伏兆，正巧总政组织部的人来“推销”干部，提到了徐光耀，旷伏兆依然态度坚定，答应得干脆：这个人我们要，坚决要。看来旷伏兆是铁了心要把徐光耀调回自己身边了。这一年 9 月 27 日，保定市领导找徐光耀谈话，要留他当市文联主任。不过，铁道兵那边，主要档案已寄过去了，部队的大门已近在咫尺了。可世事难料，10 月 7 日，徐光耀趁去北京参加作家侯金镜追悼会之机，给旷伏兆夫人许更生打电话问候，这时正好旷伏兆在家，赶紧接过电话，亲口告诉徐光耀，说军委坚持不让他回部队，怕引起连锁反应，影响不好。“军委坚持不让徐光耀回部队”！军委的“坚持”正说明了旷伏兆的多次争取，尽心尽力后只好作罢，但旷伏兆肯定心有不舍。徐光耀在他的日记里对自己这时的心情用了简简单单的四个字概括：此望遂断。为此许更生还劝了徐光耀一阵子。旷伏兆是老革命，是讲原则的，既然军委坚决不让，那肯定不能破坏原则，虽然旷伏兆那么看重徐光耀。可能是旷伏兆觉得太遗憾，12 月 5 日，许更生给徐光耀打电话，邀请徐光耀去她家玩。8 日晚，徐光耀去看望旷伏兆、许更生，旷、许夫妇热情地接待并留宿徐光耀。旷伏兆给徐光耀解释，去铁道兵的事，军委不答应，怕有了突破口，后来者不好收拾。在军委的命令面前，在原则面前，两位老革命旷伏兆和徐光耀都毫不犹豫的选择了遵守，虽然他们两个人都有深深的遗憾。对一位老部下的调动，如此热心，如此卖力，除了信任、爱才，可能没有别的更合理的解释了。

半个多世纪的交往，见证了一对革命战友的伟大友谊，一位战火中磨砺出来的将军，一位战火中成长起来的作家，他们之间的交往，纯粹而充满着革命的温情。说徐光耀是旷伏兆的爱将应该是贴切的，因为他们之间的信任和了解是在战火中建立起来的，经受过血与火的洗礼，有坚实的根基。

徐光耀眼里的旷伏兆

难怪徐光耀当初一直想写一部关于旷伏兆将军的长篇小说，因为在徐光耀眼里旷伏兆作为我们党培养出来的将军几乎是完美的，在他身上集合了一个将军的许许多多优秀品质。他热情、机智、勇敢、果断，让人能够亲近，值得钦佩；他身手不凡、意志坚定、爱护士兵、没有架子，充满了革命乐观主义精神；他临危不乱、审时度势、随机应变、指挥若定，具有战争年代一代战将的传奇色彩。徐光耀对这位老上级一直充满了敬意，但又绝不是敬意一个词能够概括得了的。徐光耀有记日记的习惯，在他的日记里提到旷伏兆的次数很多，有时竟然是大篇幅的记录，看着日记，旷伏兆在徐光耀眼里的形象就会丰满起来。在现实生活中，旷伏兆是在党的教育和培养下成长起来的一位优秀指挥员，但对徐光耀来说他又是一位长者，是一起浴血奋战的战友。

徐光耀刚到警备旅时，还是一个只有十四岁的“小鬼”，旷伏兆也才二十五岁，但他已是有过长征经历的八路军高级将领了。少年的战友，一生的至交，这一兵一将之间的友谊保持了半个世纪之久。以至于徐光耀为写一部以旷伏兆为原型的、以将军成长为主题的长篇小说做了大量准备工作，为此他借到了旷伏兆的日记，他要了解自己跟随了多年的将军的内心世界。这部作品的名字一开始就定名为《旷伏兆》，后来随着徐光耀搜集准备的材料的不断丰富，又改名为《将军向我们走来》。这部作品在20世纪50年代，徐光耀做了许多准备工作，构思，写提纲，甚至许多情节都形成了文字，只可惜由于后来徐光耀命运多舛，最后竟没能完成，但旷伏兆在徐光耀心目中形象之高大可见一斑。我们翻开徐光耀的日记，搜寻几处他对开国将军旷伏兆的真实记录和描写的片段。

首先来看旷伏兆作为一位优秀指挥员、一位将军的勇敢、机智、果断。在徐光耀的日记里写到过残酷的“五一大扫荡”时期，在日寇围追堵截的情况下，偶遇旷伏兆。那时的旷伏兆因痔疮严重复发，疼得躺在担架上。但当与大批日军遭遇时，他不顾疼痛，翻身下了担架，立马到高处瞭望敌军、了解敌情，面对危险镇定自若，指挥若定，很快做出判断、部署，带领队伍巧妙地钻出了敌人的包围圈。在冀中抗战最低潮，日寇发动惨无人道的“五一大扫荡”时期，我军的生存空间被严重挤压，甚至深南县大队都被日寇打散了。面对异常严峻的形势，旷伏兆没有一点悲观、退缩，在命令徐光耀、何作涛两个小战士把人和枪找回来恢复县大队建制时，表现出来的依然是坚定沉着中透着一股豪气。

他精力旺盛，雷厉风行。残酷的战争年代，战斗间隙他还有精力到徐光耀所在的锄奸科，与科长厮杀两盘军棋，杀军棋时他也一直采用攻势，撸胳膊卷袖子，摆出一副不服输的架势，犹如在战场上和敌人厮杀一样。这种作风，即使到了和平年代，依然保持了下来。给徐光耀留下最深刻的印象的是解放初期，那时旷伏兆已是六十七军政委了，一次开完全军生产总结大会后，旷伏兆拉着已在新华社兵团分社当记者的徐光耀跟随他到唐山检查晒盐场和捕鱼场生产情况。十几天的检查，旷伏兆风风火火、马不停蹄，实地看，听汇报，实地调研，解决问题，真是夜以继日、废寝忘食。那段时间，徐光耀在日记里不止一次地感慨，旷伏兆总有用不完的精力，无论是带兵打仗还是带兵搞生产建设，他都身先士卒，精力充沛。

在去唐山的路上，徐光耀和旷伏兆坐一辆吉普，旷伏兆给徐光耀介绍在雄县米家务开展的地道战，从用于隐蔽的“蛤蟆蹲”，发展到利用四通八达的地道打击敌人，这让徐光耀听得既感觉神奇，又感觉兴奋，简直如醉如痴，这位地道战的发明者得多么充满智慧呀。以至后来徐光耀搜集了许多旷伏兆在雄县米家务发明地道战、运用地道战与日本鬼子展开斗争的资料，准备写一部《地道战》，可惜在自己命运多舛的年代未能如愿。

旷伏兆和其他开国将军一样，身上充满了传奇色彩。旷伏兆的枪法就准得不得了，百步穿杨没亲眼所见，枪响鸟落可是实实在在的，这徐光耀可真见识过。也是那次唐山之行，检查生产时进入一个村子，一进村就发现一棵树上落着一只鸟，旷伏兆举枪一击，鸟儿应声落地。这好枪法当时引来好多村民围观，纷纷啧啧称赞。

八路军跟别的军队不一样，讲究官兵一致，这是当年徐光耀非要参加八路军的一个重要原因。也因为这个原因，一个娃娃兵才可能跟旅政委结下了深厚友谊。因为那时的旷伏兆实在没一点架子，时常来锄奸科下棋，锄奸科的小战士除了观棋，还可以搞些小动作，让政委输棋。和平时期，旷伏兆依然保持了这个传统。下乡检查，晚上住宿条件艰苦，旷伏兆抽出自己的毯子给徐光耀盖上，情浓意切。徐光耀不善交往，爱害臊，进部队采访时，正好遇到旷伏兆在一桌上吃饭，徐光耀立马感到不那么拘束了，饭量也好了，旷伏兆让徐光耀感到的是那么亲近、随和。

爱兵如子，爱才如命。体现在旷伏兆和徐光耀的关系上，可能爱才更多一些。1979 年徐光耀一度想尽办法想回部队，还写他熟悉的军旅生活。在这个过程中，旷伏兆对这个有才的老部下、老战友，提供了许多无私的帮助，想尽了办法，以至有一次，军政治部的人跟他谈一些落实政策的人的去向，说到徐光耀时，旷伏兆脱口而出："这个人我们要了。"当时徐光耀就在隔壁等着和老政委会面，老政委的信任，让徐光耀十分感动。为了自己的"爱将"能重返军营，再放声讴歌部队生活，旷伏兆做了不知多少努力，后来因为军委有令，"反右"时期下放到地方的部队干部，一律不能再调回部队。

在原则面前，旷伏兆、徐光耀都不能不遵守，徐光耀重回部队的努力只好作罢。为此旷伏兆让夫人许更生劝过徐光耀，后来又特别邀请徐光耀来北京的家里，让徐光耀留宿，做了许多思想工作，这对于当时身为铁道兵第二政委的旷伏兆来说，在百忙中能做到如此，只能说他太爱惜他这个能文能武的“小战友”、老部下了。

1996 年 6 月 4 日，旷伏兆将军在北京逝世，这年的 10 月 24 日徐光耀写出了《旷伏兆与冀中警备旅》一文，回忆了那段抗战最艰苦的烽火连天的岁月，这也是徐光耀和旷伏兆在一起时间最长、相处最为紧密的时期。此文后来收进了解放军出版社 1998 年出版的《旷伏兆征程集》一书，这是徐光耀对老上级最真情的怀念。

其实特殊年代结束后，徐光耀还是努力想完成他曾充满期待的一部作品《将军向我们走来》，以致敬老上级，致敬那个烽火连天的岁月，怎奈材料已遗失，又世易时移，完成它们几乎成了一种奢望，在徐光耀心里怎会不深深地遗憾呢。

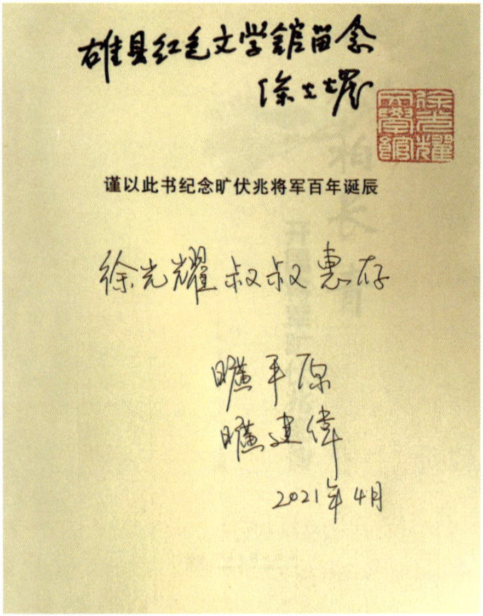

旷伏兆子女赠送给徐光耀的书籍之一《开国将军旷伏兆图传》

抗日战争时期，旷伏兆曾任冀中十分区政委，惨烈的战争中，许多战友为这片红色的土地洒下了鲜血甚至献出了生命，自己也随时有为国捐躯的可能，因此那个时候旷伏兆和十分区司令员刘秉彦就约定，将来他们二人离世后也要埋在这片热土中，和战友们相伴，他们二人的约定被人们称为“生死之约”。后来两位开国将军逝世后，都把骨灰安放在了雄县米家务烈士陵园。米家务在抗战时期是冀中十分区司令部所在地，是冀中抗战的一个中心。

2021 年清明节，徐光耀将他撰文并书写的《旷伏兆与地道战》及签名书籍赠送给米家务烈士陵园，算是了却了一点总想为老上级写点什么的夙愿，也弥补了一点缺憾。

【旷伏兆】

（1914 年 1 月 27 日—1996 年 6 月 4 日），无产阶级革命家，中国人民解放军优秀的军事指挥员和政治工作领导者，中国人民解放军高级将领，1955 年被授予中将军衔，地道战创始人。1929 年参加革命，1932 年加入中国共产主义青年团，1933 年参加中国工农红军并转入中国共产党，参加了长征。抗日战争时期曾任冀中第一军分区政治委员、警备旅政治委员、第十军分区政治委员兼中共地委书记。解放战争时期曾任晋察冀军区第六纵队副政治委员兼政治部主任，华北军区一纵政治委员、第二十兵团六十七军政治委员。新中国成立后，任中国人民志愿军第十九兵团副政治委员兼政治部主任、兵团政治委员，地质部副部长，空军副政治委员，铁道兵第二政治委员、中央顾问委员会委员。

徐光耀的三个“创作高峰”

徐光耀似乎就是为文学而生的，一直对文学孜孜以求。今年已九十六岁高龄的徐光耀，前几年还偶有文字见诸报纸杂志，虽然数量已大不如前，但依然对文学“情有独钟”。

纵观徐光耀八十余年的创作历程，成就是卓著的，贯穿其作品的灵魂是一个“真”字。有人说徐光耀是一位生活型作家，他本人并不反对，他的作品都来自生活，也许唯其如此才能确保自己作品的“真”。徐光耀只写自己熟悉的人、熟悉的事，用真情，写真事。他的创作呈现了三个高峰，无不是以真取胜。

徐光耀的第一个创作高峰是《平原烈火》，这部作品通篇都充满了朴素的真实。为了写这部小说，1949 年 6 月随二十兵团驻防天津的徐光耀，请了假专心创作。7 月 7 日，抗战全面爆发纪念日这天，徐光耀正式动笔写《平原烈火》，之后他经常把自己一个人关在屋里，把牺牲的司令员王先臣的像挂在眼前，静下心来，认真创作，仅用四十四天时间就完成了这部长篇小说。小说的内容就是作者亲身经历的日寇灭绝人性的“五一大扫荡”，提起笔来，日寇的凶残、战斗的惨烈、战友的勇敢和牺牲者的音容笑貌都一一涌上心头，诉诸笔端，徐光耀只是把他们艺术化了一些。徐光耀后来回忆，这部小说的许多情节当时都是流着泪写出来的。

1963年一版一印，作家出版社

这部小说是新中国成立后第一部反映抗战生活的长篇小说，一出版就引起了轰动，好评如潮。连他的好友也都纷纷索书，出版社赠给自己的书送完了，无奈之下徐光耀只好自掏腰包用稿费买来再送。这部小说的成功不是偶然的，是它的真实和真情打动了读者，徐光耀认为这部小说其实更像报告文学，文中除了人名、地名是虚构的，其他的几乎都是真实的。作者写这部书的时候艺术冲动是巨大的，生活积累是深厚的，感情是真挚的。《平原烈火》是徐光耀的激情创作，多年来对战友的情、对战友的爱、对战友的思念，对百姓的敬畏，对日寇的刻骨仇恨，激荡在内心的感悟，一股脑倾泻在笔端，喷涌而出，顾不上什么艺术技巧，很少修饰，唯其如此，才更能打动人，真实的确是使文学作品生动的一剂良方。这时的徐光耀还不过是一个二十五岁的年轻人，这种真实是朴素的。

这部小说的成功也给徐光耀带来了很高的声誉，徐光耀一下子成为青年作家中的佼佼者。1951年中国作家代表团访苏，十六人的代表团中名家济济，徐光耀也位列其中，是最年轻的一位。也因为这部小说，徐光耀很顺利地进入了中央文学研究所学习，极得所长丁玲的赏识，聆听了许多文学名家的授课和指导，这使徐光耀的写作水平获得了长足进步，但这之后徐光耀的创作反而进入了一个苦闷期。

这个时期无论是在老家雄县下乡搞合作社，还是到东北体验生活，还是在部队搞专业创作，徐光耀时时刻刻都在努力要再写出一部如《平原烈火》一样甚至比它还要好的作品，但总是事与愿违。

他计划写一部以旷伏兆他们这些将军为原型的长篇小说《将军向我们走来》，想写一部反映家乡合作化运动的长篇小说《奔流的大清河》，也想把旷伏兆将军开创的地道战写成一部书，就叫《地道战》，还想写写《平原烈火》里没有展开写的“瞪眼虎”，但现实的冲击使他都未能如愿。倒是现实的下乡生活让徐光耀有所感悟，写出了反映农村生活的《老陶》《树明和莺花》等，这是徐光耀小说里面不可多得的非战争题材的小说，有相当高的艺术水准。

正当徐光耀凝神聚力一步步全身心地投入到创作中的时候，厄运也正在逼近他。1957 年徐光耀受其两位老师丁玲、陈企霞“反党集团”案的影响而遭受批斗，“斗熟了”后又被挂起来，上不着天下不着地，这时候的徐光耀时刻站在人生的悬崖边上，他的许多写作计划也都化作了泡影。这时的徐光耀思想是迷茫的，内心是痛苦的，情绪是低落的，但他并没有万念俱灰，为了不使自己崩溃，他采用西方心理学里的方法巧妙转移注意力，努力把所有的精神都集中到写作上来，这方法很奏效，以前一直想写的“瞪眼虎”不断在自己眼前清晰起来。1958 年 1 月 23 日徐光耀开始了《小兵张嘎》的写作，仅用两个月零几天的时间便完成了《小兵张嘎》小说和剧本的写作。但以徐光耀当时的处境，他的作品是没地方发表的，于是他把创作好的《小兵张嘎》手稿存放起来。

1958 年 9 月 25 日徐光耀被定为“右派”，开除党籍、军籍，剥夺军职，下放到保定农场劳动改造。徐光耀把《小兵张嘎》手稿带到了保定。因为表现好，一年后，徐光耀摘掉了右派帽子，分配到保定文联工作。1961 年秋天，《河北文学》的编辑张庆田来保定组稿，在保定文联遇到徐光耀，问徐光耀能否给《河北文学》写写稿子，徐光耀于是问道：“我有稿子您敢发吗？”张庆田说：“我敢向你约稿，我就敢发！”于是徐光耀把《小兵张嘎》的小说稿子交给了张庆田。这么好的稿子，张庆田没有耽搁，很快就把《小兵张嘎》发表在了《河北文学》1961 年 11 月 · 12 月（第 6—7 期）合刊上。小说一发表就引起了强烈反响，好评如潮。1962 年 5 月，中国少年儿童出版社出版了《小兵张嘎》单行本，同年，《北京晚报》从 5 月到 7 月对《小兵张嘎》进行了连载。《小兵张嘎》的电影文学剧本也发表在了《电影创作》1962 年第 6 期上。1963 年电影《小兵张嘎》由著名导演崔嵬和欧阳红樱合作拍摄，年底，在全国公映，轰动全国，久映不衰，嘎子的形象深入人心。《小兵张嘎》影响和教育了几代人，成了几代人心中不可磨灭的红色经典。

徐光耀这次创作高峰的出现并不偶然，在此之前，他已经多次想写这部小说，几次拟好了题目，准备动笔开写了，但由于种种原因终未成文。他笔下的嘎子他太熟悉了，有“五一大扫荡”时的那个小英雄“瞪眼虎”的影子，有无数英雄战友的影子，有自己那个“红小鬼”的影子。因为熟悉，所以落笔如有神，几乎一气呵成，一部经典的问世，有偶然中的必然，也有必然中的偶然。闻章先生说：“在巨大的人生空白处，他才有理由创作出《小兵张嘎》。”此言信矣，“上帝”给徐光耀开启了一扇窗。

1964 年 4 月第二版

从《小兵张嘎》看，徐光耀的文学表现手法显然成熟了许多，这部小说是真实的生活和高超的艺术手法的完美结合，因此后来有人试图攻击他这部小说，说它在情节和矛盾冲突方面，是作者故意给主人公设置一个困难，然后让主人公再去解决困难，可如果这种困难是生活中发生过的或可能发生的，不是生捏硬造的，且作者设置得了无痕迹，这便是成功的，是艺术的真实。

此后徐光耀几乎进入了“沉寂期”，因为他已经失去了自由写作的权利。直到特殊年代结束，文坛已春风荡漾。1977 年，他用一篇发表在《人民文学》上的抗日题材小说《望日莲》宣告了自己在文坛上的回归，后来又连续发表了《“心理学家”的失算》《“二龙堂”看戏》等，依然是他熟悉的抗日题材。这个时候的徐光耀渴望回归部队，渴望继续书写自己熟悉的军旅生活。可是虽经他不懈努力，老领导旷伏兆、老战友胡可等竭力帮忙，但部队有规定，一律不往回收人，徐光耀最终未能如愿，最后还是留在了地方，先在保定任文联主任，后到石家庄担任了河北文联的党组书记、主席。未能重新穿上军装，对徐光耀来说肯定是非常遗憾的，但对读者来说却是幸运的。到地方后，徐光耀也写出了《少小灾星》《四百生灵》等他熟悉的抗战题材的小说，但要赶上甚至超越《小兵张嘎》，难度可想而知。

徐光耀说过，在他心中一直有两大“情结”永难磨灭，一个是抗日战争，一个是“反右派运动”。抗日题材已写了不少，也得到了人们的认可，有的已成为经典，是该了却另一个“情结”的时候了。卸下文联领导的担子后，徐光耀又有时间思考那段历史了，于是他逐渐把写作重心转移到了散文创作上，开始了深邃的思考，事实证明，徐光耀的这一转型是十分成功的。2000 年他的纪实散文《昨夜西风凋碧树——忆一段头朝下脚朝上的历史》发表在了《长城》杂志上。《昨夜西风凋碧树》是作者对历史的深刻反思，2001 年他的散文集《昨夜西风凋碧树》获得了第二届鲁迅文学奖，徐光耀走上了他第三个创作高峰。《昨夜西风凋碧树》字字落地有声，醒人耳目，感人心魄，反思历史，忧国忧民，让读者读出那段历史沉疴、人生况味，作者说是讲故事，实则是一篇慷慨激昂警示后人的大文章，充满了对历史、对人生、对人性的反思。

对于《昨夜西风凋碧树》这样一篇主题颇具分量、影响巨大的散文，徐光耀在文章的开始就保证文中所叙事实字字真确！这是一篇伟大的纪实散文，他无情地揭示了人的本性，赤裸裸地摆出了真善美和假恶丑给读者看。之所以写这篇文章，徐光耀认为，他所经历的那个“头朝下脚朝上”的荒唐年代，“物质损失，较易补回。至于高尚道德沦丧，精神长城不存……则是极难救治的。”“‘以史为鉴，可以知兴替’，当我们还‘有暇自哀’的时候，应赶快把事情办好，以免‘为后人而复哀后人也’……写此一文的目的，仅仅在此，岂有他哉！”这是徐光耀冷峻思考后的警醒，忧国忧民，充分体现了一名有责任有担当的作家的思想高度。与巴金先生的《随想录》有异曲同工之妙。

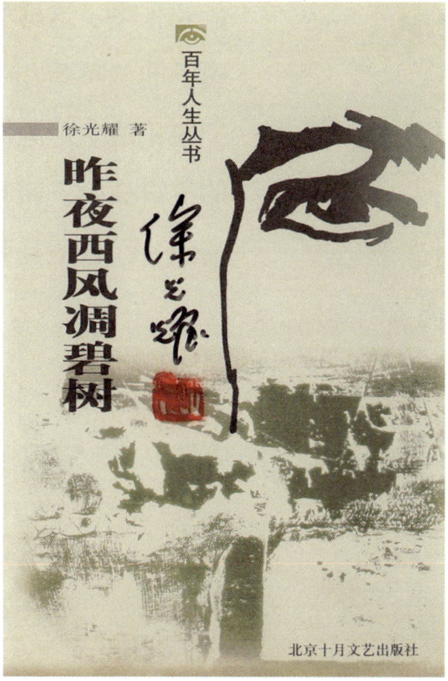

2000年12月一版一印

写《昨夜西风凋碧树》徐光耀是经过了充分酝酿的。几十年后，他欲置身那场劫难之外，以讲故事的方式再现自己经历的那段刻骨铭心的历史，不掺杂或尽量少掺杂个人感情色彩，这样才更客观更真实。他独自住进太行山的一处茅草房里，用三个多月的时间完成了纪实文学《昨夜西风凋碧树》，时间是1999年7月11日，五十年前的这时候，他正在专心致志地写《平原烈火》，半个世纪，人事沧桑，令人感慨。这个时候徐光耀大胆放弃了曾经孜孜以求的文学表现手法，回归了本真，前两个创作高峰的激情已平稳于心，他抛弃了一切外在形式，进入冷静的思考，只以真示人，以引发人们深刻的反思取胜。“大味必淡”，也许徐光耀的写作已臻化境，《昨夜西风凋碧树》分明又返璞归真。2001 年 5 月开始，徐光耀又用两个多月的时间，写了一部反映抗战时期冀中平原“五一大扫荡”的纪实文学《滚在刺刀尖上的日子》，与《昨夜西风凋碧树》相互呼应，徐光耀的两个“情结”遂成合璧。需要说的一点是，这两篇作品发表后，反响是巨大的，喝彩者众，也有人指出了记述不确或谬误之处，徐光耀广采众言，对自己记忆不确和行文谬误之处进行了修改，他要的是彻头彻尾的真实，唯有真实，才更可贵，才有力量。

为人宽厚爽直，为文直抒胸臆，正是徐光耀的本性。或许徐光耀不是一位高产的作家，但绝对是一位产高水平作品的作家。“真”是他作品的根，是灵魂。他的创作经历呈“山”字形，三个高峰中，《小兵张嘎》是他艺术成就的最高峰，至今还很少有一个艺术形象能像张嘎子这样受到人们如此持久而广泛的欢迎，这应该是得益于嘎子的“嘎劲儿”、嘎子的勇敢、嘎子的机智、嘎子的乐观，更得益于嘎子这个形象的真实。我是张嘎，张嘎是我，张嘎是每一位英勇的抗日战士。张嘎的的确确是一个个真实的存在，他们的血液里都流淌着红色的基因。

徐光耀的三个“创作遗憾”

虽然徐光耀写出了《平原烈火》《小兵张嘎》《昨夜西风凋碧树》等许多著名的作品，但笔者还是认为，如果不是时代弄人、命运多舛，徐光耀肯定还能奉献给读者更多超越《平原烈火》的鸿篇巨制。

20 世纪 50 年代，徐光耀一直怀有强烈的写作欲望，他要歌颂英雄、歌颂时代、歌颂他熟悉和热爱着的人们，为此他制定了不少宏伟的写作计划，而且都付诸了实施，但不幸的是这些理想都被现实击得粉碎，那些宏伟的写作计划也都无一例外地不幸“夭折”了。

1950 年《平原烈火》出版后，徐光耀就一直想再写一部长篇小说，实现对《平原烈火》的超越，为此他做了大量的准备工作。也许是因为《平原烈火》取得巨大成功的鼓舞，徐光耀又打算写一部反映在战争年代成长起来的将军的长篇小说，为此他要集中精力完成他在抗战时期就一直准备和谋划的那部描写一位将军成长历程的长篇小说，并且把小说的素材锁定在了老政委旷伏兆的日记上，他知道旷伏兆战争年代的日记肯定如实记录了一位将军成长起来的心路历程，这是一个很大胆的想法。机缘巧合，1950 年 5 月，在新华社兵团分社当记者的徐光耀正好有一次去旷伏兆任政委的六十七军采访，被旷伏兆临时“抓差”跟随他去唐山视察工作，这样他倒有机会与旷伏兆相处了半个多月之久。日记毕竟涉及许多隐私，犹豫再三的徐光耀向旷伏兆说了自己的想法，没想到旷伏兆爽快地答应了，并很快把自己那段时间的日记交给了徐光耀。徐光耀如获至宝，仔细研读，做了许多笔记，一个在战争中成长起来的将军的形象，不断清晰起来，这不就是自己敬佩的旷政委吗，于是小说开始就定名为《旷伏兆》。后来随着徐光耀收集的资料越来越多，视野也越来越开阔，只写旷伏兆显然不能代表所有的像旷伏兆一样的将军，看来小说叫《旷伏兆》是有局限性的，于是徐光耀把小说的名字改成了更具普适性的《将军向我们走来》。为了这部长篇小说，徐光耀做了几年的准备工作，准备材料，撰写提纲，甚至已经动笔写了一部分。这部小说徐光耀格外用心，看来他是决心要用这部小说超越《平原烈火》了。徐光耀的目标宏大，可天不佑人，1957 年“反右”开始，徐光耀受到他两位老师丁玲和陈企霞“反党集团”案的牵连，接着是一连串的反思、批斗，到 1958 年 9 月他被打成“右派”下放到了保定农场进行劳动改造。写作计划只能“搁浅”了。

其实从徐光耀被卷入“丁、陈反党集团”案，一直到 1979 年彻底平反，徐光耀也就在 1958 年写了《小兵张嘎》的剧本和小说，后来一段时间就很少有其他作品问世了。就连《小兵张嘎》的写成也是偶然的，这是徐光耀为了排解心中的苦闷，学习西方心理学的注意力转移法，把《平原烈火》中他没能展开写后来又一直想写并早做了充分写作准备的一个小英雄“瞪眼虎”，用两个多月的时间写出来的，这就是《小兵张嘎》。《小兵张嘎》一发表就受到了广泛好评，电影上映后更是引起了强烈反响，影响了几代人，成为几代人心目中的经典。有意思的是，那时徐光耀是“摘帽右派”，在社会上属“另类”，所以对作者的宣传远远不够，以至出现了一种奇怪现象，好多人只知有“小兵张嘎”，而不知“小兵张嘎之父”徐光耀，多少年后，依然如此。《小兵张嘎》创作时期是徐光耀被打成“右派”前被“斗熟了”、挂起来“闭门思过”时期，徐光耀利用这个不幸的人生“空窗期”顽强地坚持创作，在逆境中奇迹般地完成了一部经典,这应该是读者的万幸了。不久之后,被打成“右派”后的徐光耀开始劳动改造、颠沛流离起来，文学创作已成了奢望。不过《小兵张嘎》的发表及电影的上映给徐光耀的境遇似乎带来了一缕曙光、一丝转机。不过这点曙光的确给徐光耀带来了一点希望，连徐光耀自己都开始渴望写点东西了，他在自家的住房里居然开辟了一间简陋的书房，作为自己写作之用，可这愿望不久就又被现实击得粉碎，一场更大的风暴将他的理想、豪情裹挟而去，他彻底失去了自由写作的权利。

也是在 1950 年徐光耀随旷伏兆去唐山的路上，旷伏兆跟徐光耀讲起了抗战时期他在雄县米家务发明并运用地道战打日寇的事迹。老领导和家乡人民的机智勇敢，战斗的艰苦曲折让徐光耀听得如醉如痴、热血沸腾。一位作家的职业敏感使徐光耀马上意识到这是很好的小说题材，于是他计划写一部《地道战》，来歌颂在旷政委带领下，家乡根据地人民充满智慧、充满传奇色彩、可歌可泣的斗争生活。为了写这部小说，徐光耀依然准备了许多资料，做了大量准备工作，在他的脑海里小说已初具雏形。1953 年，徐光耀以军职身份到老家雄县昝岗参加农村合作化建设，并兼任一个区的副书记，好多写作计划只好先搁置起来。但此后一段时间，徐光耀并没有放弃《地道战》的写作，他依然在不断地丰富和完善着素材，构思着作品，但风浪面前身不由己，这部《地道战》最后也不了了之、不得不了之了。

从 1953 年到 1955 年,徐光耀一直在老家农村参加合作化运动。他与乡亲们同吃同住同劳动，家乡建设社会主义的热潮、乡亲们建设社会主义的热情时时激励着他，他也完全融入其中，充满了建设社会主义的豪情壮志。这种激情使徐光耀很自然地把更多的创作笔触转移到了眼前的合作化运动上来了，他写出了反映农村合作化运动的《老陶》《树明和莺花》等小说。这时徐光耀萌生了一个更大的设想，他要把家乡人民的合作化运动放在一个更大的场面和背景下去抒写，他决心把自己亲身经历的这段充满蓬勃向上的、朝气的社会主义建设生活写成一部长篇小说，这就是徐光耀计划中的又一部长篇小说《奔流的大清河》。《奔流的大清河》是徐光耀亲身经历的生活，在北京大耳胡同 15 号，徐光耀潜心写作，很快完成了《奔流的大清河》十九万八千字的初稿，可惜在特殊年代，文稿丢失了，未能出版，也难逃和《将军向我们走来》《地道战》一样的命运。

写出《将军向我们走来》一直是徐光耀内心的一个执着的目标，在后来的岁月里他一直想完成这一目标。1963 年，徐光耀请了三个月的假，想利用这段假期完成这部他心心念念的长篇小说，刚写了两万字，谁知那年保定发了百年不遇的特大洪水，徐光耀被市委书记点名去写抗洪救灾的大型剧本，长篇写作只好作罢。十年后的 1973 年，以徐光耀的身份是无资格参加各类斗争的，于是他乐得“逍遥”，再次动笔写《将军向我们走来》，未久，上面又点名要徐光耀去写本市的革命样板戏，刚拿起笔，只好又作罢。新时期，文艺的春天到来了，文坛“百花齐放，百家争鸣”，令人眼花缭乱，徐光耀再次想完成他这一写作夙愿，怎奈世易时移，环境变化，激情已去，物是人非，怎么可能写出震撼人心的作品呢，连出版社编辑也当面就告诉他：“写战争？现在谁看那个？”稍一松懈，徐光耀又忽然被推到了领导岗位，杂务缠身，写长篇几乎更无可能，这样这部小说、这个宏伟的计划在徐光耀心里也许只剩下记忆了，这不能不说不是徐光耀的一大遗憾。

三部计划中包含自己心血和感情的长篇小说被无情地淹没在

了时代的大潮中，且淹没得不留一点痕迹。

呕心沥血、充分准备的三部小说都不幸“夭折”了，我们都可以想象出徐光耀当时的心情，但作家自己真的无能为力，无论当初他多么不舍，最终也不得不放弃。在他最富有创作激情、最富有创作活力的年龄，却是他创作生命里的一大段空白，等他可以再堂堂正正地拿起笔来，可以踏踏实实地创作的时候，早过了知天命的年龄而望花甲了。有人说创作就如十月怀胎，但孕育已成，胎死腹中，该是多么大的遗憾呀。三部小说或已完成或已见雏形，却未见面世，成为徐光耀创作生涯中的三个遗憾，这在任何一位作家的创作历史上都是不多见的。笔者无意揭开徐光耀先生的伤疤，但作为一名热爱他的读者实在也为他感到遗憾。

罗希贤绘

旷伏兆和地道战

地道战，嘿！地道战，埋伏下神兵千百万，嘿！埋伏下神兵千百万，千里大平原，展开了游击战，村与村，户与户，地道连成片，侵略者他敢来，打得他魂飞胆也颤，侵略者他敢来，打得他人仰马也翻，全民皆兵，全民参战，把侵略者彻底消灭完……

各小组注意，各小组注意：你们各自为战，打一枪换一个地方，不要放空枪，开火，开火！

高，实在是高。

熟悉的旋律，熟悉的台词，熟悉的情节，熟悉的老电影《地道战》。

1953 年 3 月新文艺出版社出版了李克、李薇含合著的长篇小说《地道战》，第一次把冀中军民利用地道战神出鬼没地痛击日本侵略者的英雄事迹生动地展现给读者，大受欢迎，小说一版再版，十多年内重印了十几次之多。

1966 年元旦，八一电影制片厂把《地道战》搬上了银幕，更形象地把冀中人民独特的战斗方式表现了出来，让更多人了解了地道战，了解了以高传宝这一艺术形象为代表的冀中抗日军民的英雄事迹。

《地道战》一直是人们心目中的经典，影响和教育了几代人，那个时代过来的人，谁不能哼唱几句《地道战》主题曲，谁不能学几句《地道战》的经典台词呢？

抗日战争中，轰轰烈烈的地道战，重创日寇，屡立奇功。在人们心目中，地道战充满神奇，总是诱敌深入，以少胜多，以弱胜强，大涨我军士气，让人扬眉吐气，充满了胜利者的自豪感。可这么多年来，人们只知道地道战，却没多少人知道地道战的发明者是谁，地道战是怎样从无到有、逐步发展壮大的。

天才的军事构想

1942 年 5 月 1 日开始，日伪军对冀中军区展开了惨绝人寰的“五一大扫荡”，通过“囚笼政策”“铁壁合围”“清乡”等手段，打击抗日力量，企图从根本上摧毁这块根据地，彻底消灭大清河北的抗日武装。他们对冀中抗日根据地实施“三光”政策，烧、杀、抢、掠，无恶不作。敌人惨无人道的行为，对抗日军民不但是肉体上的伤害，还有精神上的摧残，冀中的抗日形势一度陷入低潮，坚持反“扫荡”斗争的部队大都撤到了大清河南的白洋淀地区。根据地被分割成了细碎的小块，绝大部分被敌人占领，只有一小部分变成了游击区，基层抗日政权几乎损失殆尽，冀中抗日斗争到了最危急的时刻。

大清河北陷落了。这块用全体抗日军民的心血建立起来的根据地已经变质，这是大清河北抗战史上最惨痛的一页。所有大清河北的人民都希望，八路军早日重返大清河北，把尖刀插入敌人的心脏，狠狠地捅。

面对这一形势，1942 年 9 月，北方局要求冀中军区要建立以白洋淀、文安洼、大清河一带苇塘为主的游击根据地，逐渐向外扩张，恢复和开展工作。

1943 年 1 月到 2 月初，冀中党委在唐县张各庄召开区党委会议，初步总结“五一反扫荡”斗争，会后，面对十分险恶的时局和环境，旷伏兆奉命到冀中十分区任政委兼中共地委书记。3 月，旷伏兆就带领几名干部，乔装打扮，在交通员护送下急如星火地秘密赶到十分区。

到十分区的第二天，旷伏兆在雄县杨庄村和前来接应的杨英同志正谈工作，突然遭遇了敌人。事出突然，来不及转移，杨英安排一位老乡带旷伏兆藏身在了鸡窝下面一个地洞里。所谓的地洞，当地百姓称之为“蛤蟆蹲”“望天猴”，类似冀中地区的山药（红薯）窖，上面覆以伪装，可以在灶台、水缸、柴堆、牲口槽子等的下面，里面只能容两三个人，小的甚至只能容一个人，空间局促狭小，并不具备战斗功能。这种地洞是秘密的，只有堡垒户和可靠的村干部知道，即使这样有时也难免暴露，以前就发生过隐蔽的同志被敌人发现而牺牲的情况。

旷伏兆藏身的地洞只能容纳一人，连警卫员都被隐蔽到了别的地方。旷伏兆在“蛤蟆蹲”躲了足足三个多小时，敌人在地面上行走的声音听得清清楚楚。旷伏兆心里高度紧张，在洞里躲着的时候，一直端着手枪，两眼盯着洞口，时刻准备着一旦被敌人发现，就和敌人同归于尽，决不能束手就擒。幸亏村里的同志巧妙周旋才把敌人哄走了，旷伏兆侥幸化险为夷。

脱险后的旷伏兆，感觉躲在“蛤蟆蹲”避险太被动。不过“蛤蟆蹲”给了旷伏兆一个启示，他想，如果把“蛤蟆蹲”挖大，串联起来，成为“天、地、阴”三通的地道，有多口出入，里面的人也主动起来了，进可攻，退可守，而且敌明我暗，化劣势为优势，不就能很好地发挥战斗作用了吗！

旷伏兆把这一军事构想跟司令员刘秉彦等分区领导进行了汇报，大家研究觉得旷伏兆的这一构想新奇、可行，都十分支持。他们先在雄县米南庄及“一溜米”（几个带米字的村子）几个村开始了地道挖掘的试点工作。旷伏兆亲自设计地道的图样，亲自解答挖掘过程中遇到的各种问题。有了米南庄地道挖掘的成功经验，短短几个月，冀中十分区就建成了户连户、街连街、村连村，纵横交错、四通八达、结构复杂、功能齐全，既可屯兵、又可战斗的“地下长城”。这样屋上、地面、地下互联互通，有机结合，构成了连环火力体系，当时人们都称之为“天地阴三通”战术。

在敌强我弱、平原地区无险可守的情况下，地道成了坚固的抗敌要塞，发挥了巨大作用，甚至一下子改变了战斗态势。地道中的抗日军民来无影去无踪，敌明我暗，可杀敌于无形之中。地道成了我军开展平原游击战的巨大优势，敌我战斗力的对比也因地道而发生了转变。旷伏兆这一天才的军事构想把地道战运用到了战术层面，冀中十分区抗日军民以地道为依托，展开各种形式的游击战，巧妙消灭敌人，取得了许多以少胜多、以弱胜强的战例，极大鼓舞了抗日军民的士气。后来冀中军民又把地道战和地雷战巧妙结合起来，更让敌人闻风丧胆。

1944年春天，旷伏兆、许更生夫妇在雄县杨庄堡垒户翟大妈家院中

抗日战争时期，地道战在冀中地区大规模推广，是冀中抗战的一种典型战法，在对日作战中发挥了巨大作用。

地道战显神威

地道战从形势上看似乎是为了躲避，实际上是为了从根本上摆脱长期隐蔽的形势，躲在地道里，似乎是处于被动的态势，实际上是为了从根本上扭转被动。那时候，可以作为我方军政活动基本立脚点的地区，以地道为纽带，几乎每个村庄都成为一个整体的战斗堡垒。

村子的街口用砖垒起来，左边垒主街道的三分之二，右边靠后也垒住三分之二,二者交错遮掩，直着看街道，严实无缝，离近了从侧面看，有很大间隔，车马都可通行。战时，一人固守堡垒，敌人“万夫莫开”。村子里的屋顶、墙角、门楼、台阶、碾盘、井口、柴垛、树洞等，凡是有战术价值的地方都构筑了火力点，地势高的村庄，高土台的各侧面也修建了与地道相同的火力点，使整个村子成了一个科学严密的火力体系。战斗时，天（房上）、地（地面）、阴（地道）三者紧密结合，循环更替，与敌周旋，展开独创的村落游击战，达到了重创敌人、保存自己的目的。

地道战开展起来后，与地雷战结合，地雷的埋设日渐增多，好多地雷都埋设在了敌人想象不到的地方，推门，门连着地雷；抱柴火，柴火下有地雷；掏鸡，鸡窝里有地雷；路边说不定哪棵秫秸秆、葵花杆就连着地雷，真是步步惊雷，让敌人步步胆寒。

在冀中，地道战、地雷战就是日伪军的噩梦。

最大规模的一次地道战发生在 1945 年 5 月。那次日军集中了两个大队和三个伪治安团，对以雄县为中心的地区发动了一次大规模的进攻，企图摧毁我军已经恢复起来的根据地。十分区的领导机关就驻扎在以米家务为中心的“一溜米”几个村子里。敌人妄图先摧毁分区领导机关，所以把战斗的主要矛头直指“一溜米”。

天刚蒙蒙亮，日伪军就偷偷地包围了村庄。村子里静悄悄的，偷袭就要成功，日寇满心欢喜，便肆无忌惮地向村子里冲来，刚到村边，房顶上、墙角边、土坎上，忽然同时射出了密集的子弹，犹如神兵天降，把日寇打得晕头转向，阵脚大乱，死伤大片。日寇指挥官恼羞成怒，命令用大炮向村子里轰了半个多钟头，村子里硝烟弥漫，没有了枪声，他们以为这回八路军准已经死的死、跑的跑了。

一进村，就看到高墙上的宣传标语：消灭日本法西斯强盗。便命令几个伪军赶快弄掉，几个伪军刚到墙根，脚下硝烟四起，雷声震天，原来是连环雷炸了，几个伪军顿时血肉模糊。

日寇指挥官来到分区司令部大院门口，狂笑一声，翻身下马，几个汉奸谄媚："太君，这是八路的司令部，八路统统地吓跑了！"几个日寇刚要把马绳拴在旁边的槐树上，不知从哪里飞出了一串手榴弹，把几个日寇炸得人仰马翻，这"太君"连滚带爬跑出几丈远，还一劲儿地狂吼："八路大大地有！"八路的确大大地有，这时房顶上、墙角边、树洞里、碾盘下飞出了雨点般的子弹和一颗颗、一束束手榴弹，敌人陷入了以地道为骨干的连环阵里，村里到处有枪眼，到处有"会跑的"地雷，这些无不让日寇汉奸胆战心寒。日寇凭借人数的优势和优良的装备，以死伤一百多人的代价，终于占领了八路军头顶上的一个空村子。

敌人不止一次吃过八路军"三通战术"的苦头，一到夜里更是胆战心惊，所以在白天敌人与我军逐房逐街进行争夺，并命令伪军寻找地道口，伪军们除了不断触响地雷命丧黄泉外，连个地道缝也没找到。日寇除了气急败坏，根本无计可施。

由于敌人不断增援，这次战斗持续了七天七夜，旷伏兆一直在地道里，在第一线指挥，他的妻子许更生和五岁的女儿旷平原因为没来得及撤退，也一直隐蔽在地道里，跟在他身边。

战斗到第六天时，分区司令员刘秉彦和分区武委会主任朱泽民率一个警卫连和雄县县大队悄悄进入米南庄。

夜幕一降临就到了敌人最难熬的时刻，他们害怕随时从看不见的枪眼或地道口里飞出来的子弹和手榴弹，所以，只好从白天花巨大代价占领的房子里撤出来，都龟缩在村东头只有两幢房子的一家染坊里，他们认为挤在一起安全，可不知道染坊下面就是我军的地道，他们正待在火山口上。

我军在染坊下的地道里放置了炸药，在敌人脚下埋设了地雷，在对面学校的屋顶架好了机枪，来增援的县大队和民兵埋伏在了离染坊仅几十米的地方。随着染坊里的一声巨响，机枪吐出了火舌，集束手榴弹一束束投进院子，我军火力封锁了大门，拥挤着几百人的染坊大院，立刻成了蒸螃蟹的笼屉，敌人只好躲进屋里，我军又冲进院子，集束手榴弹跟着敌人，投进屋里，敌人嘶叫哀号，一片

徐光耀在地道战教学挂图上深情题字并捐献给雄县米家务烈士陵园

片倒下，不到半个钟头，就都把枪扔出来投降了。

七天七夜一大仗，我军大获全胜。押着俘虏转移时，缴获的枪支多得拿不动，就把枪栓卸下来，让俘虏自己背着空枪，战士们干粮袋里装着枪栓，少的一人装着三五个，多的装着十几个，个个都发了“洋财”，笑声一片，歌声一片。

染坊战斗过程中，日军就在西大村庙里，距离不过几百米，但吃过“三通战术”苦头的他们不敢增援，只是朝天放了一通信号枪壮了壮胆子。天亮后，日寇来到染坊前，看着伪军留下的累累尸体，先是胆战心惊，继而恼羞成怒，放火烧了米家务一带六个村子，连鸡窝、猪圈都不放过。除了以此泄愤之外，对地道战他们无可奈何，毫无办法。

这次米家务地道战，战斗时间之长，敌人投入兵力之多，在冀中地道战中是非常罕见的，这一战例也是非常经典的。

著名作家杨沫的小说《七天——记佟嘉力同志的地道斗争》，就是截取了一个侧面描写这次地道战。

同学同写《地道战》

1950 年 5 月，在新华社野战军分社当记者的徐光耀到旷伏兆任政委的六十七军采访，采访未完被旷伏兆临时“抓差”。旷伏兆拉着徐光耀跟自己到唐山视察六十七军生产情况，旷伏兆了解徐光耀，目的是让徐光耀“客串”“随行记者兼秘书”，帮助写情况、写总结、写报道。徐光耀担心分社领导不会批准，不好请假，旷伏兆大手一挥：“没关系，就说我让你去的，跟我到唐山散散心。”徐光耀只好从命。

其实徐光耀随旷伏兆去唐山也是有点“私心”的，这时徐光耀刚写完《平原烈火》，正要集中精力写他准备和构思了许久的以旷伏兆为原型的长篇小说《将军向我们走来》，这样正可以在老首长那里获得更多的第一手资料，谁知这一次被“抓差”，还有意外收获。

吉普车在天津去往唐山的路上疾驶，后面腾起一溜尘土。一路上，徐光耀问起了警备旅分别后旷伏兆的战斗经历，旷伏兆自然重点讲起了他在徐光耀的家乡冀中十分区的战斗生活。当旷伏兆讲到他以米家务为中心开展地道战的经历时，徐光耀眼前一亮，这极富传奇色彩的战斗生活让徐光耀听得如醉如痴，兴趣十足。说起米家务的地道战经历，旷伏兆兴致很高，谈兴更浓，谈完后还特意告诉徐光耀，在雄县米西黄庄、杨庄仍然还有地道，他已经写信去了，不让拆，还保留着，意思是让徐光耀去采访一下，写一下。一位作家对素材的直觉让徐光耀心里立马产生了一个写作计划，他要把旷伏兆的这段经历写成一部长篇小说，名字就叫《地道战》。徐光耀跟旷伏兆讲了自己的想法，还借来了旷伏兆的日记，也搜集了大量素材，并动笔写了一部分，可不久徐光耀上了中央文研所，然后到朝鲜战场，从文研所毕业后到雄县下乡搞初级合作社，后来终于调到总政文化部，住进北京大耳胡同15号，开始搞专业创作。在这里徐光耀编制着自己宏大的文学梦，他计划中的三个长篇，其中之一就是《地道战》，谁知时运不济，不久徐光耀被打成“右派”，写作戛然而止，《地道战》也终未成书，实在遗憾。

李克画像，殷恩光绘，徐光耀题

徐光耀和李克是华北联大同班同学，如果徐光耀的《地道战》也成书出版，同学写同题，肯定会成为一段佳话。李克和李薇含所写的《地道战》是以河北正定县的“抗日先锋村”高平村的英雄事迹为故事原型，以该村党支部书记兼民兵连长刘傻子为人物原型（高老忠、高传宝的原型）创作的，形象描写了地道战的一些经典战例。而徐光耀要写的《地道战》则是要以旷伏兆为原型，描写地道战的产生、发展、成熟、壮大的全过程，是对地道战全景式的展示。假如徐光耀写成《地道战》，两位同学的《地道战》“合璧”，则会泾渭分明，点、线、面结合，将地道战全貌生动地展示给大家。

当然，历史没有假设，但多年来对旷伏兆开创地道战、领导地道战的事迹的研究宣传其实并不广泛，因此也就鲜为人知，这不能不说是一个更大的遗憾。

英雄的魅力，经典的魅力

2019 年春天，我们一行几人到石家庄拜访徐光耀先生时，提起未竟之《地道战》，老人家还颇感遗憾。中午石家庄市小兵张嘎博物馆馆长殷杰先生设宴招待我们，席间话题依然是徐光耀先生的文学成就，提到旷伏兆和米家务地道战，提到徐老之《地道战》因历史原因未能成书，最后资料丢失，不禁唏嘘不已。

2020 年春天，九十四岁高龄的徐光耀作文《旷伏兆与地道战》并用毛笔誊抄在宣纸之上，连同一批签名书、画托我转赠旷伏兆、刘秉彦英灵所在的米家务烈士陵园。因疫情原因，迟至 2021 年清明节由雄县政协、雄县退役军人事务管理局、米家务镇政府共同举行了捐赠仪式。1938 年 7 月，只有十三岁的徐光耀就参加了八路军，1939 年深秋，因部队整编合并进入警备旅，旷伏兆是警备旅的政委。

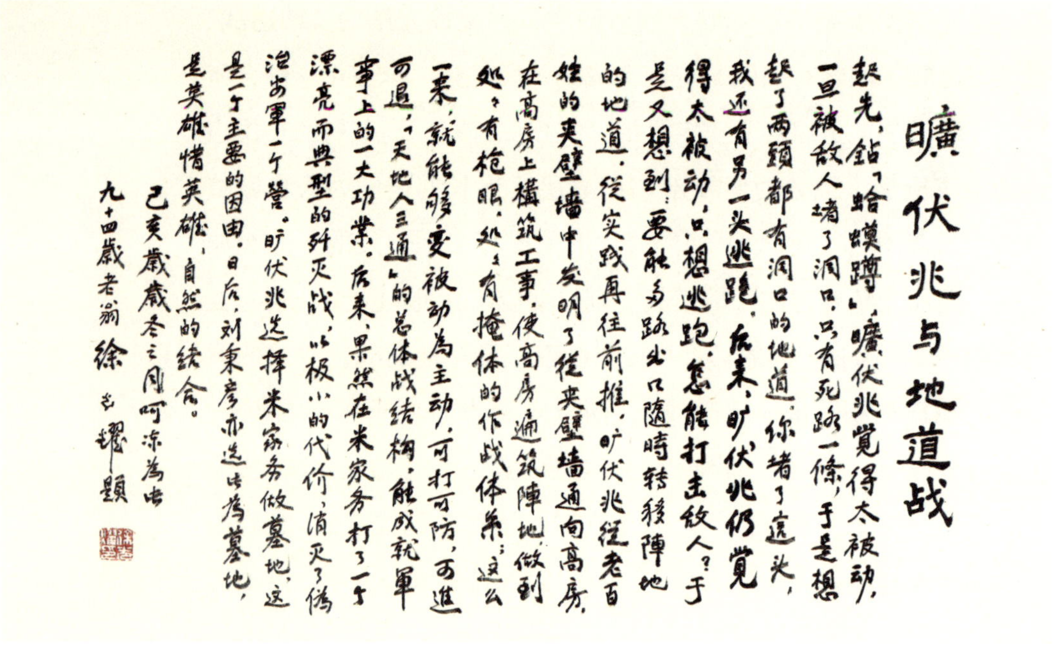

曠伏兆与地道战

起先，钻「蛤蟆蹲」，曠伏兆覺得太被动，一旦被敌人堵了洞口，只有死路一條；于是想起了兩頭都有洞口的地道，你堵了這头，我还有另一头逃跑。后来，旷伏兆仍覺得太被动，只想逃跑，怎能打击敌人？于是又想到：要能多路出口隨時轉移陣地的地道。從实践再往前推，旷伏兆從老百姓的夹壁墙中发明了從夹壁墙通向高房，在高房上構筑工事，使高房遍筑陣地，做到处处有枪眼，处处有掩体的作战体系；这么一来，就能够变被动為主动，可打可防，可進可退，「天地人三通」的总体战结构，能成就軍事上的一大功業。后来，果然在米家务打了一个漂亮而典型的歼灭战，以极小的代价，消灭了偽治安軍一个營。旷伏兆选择米家务做墓地，这是一个主要的因由。日后，刘秉彦亦选此為墓地，是英雄惜英雄，自然的结合。

己亥歲歲冬之月呵凍為書

九十四歲老翁徐光耀題

徐光耀为雄县米家务烈士陵园撰文，纪念旷伏兆和他开创的地道战

徐光耀是在旷伏兆的关心培养下从一名“红小鬼”成长为一名坚强的革命战士的，对旷伏兆徐光耀十分崇敬，因此他一直想以旷伏兆为原型创作长篇小说，做了大量准备，并动笔写了部分内容，可惜因历史原因两部小说均未完成，徐光耀用这种形式在弥补一个巨大的遗憾。

也是在这个时候，殷杰向我引荐了北京连趣网总裁赵刚先生。赵刚和他的连趣网致力于将一批20世纪五六十年代出版的红色经典电影连环画上色并重新出版。这是一项浩大的工程，也是一个非常有意义的工程，它将重新焕发红色经典的魅力，发挥其宣传教育功能。

这时赵刚他们正在为电影版连环画《小兵张嘎》着色，准备出版，我有幸参与并为其中《电影背后的故事》提供了部分文字。不久，赵刚他们开始了连环画“老三战”的上色出版工作，第一本就

是《地道战》。赵刚、殷杰、我都认为,就此版出版之际,应该把“旷伏兆和地道战”的内容加入进去,好让人们了解地道战的来龙去脉,还原历史真实。于是我又写了小短文《旷伏兆与地道战》,加入书中,简要介绍了旷伏兆与冀中十分区地道战的相关情况。赵刚是一个有情怀的人,做事严谨认真,所以才让更多人知道了旷伏兆和地道战,应该向他致以敬意。今年5月初,终于收到了赵刚的《地道战》签名赠书,彩版和黑白版装订在一起,五百多页巨厚一本,盒装,打造如金砖一般,高端大气。

闲时交流,问及赵刚,打造黑白转彩版连环画,劳心劳力,费时费神,又无什么利润可言,动力何在,赵刚说是英雄的精神魅力和经典的艺术魅力使然。

雄县这地方以地道御敌是有历史渊源的。北宋时期,杨六郎镇守瓦桥关(在今雄县县城南),就曾挖地道御敌。地道从瓦桥关一直通到霸州、永清境内,今称“宋辽边关地道”,雄县城内有一处入口遗址,可见保存完好的地下设施,是国家重点文物保护单位。宋辽边关古地道的主要功能是藏兵于地下,关键时还可出奇兵,地道本身并不具备作战功能。而旷伏兆所开创之地道战,具有完备的作战功能,是作为一种很快成熟起来的战术运用到战争中的,是一项伟大的创举。

徐光耀北影改剧本

剧本的写作

1963年春天，经著名导演崔嵬提议，由北京电影制片厂厂长汪洋出面，将作家徐光耀请到了北京，目的是来修改《小兵张嘎》的电影剧本。

在此之前，苏联拍摄了一部儿童片《伊万的童年》，描写的是战争给儿童带来的创伤，在国际上很有影响。那时中苏之间的意识形态矛盾日趋尖锐，在此背景下，中国也要拍一部战争题材的儿童片与昔日的“老大哥”一决高下。当时，北影厂收集了不少儿童剧本和小说，但比来比去，最终还是把目光聚焦在了《小兵张嘎》上。

《小兵张嘎》故事好、人物突出、主题鲜明，最重要的是，这是一个描写战争年代儿童在党的教育下茁壮成长的题材，正好可以与《伊万的童年》相对应。

《小兵张嘎》是徐光耀在特殊境遇下的创作。

1957年，著名女作家丁玲和文学评论家陈企霞二人，因政治风浪的起伏受到冲击，作为丁玲、陈企霞的得意弟子，徐光耀也受到了牵连。在相关部门的迫使下，徐光耀在很长一段时间内需要进行反省、检查、交代，让他的精神几近崩溃。

他十三岁就参加了革命，并于同年入了党，如今的境遇让他怎么也想不通，情绪十分低落。为了不陷入精神崩溃，徐光耀在反省期间，把精力集中到了写作上来。这方法很奏效，在小说《平原烈火》里没有来得及展开写的小英雄“瞪眼虎”，还有那些英雄的八路军战士，一个个又重新在他面前鲜活了起来，随之，一部新的小说在他脑海里形成了，这就是《小兵张嘎》。于是，他用了两个多月时间分别完成了《小兵张嘎》的小说和剧本写作。

以徐光耀当时的处境，作品虽然写出来了，但却没有地方发表，于是他便把创作完成的手稿存放了起来。

1958 年 9 月 25 日徐光耀被定为“右派”，开除党籍、军职，下放到了保定农场劳动改造。他把《小兵张嘎》的手稿也带到了保定。一年后，徐光耀摘掉了“右派”帽子，分配到保定市文联工作。

1961 年秋天，《河北文学》编辑张庆田来保定组稿，在保定文联遇到了徐光耀，问徐光耀能否给《河北文学》写点作品？徐光耀问道：“我有稿子您敢发吗？”张庆田说：“我敢向你约稿，就敢发！”于是徐光耀把《小兵张嘎》的小说交给了张庆田。张庆田看后，大喜过望，很快就发表在了《河北文学》1961 年 11·12 月（第 6—7 期）合刊上。发表后，在社会上引起了很好反响。

写作之初，徐光耀并没有想到，自己原本是要借“小嘎子”摆脱精神压力的，但无意间的一些神来之笔，却让这个人物鲜活了起来，而且鲜活得异常生动。

剧本的修改

《小兵张嘎》之所以能得到北影垂青，首先要感谢导演欧阳红樱。欧阳红樱看到了《小兵张嘎》的小说，被深深地感染了，她觉得如果把该小说拍成电影，一定会不同凡响，于是到保定找到徐光耀，谈了想把《小兵张嘎》改编成电影的想法。得到的回答是，剧本早有了，已交给了老崔（崔嵬）。

说到徐光耀与崔嵬的渊源，还要追溯到 1947 年至 1948 年。当时，徐光耀在华北联合大学留校后，在文学院创作研究室任文学组组长，创作研究室主任是崔嵬，崔嵬早年曾任文艺学院戏剧系主任，崔嵬对于徐光耀而言，可谓亦师亦友。小说《小兵张嘎》发表后的反响不错，于是，徐光耀便把早已焐热了的剧本寄给了著名导演崔嵬。崔嵬知道徐光耀小说写得好，但对于他写剧本的能力却有些怀疑，所以最初也没太在意，就把剧本放到了一边。

欧阳红樱看了小说之后，发现其中蕴含着搬上银幕的价值，便向汪洋厂长做了推荐，当时汪洋厂长也有要为中国儿童拍一部好电影的急切愿望。尽管那时的中国刚刚度过了三年最困难的日子，厂里的经济尚未恢复元气，但汪洋还是对欧阳红樱的发现倍感欣喜，同意将《小兵张嘎》搬上银幕。但又担心欧阳红樱对冀中抗日战争的生活不熟悉，把握不准，于是便找来了对冀中抗战生活十分熟悉的崔嵬，决定由崔嵬和欧阳红樱联合执导《小兵张嘎》。当崔嵬得知了这个决定之后，赶忙翻找徐光耀寄给自己的剧本，但却怎么也找不到了。经过认真回忆才想起来，剧本放在了著名演员于蓝那里，幸好，于蓝给予了妥善保管。

多年之后，回忆起这段历史，徐光耀一再说，电影《小兵张嘎》能够大获成功，虽然得益于崔嵬的导演才华和艺术经验，但同样不能忘记的还有欧阳红樱，是她第一个发现了《小兵张嘎》的银幕价值，才使得汪洋和崔嵬也认识到了《小兵张嘎》的价值，如果没有欧阳红樱的发现也许就没有了银幕上的《小兵张嘎》。

崔嵬认真看完剧本之后，不能不对徐光耀“刮目相看”了。小说精彩，剧本也不错，但崔嵬还是觉得要将其搬上银幕，在矛盾冲突和人物塑造上还要加强。于是崔嵬提议，把徐光耀邀到北京来当面研究，再对剧本进行一些修改。

汪洋厂长听从了崔嵬的建议，不但把徐光耀请到了北影，还邀请了许多写战争题材的“高手”召开了剧本研讨会。研讨会上大家都对《小兵张嘎》给予了很高评价，也对剧本修改提出了中肯的建议。汪洋厂长组织的这次剧本研讨会对徐光耀、对《小兵张嘎》都非常有益，它不仅开阔了徐光耀的思路，也让徐光耀感受到了创作好这部电影的责任。

参加剧本研讨的“高手”中有《铁道游击队》的作者知侠。徐光耀和知侠在北影期间不止一次私下交流，知侠对徐光耀的《小兵张嘎》大加赞赏，对剧本的修改完善也提出了一些建议。那个时候知侠的少儿抗战题材小说《“铁道游击队”的小队员们》刚刚出版不久，和《小兵张嘎》还真是有不少相似之处，地点一个是在山东的微山湖，一个是在河北的白洋淀，写的也都是古灵精怪的抗日小英雄，作品里都蕴含着自己的亲身经历。因此，知侠的建议深得徐光耀重视。知侠透露，他的《“铁道游击队”的小队员们》也曾入了北影的“法眼”，但最终却被《小兵张嘎》淘汰出局，一比较，《小兵张嘎》还真是更胜一筹，更适合搬上银幕。徐光耀很感谢知侠的谦逊、坦诚，还有他提出的中肯建议。

崔嵬提出的修改意见要直截了当得多。抗战时期，崔嵬在冀中生活和战斗了好几年，对冀中一带的抗战生活非常熟悉，在他的建议下，徐光耀对剧本进行了大刀阔斧的修改，比如加了胖翻译这个人物，还把小说《平原烈火》的结尾移植到了《小兵张嘎》的剧本里等，使情节更加丰富、人物性格更加鲜明了。

在北影厂，厂长汪洋和导演组人员也都给剧本的修改提出了许多合理化建议。尤其是厂长汪洋，对剧本的修改格外关注，几次到徐光耀住的招待所看望他，就修改工作交换意见，这让第一次“触电”的徐光耀很受感动。

这时候徐光耀还想听一听另外一个大剧作家的意见，这就是同住在北影招待所的吴祖光，那时吴祖光正在与别人合作写电影剧本《齐白石》。一天，有人请吴祖光在客厅里写书法，正好被溜达过来的徐光耀遇见。吴祖光正龙飞凤舞地在用行书写一首宋词，笔力遒劲隽永，令徐光耀非常钦佩。徐光耀本想求得吴祖光一幅字，但这时的吴祖光也是“右派”，而自己则是“摘帽右派”，因为二人

1963 年初，北影厂召开剧本座谈会。前排左六为崔嵬、三排左三为徐光耀

的身份问题，不能亲近，也不能说话，求字就更不用提了。徐光耀早就对吴祖光的才情钦佩有加，少年成名，戏剧天才，在重庆时，是“二流堂”的主人,结交了不少文艺界朋友,一向是他敬重的偶像。若在正常情况下，征求一下吴祖光对剧本的意见，顺理成章，可在当时却不可能。匆匆一面，只能形同陌路，这也是多年后徐光耀想起来就颇感遗憾的一段经历。

在修改剧本期间的1963年3月，徐光耀还陪同导演欧阳红樱、美术师秦威（欧阳红樱的丈夫）、副导演袁月华等人两赴白洋淀考察外景地，最后把拍摄地点定在了现在的雄县七间房乡梁沟村，这是白洋淀旁边一个风景优美的村子。阳历3月的白洋淀刚刚冰雪消融，乘着船，欧阳红樱和袁月华两位娇小的女同志冷得总缩身子，但实际感受一下张嘎子曾经生活和战斗的地方,内心又充满了兴奋，几天下来,（她）他们考察了许多村庄和水域，感受颇丰。

两次白洋淀考察外景地之行，还有在后来拍摄《小兵张嘎》的紧张工作中，徐光耀与欧阳红樱夫妇、副导演袁月华结下了深厚友谊。

三十多年后的1979年，徐光耀又住进了北影招待所。这次来北影仍然是修改剧本，修改的是他深入南疆自卫反击战前线后写成的电影文学剧本《新兵马强》(原名《新兵马壮》)。1979年9月12日徐光耀把《新兵马强》的剧本寄给了北京电影制片厂编导室的胡海珠,胡海珠看完觉得剧本形象鲜明,个性突出,生活气息浓厚。她把自己的印象告诉了厂长汪洋，汪洋一听是徐光耀的剧本，又写得如此好，于是要求相关人员都看一下。10月16日，又把徐光耀请到了北京，让他集中精力修改《新兵马强》。负责跟徐光耀接洽修改工作的就有袁月华。该片于1980年投入拍摄,1981年上映——这些是题外话。

影片的拍摄

电影《小兵张嘎》的剧本定稿之后，遴选扮演张嘎子的小演员时受《小兵张嘎》小说封面的影响，“按图索骥”，先后找来了一二十万个北京孩子“过筛子”，最后留下了几十个，可崔嵬一看，都嫌他们长得“俊”,他们认为演张嘎子的孩子一定得突出他的“嘎”劲儿，丑点不要紧。这可让选演员的人员为了难。关键时刻，于蓝向崔嵬推荐了一个孩子，拿给了崔嵬一张照片。照片上的孩子超浓的眉毛、一脸“嘎”相，崔嵬一眼就相中了，这个孩子叫安吉斯，是于蓝在延安时期一位战友的孩子，家在呼和浩特。崔嵬当即派人到呼和浩特接来了安吉斯。可前面选的孩子中还留着一个孩子孙家庆，这该怎么办？崔嵬等人找到汪洋，汪洋觉得还是试试镜，表演一段戏，让大家对比一下才更公平。这一演，还是安吉斯更有味道，更符合人们心里想象的那个小嘎子形象。崔嵬的眼光果然独到，后来在崔嵬的指导下，毫无表演功底的安吉斯，还真把一个古灵精怪的小嘎子演活了。

影片拍摄之前，身为文化部副部长的夏衍先生也对这部影片予以了关注，他看了剧本后给汪洋、田方、崔嵬、欧阳红樱写了一封亲笔信，对《小兵张嘎》的拍摄工作提出了一些具体意见。他肯定“这个本子很好”，同时要求导演拍摄时“要在情节，特别是细节上防止‘落套’，细节描写上大可‘创新’”；避免对反面人物刻画得简单化、漫画化；剧本要再精炼一些，要节约胶片。

1963 年 6 月，《小兵张嘎》剧组开赴外景地，在白洋淀岸边的梁沟村开拍。拍摄过程中，又一波三折，那年白洋淀遭遇了百年不遇的水灾，白洋淀及周边地区一片泽国。摄制组被大水围困在了白洋淀里，摄制组里还有九个孩子，这可把厂长汪洋急坏了，他一再要求剧组，一定要保护好孩子，孩子们一个也不能出危险。同时，汪洋还给天津有关部门打电话，请求他们支援，派船去接孩子们。放下电话后，汪洋又给河北省政府打了电话，请求他们支援。在各方的营救下，摄制组终于脱离了危险。但摄制组的很多人都被白洋淀这滔天的洪水吓坏了，不想再拍了。汪洋赶紧把摄制组召集起来，把人员组织好，鼓励大家拍下去，即使搭景也要把片子拍完。由于厂长汪洋的力挽狂澜、指挥得法，摄制组才没有散摊子，躲过险情之后，又投入到紧张的拍摄之中。因为水情，此后摄制组不得不几易外景地，最远的地方到了几十公里之外的霸州胜芳镇。经过了一番惊心动魄和紧锣密鼓的拍摄，同年年底，影片终于在全国公映。

电影对《小兵张嘎》的再创作，又把这部作品提升到了一个新的高度，使更多人认识了“小嘎子”，影响和教育了几代人，直到今天，该片依然是中国电影史上的艺术经典。

于蓝和《小兵张嘎》的缘分

1961 年底《小兵张嘎》在《河北文学》一经发表，即引起了强烈反响，次年《小兵张嘎》在《北京晚报》连载并出版单行本，影响更巨。徐光耀也有意把它搬上银幕，于是把同时完成的《小兵张嘎》剧本交给了导演崔嵬。

徐光耀在华北联合大学毕业留校后，文艺学院成立了创作研究室，崔嵬是主任，徐光耀任创作研究室文学组的组长，有上下级关系；此前崔嵬还当过戏剧系的主任，论起来还有师生之谊，实际上他们一直亦师亦友。崔嵬比较了解徐光耀，知道徐光耀写小说写得好，但不了解他还能写剧本，所以对徐光耀送来的剧本并没太在意，随便翻了翻就放下，忙自己的事去了。谁知这一放就放了很长时间，直到有一天导演欧阳红樱看到了《小兵张嘎》的小说，被深深地感染和打动了，她觉得《小兵张嘎》是拍电影的好素材，如果拍出来一定会大受欢迎，于是亲自赴河北保定找徐光耀，欲把《小兵张嘎》改编成电影。徐光耀告诉她，剧本已经有了，早交给崔嵬了，可以去找他。《小兵张嘎》的剧本崔嵬早已忘到了脑后，不知道落到了谁手里。当时不知几经辗转，最后剧本落到了著名电影演员于蓝（江姐的扮演者）手里，后来还是从于蓝那里才把剧本找到。把剧本妥善保存起来，是于蓝和《小兵张嘎》第一次结缘，谁知一朝结缘则缘分不浅。

《小兵张嘎》开拍前，选演张嘎子的演员又遇到了难题。摄制组选扮演张嘎子的演员时受到了《小兵张嘎》单行本封面画的影响，“按图索骥”，奔着单行本封面形象选来了大几十个孩子，个个虎头虎脑，结果崔嵬一看，都嫌长得“俊”。也难怪，《小兵张嘎》单行本封面画作者林锴没在白洋淀地区生活过，对白洋淀人民所说的“嘎”了解不深，因此封面上的“小嘎子”显得英俊有余，嘎气不足。崔嵬认为嘎子应该是虎头虎脑的，得有个“虎”劲儿，但更得突出他的“嘎”，丑点儿不要紧，哪怕是蒜头鼻子都无所谓，但必须浑身嘎气。这可让选演员的工作人员为了难，这样的孩子去哪儿找呢？选演员的工作一时陷入了僵局。这时，还是于蓝帮助解决了这个难题。于蓝和崔嵬两家是邻居，当时同住北京电影制片厂宿舍。于蓝听说崔嵬正为选“小嘎子”为难，便向他推荐了一个孩子。这个孩子是于蓝抗战时期在延安的同学、战友家的孩子，是内蒙古人，叫安吉斯，十二三岁的样子。于蓝拿了一张安吉斯的照片给崔嵬看，照片上的孩子浓浓的眉毛、一脸“嘎”相。崔嵬一眼就相中了，事情就是这么巧合，真是踏破铁鞋无觅处。崔嵬当即拍板：就是他了！崔嵬赶紧派人远赴呼和浩特把安吉斯接了来。结果毫无表演功底的安吉斯，在崔嵬的指导下还真演活了那个古灵精怪

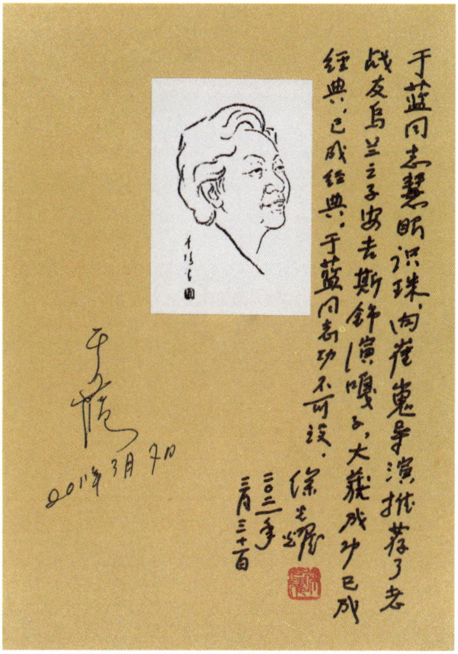

徐光耀在于蓝签名的肖像名片上题字，深情回忆那段“缘分”

安吉斯饰演的张嘎子

的嘎小子。

于蓝和《小兵张嘎》的缘分不断。时隔几十年后的1999年，北京电影学院动画学院院长、导演孙立军，萌发了拍摄一部原创写实动画片的念头。他设想这个片子既可以给孩子看，也可以给大人看，拓宽动漫片受众群体，但苦于找不着合适的题材。正在迷茫时，是于蓝的一句话指给了他一条“明路”。于蓝说：“可将经典电影用现在的眼光和手法再挖掘，如果说能够影响三代人的经典，非《小兵张嘎》莫属。”于蓝这句话让孙立军茅塞顿开，目标立马明确了。大型动画片《小兵张嘎》筹备之初，孙立军也是用这个观点去“游说”投资人的，他告诉投资人，这是一部爷爷、奶奶可以带着孙子、孙女，爸爸、妈妈可以带着儿子、女儿，三代人一起看的电影。无论是孙立军还是投资方所看重的都是《小兵张嘎》有好故事，有好精神，有幽默、童趣、夸张、戏剧性等特点。

《小兵张嘎》动漫连环画

动画片《小兵张嘎》是中国动漫史上的一次大制作。这部动画片的拍摄历时六年，北京、上海、深圳等十多个省市的多家动画公司六百多人参与制作，剧本经过十作次修改，绘制了十五万张画稿，总投资一千二百万元，后期声音合成时，郑洞天、姜昆、黄磊、李琦等演艺界名人都是义务配音，分文不取。当然这义务配音者中，出点子的于蓝也不会缺席。这部动画片于2005年上映，拿下了当年的第十一届中国政府华表奖优秀动画片奖。于蓝的一个点子成就了中国动漫史上的一次大制作，而且是非常成功的大制作。

关键时刻解难题，一句话点醒梦中人，在《小兵张嘎》传播的过程中，于蓝扮演的角色不可或缺，看来于蓝和《小兵张嘎》还真是缘分不浅。

【于蓝】

（1921 年 6 月 3 日—2020 年 6 月 27 日），原名于佩文，毕业于中国人民抗日军事政治大学，著名电影表演艺术家。参演或主演电影《白衣战士》《翠岗红旗》《龙须沟》《林家铺子》《革命家庭》《烈火中永生》《侦察兵》，塑造了江姐等经典银幕形象，是中国儿童电影制片厂首任厂长，1995 年获中国文化部、广电部纪念世界电影诞生 100 周年、中国电影诞生 90 周年“世纪奖”优秀女演员奖，2005 年获第十届金凤凰奖终身成就奖，2009 年获第 27 届中国电影金鸡奖终身成就奖。

徐光耀深情回忆“中国保尔”廖贻训

因为我比较了解徐光耀先生和廖贻训非同一般的交谊，2019年夏天，冒昧地拿了一本好不容易淘来的1956年出版的小册子《廖贻训》，请徐光耀先生写几句话。这是一本当时的“学文化补充读物”，是由廖贻训的广播稿等材料改写而成的，徐光耀先生应该是非常熟悉的。这本书果然勾起了徐老深深的回忆，已九十四岁高龄的徐老，一边沉浸在回忆中，一边在书封的背面写下了满满一页文字，情真意切。徐老写的是《说说小廖》，他写道：

廖贻训负伤之后，截去了双脚和十个手指（应为‘九个手指’），特等残废使他沮丧过。可是他学习保尔·柯察金，经过无法想象的艰苦锻炼，他竟然学会了写字、用假脚走路，直到骑自己（行）车。自己要求不拿国家的工资补贴，靠自己的工资生活，像正常的工作人员一样。我认识他，是他被选为全国的社会主义积极分子，参加全国的表彰大会时认识的。我还写过报导他的事迹的一篇文章，题名《一部尚未写完的书》。我们成为了好朋友，他是个非常恳切忠诚的人。与人交往，总是捧出心来待人。后来他结婚了，妻子是个很漂亮很年轻的苏州姑娘，原是党的地下工作人员，生有两个女儿。但1958年，夫妇俩双双被打成右派。还叫人说什么呢？他夫人还活着，叫李天俐。

几十年后的今天，再回忆这段历史，徐光耀字里行间依然对廖贻训充满了敬意，也还在为这对夫妻当时的遭遇，受到的不公正待遇扼腕，其交往和感情之深可见一斑。

廖贻训这个名字，现在的年轻人大多已经不熟悉了，但在 20 世纪 50 年代这可是一个全国人民都熟悉的名字。廖贻训是一位抗美援朝老兵、特等残废军人，被誉为“中国的保尔”。1950 年初冬，十八岁的廖贻训参加中国人民志愿军来到朝鲜战场，可战斗伊始，还没有和敌人正面战斗，廖贻训就被敌人的飞机炸断了右脚。为了不耽误部队的行动，他多次拒绝了战友们的帮助，在冰天雪地里，拖着残肢爬了三天三夜，等战友们把他救回来的时候，他的四肢已冻黑了，最后不得不截掉了双腿和九个手指。廖贻训的可敬之处在于他并没有就此消沉，更没有坐享国家给予的待遇，他决心不要国家供养一辈子，他要像一个健全人一样做自食其力的劳动者。可对一个伤残程度如此之高的人来说又谈何容易呢。廖贻训开始了与命运的搏斗，他用仅有的一个拇指练会了读书、写字，他装上假肢，练熟了走路，为了节约时间他学会了骑自行车，他钻研文化、锻炼体魄，这其中的艰苦、磨难和付出，

1956 年出版

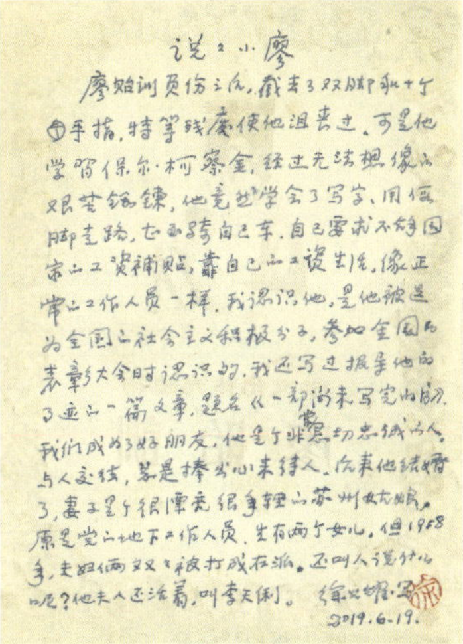
说说小廖

廖贻训负伤之后，截去了双脚和十个手指，特等残废使他沮丧过。可是他学习保尔·柯察金，经过无法想像的艰苦锻炼，他竟然学会了写字、用假脚走路，也可骑自行车。自己要求不领国家的工资补贴，靠自己的工资生活，像正常的工作人员一样。我认识他，是他被选为全国的社会主义积极分子，参加全国的表彰大会时认识的。我还写过报导他的事迹的一篇文章，题名《一部尚未写完的书》。我们成为了好朋友，他是个非常恳切忠诚的人。与人交往，总是捧出心来待人。后来他结婚了，妻子是个很漂亮很年轻的苏州姑娘。原是党的地下工作人员，生有两个女儿。但1958年，夫妇俩双双被打成右派。还叫人说什么呢？他夫人还活着，叫李天俐。徐光耀写

2019.6.19.

徐光耀在《廖贻训》扉页上所书跋文

不是一个肢体健全的人能够体会和想象得到的。超人的意志和毅力使廖贻训最终实现了自己的愿望，他靠自己的努力重新参加了工作，成为了一名自食其力的劳动者。

《一部尚未写完的书》发表于《解放军文艺》1955 年 11 月号

廖贻训的经历是非常感人的，也是非常励志的，正因为如此他一下子就打动了当时的青年作家徐光耀。1955 年国庆节期间召开英模事迹报告会，廖贻训讲完自己的事迹后，台下的徐光耀深受感动，马上下决心一定要采访廖贻训。虽然会前给徐光耀定的采访任务并不是廖贻训，但徐光耀还是想方设法联系到廖贻训，并三次到他的住地采访了他，对采访内容做了详细记录。不久，徐光耀就把廖贻训的这段特别感人、励志的经历写成了一篇纪实散文《一部尚未写完的书》，发表在《解放军文艺》1955 年 11 月号上。这篇文章引起了读者很好的反响，此文后来又收在了文集《叫困难低头》（工人出版社 1956 年 3 月出版）一书中。第一次见面，徐光耀就对廖贻训充满了钦佩和敬意，主动采访他，并作文宣传和赞扬他。题目叫“一部尚未写完的书”，这是徐光耀把廖贻训看成了一本人生的书，并且对后续内容充满了期待。

这是他们二人第一次见面、第一次交往，也是他们缘分的开始，但不久二人就都遇到了“晦气”，1957 年他们都受到了冲击和不公正待遇。1958 年徐光耀被打成了“右派”，被发配到保定农场参加劳动改造。谁知有一天他居然在农场遇到了廖贻训的妻子李天俐，原来廖贻训夫妇 1958 年也被打成了“右派”，他们夫妇也被送到了保定，李天俐被安排到保定农场接受劳动改造。患难中相遇，真是“缘分不浅”。眼前这个身材娇小的苏州姑娘，让徐光耀佩服和感慨，这样一副柔弱的身躯在承受了如此繁重的体力劳动外，还要支撑那样一个家。

两个患难家庭在落难之地保定又开始了交往。特殊年代，徐光耀又遭遇了一次大的厄运，1971 年他又被遣返回雄县老家。真是患难见真情，徐光耀收拾东西启程回乡之际，前来帮忙送行的，除了憨厚的邻居工人老武，就是廖贻训、李天俐夫妇了。把行李带回老家，让徐光耀最发愁的就是他割舍不下的那好多书。徐光耀连能用来装书的家什都用上了，还是差得很远。无奈之际还是廖贻训拖着残疾的身体和妻子李天俐到一个百货公司找来了纸箱子，才解决了问题。这让危难中的徐光耀十分感激。

特殊年代结束后，徐光耀又获得了写作的权利，一次他随作家代表团到青海冷湖油田体验生活，其中有一次冷湖油田方面举办了一个英模报告会，徐光耀一边在下面听着一边感慨这些英模的事迹比起廖贻训来差多了。但这个时候，受到不公正待遇二十多年的廖贻训夫妇依然还没有得到平反，为此，徐光耀没少关心他们夫妇，为他们出主意、想办法，帮助他们向有关部门反映。1980 年人民文学出版社出版了一部《散文特写选》，以反映新中国成立以来散文特写方面的成就，出版社跟徐光耀组稿，徐光耀毫不犹豫地给出了《一部尚未写完的书》一文，在他看来，廖贻训的事迹太感人、太有价值、太值得宣传了。书出版后，他觉得廖贻训是应该高兴的，这对廖贻训夫妇尽快落实政策应该是有帮助的，原来徐光耀拿出这篇文章来出版还是有点“私心”的。重获写作权利的徐光耀甚至计划把廖贻训夫妇的事迹拍成电影，为此他还多次到廖家，采访他们夫妇，收集材料。

这个时候，徐光耀对依然身处“另类”中的廖贻训夫妇的关心是无时无刻的。有一次，徐光耀出差在外地，当他听说廖贻训的岳母去世、李天俐又查出一身病之后，徐光耀马上写信问候，表示他和他们夫妇的心是连在一起的。当《人民日报》《保定日报》都发表了赞扬廖贻训的文章时，徐光耀由衷地高兴，他高兴对廖贻训的宣传又要回到1957年以前的样子了，他觉得这才是对廖贻训这样的楷模的宣传应有的样子。直到落实政策，廖贻训分配到保定市文联，后又被调到市政协工作，这一对患难夫妇终于有了一个好的归宿，对此徐光耀的心理是充满安慰的。

徐光耀是一个性格内向、不善于社交的人，在保定文联任主任、主编《莲池》期间，写作和事务性工作又十分繁杂，但徐光耀却可以经常到廖贻训家看一看、坐一坐、聊聊天，关心一下老朋友夫妇。谁知道时间不长，这对“患难之交”的朋友却要天各一方了。1980年底，平反后的廖贻训夫妇告诉徐光耀，他们得回李天俐的老家苏州生活了，这不免让徐光耀意外，也有些伤感，但他知道在哪里工作也是他们夫妇左右不了的。1981年夏天，徐光耀听说苏州方面已同意廖贻训夫妇回苏州工作，不免感慨，认为得写一篇文章送他们。不过廖贻训夫妇一时没有走成，徐光耀倒是拟定了《送廖南归》的题目，也列出了提纲，计划写成后给《新观察》发表。1981年11月徐光耀离开保定到石家庄任职后不久，1982年廖贻训夫妇也离开了保定这座城市，到李天俐的老家苏州生活了。空间有了距离，可他们心里毫无距离，他们之间的通信是经常的，鸿雁传书成了他们联络感情、倾吐心声的最佳方式。2010年7月16日，廖贻训在苏州逝世。廖贻训逝世后，徐光耀还一直保持着与廖家的联系。

说起来，他们之间的交往也不是一帆风顺的，徐光耀和廖贻训都是直率的人，因为都直率所以短不了“硬碰硬”，早年就因为对写文章的观点不合，各执己见，产生裂隙，以至几乎断绝了来往。直到在保定农场改造时，徐光耀偶遇李天俐，两个家庭在患难中才又交往起来，而且历久弥坚。

到了新世纪，廖贻训、李天俐开始合写回忆录，徐光耀欣然命笔为回忆录作了一篇序，题为《一部大书——序廖贻训、李天俐合写回忆录》，在徐光耀看来，廖、李二人的回忆录是把“一部尚未写完的书”写成了一部大书，就像有“大写的人”一样。这也了却了徐光耀为他们夫妇写一部电影剧本的心愿。序写好了，可廖贻训夫妇的回忆录并没有能够出版，着实可惜。

《一部尚未写完的书》一文收入工人出版社1956年3月出版的文集《叫困难低头》

徐光耀与黄胄的“画缘”

徐光耀与黄胄的交往始于“画缘”，也一直没离开画。

赏画

1957年，因为受所谓“丁（玲）、陈（企霞）反党集团”的牵连，徐光耀开始了噩梦般的无止无休地反省、检查、交代、挨批斗，他的精神几近崩溃，已经站在了人生的悬崖边上，正是这个时候，黄胄伸手使劲拉了他一把。

那时参加批斗会的都是部队的文艺工作者，有些人颇有资历，黄胄那时是这些人里军衔最低的，是个少尉，胖胖的、浓浓的眉毛、眯着眼，总坐在角落里，似乎与世无争。但开批斗会时，每个人都必须得发言。轮到黄胄发言了，他对徐光耀批判道：“凭你徐光耀，打小当八路，受党的教育不能算少，党把你拉拔这么大，也不容易。可你往丁玲那儿跑个什么劲呢？要说不恨你吧，你‘反’开党了；要说恨你吧，心里又丝丝拉拉的。”这“丝丝拉拉的”颇含同情，黄胄的批判成了一副恨铁不成钢的样子，把人们批判的眼光一下子引向了徐光耀的光荣革命史上来了，这哪里是批判，简直就是变相的袒护和挽救呀。在那个时代，这个发言无论如何都不成体统，说重了这不是“右倾”嘛，弄不好会引火烧身的。在那个时候，文化人几乎都成了惊弓之鸟，多少人都在独善其身，而黄胄对一个不认识的人居然敢于有意开脱，真有些“另类”“不知轻重”。这让徐光耀大感意外，又心存感激。

这还不算，还有让徐光耀更意外的。几天之后的一个批斗会，早把徐光耀批得头昏脑胀了。徐光耀晕晕乎乎往家走，黄胄毫不避讳，冷不丁拉住徐光耀，拍拍徐光耀的肩膀，要一起到琉璃厂转转。徐光耀还不知如何“过关”，一没闲心去消闲，二怕别人看见岂不罪加一等。黄胄倒是一副无所谓的样子，看徐光耀实在不想去，就开导他：“你一个人在家有什么事，走走，跟我看画去，懂点美术对你写作也有好处呀。”徐光耀虽一再挣脱推辞，还是被黄胄死乞白赖地拉到了琉璃厂。

到了琉璃厂，离开了是非地，徐光耀反而轻松了一些，来也来了，就跟黄胄一家一家画店转悠吧。琉璃厂各家店里虽是名家云集，可徐光耀却一窍不通，黄胄不厌其烦地讲解，还一劲儿撺掇徐光耀买一幅，并打趣说：“别留着稿费下崽儿，买一幅陶冶陶冶情操。”盛情之下，徐光耀买了一幅齐白石的《群虾》。回到家里，看着一群活泼可爱、自由自在的小生命，徐光耀立刻有了豁然开朗之感，心灵有了一点寄托，终于可以转移心神，不整天纠结于狂风暴雨般的批斗之中了。“文革”中，徐光耀身处逆境，曾题齐白石画《群虾》自遣：水本无界域，谁栽茨菇篱？只可钻乱草，莫过篱笆西。当然这是后话。看齐白石的画，黄胄说是让他学点美术，陶冶陶冶性情，实际上是为了转移他的注意力，别钻牛角尖。黄胄的办法是有效的，这给徐光耀死灰一般的心里照进了一丝光亮，这也许就是站在悬崖边上的人的一丝希望。这是不是也给了他后来用写作来转移注意力的一点启示呢。为了排遣心中的苦闷，曾经有一段时间徐光耀还真的练起了绘画。黄胄这陶冶情操的办法还真管用，不啻于让人在激流中抓住了一棵小树，那是生命的一个支点。徐光耀也切切实实感受到了黄胄把他从悬崖边上拽回来的这一把，是多么及时，多么有力。可当时黄胄是冒着“同情反党分子”的巨大风险的，为救徐光耀，黄胄押上的是自己的政治前途。

赠画

在那个时代，黄胄也并不比徐光耀有丝毫“幸运”。“文革”开始后不久，因画驴而驰名画坛的黄胄终因画驴而获罪，被打成“驴贩子”，其画也上了“黑画展览会”，黄胄的身心受到了巨大摧残。徐光耀知道黄胄不可能是反革命，就像自己不可能反党反革命一样，画驴画羊画骆驼怎么会画出反革命？可又一想，在那个头朝下脚朝上的时代又有什么是不可能的呢？

1974 年秋天，徐光耀也早已从被遣返的老家雄县回到了保定，在保定文联工作。这时大形势稍有好转，徐光耀趁着有公事去北京，赶紧看一看一直惦记的老友黄胄。保定一些老朋友知道消息后，弄了一些小米、大蒜等冀中土产，请徐光耀代为表达问候之意。

徐光耀带着众人的嘱托，好不容易才找到黄胄的家，但敲了半天门，才开了一条缝。开门的是黄胄的夫人郑闻慧，她看了很久才看出是徐光耀，但让进屋之后就赶紧说黄胄不在家，神色仓皇，言语断续。徐光耀匆忙环视了屋子一圈，一个大画家家里居然没挂一幅代表自己艺术水准的画，简直家徒四壁，情景萧瑟，让人不免感慨。他问黄胄什么时候回来，郑闻慧也支支吾吾，语焉不详。这时徐光耀似乎明白了，他理解黄胄夫妻的处境和心情，多年不见，能让自己进屋已属不易，赶紧道了珍重，告辞而出。

坐上回保定的火车，一路上徐光耀只觉得内心压抑酸楚、五味杂陈，1957 年那个拉自己去琉璃厂的憨厚的小伙子，总是闪现在自己眼前。对呀，黄胄现在不也正需要去琉璃厂吗？唉，面都不得见，还去什么琉璃厂。这时的徐光耀不由得吟出了一首小诗：

不得随风上高堂，烟熏火燎又何妨？

志在千年万年后，印红犹显小梁庄。

一下火车，徐光耀便写了封信，连同信口而出的小诗一起寄给了黄胄。徐光耀说自己的诗是“黑话”，这“黑话”黄胄准能看懂。

1975 年春节刚过，徐光耀收到了黄胄的回信，也许是黄胄从徐光耀的诗中读出了老朋友对自己的焦虑、担心和渴望，新春佳节一纸报平安，让老友放宽心。随信寄来的还有两幅小画，一幅《六驴》、一幅《芦雁》，尤其那幅《芦雁》，画面充满了寓意：在折伏的芦花散苇丛上，一排芦雁，正鼓翅迎风而进。那雁的颈子，个个拔得又长又直，强挣努劲之态。信上黄胄特别嘱咐这画最好不要给别人看。这寓意，徐光耀当然一目了然，那芦雁不就是黄胄吗？徐光耀感慨，被打成“黑画”的阴魂在黄胄心里依然挥之不去，在黑暗中的黄胄是多么盼望光明啊。但看黄胄的画笔尚健，这让徐光耀稍稍有些宽心。黄胄的两幅小画让徐光耀感触尤深，以至一夜未眠，为两幅画各作了一首小诗以遣胸怀。“参差雁阵一笔成，

黄胄绘《小兵张嘎》封面原稿，徐光耀题跋

半日发痴半日惊。前人画论唱滥调，今日始见真神功。”这是黄胄一幅小小的《芦雁》在徐光耀内心荡起的涟漪。

互传“黑话”“黑画”，非极度信任不敢为也。

作画

20 世纪 70 年代末，文化界的春天到来了，徐光耀“解放”了，他的作品也解禁了，中国少年儿童出版社很快再版了《小兵张嘎》。出版社有意让徐光耀修改订正后再次出版，还原《小兵张嘎》的真实面貌。这时徐光耀想到了老友黄胄，想请黄胄为新版的《小兵张嘎》作封面和插图，徐光耀一说，黄胄很爽快地就答应了。当时已是十分繁忙的大画家黄胄和他的弟子史国良，给这本小说画了精彩的封面和几幅彩色插图，1981 年中国少年儿童出版社再版的《小兵张嘎》就是用的这些插图。黄胄和史国良的插图为这本小说增色不少，使之成为一册图文并茂的经典版本。

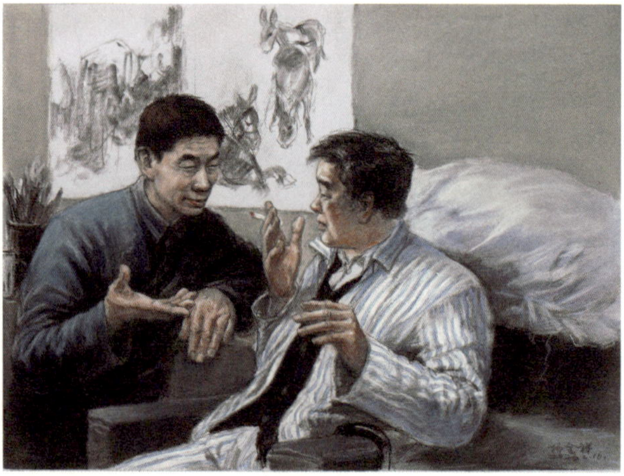

1978 年徐光耀到医院看望黄胄时，提出请黄胄为新版《小兵张嘎》画插图，黄胄爽快地答应了。杨金祥绘

有趣的是，1979 年 7 月 19 日，徐光耀借进京之机找当时住在友谊医院的黄胄“催画债”了，问黄胄《小兵张嘎》的插图作得怎么样了。黄胄告诉他，封面已经画好了，是他自己画的，插图也正在画。但自己身体不好，又事务繁忙，插图主要是由他的学生史国良画的。看来黄胄对老朋友托付的事是十分重视的，即使在百忙中也没有忘记。

更可贵的是，黄胄告诉徐光耀：“你有什么困难说话，需要什么，我能帮的尽管说。”他还说，会向冯牧（时任中国作协副主席）呼吁，调徐光耀到全国作协搞创作。其时徐光耀刚落实政策不久，去向不明，自己正一心一意想要回部队搞创作，看来黄胄不但豁达，还打心眼儿里关心这位老朋友。

徐光耀临走时，黄胄问徐光耀喝不喝酒，徐光耀告知滴酒不沾，黄胄颇失望，但当听说徐光耀夫人申芸能喝一点时，赶紧送了徐光耀两瓶酒。老朋友来了，岂能空手而归，当时最好最贵重的礼物也许就是酒了。

让黄胄画画，黄胄还送酒，徐光耀赚了。他的确赚了，赚的是朋友间的情谊。徐光耀也“投桃报李”，1980年5月，黄胄应邀在石家庄举办了一个近作展览，展览期间《河北日报》要找评论界的人写一篇评论，找黄胄商量，黄胄当即指着徐光耀说道：“找徐光耀就好。”看过老友画展的徐光耀也感触颇深，很快就写了一篇文章《向大高峰挺进——黄胄近作展观后》刊登在《河北日报》上，评画兼评人。写这样的文章，徐光耀是发自内心的，他也走进过黄胄的内心，说起对黄胄其人其画的了解，能超过徐光耀的人并不多。画展后河北人民出版社要出一本《黄胄新作选》，找黄胄商量写序的事，黄胄还是让他们找徐光耀商量。为《黄胄新作选》作前言，这份“差

1981年6月河北人民出版社出版，徐光耀作序

事”徐光耀当然是愿意做的，于是徐光耀将《向大高峰挺进》一文略做修改，这便是《黄胄新作选》的前言《生命的颂歌》。在黄胄看来，在河北出版自己的书，写前言舍徐光耀其谁。徐光耀在日记中感慨：“这真使我感到荣幸。”

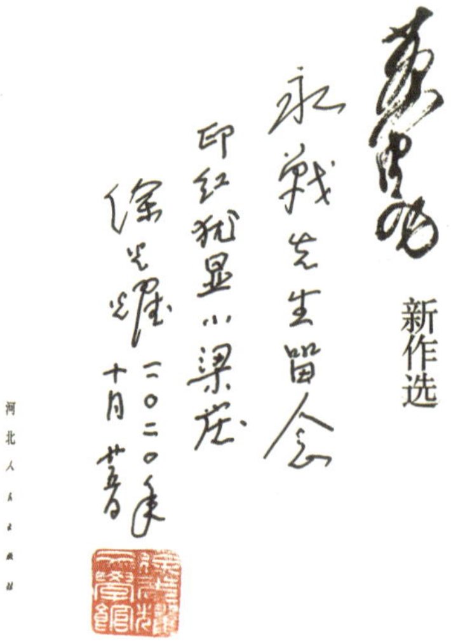

40年后，徐光耀在画册扉页题词

鉴画

当初黄胄强拉徐光耀去琉璃厂，给他讲画，撺掇他买画，陶冶他的情操。这画不但救了徐光耀，还让徐光耀着了迷。后来徐光耀交了许多画家朋友，写了不少画家人物和谈论绘画艺术的文章，甚至于不再留着稿费“下崽儿”了，而是用它买起了书画。而鉴画的眼力徐光耀最相信的还是黄胄，尤其偶得一张古画，似乎非经黄胄的法眼不足信。

1982年2月底3月初，黄胄和华君武应邀来石家庄公干，行程满满。这时黄胄已是著名画家、画坛“大腕”，省市领导都亲赴宾馆登门看望，的确忙，但只要徐光耀有求就必应。在如此忙碌的行程中黄胄给徐光耀鉴定了两幅古画，一幅傅山，一幅丁云鹏。第一幅头天晚上看了，怕拿不准，叮嘱徐光耀第二天白天拿来再看，第二幅依然如此。黄胄看得仔细，不厌其烦，而且直言不讳，真就是真，假就是假，不矫情，不顺情说好。老友收藏已上道了，得对老友的藏画之路负责呀。黄胄就是如此耿介、真实、无城府。徐光耀又何尝不是如此呢？

同行的华君武，第一天没认出徐光耀，第二天一见面赶紧表达歉意，告辞时，华君武拉住徐光耀往卧室里走，说有事，黄胄也往卧室里推徐光耀。原来是华君武要赠徐一本《华君武漫画》，说只剩这一本了，就直接塞进了徐光耀的衣袋，并嘱咐要藏好了，别让别人看见。看来华君武的“另眼相看”是和黄胄早就“预谋”好了的，要不在场这么多人也不会单单给徐光耀留下一本。

徐光耀本不怎么写诗，但因黄胄作诗就有好几首，是徐光耀为人为画作诗最多的一位了。1965 年作《黄胄〈揽驹图〉》，1973 年作《破四旧（二首）》之一，1974 年作《闻“黑画展”怀人》，1975 年作《观画猫寄黄胄》《题黄胄画鹜》，1977 年作《又见黄胖

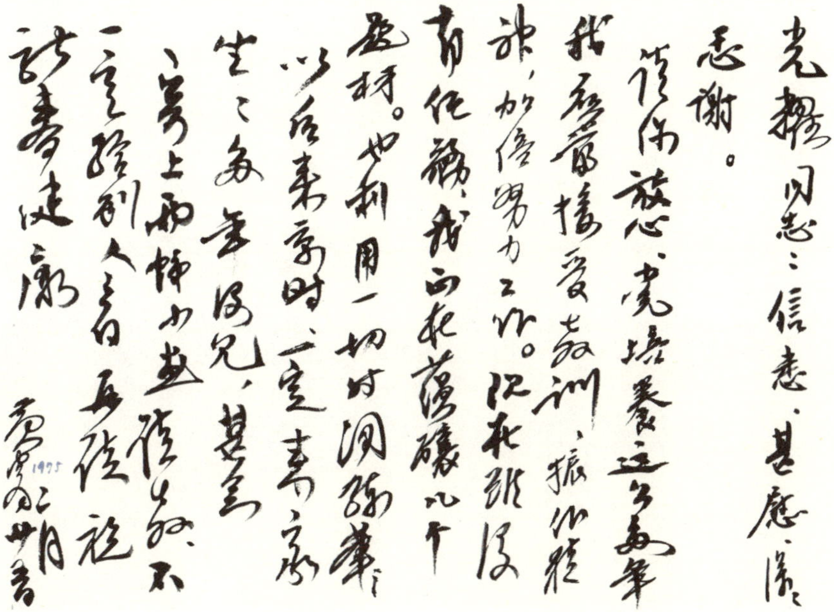

1995 年黄胄给徐光耀的信

子画驴》等，收入其文集的就达六首之多，算上 1975 年收到黄胄的画一夜无眠所作的两首，竟达八首之多，这也是徐光耀用心“鉴”黄胄之画了，只是境遇不同所寄有别，但二人情感之深可见一斑。

在黄伊、王立道所著《画家黄胄》一书中，专辟一章“难兄难弟”记述二人的画缘笃交，对“赏画”“赠画”之谊，描摹颇细，可见二人交谊之深。徐、黄二人同庚，又先后遭遇厄运，也真称得上“难兄难弟”。

徐、黄之交，始于画，围绕画，但这只是表象，二人惺惺相惜的根本还是性相近、习相近，互相欣赏，互相看重，可为文人相交的典范。

莫言从《莲池》到白洋淀

“看罢文学馆，往事到眼前。莲池初起步，长城正登攀。常怀保定府，难忘白洋淀。恩师今何在，思之即泫然。”这是2006年莫言应邀参观河北文学馆时，在留言本上即兴写下的一首诗，莫言触景生情，二十多年前的往事历历在目。2009年，莫言又将这首诗正式发表在了《文艺报》上，刊发时莫言还特意用毛笔抄写了一遍，莫言如此看重这首诗，可见诗里面包含的真情。

《莲池》《长城》，毛兆晃、钟恪民、徐光耀，河北、保定、石门、白洋淀，这些名字在莫言初登文坛时，都曾经和他有过缘分，起到过举足轻重的作用，在莫言的生命里是幸运的符号。

缘起石门

莫言是山东人，参军入伍本来在胶东半岛的黄县（现龙口市），和河北、和保定八竿子打不着，可是因为他表现优秀，1979年9月调到了狼牙山脚下一个叫石门的小地方当班长，培训新兵，这才和河北、和保定有了缘分。

其实，莫言的成功还要感谢石门这个小地方，他的文学的翅膀正是在这里才逐渐丰满起来的。虽然此前莫言在山东黄县当兵时就开始写作品投稿，但那更取决于自己的兴趣爱好，而在石门，莫言发现了人生中第一座文学“宝藏”，驻石门的部队有一个图书室，里面有几千册图书，有中国的，也有外国的，幸运的是莫言还成了这个图书室的兼职图书管理员，可以“近水楼台”。这让莫言有生以来一下子见到这么多书，他如获至宝，就像一个挖矿者一样，在里面拼命挖掘。莫言在河北大学演讲时形容这时的自己“第一次像一个牛跑进一个菜地一样，大快朵颐，拼命地阅读”。大山里寂静无人的夜，莫言便可以以书为伴，幸福地“苦读”。这间小小的图书室大大开阔了莫言的眼界，提高了他的文学水平。石门是莫言在文学之路上走出的坚实的第一步。

石门所在的易县隶属保定，缘分也就由此而起。

结缘《莲池》

莫言曾写文章说他是从《莲池》里“扑腾”出来的，这个说法重情重义重事实，生动形象，正是一位小说家表达感情的方式。这让我想起了小的时候学游泳，初到水里，要先学“狗刨”，这是最基本的最原始的凫水动作（这动作是不能称之为游泳的），先不求动作好看，但求不沉底、浮起来，且要扑腾些日子，才能自由自在地浮于水面。莫言初入文坛可不就得像学游泳的人一样先“扑腾”嘛。

莫言在黄县当兵时，就尝试写稿子投稿，那时目的很单纯，就为了立功、提干、“逃离”农村。他投了很多报刊，也包括军内大报大刊《解放军报》和《解放军文艺》，但总遭遇退稿。来到石门后，听说保定有个地方刊物《莲池》，便向这“小刊物”投稿，希望提高“命中率”。随后一年多的时间里，莫言依然在投稿退稿、退稿投稿中煎熬，他看腻了那厚厚的退稿大信封。直到有一天，他接到了《莲池》编辑部的一个薄薄的小信封，他才感觉“有戏了”，心中不免一阵惊喜。那时有投稿、退稿经历的人都知道，收到编辑部的厚厚的信封，肯定是稿子被“礼貌”地退回了，里面还附着一封打印好的千篇一律的退稿信，有时编辑还会写上一两句勉励的话，那已经让投稿者高兴不已了，因为这样的鼓励会让投稿者觉得自己离成功更近了一步。一封薄薄的信肯定稿子没有退回来，莫言的惊喜是有原因的。那是《莲池》编辑毛兆晃给他的信，约他到编辑部谈稿子的事。真如莫言所料，果然有戏。

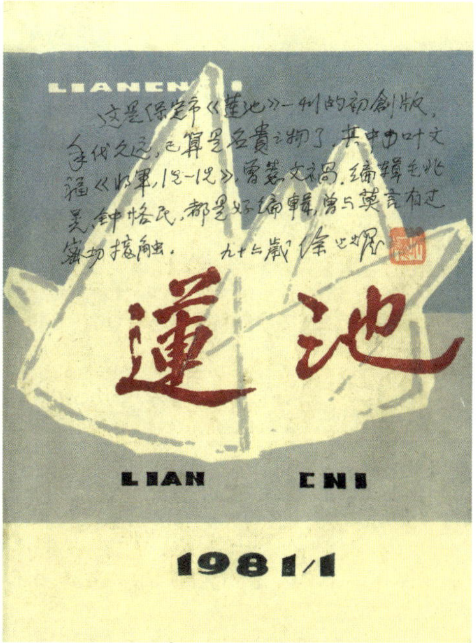

《莲池》公开发行创刊号，徐光耀封面题跋

这样莫言开始和《莲池》结缘。他的第一篇小说《春夜雨霏霏》发表在1981年第五期上，这是莫言的处女作，随后他又在《莲池》上发表了《丑兵》（1982年第二期）、《为了孩子》（1982年第五期）、《售棉大路》（1983年第二期）、《民间音乐》（1983年第五期）。两年多的时间里莫言公开发表的五篇小说都发表在了《莲池》上。

和毛兆晃的缘分

莫言一直把毛兆晃称为恩师，也的确是毛兆晃使劲儿把莫言拉进了文学的大门。

1981年春天，保定府前街《莲池》编辑部来了一位穿着军装的年轻人，他就是编辑毛兆晃约来的作者，笔名莫言。毛兆晃一封信，

莫言坐石门到保定的客车去《莲池》编辑部。杨金祥绘

说他的小说写得不错，要他到编辑部来谈一谈，这足以让莫言心潮澎湃、激动不已。他赶紧请了假，兴奋得一夜未睡，第二天坐上唯一一趟石门到保定的客车，一百多里地，颠簸了三个多小时，到了保定几经打听才找到坐落在保定府前街的《莲池》编辑部。

到编辑部里莫言看到的是堆放着一麻袋一麻袋的来稿，编辑老师们的桌子上摞着一摞一摞的稿子。莫言更加激动，也颇感幸运，在小山一样的稿子堆里，毛老师发现了自己的稿子，那真是大海里捞针、沙里澄金，实在太幸运了，太感谢毛老师呢。

春天天气还不算热，但莫言赶路赶得脸上都冒出了汗水，他挨个给屋里的编辑老师们敬礼，打听谁是毛兆晃老师。聚精会神看稿子的老师们这才从稿件堆里抬起头来打量这个年轻人。来这里的年轻作者大都是市里或各县的，穿军装且外地口音的还真不多见。有人告诉他，毛老师住得远，一会儿才能到。

毛老师到了，莫言这才见到了他“永远不敢忘记的毛兆晃老师（莫言语）”。莫言发现这是一个五十出头的中年人，花白头发，清瘦，穿一件中山装式的棉外套，上面全是烟灰烧出来的麻点和小窟窿，离近了有一股浓浓的烟袋油子味。

毛兆晃告诉莫言，小说写得不错，但情节有些单薄，人物也不够丰满，回去改一下吧。三五分钟就把莫言打发走了，莫言来时一路想的讨论稿子的过程根本就没有发生，这让莫言觉得很遗憾。

回到部队，莫言感觉稿子也无从改起，于是重新写了一篇给毛兆晃寄过去了。毛兆晃一看很生气，直言不讳地告诉他，你这篇还不如上一篇呢，不过有些细节写得不错，把两篇揉到一起吧。莫言把两篇合成一篇寄给了毛兆晃，接着就是漫长的等待。9月份，莫言无意中看到了《莲池》在《光明日报》刊出的广告，《莲池》第五期头版头条是《春夜雨霏霏》，署名莫言，这就是自己的那篇《雨夜情思》，编辑给改了个名字。莫言激动得差一点跳起来，他知道自己成功了。莫言的激动对经历过那个年代的人们来说是非常容易理解的，那时作家是最令人尊重和羡慕的职业之一，能把手稿变成铅字，在报纸杂志公开发表，是任何一个做着作家梦的人都梦寐以求的。

毛兆晃在那么多自由来稿中看中了莫言的小说，也是有原因的。毛兆晃年轻时也是“文艺青年”，也是一个传统的文化人，一开始他读的是北师大化学系，二年级时不顾家人的反对转到了戏剧系，毕业后分配到天津前进剧社工作，演过老舍的话剧，特殊年代结束后，调到保定《莲池》编辑部任小说编辑。无论是在天津，还是在保定，毛兆晃一直是浸润在孙犁、梁斌等的文学审美中的，推崇朴素、清新一派。那时的莫言也正推崇孙犁、赵树理呢，写作之初他有意无意地都在模仿孙犁，因此他最初的作品颇有“荷花淀派”的韵味，这显然使他“沾了光”。如果那时莫言写的小说但凡意识流一点、魔幻一点，大概也很难进毛兆晃的法眼。

毛兆晃看到莫言作品的闪光点，一个是他清新的风格，还有就是他善于讲故事，善于刻画人物，有潜力。

一开始莫言小说的风格正契合了毛兆晃的审美习惯，而且是出类拔萃的，更有幸的是《莲池》编辑毛兆晃是那么惜才爱才，一开始他约莫言来改稿，后来为了莫言改稿，瘦弱的毛兆晃竟亲自到莫言当兵的那个小山沟里，登门指导莫言改稿。看着身材瘦弱的毛兆晃长途跋涉、风尘仆仆，莫言激动不已，但也无以为报，他能做到的也就是约上了一名战友陪着毛兆晃在山沟里转了转。这名战友介绍太行山这里出产上水石，很漂亮，毛兆晃随口说自己喜欢养花草，也喜欢漂亮的石头。说者无心，听者有意，莫言深知毛兆晃为自己作品的发表所付出的辛苦，因此“投桃报李”，不久他居然背着重达八十斤的两块漂亮石头，不远百里运到保定，又背着走了十几里路，一直背上毛兆晃六楼的家里。一进家门，把毛兆晃都惊到了，直说他傻，责怪他弄两块小石头就行了，谁让弄这么大块的石头。

这期间莫言至少给毛兆晃写过四封信。其中一封信是在《春夜雨霏霏》的稿子打磨过程中，莫言对毛兆晃及编辑部的老师表示感谢，并邀请毛兆晃有空到部队驻地易县石门来玩。毛兆晃果然去了石门，但不是为了玩，而是因为知道了莫言部队驻地离保定很远，交通不便，觉得莫言来一趟保定不容易，于是亲自登门。还有一封信是《售棉大路》被《小说月报》转载后，莫言觉得其修改过程毛兆晃比自己的付出都多，要把七十二元稿费悉数交给毛兆晃，让他补一补身体，情真意切地请求毛兆晃一定要收下。

后来，莫言一直把毛兆晃视为自己的恩师，对毛兆晃、对《莲池》感恩不尽。多年后的 1998 年，莫言在《长江日报 · 文学周刊》第 47 期发表的《我是从〈莲池〉里扑腾出来的》一文中写道：“我永远不敢忘记毛兆晃老师……《莲池》是我永远的圣地。”

2011 年，获得诺贝尔文学奖的头一年，莫言还在自己的博客上缅怀已仙逝的毛兆晃老师：“人生如梦幻，弹指三十年。恩师已作古，其情何以堪。”

和徐光耀的缘分

那时莫言觉得《莲池》是个小刊物，这一点不假。那些年文学兴盛，文学刊物也如雨后春笋般不断冒出来，说多如过江之鲫似乎并不夸张，国家级、省级刊物都多得几乎数不过来，而《莲池》只是一家地市级刊物，是保定市文联主办的纯文学双月刊，在那样的环境中，真如文学海洋里的一滴水。但《莲池》办得很有特色，起码在地市级刊物中是出类拔萃的，甚至不输一些大刊。

当时保定市文联的主任是《小兵张嘎》的作者、著名作家徐光耀。在他和张今慧、苑纪久等人的努力下，1979 年 5 月，创办了《莲池》双月刊，一开始是内部发行，1981 年第一期对外公开发行。1981 年 10 月底 11 月初，徐光耀调往省会石家庄，张今慧接任市文联主任，苑纪久接任《莲池》主编。

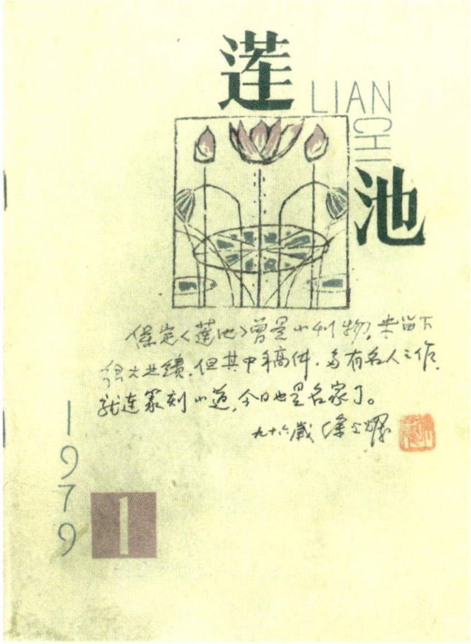

《莲池》内部发行创刊号

莫言投稿的虽然是小刊物，但他比肩的是大作家，遇到的是好编辑。

保定这个地方有很深厚的文化氛围，20 世纪 50 年代至 21 世纪初文坛繁荣，“荷花淀派”、保定作家群盛极一时，原籍保定、在保定生活或战斗过的著名作家非常多。因此，小小的一本地市级刊物，每期都不乏大作家的作品，孙犁、梁斌、田间、李满天、刘绍棠、从维熙、铁凝等。由此看来，莫言是幸运的。

莫言更幸运的是遇到了几个好编辑。《莲池》编辑部从一开始就有一股正气，主编徐光耀有影响力，作风民主，业务能力强，敢于承担责任，有了文学上的问题，有了好稿子大家都喜欢找徐光耀，徐光耀也乐意帮忙。不但如此，《莲池》还向徐光耀约稿，往往是主编（或昔日的主编）的稿子排在后面，徐光耀不但不以为意，反而觉得理应如此。钟恪民甚至称赞徐光耀是一个完美的人，有完美的性格，是正统的真正的共产党员。后来张今慧回忆，在市文联、在《莲池》，徐光耀就是大家的“主心骨”，有什么事愿意跟他说，有什么好稿子、自己写了什么东西，愿意向他请教，和他讨论。

有一次，徐光耀发现青年编辑钟恪民发表在《莲池》上的小说《在传达室里》写得形象鲜明、很有特点，便通篇帮他润色后，推荐给了《人民文学》。据《徐光耀日记》记载，1979 年 12 月 23 日下午，徐光耀正准备出门去看望廖贻训（抗战老兵、特级残疾军人、“中国的保尔”），钟恪民来了，谈兴很浓，一直谈到晚上七点。钟恪民读过不少哲学和政治经济学，脑子也很灵活，但写的东西屡被退稿，思想简直都要崩溃了，徐光耀对《在传达室里》的评价和推荐鼓励了他，使他恢复了信心，以至那天他一直大谈自己的创作情况和宏伟的创作计划。当时张今慧在给徐光耀的一封信中曾谈及此事，说：“你对小钟作品《在传达室里》的评价，对他鼓舞很大。他说：‘听徐光耀同志这么一说，我的创作信心大了。现在我是每月写一篇，投出去总是退回来，总有点泄气，老徐这一讲我又有了信心。’看你这几句话产生了多大效果呀！小钟在《莲池》上发表的这两篇小说确实不错。”

正在写这篇文章时，我们采访到了钟恪民，时隔几十年了，钟恪民对徐光耀提携年轻人、帮助年轻人的作风还念念不忘，充满感激之情。

正因为这样，《莲池》的编辑有充分发挥自己聪明才智的空间，每个人都有极强的责任心，他们对每一篇来稿负责，对每一位作者负责，每人都练就了一双发现好稿子的慧眼。《莲池》还有一个优良传统，兼容并包，保定虽然是“荷花淀派”的发源地，但不排斥任何风格，推崇百花齐放。

莫言的确幸运，他的处女作从责任编辑毛兆晃到主编徐光耀都给予了充分认可，并发了头版头条，这对于一个初登文坛的作者激励和鞭策的力量是无穷的。一颗文坛巨星开始发光了，虽然还不耀眼，但终于升上了天空，难能可贵。

主编徐光耀，生于白洋淀边、长于白洋淀边，写过白洋淀，他笔下的白洋淀小英雄张嘎子早已成为了经典，他笔下的白洋淀美景蜚声海内外。孙犁是他极力推崇的作家，莫言的作品一开始写得如孙犁一般清新，能在主编那过审签发头版头条也是情理之中的。但一位主编能让一位名不见经传的作者上头版头条，是需要胸怀和眼力的，还有就是对自己手下编辑的信任。

当毛兆晃领着莫言走到文学的大门口时，徐光耀慷慨地给他们敞开了大门，成就了一段佳话，也成就了一位蜚声中外的作家。

时间一久，《莲池》的编辑们就觉得怎么这个莫言老把稿子投到《莲池》呀，认准《莲池》了？毛兆晃也已看出来了，莫言需要能够遨游的大海和可以翱翔的天空，《莲池》这块小“池塘”不够他“扑腾”的，于是告诉他不能只盯着《莲池》这个小刊物，得投到大刊物试一试。

1984 年初，《莲池》编辑部推荐莫言参加了《长城》杂志的笔会，莫言收获很大，他在随后给毛兆晃的信中表示：“心里憋了一股劲，回来决心在八四年里努力拼搏。”一个刚刚出道的名不见经传的小作者，能参加省刊组织的笔会，谁能说不是《莲池》的有意栽培呢？这一年，毛兆晃把莫言的小说推荐到河北的大型文学双月刊《长城》。《长城》以刊发中长篇小说为主，给短篇小说的版面非常有限，想在上面刊发一个短篇难上加难，但 1984 年《长城》

第二期刊发了莫言的短篇小说《岛上的风》，第五期刊发了他的《雨中的河》。这个时候，徐光耀已调到石家庄任河北文联党组书记、文联主席（代理）了，《长城》正是河北文联主办的刊物。二人还真是有缘分。

莫言和徐光耀的缘分还不止于此，1986 年第三期《中篇小说选刊》选刊了莫言的《红高粱》，徐光耀是《中篇小说选刊》的顾问，这一期的封二图文版刊登的正是对徐光耀的介绍，二人同登一刊，这样的巧合一定是缘分使然。

2019 年，徐光耀文学馆在白洋淀文化苑建成开馆，文学馆大门影壁上镌刻的正是莫言为徐光耀文学馆题写的贺诗：昨夜西风凋碧树，平原烈火炼真金，雄安自古多豪士，慷慨悲歌动地吟。

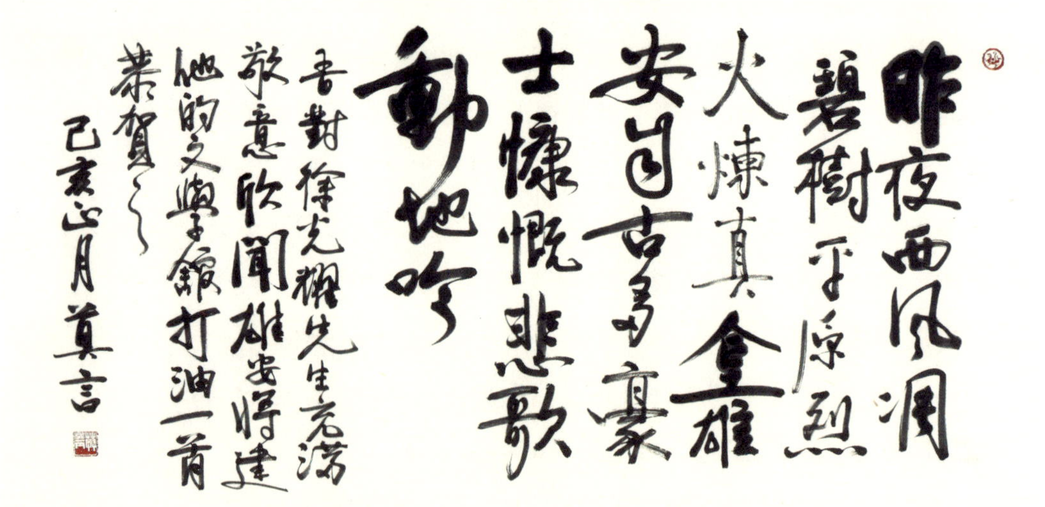

2019 年徐光耀文学馆建成开馆，这是莫言题写的贺诗

和白洋淀的缘分

看到莫言的作品，毛兆晃就认定了要把莫言奔着孙犁的“接班人”的方向培养，希望他能成为“荷花淀派”的传人。毛兆晃有一位编辑独到而深邃的眼光，他看好莫言有这样的潜力。莫言的第二篇小说《丑兵》发表时，毛兆晃在小说后面附上了一篇《编辑手记》，向读者大力推介莫言。手记的大意是说，莫言是保定驻军某部的一名战士，他的小说文笔细腻、感情真挚，作品大有希望。这样的评价大大激励了莫言，之后他又写了几篇水乡生活的小说，毛兆晃看了觉得大有孙犁之风，于是带着莫言到白洋淀体验生活。这段经历莫言一直记忆犹新，2021 年 10 月 15 日他在河北大学的演讲《第二故乡保定是我文学起步的地方》中有详细的回忆。

1982 年春天的白洋淀几近干涸，没有碧波荡漾，和孙犁笔下的白洋淀相去甚远，孙犁笔下的白洋淀总让人感觉是一位娉婷十七八的少女，有一种内敛而柔润的美，可眼前的白洋淀似乎已人老珠黄，当年的美需要想象和推断。这时站在白洋淀腹地的莫言肯定有些失望。

莫言和毛兆晃老师住在了白洋淀老乡家。杨金祥绘

毛兆晃带他来到白洋淀深处的一个小渔村，走访了一位老雁翎队员，然后住在了一位老乡家。住宿条件很艰苦，晚上睡觉的炕上没有褥子被子，甚至没有枕头，只有一领破苇席，莫言和毛兆晃二人就只好枕着自己的鞋凑合着睡了。虽然还是春天，但白洋淀的蚊子已经开始肆虐。笔者是白洋淀人，知道白洋淀蚊子的厉害，他们从初春到深秋，都在活动，生命力顽强，一到晚上就对人“狂轰滥炸”、死叮死咬，咬得你心急火燎、心烦意乱，很难入睡。毛兆晃

还是见过“世面”，对白洋淀的蚊子不屑一顾，居然能够安然入睡，莫言则一夜未眠。

第二天毛兆晃因为有事先回了保定，丢下莫言一个人，孤孤单单。

其实害得莫言孤单的是他穿了一身军装，那时莫言也许不了解一身军装对刚从特殊年代过来的人们，尤其对白洋淀水区的人们，有着特殊的含义。再加上莫言的外地口音，问乡亲们什么人家也不说，都以为他是“某一派”来调查什么的。莫言这次体验生活真是体验了一个寂寞，这样待了几天他赶紧跑回了保定。见到毛兆晃，毛兆晃还批评他：“这个你不行，你还当兵呢，都不能吃苦，怎么体验生活？”

白洋淀之行后，莫言写出了《为了孩子》，里面写到了湖泊，写到了水乡，算是比较正宗的“荷花淀派”作品了，但这些更多是莫言读孙犁的作品体会到的，跟这次体验生活似乎关系不大。

莫言崇拜孙犁，他读孙犁、学孙犁，因此对白洋淀有着一种特殊的欣赏和亲近的情感，但真到了白洋淀，眼前的白洋淀已干涸见底、“病入膏肓”，这给莫言的第一印象实在不美好。莫言看到了淀区人的生活是艰苦的，泥土是黝黑的，莲藕是瘦弱的。相信莫言在这里并没有得到毛兆晃希望带给他的和他自己渴望得到的写作素材和写作灵感。但以此为分界线，莫言尝试写了《为了孩子》，算是对毛老师的回应和对白洋淀的致敬吧，此后的小说在内容和风格上都有了很大的改变，呈现出一种新的气象，我们是否可以认为这时莫言正在走上真正属于自己的文学之路呢。

正如毛兆晃所判断的，一开始莫言也许真的想要成为孙犁那样的作家，但莫言想超越，因此他只能走自己的路。莫言曾经说过，如果当时他按照孙犁的风格写下去，“荷花淀派”写得再好，也不可能超越孙犁。由此我们是否可以推测，莫言的白洋淀之行在他的思想上还是有很大的触动的，甚至是思想冲击。在白洋淀几天他明白了，他是写不好白洋淀的，因为白洋淀不是他自己所熟悉的。孙犁及“荷花淀派”写白洋淀写乡土，因为他们在白洋淀长期生活过或者有的作家本身就是白洋淀人，白洋淀是他们的乡土，对白洋淀他们太熟悉了，而自己的乡土在山东、在高密，白洋淀一望无际的芦苇和一望无际的河滩不是自己故乡的样子，自己高密的故乡旷野上是一望无际的红高粱和一望无际的玉米。不一样的乡土，但有一样的真情和热爱。白洋淀人的淳朴还是打动了他，看到白洋淀人自然会想到家乡的父老，那才是自己熟悉的，才应该是自己笔下活的灵魂。

毛兆晃带莫言到白洋淀“扑腾”，可惜没扑腾出什么水花，但白洋淀之行给莫言带来的思想上的触动是最直接的，他明白自己看到的乡土不是自己熟悉的乡土，他可能已深深体会到孙犁的乡土也不是自己的乡土，自己的乡土在自己熟悉的家乡。

和钟恪民的缘分

如果说是毛兆晃把莫言领进了文学的大门，那么钟恪民则把莫言送上了属于自己的文学之路。

莫言的第四篇作品是《售棉大路》，写的是自己熟悉的生活，是家乡的乡土。莫言当兵前在县棉花加工厂里干了三年多临时工，这个题材他太熟悉了，因此写得非常成功。这篇小说被《小说月报》转载了，这在当时对一位年轻作者而言，是了不起的荣誉。正当毛兆晃心里在为莫言击节叫好时，他读到了莫言的第五篇来稿《民间音乐》。展开稿纸一读，令毛兆晃大跌眼镜，简直面目全非了，毛兆晃直呼，看不懂，看不懂。谁承想，莫言的风格突然大变，毛兆晃有点拿不准。

毛兆晃的初衷是带莫言到白洋淀深入体验生活，以后写出更多更好的荷花淀风格的作品，但让毛兆晃始料未及的是，这次白洋淀之行非但没有把莫言荷花淀风格的创作引向深入，却反而改变了他的创作风格，这是毛兆晃没想到的，但对莫言来说却是幸运的。

更可贵的是，毛兆晃虽然拿不准，但并没有轻易否定这篇稿子，他知道莫言的突然改变肯定是有道理的，所以他把文章拿给别的编辑看，大家共同讨论。

幸好新从部队回来个年轻编辑钟恪民，三十岁出头，风度翩翩，才华横溢，文艺观念很新。他看了小说，连声叫好，甚至认为这篇小说超过了莫言以往任何一篇。虽然这篇小说大体还是现实主义的，但行文中表现出来的带有点魔幻的意识流的欧美风格，是当时几乎千篇一律的审美中的“另类”，的确难能可贵，这让钟恪民眼前一亮，仿佛看到了中国文坛百花齐放的新气象，他甚至大胆预言莫言坚持这样写下去会得诺贝尔文学奖的。无论是脱口而出还是有心之言，钟恪民都算得上是第一个“预言”莫言获诺贝尔奖的。钟恪民接手编发这篇小说，又发了头版头条。这篇小说果然在文坛引起了反响。

钟恪民和莫言在《莲池》编辑部交流，杨金祥绘

其实，《莲池》从主编到编辑都很关注莫言这个“重要”作者，钟恪民也不例外，莫言的第一篇小说《春夜雨霏霏》这个题目就是钟恪民给改

的，改后的题目既尊重了作者的原意，也更像一个小说题目。莫言原来的题目是《雨夜情思》，太像散文题目，而实际上莫言的这第一篇小说写得很散文化，这可能是受了孙犁小说的影响，因为当时莫言正在模仿他的偶像呢。

很多年，莫言都和钟恪民保持着联系，他俩仅相差几岁，但莫言一直以老师相称，并不断提起自己是从《莲池》扑腾出来的，不忘《莲池》栽培和编辑老师的知遇之恩。

和孙犁的缘分

《民间音乐》引起了孙犁的注意。1984年5月18日《天津日报》刊发了孙犁的文章《读小说札记》，评价了新近发表的几篇小说，评价的第一篇就是莫言的《民间音乐》，孙犁写道："过去的一期《莲池》，登了莫言作的一篇小说，题为《民间音乐》。我读过后，觉得写得不错。他写一个小瞎子，好乐器。天黑到的一个小镇，为一女店主收留。店主想利用他的音乐天才，作为店堂一种生财之道。小瞎子不愿意，很悲哀，一个人又向远方走去了。事情虽不甚典型，但也反映当前农村集镇的一些生活风貌，以及从事商业的人们的一些心理变化。小说的写法，有些欧化，基本上还是现实主义的。主题有些艺术至上的味道，小说的气氛，还是不同一般的，小瞎子的形象，有些飘飘欲仙的空灵之感。"

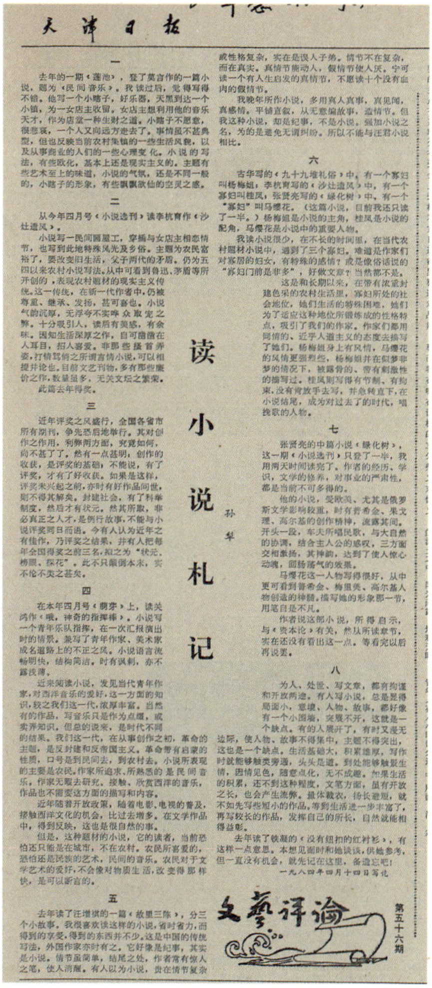

天津日报

读小说札记

孙犁

一

去年的一期《莲池》，登了莫言作的一篇小说，题为《民间音乐》。我读过后，觉得写得不错。他写一个小瞎子，好乐器，天黑到达一个小镇，为一女店主收留。女店主想利用他的音乐天才，作为店堂一种生财之道。小瞎子不愿意，很悲哀，一个人又向远方走去了。事情虽不甚典型，但也反映当前农村集镇的一些生活风貌，以及从事商业的人们的一些心理变化。小说的写法，有些欧化，基本上还是现实主义的。主题有些艺术至上的味道，小说的气氛，还是不同一般的，小瞎子的形象，有些飘飘欲仙的空灵之感。

二

从今年四月号《小说选刊》读李杭育作《沙灶遗风》。

小说写一民间画屋工，穿插与女店主相恋情节，也写到此地特殊风光及乡俗。主题为农民富裕了，要改变旧生活，父子两代的矛盾。仍为五四以来农村小说写法。从中可看到鲁迅、茅盾等所开创的，表现农村题材的现实主义传统。这一传统，在新一代作者中，仍被尊重、继承、发扬，甚可喜也。小说气韵沉厚，无浮夸不实哗众取宠之弊。十分吸引人，读后有美感，有余味。因知生活深厚之作，自可留留在人耳目，招人喜爱。非那些搔首弄姿，打情骂俏之所谓言情小说，可以相提并论也。目前文艺刊物，多有那些廉价之作，数量虽多，无关文坛之繁荣。

此篇去年得奖。

三

近年评奖之风盛行，全国各省市所有期刊，争先恐后地举行。其对创作之作用，利弊两方面，究竟如何，尚不甚了了。然有一点甚明：创作的收获，是评奖的基础，不能说，有了评奖，才有了好收获。如果是这样，评奖未兴起之前，亦时有好作品问世，则不得其解矣。封建社会，有了科举制度，然后才有状元。然其所取，非必真正之人才，是例行故事，不能与小说评奖同日而语。今有人认为近年之有佳作，乃评奖之结果，并有人把每年全国得奖之前三名，拟之为"状元、榜眼、探花"。此不只颠倒本末，实不伦不类之甚矣。

四

在本年四月号《萌芽》上，读关鸿作《哦，神奇的指挥棒》。小说写一个青年乐队指挥，在一次汇报演出时的情景。兼写了青年作家、美术家成名道路上的不正之风。小说语言流畅明快，结构简洁。时有讽刺，亦不露浅薄。

近来阅读小说，发见当代青年作家，对西洋音乐的爱好，这一方面的知识，较之我们这一代，浓厚丰富。当然有的作品，写音乐只是作为点缀，或卖弄知识。但总的说来，是时代不同的结果。我们这一代，在从事创作之初，革命的主题，是反封建和反帝国主义。革命带有启蒙的性质，口号是到民间去，到农村去。小说所表现的主要是农民。作家所追求、所熟悉的是民间音乐。作家无暇去研究、接触、欣赏西洋的音乐，作品也不需要这方面的描写和内容。

近年随着开放政策，随着电影、电视的普及，接触西洋文化的机会，比过去增多。在文学作品中，得到反映，这也是很自然的事。

但是，这种题材的小说，它的读者，当前恐怕还只能是在城市，不在农村。农民所喜爱的，恐怕还是民族的艺术，民间的音乐。农民对于文学艺术的爱好，不会像对物质生活，改变得那样快，是可以断言的。

五

去年读了汪增祺的一篇《故里三陈》，分三个小故事。我很喜欢读这样的小说，省时省力，而得到的享受，得到的东西并不少。这是中国的传统写法，外国作家亦时有之。它好像是纪事，其实是小说。情节虽简单，结尾之处，作者常有惊人之笔，使人消醒。有人以为小说，贵在情节复杂或性格复杂，实在是误人子弟。情节不在复杂，而在真实。真情节能动人，假情节使人厌。宁可读一个有人生启发的真情节，不愿读十个没有血肉的假情节。

我晚年所作小说，多用真人真事，真见闻，真感情。平铺直叙，从无意编故事，造情节。但我这种小说，却是纪事，不是小说。强加小说之名，为的是避免无谓纠纷。所以不能与汪君小说相比。

六

古华写的《九十九堆礼俗》中，有一个寡妇叫杨梅姐；李杭育写的《沙灶遗风》中，有一个寡妇叫桂凤；张贤亮写的《绿化树》中，有一个"寡妇"叫马缨花。（这篇小说，目前我还只读了一半。）杨梅姐是小说的主角，桂凤是小说的配角，马缨花是小说中的重要人物。

我读小说很少，在不长的时间里，在当代农村题材小说中，遇到了三个寡妇。难道是作家们对寡居的妇女，有特殊的感情？或是像俗话说的"寡妇门前是非多"，好做文章？当然都不是。

这是和长期以来，在带有浓重封建色采的农村生活里，寡妇所处的社会地位，她们生活的特殊困难，她们为了适应这种地位所锻炼成的性格特点，吸引了我们的作家。作家们都用同情的、近乎人道主义的态度去描写了她们。杨梅姐身上有风情，马缨花的风情更强烈些，杨梅姐并在似梦非梦的情况下，被露骨的、带有刺激性的描写过。桂凤则写得有节制、有拘束，没有肯放手去写，并急转直下，在小说结尾，成为对过去了的时代，唱挽歌的人物。

七

张贤亮的中篇小说《绿化树》，这一期《小说选刊》只登了一半，我用两天时间读完了。作者的经历、学识，文学的修养，对事业的严肃性，都是当前不可多得的。

他的小说，受欧美、尤其是俄罗斯文学影响较重，时有普希金、果戈理、高尔基的创作精神，流露其间。开头一段，车夫所唱民歌，与大自然的协调，结合主人公的感叹，三方面交相激扬，其神韵，达到了使人惊心动魄，回肠荡气的效果。

马缨花这一人物写得很好，从中更可看到普希金、梅里美、高尔基人物创造的神髓。描写她的形象那一节，用笔自是不凡。

作者说这部小说，所得启示，与《资本论》有关，然从所读章节，实在还没有看出这一点。等看完以后再说罢。

八

为人、处世、写文章，都有拘谨和开放两途。有人写小说，总是显得局面小，意境、人物、故事，都好像有一个小围墙，突展不开，这就是一个缺点。有的人展开了，有时又漫无边际，使人物、故事不得集中，主题不得突出，这也是一个缺点。生活基础大，积累雄厚，写作时就能够触类旁通，头头是道。到处能够触景生情，因情见色，随意点化，无不成趣。如果生活的积累，还不到这种程度，文笔方面，虽有开放之长，也会产生流弊。量体裁衣，扬长避短，就不如先写些短小的作品。等到生活进一步丰富了，再写较长的作品，发挥自己的所长，自然就能相得益彰。

去年读了铁凝的《没有纽扣的红衬衫》，有这样一点意思。本想见面时和她谈谈，供她参考，但一直没有机会，就先记在这里，备遗忘吧！

一九八四年四月十四日写讫

文艺评论

第五十六期

1984年5月18日《天津日报》刊孙犁《读小说札记》

孙犁的这篇《札记》一共有八节，从八个方面对一些作家作品和文学现象作了评述，其中不乏当时的知名作家甚至是著名作家，如汪曾祺、张贤亮、铁凝、古华等。孙犁能够注意到一家地级小刊物的没什么名气的作者，当然和他自己是从河北走出来的作家有关，身在天津的孙犁一直关注着河北、关注着保定的文事，倾心支持《莲池》这本小刊物，不但为公开发行的《莲池》题写了刊名，还热衷于给《莲池》供稿，在上面发表了不少重要作品。而把莫言的小说放到第一个来评价，足见孙犁对这篇作品的认可，从孙犁的评语可见，孙犁对这篇作品的艺术感觉是良好的，印象是深刻的。孙犁短短二百多字，肯定了《民间音乐》和莫言小说的文学价值，极大地提高了莫言的知名度，对莫言之后走上更广阔的文学道路起了非常重要的推动作用。

孙犁的肯定非同小可，莫言深知这一段话的分量，看到报纸后，莫言没好意思整篇拿走，但赶紧把孙犁评自己小说的一小段裁下来，装进衣服口袋里，没想到以后有了大用处，孙犁的一则短评，直送莫言上青云。

三十八年后，当徐光耀再次读到当年《天津日报》上刊登的孙犁这篇文章时，依然感慨，在报眉处写道："孙犁慧眼识珠，在这一小小短篇中，他已感到莫言的大材。"

莫言和孙犁是有缘分的，但他俩却未谋一面，甚至未通过一封信，当然这种缘分得益于孙犁对河北、对保定文学的关注，得益于他总是自觉地鼓励、支持和提携有文学潜质的年轻作者。

对孙犁的"提携"之恩，莫言也从来没有忘记。莫言虽然没有专门写过有关孙犁的文章，但在一些访谈或演讲中，对孙犁的评价非常之高，他充分肯定了孙犁小说的文学价值，尤其凸显其对自己的影响，他认为"至今还是没有一个作家可以替代孙犁"，"起码在大学课堂上，在学到文学史的时候，孙犁是永远绕不过去的一个巨大存在”，“中国只有一个孙犁，他既是位大儒，又是一位‘大隐’”。他是崇拜孙犁的，写作之初也是模仿孙犁的。

2012年底，孙犁的女儿孙晓玲要出版一本《逝不去的彩云——我与父亲孙犁》，想请莫言题写书名，著名作家冉淮舟主动帮忙。冉淮舟是莫言在军艺（中国人民解放军艺术学院）上学时的老师，跟孙犁关系也非同一般，受过孙犁的帮助和提携。20世纪60年代初孙犁患病时，他帮孙犁收集、整理、抄写、编辑了多部书稿，出版了五本。这时的莫言和当年已不可同日而语，他刚获得诺贝尔文学奖不久，正如日中天，但在聚会时，当冉淮舟提出要求时，莫言马上提笔书写了书名，并托冉淮舟转交给了孙晓玲。拿到莫言题写的书名后，孙晓玲发现莫言在自己的名字下面特意写上了比自己名字的字体还要大的“敬题”二字，可见莫言对孙犁的崇敬和感激之情。

毛兆晃一心想把莫言培养成孙犁一样的作家，但莫言“不走寻常路”，另辟蹊径，用当时中国作家并不擅长运用的表现手法，写属于自己的乡土——山东高密的乡土。毛兆晃知道自己遇到了宝，遇到了一个有潜力有前途的好苗子，这是一位编辑非常高兴的事，他希望把他培养成像孙犁一样的作家，不想“孙犁”没培养成，却走出来中国第一位诺贝尔文学奖获得者。毛兆晃是伯乐，莫言是千里马，但却是超乎毛兆晃想象的千里马。

“莲池锦鲤”“跃龙门”

莲池虽小亦有龙焉，《莲池》之缘亦甚幸焉。

莫言说，他是从《莲池》里扑腾出来的，把保定看成是自己的第二故乡，他在文章中、在公开场合不止一次这样表示过，这绝非是客套话。《莲池》、保定、河北的确改变了莫言的人生。

“两篇小说”能提干，“一篇小说一篇评论”上大学，这在20世纪80年代绝对是“鲤鱼跳龙门”式的改变。那时农村孩子改变命运的方式基本有两个，第一是考大学，把农村户口变成商品粮户口，国家分配工作；第二就是当兵提干（或转志愿兵），当了军官，即使以后转业，国家也给安排工作。莫言既提了干又上了大学，为什么，都是因为他的小说，都是因为《莲池》这片小天地。

1982年夏天，莫言回家探亲，有一天收到他们训练大队政治处一位干事的来信，告诉莫言他的提干申请批下来了。真是人在家中坐，好事天上来。可好事总是多磨，哪有天上来的。后来莫言这位七年的老兵才知道，他的提干是他的小说起了决定性作用。为了帮助他提干，他们部队政治部主任、干部科长拿着他的提干材料和在《莲池》发表的两篇小说，跑到总参干部部去争取，说莫言这名战士是难得的人才，不提干太可惜。拿出白纸黑字的作品，总参干部部领导一看的确是人才。要知道，那时在部队内部刊物上发一篇“豆腐块”都能立三等功，莫言的作品可是在全国公开发行的刊物上发表的，而且都几千上万字，妥妥的人才呀。那时的领导真是惜才爱才用才。《莲池》上的两篇小说，让莫言摇身一变成了“响当当”的干部、军官。

据原《莲池》编辑石雨、保定文联原办公室主任张响涛、著名作家申跃中等回忆，当时毛兆晃从部队带回一个消息，说莫言要复员回老家了，大家都觉得莫言是一个难得的人才，在文学上前途光明，这样复员回家太可惜了，就纷纷想办法留住莫言。毛兆晃更是心急如焚，带着莫言在《莲池》发表过的小说，跑到部队上替他说情。毛兆晃对莫言、对一个人才的前途用尽了心思，值得尊敬。这耀那里"座谈良久"(徐光耀日记语),保定市文联刊物《莲池》公开发行时,正是徐光耀力荐申跃中担任了《莲池》的编委,可见无论对申跃中的为人和为文,徐光耀都是认可甚至是赞赏的。不过,如此长的信件,对一位年近九十岁的老人来说,无论是写,还是读,都是非常耗费精力的,但由此我们也能看到徐光耀和申跃中友谊之深厚之真切。其实在当时21世纪70年代末80年代初,有一件事最能体现他们之间的友谊,也最能体现徐光耀对后辈的爱护。

1979年申跃中在《十月》第三期发表了中篇小说《挂红灯》,小说发表后,引起了广泛关注。徐光耀对这篇小说的评价非常高。10月23日,徐光耀从下午到晚上10点半,把《挂红灯》认认真真读完,大叫其好。那天在日记中徐光耀对《挂红灯》评价道:"写得真好。哭了几次,笑着哭,哭完了再看,又哭起来。申跃中的幽默感,比赵树理还要浓厚强烈。我对当代人的作品,没有一部有过这么强烈的感受和激动。几个人物写得很活,如闻其声,如见其面。有些章节,功力不下《红楼梦》。生活——现实主义,真有强大到不可抗拒的力量!对,不可抗拒的力量!晚上就给申跃中写信,极热烈地祝贺他!他的确是个天才,是我们国家的瑰宝。"当面夸一个人碍于情面难免有溢美之词,背地里不由自主地夸,那就是真情实感了,何况是净说真话、说实话的徐光耀。

后来徐光耀又读《挂红灯》,正好有杂志编辑约徐光耀写一篇关于小说《挂红灯》的读后感,徐光耀认为这读后感是的确应该写的,一则小说实在好,二则自己了解申跃中,三则与申跃中的友情又很亲密,应该鼓励一下。不但如此,徐光耀还一直想把这篇小说改编成话剧,认为改好了,不亚于《红旗谱》。看来徐光耀对申跃中的《挂红灯》非常看重,评价也是非常高的。

1980年1月28日,徐光耀写了一篇篇幅颇长的读后感《高高挂起的红灯——读申跃中的〈挂红灯〉》，发表在《河北文艺》上。文章从申跃中式的幽默、作品的个性、人物形象的刻画、艺术技巧等多方面进行了分析，都给予了充分肯定。如此看来，徐光耀兑现了自己对自己暗暗许下的诺言，也的的确确给予了申跃中相当大的鼓励。

1982年1月一版一印

1980年1月30日，几乎与徐光耀发表读后感同时，一位资深的文学评论家在《人民日报》发表了一篇评论文章，里面提到了申跃中的《挂红灯》，认为这篇小说简单化、概念化，很少对人物进行性格化的描写，虽然评论的作者也认为《挂红灯》是“一幅绝非瞎编的素描长卷”，但还是在艺术上否定了它。徐光耀读到之后，立马意识到这种评论对申跃中本人及其作品可能造成的伤害。徐光耀深知处在那个时代的作家们命运之坎坷、经历之复杂，有过教训的申跃中惊魂甫定，当时正值全国拨乱反正，思想界也在正本清源，一条一棍子打死的负面评价，评论者也许是无意针对某一位作者的，但是这样的评价，足以对一位作者形成致命的打击，关乎作者的艺术生命。徐光耀认为这样的评论文章过于武断，不利于百花的繁荣，所以，2月2日，徐光耀就写了一篇文章《不同意这样评价〈挂红灯〉》，直截了当，观点鲜明，“目的在引起注意。不要因一时的疏忽，误伤了作者和作品”。

按年龄算，徐光耀长申跃中十多岁，在文坛成名也早得多，应该算是前辈了，为了一部好作品，不惜与人公开论争，有理有据，倒颇具前辈风范。其实这还真不是个人感情的事，而是为了艺术的真谛和一个作者的艺术前途，这是徐光耀的真性情。

徐光耀对申跃中的这番“声援”、这番“力挺”，是非常及时的，也是必要的，他们二人因为文学而结下的友谊也是牢固和长久的。

前几天，看到魏平先生一篇文章《接近大地的作家们》，文章说，2013年，他们河北作协、《长城》杂志社、《诗选刊》杂志社一行几人，在去保定蹲点调研前去看望徐光耀先生，徐光耀这时还不忘推介老朋友，告诉他们保定有位作家叫申跃中，历时十三年创作了长篇小说《中和人家》，写得很好、很感人，希望作协给予关注。

对于申跃中长篇小说的力挺对徐光耀来说这不是唯一的一次，在20世纪90年代，申跃中创作了反映农村生活的长篇小说《蓝火头》，分上下部发表在河北大型文艺双月刊《长城》上，徐光耀对这部小说评价很高，看完上部、下部后分别于1997年3月17日和1997年5月5日致信申跃中，对小说优秀之处大加赞赏的同时对看到的不足也直言不讳，大有诤友之风。

看上部时，徐光耀本想跳着看，领会其大意，谁知“原不想看全部，却又深深被吸引，看了又想看，不忍释手……”徐光耀认为申跃中“最了解农民，对农民最知心知底，这一点，谁也比不了”。徐光耀在信中说：“我读《挂红灯》时大哭，读这个，总在热泪盈眶。”徐光耀甚至觉得以申跃中写农民的功力，如果早生几年，赶上抗日，也会写出《红旗谱》那样的书。同时指出：“文字上，好像比你以前啰嗦了些，有时一句话，非要分成两截说，不够简洁。”

1962年4月一版一印

看完了下半部，徐光耀形容自己的感受

就像“毒日头底下喝了一气井拔凉水，又解渴，又醒脾”。在肯定的同时，徐光耀依然没有忘记指出小说的不足，他认为：“正面人物除了‘蓝火头’，其余不及《挂红灯》鲜明有力，那是叫人回肠荡气的。这个李进步，要干瘪些，且配上了许多的议论，而议论不能代替形象。所以他在相当程度上还抽象。”但终究，徐光耀对申跃中是十分鼓励的，他告诉申跃中：“你的农村生活，厚得令人羡慕。你还能写出很多东西来，写一点，就宝贵一点。”

申跃中也不负所望，《蓝火头》获得了河北省第七届文艺振兴奖，年过古稀又和夫人合作写出了长篇小说《中和人家》。

徐光耀一直是看重申跃中的，不但看重他的人品，更看重他的文才，喜欢他性格直爽，更喜欢他的作品不脱离泥土本色。老辈文人这种纯真的友谊实在值得我们学习。

【申跃中】

1937年生，中国作家协会会员、河北省保定市文联专业作家。主要作品有短篇小说集《社长的头发》，长篇小说《蓝火头》《中和人家》，中篇小说《挂红灯》《清风河畔一盏灯》《明年属羊》《宴席上下》等。其中《宴席上下》《蓝火头》分别获河北省第三届、第七届文艺振兴奖。

铁汉柔情徐光耀

——读懂徐光耀的一封家书

提起徐光耀，人们马上就能想起他那些脍炙人口的作品，《平原烈火》《小兵张嘎》《新兵马强》《望日莲》《昨夜西风凋碧树》等，如数家珍。但平时我们更注重的是作为一位作家的徐光耀，而没有更多地关注作为一名革命战士的徐光耀。

徐光耀出生于1925年，1938年，抗战爆发第二年，年仅十三岁的他就参加了八路军，在部队半年时间光荣地加入了中国共产党，抗战中经历了大大小小一百多次战斗，表现出了极为优秀的革命品质。这也许是和徐光耀小时候的经历息息相关的，无论是听父亲讲故事也好，还是听书看戏学来的也好，旧中国农村崇尚的朴素的狭义精神根植在了年幼的徐光耀的内心深处。在国难当头之际，徐光耀挺身从戎，成了杀敌卫国的娃娃兵，进而成为机智勇敢的“红小鬼”，最终成长为信念坚定的革命军人。都说《小兵张嘎》有许多现实生活中的原型，我倒认为徐光耀笔下的人物，无论是周铁汉（《平原烈火》）还是嘎子的形象，或多或少都有徐光耀自己的影子。正是这种直率忠诚、机智勇敢和甘愿为国牺牲的有侠有义的精神，才使他在党的教育下很快成长为了一名优秀忠诚的革命战士。我不禁感慨只有这样优秀的革命战士才有可能刻画出那么优秀的革命战士的艺术形象。

作为抵御外侮的党的优秀战士，徐光耀是合格的，小小年纪，铁骨铮铮，但即使铁汉也有柔情。我有幸看到了徐光耀先生保存下来的一封家书，得以一窥徐光耀的“柔情”。录于此，以飨读者。

父亲：

您的来信和我姐姐的信一块儿接到了，使我很兴奋，简直是高兴得不得了。

听说您现在想开了，吃喝都增加了不少，这是非常好的，这样减去了您的烦愁和忧愁，使身体健康，也使我免去了惦记。

我的姐姐参加区里工作，更是让我兴奋的事，这就好像我俩站在一条线上打日本一样，您有这样两个儿女，应该是很甘心了，您是多么光荣啊！

您放心，我一定按照您的教育去做，一定好好地学习与工作，一定和每个同志都和气亲爱，绝不辜负您老人家的期望。

爹！您耐心等着吧，胜利的日子就快来了，今年就可以打败德国，明年就要反攻日本，那时候才是咱们团圆的时候！您不信，我姐姐会告诉您现在形势是多么有利，

我现在一切都好，也很快乐，请放心，

祝身体永远健康，并请

福安

儿　光耀

10.26

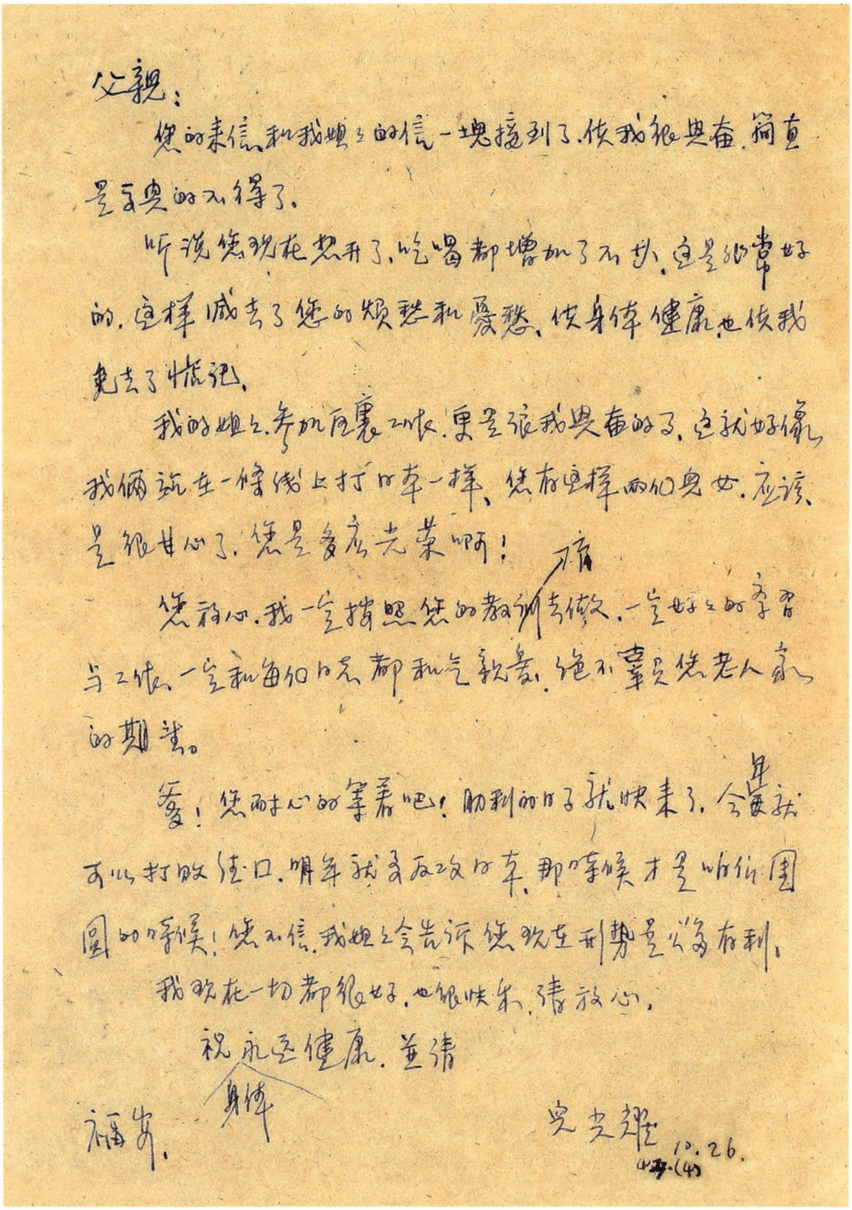
父親：

您的来信和我姐姐的信一塊接到了，使我很興奮，簡直是高興的不得了。

听説您现在想开了，吃喝都增加了不少，這是非常好的。這樣减去了您的煩悶和憂愁，使身体健康，也使我免去了惦记。

我的姐姐参加区裏工作，更是使我興奮的了，這就好像我俩站在一條线上打日本一样。您有這樣的兒女，應該是很甘心了，您是多麽光荣啊！

您放心，我一定按照您的教訓去做，一定好好的学習与工作，一定和每個同志都和气親愛，絕不辜負您老人家的期望。

爹！您耐心的等着吧！勝利的日子就快来了，今年就可以打败鬼子，明年就可反攻日本，那時候才是咱們團圓的時候！您不信，我姐姐会告訴您现在形勢是如何有利。

我现在一切都很好，也很快乐，請放心。

祝身体永远健康，並請

福安。

兒光耀 12.26.

徐光耀的家书

信的落款是（1944 年）10 月 26 日，这个时候徐光耀已从一个十几岁的大男孩成长为一个有着好几年军龄、党龄的“老革命”了，其实作为“老革命”的徐光耀这时也只有十九岁，正是和平年代有着无数美好梦想的年龄。但从徐光耀写给父亲的这封信中我们看到的是一位成熟的革命军人。信写得简单、朴素，没有家长里短、没有儿女情长，但在这简洁的字里行间，我还是深深体味到了为人子的徐光耀所表现出来的亲情和柔情。

同时接到父亲和姐姐的信，兴奋、高兴得不得了，是自然的，家书抵万金，战争年代一封家书又岂止万金，何况同时收到两位至亲的来信。徐光耀的信中说，父亲想开了，饭量增加了，身体健康了，“使我免去了惦记”。徐光耀一直惦记什么呢，仔细想来，其实惦记的正是父亲对自己的惦记。是呀，一个十几岁的孩子，每天冒着枪林弹雨，哪个做父亲的不惦记呢，好在徐光耀的父亲虽是农民，但是开明的、明白事理的，对儿子所走的道路最终由不理解到支持，

1946 年“三八”妇女节，徐光耀姐姐徐志民和战友们摄于雄县妇联大院。二排右二为徐志民

这转变是巨大的。其实，徐光耀走上革命道路，对这个家庭的影响也是巨大的，父亲理解儿子，知道儿子走的道路是正确的，于是徐光耀走后不久姐姐也参加了抗日，他们家成了八路军的堡垒户，父亲和老妹子经常给八路军浆洗缝补、烧水做饭、站岗放哨。有一次，县委的同志被敌人堵在了村里，在钻地洞之前，老父亲按照县委同志的指挥，把一颗拉出弦来的手榴弹挂在了风门子的门楣上，鬼子只要拉门，手榴弹就会爆炸，鬼子被炸死了，这个家也得房倒屋塌。为了掩护八路军，这次父亲赌上了身家性命，还有一生节俭盖起来的房子，父亲居然也舍得。万幸的是，鬼子没有搜上门来。父亲这转变的确巨大。也因为这转变，老人家才想开了，才增加了饭量，身体才健康了，为人子的徐光耀才能放下心来，多么朴素的柔情！

徐光耀后来写过一篇《我爱我的爹》，写的是父亲到部队看自己，父子在一起生活了几天，描写得生动感人。那次父子见面抗战早已胜利，解放战争已经爆发，年近六十的父亲思想开明多了，变得特别喜欢八路军，临走时带回家的居然是《前线歌选》和一张消灭国民党三个军的捷报。这我们就理解了为什么徐光耀此前会在家书里对父亲循循开导，直至告诉父亲，姐姐参加区里的工作，是和自己站在一条线上打日本，作为父亲该多么光荣，因为徐光耀知道这时的父亲早已不是他刚离开家参加八路军时的父亲了。从这些朴素的话语中我们还能感受到徐光耀对御敌卫国所表现出来的强烈的自豪感。

1945 年 11 月，徐光耀和父亲在辛集胡合营合影

最为难能可贵的是信的结尾，徐光耀告诉父亲胜利的日子就快来了，今年打败德国，明年就反攻日本，那时候才是一家团圆的时候。

多么豁达的革命乐观主义精神，这是一位年轻的革命战士少见的成熟，对抗战的胜利充满了信心；多么强烈的革命自觉性，先国后家，先忠后孝，这是一个亘古不变的道理，有国才有家，只有赶走了践踏国土的侵略者，一家人才能真正团圆。用自己勇敢的战斗换来阖家团圆，大忠大孝，是铁汉的柔情！果如徐光耀所言，第二年抗战胜利了，他和父亲也团圆了，而且父子俩度过了一段短暂的充满亲情的美好时光。这段美好时光在前文提到的《我爱我的爹》一文中有详细的交代。

反复读徐光耀的这封家书，总觉得好像少了些什么。少了什么呢？对，一封来自战火纷飞的抗日战场的家书，怎么偏偏少了硝烟的味道呢。这封信没有写到战争的残酷，没有写到战斗的危险，甚至都没有写到生活的艰苦，这也许正是徐光耀作为人子的柔情所在，报喜不报忧，不让父亲惦记自己。让长辈安心便是孝，在战场上为国尽忠，不让父亲为自己担心，对至亲满怀柔情的徐光耀做到了。

和大多数来自战场上的家书一样，寥寥数语，纸短情长。仅仅三百多字里，既有最朴素动人的人间亲情，又有伟大感人的国之大爱，二者的结合堪称完美。徐光耀坚定的革命信念让人敬佩，他对亲人的思念和柔情让人动容，这也许正是我们读懂这封家书的意义所在。

袁大炳的红色文化情结

袁大炳是第十届全国人大代表、全国劳动模范，2002 年从河北源兴电力安装有限公司董事长的位置上退下来后，闲不住的袁大炳投身家乡文化事业，成立了安新县白洋淀文化苑旅游服务有限公司并任董事长。他从 2003 年开始建设白洋淀文化苑，2004 年文化苑开门迎客。袁大炳的心里一直在谋划布局，就是如何把白洋淀的红色文化不断发扬光大，作为土生土长的白洋淀人，他爱这片热土，也深知白洋淀是一片红色的热土，文化苑的根就是白洋淀的红色文化。

《小兵张嘎》情结

袁大炳年轻时，正是电影《小兵张嘎》大火之时，那时他没少一遍一遍地看《小兵张嘎》，对“嘎子”这个英雄的小老乡有着特殊的感情。建文化苑之初，他就想在文化苑不大的小岛上辟出一块地方，建成“嘎子村”，还原电影里的一些场景，也还自己的一个心愿。

事有凑巧，也是袁大炳跟《小兵张嘎》真有缘分，白洋淀文化苑 2003 年 5 月开始建设，不久电视连续剧《小兵张嘎》摄制组就跟他接洽，想在文化苑建《小兵张嘎》拍摄的外景地。一开始摄制组想要用文化苑一块地方，建一处临时的外景地，拍完电视剧后再拆除，过后不影响文化苑对这块土地的使用。《小兵张嘎》可是咱白洋淀的，是白洋淀的金字招牌，拍《小兵张嘎》，还建什么临时的，干脆就建个嘎子村，拍完电视剧再改造成永久性的旅游景点，这么一来对摄制组、对文化苑都是一个更好的选择。袁大炳当即拍板，对《小兵张嘎》摄制组全力支持。谈合作时，没等摄制组来的人说什么呢，文化苑就介绍了袁大炳的设想，这当然是摄制组求之不得的。袁大炳在寸土寸金的这个人工岛上，一下子划给了摄制组一大块地，来建设仿旧的民居院落、老县城城墙城门。

在修建老县城城墙、城门时，大家都主张用仿旧的新砖，袁大炳坚决不同意："那可不行，那不是挂羊头卖狗肉吗，不真实呀。"那怎么办？做事较真，袁大炳从来不含糊。怎么办？找旧时候的老砖呀。白洋淀一带，还零星地留存着一些老房子、老院落，总有老百姓拆旧盖新的，这拆下来的老砖，不就是建旧城墙、城门所需要的嘛。于是袁大炳派人到镇安州、同口等地走村串户，专门踅摸拆老房的人家，买人家拆下来的大块的青砖。为把城门修得更逼真，袁大炳还专门找人淘换来新安老城南城门"通秀门"的老照片，让搞古建的行家比照着老照片建城门。那座城门和那段古城墙建起来时果真达到了"建旧如旧"的效果，可造价也高了许多，一块旧青砖要比一块仿旧的砖贵上几倍甚至十来倍。这样的投资袁大炳历来舍得下本，他的做事原则一贯如此，这不是钱的事，是一种情怀。在别人眼里袁大炳花钱就是一个矛盾，对自己的吃、喝、住、行吝啬得很，多花一分都舍不得，但要论起文化投资来，真是一掷千金，眼都不眨一眨，就更别说这是为《小兵张嘎》投资了。

电视剧 2003 年 10 月开拍，2004 年 7 月在中央电视台开播。

袁大炳接手嘎子村时，那些作为“临时道具”的房子已经破破烂烂了。把这里改造成旅游景点时，袁大炳还是比较“外行”了，他让人对这些民居、院落稍微修整了修整，又根据《小兵张嘎》里嘎子的人物形象做了一些泥塑，还原了小说和电影里的一些经典场景。对雕塑这类艺术，袁大炳也不甚了解，一开始打算做小兵张嘎雕塑时，有人建议得做出白洋淀特色，于是找来了本地的泥塑师傅，做起了泥塑。农村艺人做雕塑，本来也不讲究多少技术含量，也就就地取材，以芦苇作胎，用泥巴捏巴了一些小说中的人物，做出来的人物造型稀奇古怪，很难说美感，也就热热闹闹，艺术水准可见一斑。这些泥塑风吹日晒雨淋，没几年就已经残缺不整、面目模糊了，有的甚至都露出了里面用芦苇做的胎体，简直可用“惨不忍睹”来形容。弄得游客来到这里都有些为难，本来来到嘎子村想和“小嘎子”合个影留个念，但把这形象照进照片里，实在让人不敢恭维，这景观有些尴尬了。连袁大炳自己看了这些泥塑都感慨：“我算知道什么叫泥娃娃洗脸了。”原有嘎子村的规模、艺术水准已和整个文化苑越来越不协调，甚至格格不入了。袁大炳怎么能容忍自己心目中的小英雄“沦落”到这个地步呢，虽然那时文化苑的旅游收入并不高，他还是决定拿出资金来，对嘎子村进行改造。

2007 年，袁大炳下决心投资重新规划建设嘎子村，扩大原有的嘎子村规模，提高其艺术水准。他们按水乡居民的风格又盖了房子，规划了小院，为了满足游客吃住玩需求，深度体验水乡生活，还建起了嘎子饭店和嘎子宾馆，嘎子村的旅游配套设施越来越完善。

袁大炳知道嘎子村最主要的还是“嘎子”这一红色文化元素，这才是嘎子村的亮点、灵魂。因此，嘎子这些人物的泥塑必须得重做，而且要高标准做好。文化苑请来了本地手艺最好的师傅，重新做了泥塑。做好后袁大炳一看，马上就有些后悔了，这些泥塑摆在景区实在不协调，缺乏美感。袁大炳忽然明白自己忽略了一点，没有吸取原来泥塑的教训，即使再好看的泥塑，露天展示，几场雨下来，也会泥娃娃洗脸，寒碜了。吃一堑长一智，怎么自己就没长一智呢，泥塑啊泥塑，必须得换掉。袁大炳干事是一个又要好又要巧的人，面对眼前这一尊尊有些不伦不类的泥塑，他二话没说，就一个字——换！

有人劝他："这些泥塑咱可花了不少的钱呀！"袁大炳回答："文化咱可不能用钱来衡量，这可不是钱的事，红色经典，绝不能糟蹋在咱们手里。把红色经典做美了做好了，做得游客都爱看了，多花点儿钱，值。"

说换就换，这回还要换成高标准的。本地的泥塑没有那么高的艺术需求，也不禁风吹日晒雨淋，那就换成石头的。不日，一批嘎子、胖墩、胖翻译等的汉白玉石雕像，就运到了文化苑，按书中的情节摆放好，嘿，漂亮，传神。洁白的汉白玉雕像，青砖灰瓦古色古香的房子，嘎子村的品位一下子就提升起来了。很多游客开始在嘎子他们的雕像前拍照留念，再也没人站在他们面前像以前游客站在那些泥塑面前一样"无可奈何"了，现在漂漂亮亮的小嘎子，看着都让人稀罕。

建设徐光耀文学馆

2017 年 4 月 1 日，中共中央、国务院宣布成立雄安新区，这让袁大炳激动不已，他知道他又赶上了一个大好时代，年龄不是障碍，他还要继续奋斗，为新区规划建设贡献余生。

中央特别重视新区文化的传承和发展，袁大炳觉得一下子找准了方向，白洋淀红色文化是必须传承并发扬光大的，文化苑还得在白洋淀红色文化上大做文章，这样肯定大有可为。

雄安新区的成立，也成了徐光耀文学馆建设的催化剂。徐光耀文学馆建设这件事还得追溯到2012年。袁大炳其实一直想在红色文化上发力，却找不准发力点，巧的是2012年秋天，文化苑来了一位特殊游客，这位游客叫殷杰，是省会石家庄小兵张嘎博物馆馆长、徐光耀的资深研究者，有关徐光耀的资料他应该是收集最多最全的。在景区内，荡漾的水波、娇艳的荷花、碧绿的芦苇都没有引起他多大的兴趣，倒是来到嘎子村让他眼前一亮，他没想到在这样一个景区竟还有这么一处文化景观，而且情景设置、人物雕塑还这么饶有趣味。

回到石家庄后殷杰将白洋淀文化苑里的嘎子村的情况讲给了徐光耀。徐光耀对此也很有兴趣，他告诉殷杰，没想到这么多年了，白洋淀人民还这么喜欢小兵张嘎，居然还能把小兵张嘎做成那么大一片景观。徐光耀说他也很想到白洋淀看一看。殷杰把自己的一个设想告诉徐光耀，看是不是可以在文化苑建设一座徐光耀文学馆，徐光耀不置可否。后来殷杰多次提及此事，极力想促成此事，但徐光耀一直没有明确表态。

雄安新区成立后，雄安三县文化氛围越来越浓，徐光耀想看一看白洋淀的心情更迫切。2018年盛夏季节，正是荷花盛开的时候，九十三岁高龄的徐光耀受邀，在著名诗人、河北省作协原副主席刘小放陪同下来到了他做梦都想看一看的白洋淀。在白洋淀，这位九十三岁高龄老人兴致颇高，白洋淀的一草一木、白洋淀的乡里乡亲无不让他感慨万千。

2018年夏，徐光耀在白洋淀

返回家后他还意犹未尽，挥笔写下了：“白洋淀风光好，英雄多，到处都有嘎子哥。”

徐光耀当时来白洋淀还有一个小插曲。《小兵张嘎》的作者来文化苑参观嘎子村，是县里边临时通知的文化苑，“嘎子之父”参观嘎子村，这也是对嘎子村的一次检验，县里要求一定要接待好徐光耀老人。可当时董事长袁大炳因事外出，不在文化苑，一时又赶不回来，这可把袁大炳急得够呛，他赶紧打电话一再嘱咐文化苑总经理周双全等人，一定要接待好、照顾好徐光耀老人家，多请他提宝贵意见，尤其是对嘎子村的意见，要记下来，好指导文化苑以后的改进和完善。

傍晚时分，当袁大炳匆匆忙忙赶回文化苑时，徐光耀已经离开了，袁大炳有些懊恼错过了这一面之缘，错过了当面向《小兵张嘎》作者请教的机会。周双全赶紧汇报了徐光耀参观嘎子村的情况，听说徐光耀对他们的付出很感谢、对嘎子村的景观很满意时，袁大炳才有些欣慰，但他知道他们做的其实还很不够，徐老的肯定更多带有鼓励的意思，嘎子村作为文化景观还有很多事情要做。

袁大炳晚上自己静坐，年轻时看《小兵张嘎》电影时的情景不断浮现在眼前，那是怎样的一种盛况啊，《小兵张嘎》教育了几代人，徐光耀用他的笔让多少人知道了、了解了白洋淀呀。这次徐光耀重游白洋淀，也给了袁大炳一个启示，为什么不竖起徐光耀和《小兵张嘎》这面文化大旗呢，这可是白洋淀红色文化的一个标志呀，一定要擦亮这张醒目的名片，传播正能量，传承红色基因。

远在几百里之外，石家庄的殷杰和袁大炳的想法不谋而合。徐光耀回到石家庄之后，殷杰就把想在白洋淀文化苑建徐光耀文学馆的想法又提了出来，殷杰原本认为这是一件大好事，可徐光耀却仍然不同意，他认为自己还没那么高的成就和那么大的影响力，建文学馆实在有些“自不量力”，让企业白花钱，那样对人家企业是不负责任的。殷杰和徐光耀身边的朋友都告诉他，建文学馆不是为了宣传谁，是为了传承红色文化，为了影响人、教育人，大家多次劝说，一向低调、从不主动宣传自己的徐光耀终于答应要“高调”一次，可以试试。殷杰赶紧联系文化苑总经理周双全，问他是不是可以在白洋淀文化苑搞一个“徐光耀文学馆”，文化苑方面很感兴趣，袁大炳拍板，县里支持，徐光耀文学馆的建设提上了日程。

袁大炳抓住了这次机会，机会也又一次眷顾了有准备的袁大炳。

说干就干，在拿到徐光耀的授权后，袁大炳把嘎子村位置最好，拥有八间正房、三间东西配房的一个充满水乡风味的独院腾出来，用来建设徐光耀文学馆。八间房三间配房的一个独院，这在5A级景区里一个寸土寸金的人工小岛上实在太珍贵了，袁大炳还真舍得！足见袁大炳对《小兵张嘎》，对白洋淀红色文化有着特殊的感情。

建文学馆对袁大炳来说又是一个“新鲜事物”，但袁大炳已不是第一次做第一个吃螃蟹的人了，他有信心能做好，自己不懂就学，就网罗人才，他要想尽办法做成事做好事。

袁大炳年事已高，但对徐光耀文学馆的建设，他一直事必躬亲，身先士卒。从房屋加固装修、展室布局、展品布展等，他都要亲自过问、亲自到现场督导。文学馆筹建那些日子，袁大炳总是坐镇岛上亲自“督战”，那段时间正赶上他腿脚有些不便，即使这样，他还是执意一趟一趟到文学馆建设现场，仔细看工程质量、展室布局以及展板、展柜效果，不时提出自己独到的想法和意见。

虽然徐光耀一直低调，但徐光耀文学馆的建设还是很快就惊动了文化圈。中国文联主席、中国作协主席铁凝，诺贝尔文学奖获得者莫言，著名剧作家、百岁老人胡可等都写来了贺信贺词；年近百岁的著名剧作家、诗人贺敬之亲笔为文学馆题写了馆名。河北作家、画家、书法家铁扬、韩羽、赵贵德、南海岩、钟长生等都奉献出了自己的精品力作，支持徐光耀文学馆建设。袁大炳正能量的投资建设得到了正能量的回应，这更坚定了袁大炳做好做精做大做强红色文化产业的信念。

徐光耀文学馆于 2018 年 10 月开始筹建，到 2019 年 7 月 18 日，不到一年的时间就建成揭幕了。文学馆展出徐光耀珍贵文学版本等藏品三百多件，这些藏品是对徐光耀战斗生活和文学成就的高度概括。建设一家文学馆可不像搞一处电力工程，可以速战速决，从筹建到开馆，得修缮房屋、改变格局、征集展品、布置展厅，每一个细节都得考虑周到，非常烦琐。不到一年建成开馆，这速度太快了，其动力都源自袁大炳对文化的热爱，以及对《小兵张嘎》、对“小兵张嘎之父”徐光耀的特殊感情。

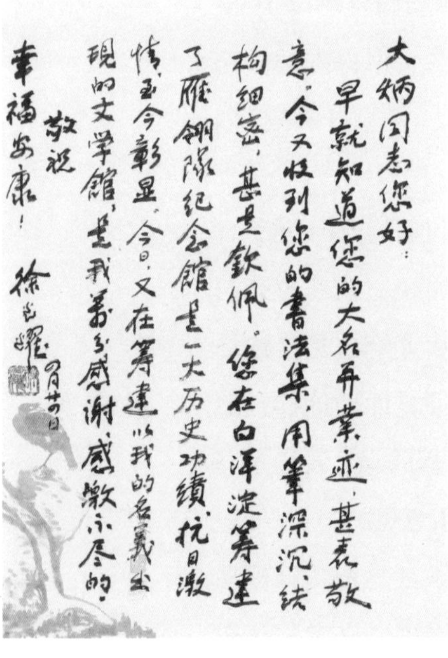
大炳同志您好：

早就知道您的大名并業迹，甚表敬意。今又收到您的書法集，用筆深沉、结构细密，甚是欽佩。您在白洋淀筹建了雁翎隊紀念館是一大历史功绩，抗日激情，至今彰显。今日，又在筹建以我的名義出現的文學館，是我萬分感謝，感激不尽的。

敬祝

幸福安康！

徐光耀 四月廿四日

徐光耀致袁大炳信札

2019 年 7 月 18 日，白洋淀上空蓝天白云，水面碧波荡漾，文化苑簇拥在绿苇从中，岛上荷花盛开，荷香四溢，游人如织。这天是徐光耀文学馆开馆的日子。这天上午，白洋淀文化苑充满了喜庆气氛。九十四岁高龄的徐光耀亲临开馆仪式现场并致辞。安新县委书记刘彦涛、县委有关领导、袁大炳、刘小放等都做了发言；安新县委、县政府、有关部门，雄安三县及保定市部分作家、艺术家、文学爱好者，全国的几十家媒体参加了开馆仪式。红色文化经典显示了她巨大的影响力和感召力，这个时候内心最激动、最有成就感的当属董事长袁大炳了。

第一次见面的“老相识”

开馆仪式头一天，徐光耀一行就先期来到了白洋淀文化苑。徐光耀离船登岸那一刻，袁大炳赶紧迎上去搀扶，两位老人的大手紧紧握在一起。九十四岁高龄的徐光耀依然精神矍铄，七十多岁的袁大炳也精神焕发。对袁大炳来说，徐光耀是偶像，自己是从年轻的时候起就看《小兵张嘎》，小兵张嘎的故事和形象深植心底。今天见到了作者，他感慨万千，大有相见恨晚之叹。其实袁大炳内心里还一直为上次阴差阳错没能见到偶像而有些懊恼，高兴的是今天终于可以跟偶像面谈、请教了。

想不到，面前的大作家如此谦逊、平易，这让袁大炳更感激动。在欢迎晚宴上，袁大炳表达了自己多年来对徐光耀的崇敬之情。徐光耀握着袁大炳的手，袁大炳首先开口：“徐老，很荣幸见到您！”一向不大爱开玩笑的徐光耀用半开玩笑的口吻回应：“董事长客气了，实际上我们是‘老相识’了，是到老了才相识！”然后又略带幽默地说，“我跟董事长是有相同之处的。”袁大炳有些不解：“是吗，徐老？哪里呢？”徐光耀解释：“不是吗？你六十岁开始转行搞文化产业，我也是六十岁被推到了河北省的文化领导岗位，你谦虚，说你搞文化产业是外行，我也不是当领导的料，都是赶着鸭子上架呀。”袁大炳赶紧解释：“哪里哪里，我哪敢跟徐老相提并论。”话虽如此，但徐光耀所言颇有几分道理。

酷爱书法的袁大炳知道徐光耀书法造诣很深，希望徐光耀能给自己留下一份墨宝。徐光耀爽快地答应了，回到石家庄后，写了“白洋淀之子”五个大字，托人带给了袁大炳。袁大炳看着五个大字，内心颇有感慨，他知道这是徐光耀对自己的赞誉之词，但自己的的确确就是白洋淀的孩子。

在开馆仪式上，徐光耀对袁大炳有文化情怀，醉心文化事业，投入大量资金搞回报周期长、回报率低的文化事业深表敬佩，尤其对他为嘎子在自己的家乡提供了一处“安身立命”之地深表感谢。

徐光耀和袁大炳、刘小放（右一，著名诗人）、周双全合影

“嘎子”回家了！这是徐光耀的夙愿，也是袁大炳的努力，是所有文学爱好者都愿意看到的，是红色经典文学的回归和发扬。袁大炳帮助徐光耀完成了这一夙愿，所以那天徐光耀也特别欣慰，兴致颇高。

在参观文学馆的过程中，袁大炳请徐光耀给文学馆提提意见和建议，徐光耀告诉袁大炳他做得非常好，可以打一百分。徐光耀当然有鼓励的意思，但这足以让袁大炳有点悬着的心平稳下来了，徐老的评价就是最好的验收。袁大炳做电力工程的优质率一直是 98% 以上，看来做文化事业他依然沿袭了这一优良传统，也增加了他做好文化事业的信心。

听了徐光耀和孙犁的故事，袁大炳向往文化之心更加蠢蠢欲动，正是在这个时候，他又向徐光耀提出要建一座“孙犁致徐光耀手书陈列室”的想法。又一个红色文化项目在袁大炳心中酝酿着。

要把孙犁“请”进来

大概是徐光耀文学馆门口的楹联给了袁大炳启示。这副楹联是著名作家、诗人贺敬之题写的：“百里芦苇塘常思小兵张嘎，千顷荷花淀永怀巨笔孙犁。”袁大炳知道，白洋淀人民永远都不会忘记两位作家和两部作品，一是孙犁和他的《荷花淀》，一是徐光耀和他的《小兵张嘎》，正是这两位作家和这两部作品使白洋淀闻名全国、声播海外。如果能让两位写白洋淀的大家在白洋淀文化苑聚首岂不是一桩美事。当徐光耀谈起他与孙犁的交往和书信来往的时候，袁大炳脑海里面马上就冒出了给自己一直敬佩的两位大作家建一个书信陈列室的想法。当他听徐光耀讲 1964 年孙犁给自己的信中曾有同游白洋淀之约时，更坚定了自己的想法。他马上就把这个想法跟徐光耀说了。徐光耀很赞赏袁大炳对文化的尊重和重视，答应得很爽快。在场的人无不敬佩袁大炳对文化产业的敏感，他真不愧是在商场摸爬滚打多年的成功商人。“在商言商”，做旅游文化产业，就得懂得如何把纯文化打造成文化产品，使更多的人群可以接受，借助商业模式充分发挥文化的影响力，袁大炳对文化项目的又一个设想，再一次折服了众人。徐光耀的慷慨也让袁大炳非常佩服，一个人愿意捧出自己珍藏多年的宝贝示人，这本身就让人钦佩。

既然徐老授权了，那赶紧就开干。袁大炳很快就让人腾出了文化苑内的九间东屋。这是几间放杂物的库房，屋子已年久失修，内墙墙皮好多地方剥落，房顶有地方漏水，但当时正是华北地区的雨季，一般是不大修房屋的，但袁大炳可等不了，他让总经理周双全赶快安排人挑旧房顶换新房顶，处理好墙面。不到一个月的时间，几间屋子就旧貌换新颜了。

因为用于展出的信札是复制品，袁大炳要求一定要复制好，复制品要逼真再逼真，要力求让游客看到的是“原貌”。复制好只是第一步，还要对每通信札进行释读。袁大炳知道搞好这个陈列室光靠一片热情、加大投入还远远不够，他需要专业人士来帮忙。在殷杰的牵线搭桥下他和北京墨笺楼达成合作。由墨笺楼把信札拿到北京，找了最好的复制机构进行复制，并对每一通信札都进行了释读。这样一展出，游客既欣赏到了文学大家的书法艺术，领略了文学素养，还可以感受两位文学大家的思想碰撞，这个效果才是袁大炳想要的。袁大炳还部分出资和墨笺楼共同出版了《孙犁书札致徐光耀》，书做得很精致，有浓浓的书卷气，为此袁大炳还写了一篇《缘分》的文章，谈了自己和徐光耀、和信札、和白洋淀红色文化的缘分和渊源，作为一篇跋文，印在了书后。这样书和陈列室相映成辉，更有利于白洋淀红色文化的传播。

袁大炳总说自己是农民、是“泥腿子”，但他知道怎么敬重文化人，怎么让文化人发挥自己的聪明才智，让自己在文化上的投资发挥更大的作用。无论是文学馆还是陈列室，从筹建到展品选择、到展室格局、到展品布展、到解说文字，他都请来内行文化人、资深研究者，予以现场指导，全程参与规划建设。他认准了一个理儿，内行人做的才是内行的展馆，不出笑话，不露怯。要不，丢人可不是光丢的他袁大炳、文化苑的人，丢的是整个白洋淀的人，这种事袁大炳是绝对不允许发生的。

孙犁致徐光耀手书陈列室到当年秋天就建成了，依然是高水平、高质量、高速度。袁大炳本计划来年初春搞一个开馆仪式，陈列室就可以开馆迎客了。谁知2020年新春伊始，新冠疫情肆虐，再加上白洋淀整顿旅游市场、扩建码头，开业仪式只好搁浅下来。

2020年10月17日又是一个袁大炳记忆深刻的日子，那天秋风送爽、艳阳高照，在十几家媒体的见证下，孙犁致徐光耀手书陈列室举行了简朴的开馆仪式，孙犁先生的儿子孙晓达先生和夫人、徐光耀先生的儿子徐丹先生和夫人、白洋淀文化苑董事长袁大炳、天津孙犁研究会代表、陈列室筹建人员等出席了开馆仪式。《天津日报》等多家媒体对这一盛况进行了报道。

开业那天，袁大炳说：“建孙犁致徐光耀手书陈列室就是为了传承红色文化，让白洋淀红色文化基因血脉相传。白洋淀人民不能也不会忘记孙犁先生和徐光耀先生，他们的小说《荷花淀》《小兵张嘎》是描写白洋淀人民抗击日寇、保家卫国的红色经典。五十多年前这两位描写白洋淀的文学名家就有同游白洋淀的约定，可惜由于历史的原因当时没能如愿。今天陈列室建成开馆，两位先生的公子孙晓达先生、徐丹先生来到白洋淀，来到文化苑，帮他们完成了五十多年前的一个夙愿，值得庆贺。我能在其中牵线搭桥，做了一点对两位受人敬仰的作家有益的事，倍感荣幸。”说着，袁大炳紧紧握了握孙晓达和徐丹的手，并把他们二人的手搭在一起，接着说，“文化苑终于让两位文学大家在白洋淀‘相逢’了，这是他们与白洋淀的缘分，是一段后人为他们续写的佳话，也是白洋淀人民愿意做、应该做的。”袁大炳的话说得朴素，充满感情，令在场的人感动、钦佩。红色文化需要一代一代地传承下去，这也是袁大炳和他的文化旅游团队正在努力做的，而且做得有声有色。

现在的嘎子村和几年前也已不可同日而语了，原先一个土里土气的“小村子”，现在充满了文化气息。在文化苑走过一个个小荷塘掩映着的小路，来到去嘎子村的小桥，小桥两边矗立着两块石碑，镌刻的是徐光耀《小兵张嘎》里描写白洋淀美景的段落，是徐光耀手书镌刻的；小桥尽头是一古朴的木质牌坊，牌坊上由徐光耀先生亲笔题写的“嘎子村”三个字苍劲有力，迎面墙上是以著名版画家袁庆禄的套色木刻《烽火岁月——小兵张嘎和玉英在白洋淀》作蓝本的石质浅浮雕。进嘎子村左手是“孙犁致徐光耀手书陈列室”，往前走右转就是徐光耀文学馆。现在的嘎子村就连戏台、商店等的牌匾、楹联都出自名家手笔，文化品位很高。游客们一路走来，文化气息扑面而来。游客拍照，网红打卡，嘎子村的红色文化魅力正在凸显。

附：

回望“嘎子”一甲子

中国抗战文学的经典之作《小兵张嘎》，公开发表到今年整整一个甲子。

《小兵张嘎》是徐光耀的代表作。小说成功塑造了一个浑身嘎气、机智勇敢的八路军小英雄张嘎，无论是浓郁的生活气息、还是神奇的战斗生活，以及字里行间充盈着的那些令人忍俊不禁的儿童情趣，都让不同年龄的读者读起来爱不释手。据粗略统计，到目前为止小说《小兵张嘎》的发行量已超过千万册。电影《小兵张嘎》发行放映之广泛，已无法统计观影的人次。随着社会的发展，《小兵张嘎》不断以新的艺术形式出现，伴随了几代人的“小嘎子”，依旧生动鲜活，艺术魅力丝毫不减。

嘎子之父·小兵老徐

徐光耀是由一名“红小鬼”逐步成长为一名著名的军旅作家的。他亲历过抗日战争、解放战争、抗美援朝战争、南疆自卫反击战四场战争，荣获国家三级解放勋章和三级独立自由勋章。徐光耀不但是一位杰出的作家，还是一位从战火中走过来的忠诚的革命战士，端得起枪，拿得了笔，这在当代作家中是很少见的。

徐光耀，雄县段岗人，出生于1925年，五岁时母亲就去世了，是在姐姐的拉扯下长大的。所幸父亲是一个会讲故事的人，这给他单调的童年生活抹上了一点亮色。那时，农闲的晚上，父亲就给孩子们讲那些流传了许久的民间故事，父亲的故事都讲完了，小小的徐光耀就就着油灯昏暗的光，给大家念那些描写帝王将相、侠义公案的书，如《精忠岳传》《三侠五义》《包公案》等，虽然只有小学四年级水平的徐光耀念得有些囫囵吞枣，但连猜带蒙，总还是不伤原文的大意，故事也还算连贯，这在徐光耀的内心深处根植下了旧中国农村所崇尚的朴素的侠义精神，也埋下了一颗文学的种子，因此在国难当头之际，徐光耀才会毅然挺身从戎，成了杀敌卫国的娃娃兵，才会在未来的人生之路上对文学梦追求得那么执着。

1938年7月，只上了四年小学的徐光耀参加了驻扎在家乡雄县昝岗的120师359旅特务营。他太小了，父亲有些不舍，他执拗地哭闹了七天七夜，在姐姐的劝说下，父亲才同意他参加八路军。那年他才十三岁，和他笔下的“小嘎子”一样的年龄。

徐光耀参军第二天部队转移，天天行军几十里。徐光耀还是一个孩子，小小的个子，抬桌子还需要踮脚尖呢。走了几天，徐光耀走不动了，那就抓着马尾巴踉踉跄跄往前走，最后徐光耀被连长抱上了马背。

这个八路军小战士很快成长起来，同年徐光耀就光荣地加入了中国共产党，成为一名名副其实的“红小鬼”。1939年，徐光耀调到警备旅锄奸科当文书。警备旅政委旷伏兆非常喜欢和信任这个能文能武的“小鬼”。

1942年5月1日开始，日军对冀中地区发动了惨绝人寰的“五一大扫荡”，实施“烧光、杀光、抢光”三光政策，一时间冀中大平原“无村不戴孝，到处是尸骨”，“敌人把冀中剁成饺子馅了”，大部分根据地已沦为敌占区，基层抗日政权普遍遭到破坏，八路军不得不脱下军装，换上老百姓的衣服，隐蔽在群众之中继续战斗。一天傍晚，旷伏兆交给十七岁的徐光耀和二十三岁的宣传科干事何作涛一项十分艰巨的任务，让他俩把被敌人打散了的深南县大队的人和机枪找回来，恢复深南县大队的建制。在敌伪遍布的环境下，找人找枪，其难度、其危险程度可想而知，简直就是九死一生。但徐光耀、何作涛没有半点犹疑，很快趁着夜色隐没在了茫茫青纱帐中。二人不负旷政委所望，仅一个月的时间就找回十二名战士和那挺机枪，重新恢复了深南县大队的建制。

在残酷的战斗中，在紧张的行军中，徐光耀从没有放弃自己的文学梦。一本四角号码字典是他的宝贝，总是随身带着，都被他翻烂了。战斗和行军的间隙，每到一处，他总是要想方设法找来书读，这样他接触了鲁迅、茅盾、冰心、叶圣陶、巴金等作家的作品，还有了自己的二十多本“藏书”。他也尝试着写一些战地通讯、快板、歌词，在冀中根据地报刊上发表，逐渐有了些小名气。

抗战时期，徐光耀参加了大大小小一百多次战斗，多次与死神擦肩而过，但这从来没动摇过他的革命信念，表现非常优秀，因此，1945 年 7 月获二等“五一奖章”。抗战胜利前夕，徐光耀离开了锄奸部门，到十一分区（原六分区）司令部任军事报道参谋，徐光耀离自己的文学梦近了一步。

解放战争时期，徐光耀开始用笔战斗了。1946 年 3 月 29 日，徐光耀调任政治部宣传科摄影记者，后到前线剧社任创作组副组长，徐光耀开始“专业创作”了。1947 年 1 月 10 日，徐光耀极力争取，主动放弃营职干部身份，降为战士，进入华北联合大学学习，这是徐光耀第一次接受正规系统的教育。在这里他遇到了陈企霞、萧殷、沙可夫、艾青、严辰等名家。徐光耀因为《周玉章》写得好，立了一大功，因为学习好，立了一小功，这在文学系是独一无二的，他也因此留了校，还在毕业典礼上代表优秀毕业生发了言。正是这次系统学习，使徐光耀完成了由写通讯报道到写文学作品的关键转变，很快就由一个只会写通讯报道的文艺战士蜕变成为一名军旅作家。

随着解放战争不断深入，解放军在战场上摧枯拉朽，全国解放指日可待，部队和地方都需要大量人才，这时徐光耀离开联大被调往杨成武的华北三兵团（后为二十兵团）编辑《战场快报》。

1949 年 6 月底徐光耀随部队驻防天津，徐光耀请了创作假，于 7 月 7 日开始专心创作长篇小说《平原烈火》。他把司令员王先臣烈士的像挂在面前，那战火纷飞的场面，一个个战友的音容笑貌都浮现在了脑海里、涌现在了眼前。徐光耀仅用了四十四天就完成了《平原烈火》的初稿，很多时候他都是流着泪在写作。后来徐光耀形容这次写作是一次“一个人的战斗”。

这时徐光耀正在二十兵团做新华社分社记者，利用去北京采访华北军区秋季运动会的机会，他把初稿带到了北京，想让他在华北联大上学时的老师陈企霞、萧殷给指导指导、提提意见。陈企霞仅用三天时间就看完了稿子，告诉徐光耀稿子不错，已够出版的水平了，但还是要求徐光耀修改、完善，而且修改得越快越好。

徐光耀回天津赶紧把稿子修改了一遍，马上寄给了陈企霞，看完修改稿后的陈企霞爽利要求徐光耀进京当面改稿。进京后的徐光耀在陈企霞的指导下对稿子进行了最后修改。同时陈企霞还让厂民（严辰），抽取了其中两个章节，取名《周铁汉》，发表在了 1950 年第一卷第四期《人民文学》上，厂民还加上了介绍文章和评论。陈企霞还拉来厂民、秦兆阳等几个作家、诗人给小说起书名，大家讨论了很长时间，起了几十个名字，一直不太中意，最后选用了秦兆阳起的《平原烈火》。

1950年6月,《平原烈火》由三联出版社出版发行。《平原烈火》是新中国成立后第一部反映抗战生活的长篇小说，开风气之先，一出版就引起了强烈反响，徐光耀也成了让人们羡慕的青年作家，那时好多学校都请他去作报告、讲创作经验。1951年3月，人民文学出版社成立，5月开始出书，出版的第一本书就是徐光耀的《平原烈火》。

1950年10月，徐光耀先期进入中央文学研究所学习并参与筹备工作。1951年1月8日，中央文研所正式开学，开学典礼上，郭沫若、茅盾、周扬、沙可夫、丁玲、张天翼等都来到了现场，徐光耀作为研究员（学员）代表发了言。中央文研所被称为新中国培养作家的“黄埔军校”，是鲁迅文学院的前身，首任所长丁玲、副所长张天翼。在文研所徐光耀深得丁玲赏识，苏联著名作家爱伦堡、秘鲁著名诗人聂鲁达等拜访丁玲时，丁玲都叫徐光耀到场作陪，开阔徐光耀的眼界。那个时期有一个说法，说是部队有个徐光耀，地方有个陈登科，女作家有个李纳，意思是说这三人是丁玲最喜欢的，也是最寄予期望的。

这个时期有一件事是让徐光耀最感荣耀的，就是他被选入了中国作家访苏代表团，于1951年10月22日至12月23日访问了苏联。代表团团长是冯雪峰，副团长是曹靖华、陈荒煤，陈企霞任秘书长，团员有孙犁、魏巍、康濯、李季、柳青、胡可等，在十六人的代表团里别人都是有一定资历的作家，徐光耀是其中年龄最小的，是文坛“新秀”。能访问苏联在那个时代是莫大的荣耀，这时的徐光耀春风得意、意气风发。

1952年春天，徐光耀主动向丁玲申请入朝。在朝鲜战场的八个月中，徐光耀一直与战士们同吃同住，坚持在战斗最前沿采访，经历了几十次战斗。

1953年3月，徐光耀加入全国文协，4月从文研所毕业。在华北联大和中央文研所的系统学习，使徐光耀在文学上脱胎换骨，正像他的老师陈企霞、萧殷、丁玲等要求的那样，徐光耀的小说更加重视刻画人物，他的文学手法更加成熟，在中国文坛，徐光耀已经不再是那个“土八路”了。

1953年春节，徐光耀和从朝鲜战场回国不久的未婚妻申芸完婚。1953年7月至1955年1月，徐光耀到老家雄县下乡搞初级农业合作社，任三区区委副书记，他与家乡百姓同吃同住同劳动，深入体验生活，写出了《树明和莺花》《老陶》等反映家乡农业合作化的中短篇小说及十九万多字的长篇小说《奔流的大清河》，可惜《奔流的大清河》的手稿后来遗失了。1953年9月23日至10月6日，徐光耀参加全国第二次文代会，并登上了天安门城楼国庆观礼台。

1955年，徐光耀和胡可、杜烽调到解放军总政文化部从事专业创作。1956年1月6日，解放军原总政治部文化部成立创作室，专门从事创作的有魏巍、胡可、杜烽、徐光耀、蔺柳杞、丁毅、陆柱国、西虹等人。徐光耀、胡可、杜烽三家分配到了大耳胡同15号。徐光耀成了专业作家，又有了一个安定的住所，可以更踏实地进行创作了。这个时期徐光耀也确实编织了一个宏大的文学梦，要一展其更大的文学抱负。他写完了《奔流的大清河》，同时也在进行着准备了大量素材并早已动笔的另外两部长篇小说的写作，一部是以旷伏兆将军为原型的《将军向我们走来》，另一部是以旷伏兆、以雄县米家务为中心开展的具有传奇色彩的地道战为素材的《地道战》。

谁知世事难料，1957年，徐光耀因丁玲、陈企霞的牵连，受到了不公正待遇，梦想戛然而止。后来在他迷茫、彷徨、绝望时，一个孩子救了他，这个孩子就是“小兵张嘎”。徐光耀写活了嘎子，嘎子也让徐光耀活了过来。

小兵张嘎·成长记

铁凝说：“徐光耀的名字，是抗战文学中醒目的存在。”一语道出了徐光耀在中国抗战文学史上的地位。毋庸置疑，是《小兵张嘎》奠定了徐光耀在中国抗战文学史上的地位。

《小兵张嘎》是在作者无奈、彷徨、绝望中诞生的。

1957 年，徐光耀因两位老师丁玲、陈企霞被打成了“丁、陈反党集团”而受到牵连，思想迷茫、内心痛苦、情绪低落、孤独寂寞，几乎迷失了人生的方向。但徐光耀不愿对命运屈服，他的内心在抗争，他要证明自己，于是他用西方心理学转移注意力的方法，以顽强的毅力把所有的精神都集中到了写作上来。这方法很奏效，“瞪眼虎”和那些英雄的八路军战士的形象一个个都在他面前鲜活起来。1958 年 1 月 23 日在北京大耳胡同 15 号东厢房里，徐光耀开始动笔写《小兵张嘎》，仅用两个多月的时间便完成了《小兵张嘎》小说和剧本的写作。《小兵张嘎》开始取名《刘故得儿》，后改为《张故得儿》，最后才定名《小兵张嘎》。“瞪眼虎”徐光耀早就想写，他早就想把当年赵县县大队的两名英雄的小战士“瞪眼虎”和“希特勒”写出来，以彰显他们的英雄事迹。1947 年在华北联大时，他就写了短篇小说《瞪眼虎》，怎奈当时笔力稚嫩，《瞪眼虎》并没有发表。后来徐光耀又把“瞪眼虎”写进了《平原烈火》，可还没展开写呢，小说就结束了，人们都说徐光耀把“瞪眼虎”给写丢了。写好“瞪眼虎”“希特勒”成了徐光耀的一个心结，现在终于如愿以偿了，张嘎子身上就有“瞪眼虎”“希特勒”的影子。小嘎子写活了，徐光耀的心也活了，他们的确成全了彼此。但以徐光耀当时的处境，他的作品是没地方发表的，于是他把《小兵张嘎》手稿先存放了起来。

1958 年 9 月 25 日，徐光耀被定为“右派”，开除党籍、军籍，剥夺军衔，下放到保定农场劳动改造。徐光耀把《小兵张嘎》手稿带到了保定。一年后，徐光耀摘掉了右派帽子，被分配到保定文联工作。1961 年秋天，《河北文学》的编辑张庆田来保定组稿，在保定文联遇到徐光耀，徐光耀把《小兵张嘎》小说的稿子交给了张庆田。这么好的稿子，张庆田没有耽搁，很快就把《小兵张嘎》发表在了《河北文学》1961 年 11 月 · 12 月（第 6—7 期）合刊上。小说一发表就引起了强烈反响，非常受读者欢迎，小嘎子的形象深入人心，《小兵张嘎》成了几代人心中不可磨灭的红色经典。因此铁凝说：“奠定了作为作家的徐光耀的作品，则是一代代的孩子们耳熟能详的《小兵张嘎》。“徐光耀创造的嘎子这一令人难忘的文学形

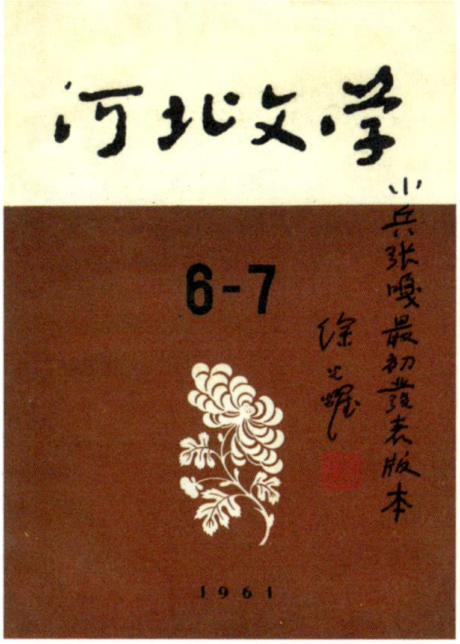

《小兵张嘎》首发杂志

1962 年 5 月一版一印，《小兵张嘎》最早的版本

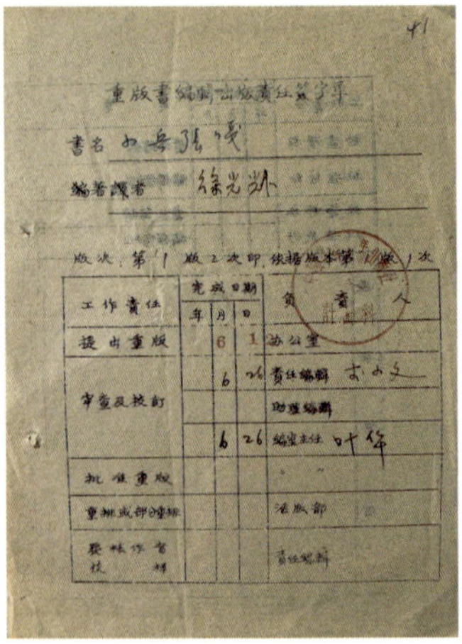

《小兵张嘎》单行本出版时的原始资料：签字的责任单

象，这个浑身嘎气、机智生动的八路军小英雄，感染和激励着中国的一代代读者和观众。”

《小兵张嘎》的轰动效应很快引起了出版社的关注，1962年5月中国少年儿童出版社出版了《小兵张嘎》单行本。仅仅三个月后，中国少年儿童出版社就开始重印、再版《小兵张嘎》。

出版单行本时还有一个小插曲，出版社认为小说中关于嘎子和玉英的描写有些不真实，觉得这种少男少女的朦胧的爱不可能在战争年代发生，应该删去。但徐光耀坚决主张保留，他认为这并不是那时人们认为的洪水猛兽般的爱情，这只是情窦初开的少男少女对

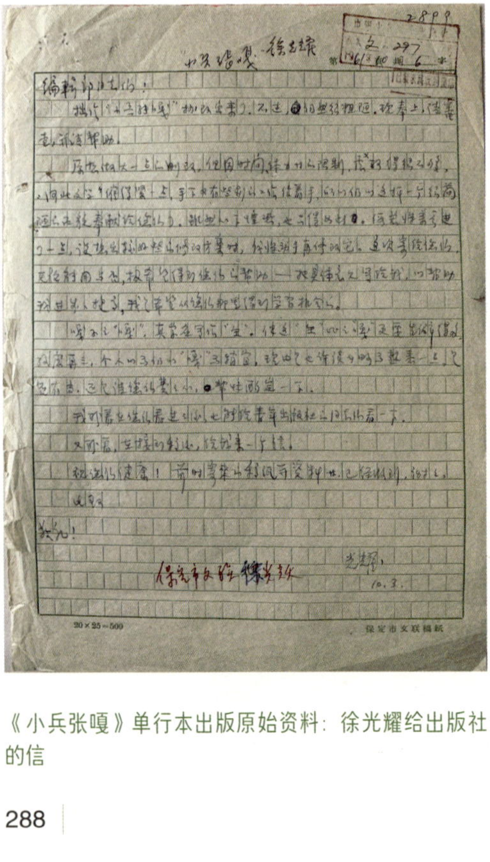

《小兵张嘎》单行本出版原始资料：徐光耀给出版社的信

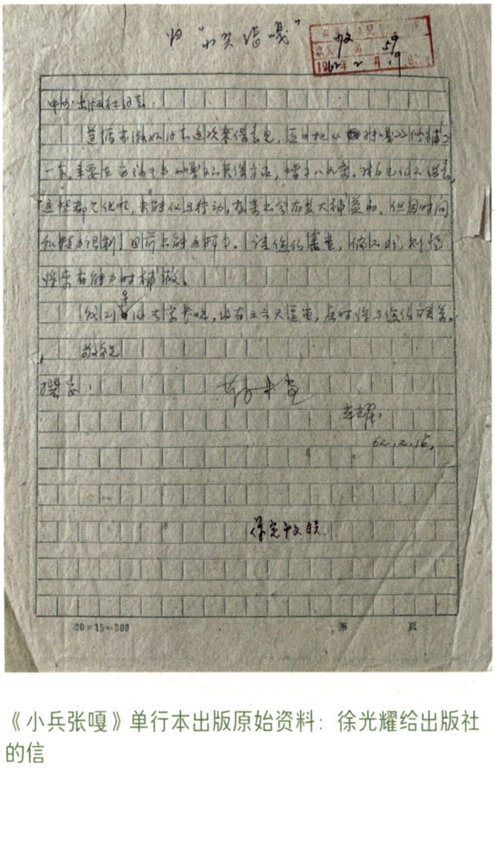

《小兵张嘎》单行本出版原始资料：徐光耀给出版社的信

异性的一种朦胧的好感，是对美的追求，何况这些描写都是徐光耀1939年冀中洪水泛滥时的残酷的战争间隙住在一户康姓人家的一段真实经历。后来徐光耀专门写了一篇散文《忘不死的河》，回忆这段生活。

《小兵张嘎》剧本发表在《电影创作》1962年第六期

《小兵张嘎》剧本单行本，1964年6月一版一印

单行本出版的同时，《北京晚报》从5月到7月对《小兵张嘎》进行了连载。《小兵张嘎》的电影文学剧本也发表在了《电影创作》杂志1962年第六期上。1964年6月，中国电影出版社出版了剧本的单行本。

《小兵张嘎》趣味横生的故事情节、个性鲜明的人物形象，无疑是连环画绝好的素材，1963年12月，上海人民美术出版社出版了由胡映西改编、张品操绘画的《小兵张嘎》连环画，张品操所绘的这个版本，成了《小兵张嘎》连环画发行量最大的版本。后来河北、辽宁、江苏等都纷纷出版了《小兵张嘎》连环画，中国电影出版社出版了电影版连环画《小兵张嘎》。那个年代的孩子们谁不想有一本《小兵张嘎》连环画向小伙伴们显摆显摆呢？到了新时期，《小兵张嘎》依然是连环画的热门题材，《小兵张嘎》连环画的出版印刷如雨后春笋一般，而且样式丰富，多出自名家之手。在同题连环画中,《小兵张嘎》连环画版本即使不是最多的,也肯定位列三甲。

1963 年 12 月一版一印，《小兵张嘎》连环画最早版本

1964 年一版三印、《小兵张嘎》连环画早期流行版本

1972 年新一版一印。1970 年代开始最流行、印数最多的版本

1964 年 12 月一版一印，《小兵张嘎》最早的电影版连环画

北影导演欧阳红樱看到了小说《小兵张嘎》，被深深地感染和打动了，她觉得这是拍摄电影的绝好素材，如果把《小兵张嘎》拍成电影，一定会大获成功，于是她到保定找到了徐光耀，想要把《小兵张嘎》改编成电影。徐光耀告诉欧阳红樱，剧本已交给了崔嵬。

一开始北影厂厂长汪洋想让欧阳红樱导演《小兵张嘎》，但又怕欧阳红樱对冀中抗日战争的情况不熟悉，把握不准，就又找到崔嵬，抗战时期，崔嵬在冀中生活和战斗过几年，对冀中抗战生活十分熟悉，能够胜任，于是决定由崔嵬、欧阳红樱二人合拍。可这时《小兵张嘎》剧本找不到了，最后几经周折才在著名电影演员于蓝（江姐的扮演者）那里找到剧本。多年之后，回忆起这段历史，徐光耀还一再说，电影《小兵张嘎》大获成功，当然得益于崔嵬的导演天才和导演艺术，但永远不能忘记，首先应该感谢的是欧阳红樱，是她第一个发现了《小兵张嘎》在银幕上的价值，这才使北影厂，使汪洋、崔嵬等认识到《小兵张嘎》的价值，没有欧阳红樱的发现也许就没有银幕上的《小兵张嘎》，还要感谢于蓝，她总是在关键时刻为《小兵张嘎》帮忙解困。

为了把片子拍得更完美，便于导演组与作者沟通，在崔嵬的提议下，1963 年春天，北影厂邀请徐光耀住进北影招待所，专心修改剧本。崔嵬根据自己的导、演经验给剧本加了人物和情节，使剧本更加丰满了。

拍摄时选演张嘎子的演员又遇到了难题，选演员的按《小兵张嘎》小说封面形象选演员，结果选了几十个，崔嵬都不满意，最后还是于蓝向他推荐了安吉斯才解决了这个难题。

1963 年 6 月，《小兵张嘎》在外景地白洋淀岸边的梁沟村开拍。拍摄过程中，又一波三折，那年白洋淀遭遇了百年不遇的水灾，白洋淀及周边地区一片泽国，摄制组几易外景地，后来影片是在距离白洋淀几十公里之外的霸州胜芳镇和北京颐和园补拍摄完成的。好事多磨，摄制组紧锣密鼓，电影《小兵张嘎》很快杀青，同年底就在全国公映。正如所料，影片一上映就引起了轰动，之后久映不衰，好评如潮。

1964 年 1 月 6 日的《人民日报》发表了一篇评论文章《革命

熔炉铸英雄——看电影〈小兵张嘎〉》，对这部电影尤其是里面刻画的几个人物予以高度评价。电影《小兵张嘎》的拷贝很快就到了古巴、缅甸等国家。电影对《小兵张嘎》的再创作，使更多人认识了“小嘎子”，嘎子的形象深深印刻在了人们的脑海里。

进入21世纪，《小兵张嘎》又经历了几次大型再创作。

一次是《小兵张嘎》被改编成了二十集电视连续剧，于2004年在中央电视台播出，主演是徐光耀的小老乡、雄县籍演员谢孟伟。电视剧对原著做了较大改动，拉长了故事，增加了许多人物和情节，更适合电视台的播出，受到了观众尤其是青少年观众的喜爱。

另一次是《小兵张嘎》被拍成了动画片。动画片《小兵张嘎》是中国动漫史上的一次大制作。这部动画片的拍摄历时六年，北京、上海、深圳等十多个省市的多家动画公司六百多人参与制作，剧本经过十八次修改，绘制了十五万张画稿，总投资沟渠一千二百万元，后期声音合成时，于蓝、郑洞天、姜昆、黄磊、李琦等演艺界名人都是义务配音，分文不取。这一代人与《小兵张嘎》有着太浓厚的情结。

这部大制作动画片取材《小兵张嘎》，于蓝依然功不可没。导演孙立军是北京电影学院动画学院院长，1999年的时候，他就萌发了拍摄一部原创写实动画片的念头，要求这个片子既可以给孩子看，也可以给大人看，但苦于找不着合适的题材，正在迷茫时，是于蓝的一句话给他指点了“迷津”。于蓝说，可将经典电影用现在的眼光和手法再挖掘，如果说能够影响三代人的经典，非《小兵张嘎》莫属。于蓝这句话让孙立军茅塞顿开，目标立马明确了。筹备之初，孙立军也是用这个观点去“游说”投资人的，他告诉投资人，这是一部爷爷、奶奶可以带着孙子、孙女，爸爸、妈妈可以带着儿子、女儿，三代人一起看的电影。无论是孙立军还是投资方所看重的都是《小兵张嘎》有好故事，有好精神，有幽默、童趣、夸张、戏剧性等特点。这部动画片 2005 年上映，拿下了当年的第十一届中国电影华表奖“优秀动画片奖”。

近年，由河北精英集团精心打造的多媒体儿童舞台剧《小兵张嘎》又以一种全新的形式把一部经典呈现在了大家面前。2016 年首演以来，这部舞台剧深受观众欢迎，无论是赴京演出还是到嘎子家乡白洋淀演出都大获成功。

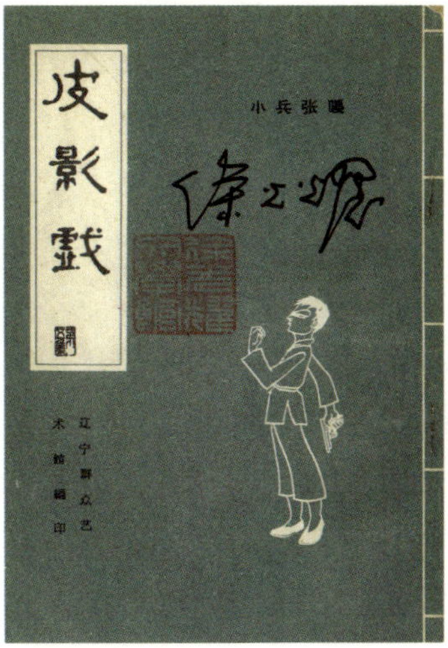

《小兵张嘎》皮影戏剧本

此外，《小兵张嘎》还被改编成了河北梆子、皮影戏、木偶戏等多种艺术形式。《小兵张嘎》一直在不同的舞台上，发挥着传承红色基因、赓续红色血脉的巨大作用。

特殊年代结束后，《小兵张嘎》又迎来了春天，1978 年 7 月，中国少年儿童出版社重印了《小兵张嘎》，这已经是第二版第七次印刷了，封面和插图都是人物画名家姚有多所作。1981 年 6 月，中国少年儿童出版社出版了《小兵张嘎》第三版。这一版徐光耀“正本清源”，做了比较多的“还原”和删改，还请黄胄和他的学生史国良作了封面和彩色插图。这个版本是最完整的、也是流行最广的一个版本，到目前为止，保守估计也印刷了十几次之多了。在这个版本上徐光耀第一次为这部小说的出版写后记，第一次交代这个可爱的“孩子”是在自己多么艰难、绝望的境遇下诞生的，第一次向读者交代了关于嘎子的原型问题，第一次交代了版本流转中的增删情况。“小兵张嘎之父”终于可以为自己的“孩子”说句话了，因此徐光耀在“再版后记”中说：“《小兵张嘎》写于二十一年前。过了这么久，才来写后记：沉睡多年的思想和情景，铿然一声，被铁锨掘着，真有一

河北梆子儿童剧《小兵张嘎》光盘

1978 年，《小兵张嘎》恢复出版后的第一个版本

种终将出土、重见天日的新鲜感。”关于嘎子的原型后来徐光耀又专门写了一篇文章发表在《燕赵晚报》上，予以说明，告诉大家嘎子是一个文学形象、典型形象，是千千万万个英雄战士的化身，不会是某一个具体的人，“他”中有你，但不会“就是你”。其实嘎子这个形象或多或少都有作者自己的影子，只是徐光耀不愿承认而已。

真正的艺术是不朽的，经典永远具有吸引人的魅力和照人的光芒。1980 年，《小兵张嘎》获得 1954 年至 1979 年全国少年儿童文艺创作奖一等奖。1981 年 6 月，中国少年儿童出版社把《小兵张嘎》选入“战斗的童年文学丛书”。《小兵张嘎》被教育部编入了“教育部统编《语文》推荐阅读丛书”和“语文新课标必读丛书”，入选“百年百部中国儿童文学经典书系”；同时它还被好多国家级、地方教育部门指定为学生课外读物，每年都有不同的出版社在重版、重印。《小

英文版《小兵张嘎》

朝鲜文版《小兵张嘎》

印地文版《小兵张嘎》

兵张嘎》还被译成了多种少数民族文字和外文出版发行。新的时代又赋予了《小兵张嘎》许多新的内涵，如果把《小兵张嘎》比喻成一棵树的话，现在它更加根深干壮、枝繁叶茂了。《小兵张嘎》依然以它强大的艺术魅力，影响和教育着一代又一代人。

嘎子图·漫画漫说

在《小兵张嘎》众多的艺术形式中，白洋淀画家朱志齐画的水墨漫画《嘎子图》显得与众不同。近几年朱志齐已画了百余幅《嘎子图》，每幅都出神入化，充满了奇思妙想。

2019年春天，石家庄小兵张嘎博物馆馆长殷杰受徐光耀先生委托到白洋淀文化苑，就徐光耀文学馆建设的一些具体事宜与建设方白洋淀文化苑沟通、协商，白洋淀文化苑董事长袁大炳请来了几位安新县当地的文化名人参加座谈，其中就有朱志齐。

朱志齐是中国书法家协会会员、河北省美术家协会会员、河北书法家协会篆刻委员会委员，诗、书、画、印俱佳，在白洋淀地区久负盛名。其治印尤为一绝，一石在手，举刀便刻，俄顷成印，令人叹服。近几年朱志齐主攻水墨漫画，成绩斐然，好多作品发表在报纸杂志或博得嘉奖，其“画配诗”在当地坊间、微信流传甚广，水墨漫画配几句打油诗，一赏一读让人忍俊不禁，颇受启迪。

关于徐光耀文学馆的座谈，话题自然而然就谈到了《小兵张嘎》。朱志齐发言时随口说起了小说原著中嘎子给奶奶说的那句绕口令：“一条长虫转砖堆，转了砖堆钻砖堆。”这倒让殷杰颇感惊奇，“别说吃你几个烂西瓜，老子在城里吃馆子也不问价”这样的经典电影台词那个时代的人都耳熟能详，顺口就说出来不足为奇，但原著中的绕口令能脱口而出的还真没几个人，除非对原著非常熟悉。

朱志齐告诉殷杰，自己不但熟读《小兵张嘎》原著，还画过小兵张嘎的水墨漫画呢。说着，朱志齐将自己保存在手机里的小兵张嘎漫画图片一一展示给大家看，有多年名人字画收藏经验的殷杰似乎一下子就读懂了朱志齐独特的绘画语言，在拍手叫好的同时，突发奇想，向朱志齐提议："何不把小兵张嘎之父徐光耀也画进去，这岂不更有意思？"

回石家庄后，殷杰将座谈会情况向徐光耀先生作了汇报，还专门提到了安新县有位画家朱志齐，介绍了朱志齐画的小兵张嘎水墨漫画如何生动有趣云云，徐光耀对这位画小兵张嘎的画家也很感兴趣。不久，朱志齐将自己画的"小兵张嘎"四条屏寄给徐光耀先生指正，徐光耀对其画作大为赞赏，并在小兵张嘎水墨漫画四条屏上分别题诗、签名、钤印，为此还专门给朱志齐写了一封信，信中说："收到您的张嘎画作极为高兴，也极为赞佩，我一时不知高低，乱在贵作上涂些打油劣作，甚感歉意，望多原谅、指正。我们是神交，以后的日子还长，更有向您学习之日。我们是老乡，不说假话，祝愉快安好。"徐光耀情真意切，朱志齐也大受感动。

不久朱志齐的《嘎子图》（徐光耀语）水墨漫画更上层楼，画出了《徐光耀先生漫像》《嘎子写活图》《徐老观阵图》《嘎子堵烟囱图》等精彩水墨漫画，这些画作最大的亮点是徐光耀出现在了画面中，大大突破了原来小兵张嘎画作的思维定式。朱志齐极富个性色彩的绘画语言特别抓眼，线条辨识度高，人物特点突出，造型别具一格、简洁明快、生动有趣，画面夸张有度，有实有虚，虚实相映，极富艺术感染力。尤其是每一幅画面的构思，朱志齐运笔之时似乎天马行空，但又收放自如，每一幅画面都让人觉得实在有些出人意料，现实中是不可能的，但在艺术中又那么真实，现实中的不可能变成他笔下的可能，他的水墨漫画艺术显然是高超的。作者与自己

徐七觀陣圖
辛丑正月 志齐画
嘎子上房堵煙囱
有人偷偷递柴禾
辛丑春月志齐画
煙囱被人堵上草
胖墩胖爹往外跑
辛丑春志齐画

《小兵张嘎》漫画，朱志齐绘

笔下的人物“同台”当然是绘者朱志齐刻意为之，但又似乎是徐光耀自己非要进来不可，他是进来呵护他的“孩子”的，这样当徐光耀和嘎子他们同时“亮相”时一点也不显得违和甚至突兀，倒让人觉得本来就应该如此，这样才更有情趣。作者徐光耀似乎成了画面的“导演”，专门给嘎子们“说戏”，好办法、嘎主意都是“老徐”想出来的，这岂不真的更有趣味。朱志齐玩的“时空错位”的确高明、有趣。

难怪徐光耀看到这些画后，也拍案叫绝。给徐光耀画过画像的不乏大家，如丁聪、史国良、韩羽等，但朱志齐所画漫像，不但得其神，更富想象力的是徐光耀的怀里还有他的两个“孩子”——嘎子和胖墩，徐光耀禁不住在画上题字：“形乎？神乎？贵在神似。”看到《徐老观阵图》，著名画家韩羽先生极为赞赏，并作打油诗一首：“兵家不厌诈，制胜以出奇。动手又动口，主谋是老徐。”点出画面之意，妙趣横生，徐光耀亲笔录于画上。朱志齐画出来的几幅小兵张嘎水墨漫画大受好评。

前辈大家的肯定与鼓励更激发了朱志齐的创作欲望，以“小兵张嘎之父徐光耀与小兵张嘎”为题材的系列水墨漫画创作一发而不可收，画稿也源源不断地送到徐光耀的面前，就连徐光耀夫人申芸女士每次看到画作都一遍又一遍地欣赏，不停地赞叹。徐光耀更是赞誉有加，欣喜之余作《读朱志齐画〈嘎子图〉》一札，赠朱志齐，文中说：“志齐兄本是奇人。今读其新作《嘎子图》，益发证明了他的奇才。‘嘎子’虽然生长有年，现在更长大了。试看《观阵图》《嘎子堵烟囱》及其他诸幅，直如酷暑天啖一井拔西瓜，清凉醒脾，调人肺腑。嘎子嘎声嘎相，变化之多，犹如大圣孙悟空，使人忍俊不禁、掩口哑笑，实为独出心裁之作。画中敝人老徐，品相忠厚，老有少心，虽属插科打诨，常生做戏发噱之妙，应是缺少不得的。特诵顺口溜一首，以增颂奇之力：志齐本称奇，嘎相变化稠。好比饮醇酒，一醉解千愁。”徐光耀对朱志齐《嘎子图》系列水墨漫画的理解与品评，才是最中肯最到位最透彻的。

《小兵张嘎》插图原稿，史国良作

2021年6月，著名画家史国良携北京电视台摄制组来河北拍摄专题片《你好，小兵张嘎》。史国良在1980年前后曾和恩师黄胄先生一同为1981年版《小兵张嘎》作彩色封面和插图，后来史国良还曾为徐光耀画过肖像，和徐光耀先生算是忘年之交了。这次来河北做节目，史国良先到石家庄探访了《小兵张嘎》作者徐光耀，第二天到白洋淀，寻访当年电影《小兵张嘎》的拍摄地。朱志齐参与了节目录制，并为史国良在白洋淀探访做向导。史国良看到朱志齐所作《嘎子图》系列水墨漫画时，给予了很高的评价。《北京电视台》播出《你好，小兵张嘎》专题片时，展示了《嘎子图》系列水墨漫画中的几幅。

到目前，朱志齐的《嘎子图》系列水墨漫画已创作了一百余幅，均被石家庄小兵张嘎博物馆收藏。这些画作是小兵张嘎题材画作里的“另类”，具有独特的艺术魅力，也包含了白洋淀人民对小兵张嘎之父、对小兵张嘎的浓情厚意。

嘎子·生命之树长青

20 世纪 70 年代末期，文学的春天又一次到来的时候，徐光耀又拿起了笔，陆续发表了《望日莲》（后拍成电影）、《“心理学家”的失算》、《“二龙堂”看戏》等许多小说。

1979 年 3 月底到 5 月中旬，徐光耀深入南疆前线采访，创作了剧本《新兵马强》，后拍成了电影。

1981 年保定文联刊物《莲池》创刊（1979 年《莲池》内刊创刊）公开发行，徐光耀任主编；1983 年，徐光耀走上领导岗位，任河北文联党组书记，1986 年当选河北文联主席，这一时期徐光耀最得意的“作品”就是培养、提携、推介了一大批包括铁凝、莫言、贾大山等在内的青年作家。这个时期他还创作了抗战题材的中篇小说《少小灾星》（后拍成电影《乡亲们》）和《四百生灵》。

1996 年从领导岗位上退下来的徐光耀有了更多时间思考，他的散文创作也硕果累累。2000 年他把自己关在太行山上脚下的一处农家院里，心无旁骛地专心写作《昨夜西风凋碧树》，这是徐光耀冷峻思考后的警醒，忧国忧民，充分体现了一名有责任有担当的作家的思想高度，与巴金先生的《随想录》有异曲同工之妙。2001 年他的散文集《昨夜西风凋碧树》获第二届鲁迅文学奖。

2015 年 7 月，十卷本《徐光耀日记》由河北教育出版社出版。著名文学理论家汪兆骞认为,《徐光耀日记》堪比巴金的《真话集》，他认为，徐光耀的《昨夜西风凋碧树》及其日记的成就，将载入中国当代文学史册。”

2018 年盛夏，徐光耀回到家乡，重游白洋淀，亲临“嘎子村”，这里的一人一景一草一木都让他感到亲切，他感谢乡亲们还记得小嘎子，并激动地挥毫题词：“白洋淀风光好，英雄多，到处都有嘎子哥！”

2019年7月18日，设立在白洋淀文化苑嘎子村的徐光耀文学馆开馆。人们徜徉在面积不大却有几百件珍贵老照片和藏品的文学馆内，体味着一位穿越过那么多人生风暴的作家的分量，体味着正义、良知和“体完神清”的精神境界，同时也在提醒今天的人们，“收敛起一己的小悲欢，扩展胸怀去凝望满世间的山高水长”。

追寻徐光耀的足迹

徐光耀，笔名越风，1925 年 2 月出生在河北省雄县段岗村，1938 年参加八路军，同年加入中国共产党，逐步成长为一名著名的军旅作家，在小说、电影剧本、散文等领域都有杰出成就。徐光耀不但是一位杰出的作家，还是一位从战火中走过来的忠诚的革命战士，端得起枪，拿得了笔，能文能武。徐光耀参加革命的自愿，革命道路上的自觉，成长过程中的自强，身处逆境时的自励，成名之后的自谦，都堪称楷模，值得后辈追寻。

身经百战

1937 年“七七事变”，抗战全面爆发，华北大地已容不下一张书桌。1938 年，只上完初小四年级即辍学在家的徐光耀，看到了国民党节节败退，看到了共产党八路军坚决抗日，目睹了人民军队官兵一致、生活民主，于是像他笔下的小嘎子一样，年仅十三岁就毅然参加了一心向往的八路军。徐光耀在部队中的表现非常优秀，仅参军半年多就光荣地加入了中国共产党，成了一名名副其实的“红小鬼”。

参加八路军后，徐光耀先在特务营当勤务员，不久当锄奸科文书；1942 年随主力部队转移到山区，分配到县大队任特派员，经历了日寇惨绝人寰的“五一大扫荡”；1944 年又调回了锄奸科，成了主力干事。抗战时期，小小年纪的徐光耀一直战斗在最危险、最考验人的地方。他曾经有过临危受旷伏兆将军之命，将一支被日寇打散了的县大队重新组织起来，恢复建制，继续抗日的神奇经历。现实生活中的锄奸工作远没有影视剧中那么传奇、那么曲折、那么浪漫，有的只是把脑袋系在腰带上那样的危险。这个时期徐光耀经历了大大小小一百多次战斗，在硝烟战火的考验中，表现出了极为优秀的革命品质。

一年多后，徐光耀调到军分区司令部任军事报道参谋、创作组副组长，这是在战火中他离文学最近的时候，他的文学梦开始萌动。解放战争时期徐光耀参加了绥远战役、平津战役、太原战役；1952 年 2 月一直到年底，徐光耀赴朝鲜战场体验志愿军的战斗生活。这期间他又参加了不知多少次大大小小的战斗。

徐光耀所具备的这种革命品质应该是和小时候的经历息息相关的，他小的时候无论是听父亲讲故事也好，还是听书看戏学来的也好，旧中国农村所崇尚的朴素的侠义精神根植在了年幼的徐光耀的内心深处。因此在国难当头之际，徐光耀毅然挺身从戎，成了杀敌卫国的娃娃兵，进而成为机智勇敢的“红小鬼”，最终成长为信念坚定的革命军人。也正是这种率直忠诚、机智勇敢和甘愿为国牺牲的有侠有义的精神，才使他在党的教育下很快成长为一名赤胆忠心的革命战士。

战争生活为他积累了许多第一手的写作素材，徐光耀也因此创作了许多以战争为题材的小说，当然最经典的要数荡气回肠的《平原烈火》和曲折感人的《小兵张嘎》了。

碧树根深

在徐光耀骨子里有一种自强不息的精神。只有小学四年级文化程度的他，在战争的间隙总是如饥似渴地读书，每到一家房东家里，总是想方设法找书来读，这样他陆续读到了鲁迅、朱自清、冰心、茅盾、叶圣陶等。他的勤奋使他当兵一年多之后，就学会了写家信、写总结、写判决、写布告，甚至给墙报投稿，这是徐光耀文学梦的萌芽。

叶茂必须根深，徐光耀深知这个道理。他首先把根深深地扎入生活中，汲取生活的营养，他把这些生活营养好多都仔仔细细地记在了日记里，他的日记成了他一笔巨大的精神财富。

有了生活，还得有写作的技巧。1947 年，徐光耀几经争取作为插班生进入了华北联大文学系学习，系主任是陈企霞，还遇到了艾青、萧殷等老师。尤其萧殷对徐光耀在文学道路上的成长的影响是巨大的，在萧殷的关心下，徐光耀虚心求教，凭着他超人的悟性，学到了许多写作技巧，实现了由写通讯报道到写文学作品的关键转变，徐光耀的写作水平有了一个质的飞跃。徐光耀的表现得到了老师们的认可，在华北联大学习了八个月后，徐光耀以优异成绩毕业留校。后来他又走上前线，被调到杨成武的二十兵团，编辑《战场快报》。

痴迷文学的徐光耀，1950 年 10 月主动申请到了中央文学研究所学习，所长是丁玲，副所长是张天翼，就连这里的好多老师都是当时文学界大名鼎鼎的人物。学习期间，徐光耀极得丁玲赏识，在这里的学习让徐光耀进步不小。这个时候的徐光耀已有一部广受好评的长篇小说问世,这次又进学校学习,应该算是“深造”了。1955 年，徐光耀由华北军区调到了解放军原总政文化部创作室任创作员，这算是对徐光耀文学成绩和写作水平的肯定。1953 年至 1955 年，徐光耀以军职身份回老家雄县搞初级农业合作社，回京后不久又被派到东北体验生活。这个时期，徐光耀写出了反映农村合作化题材的小说《树明和莺花》，发表在《解放军文艺》1956 年五月号上，同年通俗文艺出版社出版了《树明和莺花》的单行本。《树明和莺花》是徐光耀为数不多的非战争题材的作品，也是他较为满意的一部作品，这给了徐光耀那些年一直苦闷彷徨于再也不能写出如《平原烈火》一样的作品的一些安慰，虽然这部作品并不是徐光耀最高水平的作品。

可没多久，徐光耀的两位老师丁玲、陈企霞被打成了“丁、陈反党集团”，徐光耀被责令说明情况，生性耿直的徐光耀因实事求是说了真话而遭遇了厄运，几经批斗之后，1958 年他被打成“右派”，下放到保定劳动改造。后面一段时间里，徐光耀的际遇一直坎坎坷坷、起起落落。因表现好，1959 年徐光耀摘了“右派”的帽子，安排在保定文联当编辑，但那时摘帽“右派”依然低人一等；1971 年在“文革”中被遣返原籍雄县段岗村；1972 年因有些人要把《小兵张嘎》改编成革命现代京剧，他又被召回保定。1979 年他彻底平反，先任保定文联主任，1983 年任河北省文联党组书记，1985 年任河北省文联主席（代理），1986 年当选为河北省文联主席。

战争的洗礼和和平年代的曲折经历，使徐光耀对生活的理解和感受更加深刻，这也成了他的作品的生活源泉。正是亲身经历了“五一大扫荡”的残酷，才成就了《平原烈火》；正是亲身经历了“红小鬼”的成长，才成就了《小兵张嘎》；正是亲身经历了那段“头朝下脚朝上”的历史，才成就了《昨夜西风凋碧树》。他文章的语言、他讲的故事、他刻画的人物，无不来源于他所经历的生活，因为他根植于生活太深，他的语言才那样鲜活，他的故事才那样生动，他的人物才那样感人。

徐光耀文运坎坷，但他扎得下根，经得起风浪。徐光耀就像白洋淀的芦苇一样，叶碧根深，坚韧而生命力顽强。徐光耀让人敬佩的正是在逆境中能够泰然处之，坚持真理，明辨是非，敢说真话，在作家中不失军人本色。他是正直的，是让人永远钦佩的正直。

苍生铸魂

现实主义文学的最高境界就是要为苍生铸魂，这也是一位作家的神圣使命，这一使命贯穿了徐光耀一生的创作追求和创作实践。1947 年徐光耀在《冀中导报》发表短篇小说《周玉章》，可以看作是徐光耀文学生涯的开始，后来又陆续出版了长篇小说《平原烈火》，中篇小说《小兵张嘎》《少小灾星》（亦名《冷暖灾星》，《小兵张嘎》姊妹篇）和《四百生灵》；电影文学剧本《小兵张嘎》《新兵马强》《望日莲》《乡亲们》（《少小灾星》改编），均拍成电影公映；短篇小说集《望日莲》《徐光耀小说选》；散文集《昨夜西风凋碧树》《忘不死的河》《大道低回》，其中《昨夜西风凋碧树》获第二届鲁迅文学奖；近年又出版了《徐光耀文集》《徐光耀日记》《大道低回》等。生活给了徐光耀无穷的滋养，他文学作品中的故事和人物，无不是在现实生活中深度挖掘出来的。

徐光耀写的《平原烈火》是新中国成立后第一部反映抗日战争的长篇小说，写的是自己亲身经历的日寇发动的残酷的“五一大扫荡”，出版后好评如潮。为了写这部书，1949 年 7 月 7 日抗战全面爆发纪念日这天，徐光耀请了假，把自己一个人关在屋里，把牺牲的司令员的像挂在眼前，开始了创作，仅用两个多月的时间就完成了这部长篇小说。这部小说的许多情节徐光耀当时都是流着泪写出来的，是他对自己经历的那段战争生活的艺术再现和提炼升华，小说刻画了周铁汉、钱万里、三生等一批生动感人的英雄形象。

即使身处逆境，因说实话被打成了“右派”，徐光耀依然自警自励。他巧用西方心理学，转移注意力，全身心投入创作，同时完成了小说、剧本《小兵张嘎》，小说发表于《河北文学》1961年第6—7期合刊号上，剧本1963年拍成电影公映。这是一部很少有人能够超越的红色经典，嘎子的形象深入人心，教育和影响了一代又一代人。

这些来自生活的被艺术化了的人物，正是鲁迅先生所谓的“民族的脊梁”，是一个民族的精神，是一个民族的灵魂。为苍生铸魂正是徐光耀文学作品的最高价值所在。

文心磊落

作为一名革命战士，徐光耀是无比忠诚的；作为一位文以载道的作家，他是光明磊落的。

无论是在战火硝烟的年代，还是身处蒙冤的逆境，徐光耀为苍生铸魂的初衷不改。在徐光耀的作品中，作品的整体性是真实的，所写到的人民是具体的，所塑造的形象是生动感人、个性鲜明的。研究者都认为小兵张嘎有许多现实生活中的原型，其实徐光耀笔下的人物，无论是周铁汉还是嘎子等形象，都或多或少有徐光耀自己的影子。

为人宽厚爽直、为文直抒胸臆，正是徐光耀的本性，这也是他在特殊年代蒙冤的原因。特殊年代结束，拨乱反正，文学艺术的春天悄然来临，尚未完全在政治上获得自由的徐光耀重新获得了写作的权利，他的写作激情又被激发起来。他很快写出了战争题材的短篇小说《望日莲》，发表在了1977年3月号的《人民文学》上，这是徐光耀在向文坛宣告：我又回来了。1979年平反后，重返文坛的徐光耀一心想回部队，继续写他熟悉的军旅生活，但虽经自己多方努力，还有老上级旷伏兆将军、老战友剧作家胡可的帮助，最终也未能如愿。最后也没能重返军旅的徐光耀也许留下了一个大大的遗憾，但对读者来说也未必不是一件好事，这倒让我们又见识到了一个不一样的徐光耀。后来没有回到部队的徐光耀写作类型发生了重大变化，写作重点由小说创作转移到了散文创作，开始了深邃的思考。事实证明，徐光耀的这一转型是十分成功的。2000 年在《长城》杂志第一期上，徐光耀发表了散文《昨夜西风凋碧树——记一段头朝下脚朝上的历史》，同年他的散文集《昨夜西风凋碧树》获得了第二届鲁迅文学奖。《昨夜西风凋碧树》字字落地有声，醒人耳目，感人心魄，让读者读出那段历史沉疴、人生况味，作者说是讲故事，实则是一篇慷慨激昂警示后人的大文章，充满了对历史、对人生、对人性的反思。

对于《昨夜西风凋碧树》这样一篇主题颇具分量、影响巨大的散文，徐光耀在文章的开始就保证文中所叙事实字字真确！这是一篇伟大的纪实散文，他无情地揭示了人的本性，赤裸裸地摆出了真善美和假恶丑给读者看。之所以写这篇文章，徐光耀认为，他所经历的那个“头朝下脚朝上”的荒唐年代，“物质损失，较易补回。至于高尚道德沦丧，精神长城不存……则是极难救治的。”“‘以史为鉴，可以知兴替’，当我们还‘有暇自哀’的时候，应赶快把事情办好，以免‘为后人而复哀后人也’……写此一文的目的，仅仅在此，岂有他哉！”这是徐光耀冷峻思考后的警醒，忧国忧民，充分体现了一名有责任有担当的作家的思想高度，与巴金先生的《随想录》有异曲同工之妙。

即使在领导岗位上，徐光耀依然是那样宽厚磊落并独具慧眼，和文学后辈的交往无不透着关心、点拨、提携，从当时河北文坛走出去的铁凝等，成就斐然，站在徐光耀的角度，应该是欣慰的，一种薪火相传的欣慰。

不同时期的徐光耀

抗战时期的徐光耀，摄于1943年冬。徐光耀时任宁晋县大队特派员，左边是宁晋县大队四区小队长高常在

抗战胜利后的徐光耀。摄于1945年秋天

解放战争时期的徐光耀之一：在十一分区前线剧社时和社长沈雁合影

解放战争时期的徐光耀之二：华北联大文学系毕业合影，后排左十是徐光耀

解放战争时期的徐光耀之三：1948年12月随杨成武兵团进军张家口途中，摄于察北怀安

任新华社兵团分社记者的徐光耀，摄于1950年

《平原烈火》出版后，好评如潮，好多学校请徐光耀去作报告。照片中是徐光耀在北京某中学作报告

在中央文研所和同学们合影。左起葛文、歌焚、孟冰、沙驼铃、徐光耀

1951 年 11 月，随中国作家代表团访苏时摄于莫斯科大酒店

威武的志愿军战士。摄于 1952 年春天入朝前

1953 年 2 月 13 日除夕之夜，徐光耀和申芸喜结连理，不久，徐光耀即下乡。1953 年 7 月至 1955 年 1 月，到雄县搞初级农业合作社

在朝鲜战场与一等功臣刘敬礼合影

年轻的少校。1955 年授衔后拍摄

1964 年 11 月在满城抱阳山

1971 年被遣返回雄县段岗老家的徐光耀

1979 年在南疆自卫反击战前线采访时与著名诗人公刘。解放军战士合影

1979 年“退伍”时，徐光耀照的一张戎装照

在河北省文联党组书记、主席任上的徐光耀

2001 年获第二届鲁迅文学奖后和一同获奖的铁凝、梅洁在鲁迅故居前合影

2019 年 7 月 18 日，徐光耀先生在文学馆门前留影

后记

《徐光耀和他的师友们》一书就要出版了，作者周永战先生约我写一篇后记，担此大任，心中难免惴惴。整天忙于公司事务，疏于为文久矣，因此以俗务繁忙为由推脱几次，但周先生之意坚决。何况促成一部流淌着红色血液、充满正能量的书出版，终究是让人心里高兴的，以致有时甚至溢于言表，如此一想，还是恭敬不如从命吧。

和这本书还真是有缘分，这缘分源自喜爱。河北有悠久的历史，更是一片红色的土地，她有绵延不尽的文脉，更有慷慨悲歌之士。抗日战争、解放战争，战火烽烟淬炼出无数英雄楷模，也孕育了大批红色文学家。徐光耀先生无疑是这其中极具代表性的人物，1938 年他十三岁参加八路军并加入了中国共产党，抗日战争和解放战争中，他大部分时间都战斗在冀中大地，在这里他从一名红小鬼成长为一名坚定的革命战士，又从一位革命战士成长为一名优秀的军旅作家。

我是平山人，事业在平山，对平山充满着深深的爱和浓浓的情。众所周知，平山西柏坡，“新中国从这里走来”，“新中国的摇篮”，五大革命圣地之一。我从事的工作与“弘扬革命文化，传承中华优秀传统文化”息息相关，可以说河北的红色文学滋养了我，因此我对河北的红色文学也有一种发自内心的偏爱。《小兵张嘎》小说、电影、电视剧，我都不止一次欣赏过，因而也就对“小兵张嘎之父”徐光耀先生充满了仰慕之情。幸而我和徐光耀先生的儿子徐丹老师成为朋友，于是有了更多近距离接触徐老的机会，老人家的人品、文品让我高山仰止。

今年金秋时节，徐丹老师带我到“小兵张嘎博物馆”，其馆藏之丰富令我惊叹，徐丹老师介绍说这里是有关《小兵张嘎》和徐光耀的资料收藏最多、最全、保管最完善的，不仅如此，小兵张嘎博物馆还开发了许多有关《小兵张嘎》和徐光耀的文创产品。在石家庄繁华的闹市区，还有这么一处净化心灵、鼓舞人心的地方，实在难得。馆长殷杰先生是徐老的忘年至交，也是徐老的资深研究专家。殷杰先生健谈，那天我们从《小兵张嘎》谈到徐老的文学成就，从他的文学成就又谈到他的人生，谈到他们那一代人，谈到他的师友。这时殷杰先生告诉我，他的一位朋友周永战研究徐老和他的师友们，卓有成果，写了许多这方面的文章，有一些登在了报刊上，或发在公众号上。这引起了我的兴趣，殷杰先生拿给我几篇文章，果然别开生面。看我有兴趣，告辞时，殷杰先生送我几本书，其中有几期《河北画报·画报雄安》，他特意告诉我，这上面登着几篇周永战先生写的文章。回来读着文章，忽然有一个想法，这样的革命文学、红色文学不正是我们这个时代所需要的吗，何不结集出版，发挥它们更大的作用。我将想法告诉了殷杰，殷杰告诉了他的朋友，三人一拍即合。

因为要促成此书的出版，我有幸提前读到了书稿。周永战先生所写的二十多篇文化随笔重史料、有故事、有情怀，再现了许多感人的场景，介绍了徐老与几十位师友的交往，其中包括他的上级、老师、同学、同事、朋友等，旷伏兆、丁玲、孙犁、梁斌、崔嵬、贺敬之、金学铁、陈企霞、萧殷、严辰、彦涵、伍必端、黄胄、廖贻训……开国将军、著名作家、艺术家、诗人、画家、英模……我有幸走入了属于徐光耀先生他们的世界，体味了那个时代，看到了他们的奋斗，感染了他们的精神，感受了他们的情感，无论是甘如饴的师生之情，还是淡如水的朋友之谊，都带有鲜明的时代特色，其人性的纯粹和人格的高尚，令人敬仰。我在想，这一个个耳熟能详的名字，不就是一个个鲜明的红色文化符号吗，徐光耀和他的师友们的人生经历和他们创作的革命文学，教育和激励了一代又一代人，至今仍有极强的历史意义和现实意义，革命文学不会过时，红色基因必须传承，并在新时代焕发新的活力。

革命文学曾给许多人以文学滋养和精神启迪，是我们宝贵的文化财富和精神财富。处于世界观、人生观、价值观形成时期的青年视野开阔、思维活跃、可塑性强，将革命文化记忆嵌入正处于人生“拔节孕穗期”的青年群体，有助于他们从革命文化中汲取干事创业的智慧和力量，成为有理想、敢担当、能吃苦、肯奋斗的新时代好青年。我们庄与蝴蝶文化传媒一直以传承中华优秀传统文化为己任，宣传革命文化、弘扬革命精神、传承红色基因、赓续红色血脉，正是我们在新时代应该有的责任和担当。

文不成文，只是有感而发，不知能否复命，以搪塞周先生所托。但无论如何，初心不改，尽自己的微薄之力，多促成一些这样的书出版，让正能量占领我们的思想和文化阵地，如此，善莫大焉。

陈华（河北东源文化旅游开发有限公司执行总裁）

2022 年 12 月 2 日